ANDREW NEIDERMAN

Im Auftrag des Teufels

Buch

Kevin Taylor glaubt sich am Ziel seiner Träume, als er den Job bei der bekannten New Yorker Anwaltskanzlei John Milton & Associates antritt: Ein großzügiges Gehalt, ein eigener Wagen mit Chauffeur, ein luxuriöses Apartment und dazu das Ansehen, das er plötzlich genießt.

Der brillante John Milton setzt Kevin auch gleich auf einen der spektakulärsten Fälle des Jahres an. Doch je länger sich der junge Anwalt mit der Sache befaßt, desto deutlicher spürt er, daß hier etwas nicht mit rechten Dingen zugeht. Die Anwälte von Milton & Ass. haben noch nie einen Fall verloren. Unzählige Angeklagte, schuldig wie die Sünde, sind dank ihrer Hilfe bereits freigesprochen worden. Und was Kevins aktuellen Fall betrifft, so waren die Akten bereits zusammengetragen worden, noch bevor das fragliche Verbrechen überhaupt stattgefunden hatte. Kevins Ahnungen werden zur furchtbaren Gewißheit: Er ist im Auftrag des Teufels selbst unterwegs...

Autor

Andrew Neiderman hat bislang über zwanzig Romane veröffentlicht, die an Spannung und subtilem Horror kaum zu überbieten sind. Der Autor lebt mit seiner Frau in Kalifornien.

ANDREW NEIDERMAN

Im Auftrag des Teufels

Der Roman zum Film
mit Al Pacino und Keanu Reeves
in den Hauptrollen

Aus dem Amerikanischen von
Hartmut Huff

GOLDMANN

Die Originalausgabe erschien 1990
unter dem Titel »The Devil's Advocate«
bei Pocket Books, New York

Umwelthinweis:
Alle bedruckten Materialien dieses Taschenbuches
sind chlorfrei und umweltschonend.
Das Papier enthält Recycling-Anteile.

Der Goldmann Verlag
ist ein Unternehmen der Verlagsgruppe Bertelsmann

Deutsche Erstausgabe 2/98

Umschlaggestaltung: Design Team München
Umschlagfoto: © 1997 Warner Bros.
Satz: Uhl + Massopust, Aalen
Druck: Elsnerdruck, Berlin
Verlagsnummer: 43870
Redaktion: AB / Alexander Groß
Herstellung: Heidrun Nawrot
Made in Germany
ISBN: 3-442-43870

1 3 5 7 9 10 8 6 4 2

Prolog

Richard Jaffee eilte die Stufen des Gerichtsgebäudes an der New Yorker Federal Plaza wie ein Geschlagener hinunter und nicht wie ein Anwalt, der gerade einen Prozeß gewonnen hatte. Strähnen seines rabenschwarzen Haares lösten sich und tanzten auf seinem Kopf, während er die Steintreppen hinunterlief. Die Passanten nahmen kaum Notiz von ihm, die Menschen in New York sind immer in Eile: Sie wollen ihren Zug erreichen, ein Taxi bekommen oder noch schnell über die Straße laufen, bevor die Ampel umspringt. Oft werden sie einfach von der ungeheuren Kraft mitgerissen, die Manhattan, das Herz New Yorks, pulsieren läßt wie keinen anderen Ort auf der Welt.

Jaffees Klient, Robert Fundi, blieb hinter ihm zurück. Auf ihn konzentrierte sich die Aufmerksamkeit der Reporter, die sich mit der Energie von Arbeitsbienen um ihn scharten. Alle riefen ihm ähnliche Fragen zu. Was sagte der Inhaber einer großen privaten Sanitärfirma an der Lower East Side dazu, daß er aller Vorwürfe von Erpressung für nicht schuldig befunden worden war? War es ein politischer Prozeß, da es Gerüchte gab, er bewerbe sich um das Amt des Stadtbezirkspräsidenten? Warum hatte der Kronzeuge der Anklage nicht all das ausgesagt, was er angeblich dem Staatsanwalt erzählt hatte?

»Meine Damen... meine Herren...«, begann Fundi, wobei er eine kubanische Zigarre aus seiner Brusttasche zog. Die Reporter warteten gespannt, während er sie zum Glimmen brachte. Er blickte auf und lächelte. »Sie müssen alle Fragen an meinen Anwalt richten. Dafür wird er schließlich bezahlt«, sagte Fundi und lachte.

Wie ein einziger Körper drehte sich das Rudel der Reporter in

Jaffees Richtung, genau in dem Augenblick, als dieser in die Limousine von *John Milton and Associates* stieg. Einer der besonders energischen Journalisten stürmte die Treppe hinunter und rief: »Mr. Jaffee! Nur einen Moment, bitte. Mr. Jaffee!« Die anderen Reporter und Freunde lachten, als die Limousinentür geschlossen wurde und der Chauffeur um den Wagen herumging, um sich hinter das Steuer zu setzen. Augenblicke später setzte sich die Limousine in Bewegung.

Richard Jaffee lehnte sich zurück und starrte geradeaus.

»Ins Büro, Sir?« fragte der Chauffeur.

»Nein, Charon. Bringen Sie mich bitte nach Hause.«

Der große, olivbraune Ägypter mit den mandelförmigen Augen blickte in den Rückspiegel, als ob er in eine Kristallkugel schauen würde. Um die Augenwinkel seines glattrasierten Gesichts zeigten sich Fältchen. Er nickte kaum merklich. Es war dieses Nicken, das anzeigte, daß er verstanden hatte.

»Gut, Sir«, meinte Charon noch. Er lehnte sich zurück und fuhr mit der unerschütterlichen Haltung des Assistenten eines Bestattungsunternehmers, der einen Leichenwagen lenkt.

Richard Jaffee blickte weiterhin starr geradeaus, schaute weder nach links noch nach rechts, nahm nichts von dem wahr, was auf den Straßen vor sich ging. Der dreiunddreißigjährige Mann schien mit jeder Minute, die verstrich, zu altern. Sein Gesicht war blaß geworden. Seine hellblauen Augen sahen auf einmal grau aus, und die Falten auf seiner Stirn vertieften sich. Er führte seine Hände an die Wangen und berührte sie sanft, als ob er sich vergewissern wollte, daß er noch nicht gänzlich verfiel.

Schließlich lehnte er sich weiter zurück und schloß die Augen. Fast augenblicklich sah er Gloria so vor sich, wie sie gewesen war, bevor sie nach Manhattan gezogen waren. Er sah sie, wie sie bei ihrer ersten Begegnung gewesen war – strahlend, unschuldig, energiegeladen, aber auch sanft und vertrauensvoll. Ihr Optimismus und ihr Vertrauen waren so erfrischend und anregend gewesen. Das hatte ihn mit dem drängenden Wunsch erfüllt, ihr alles zu geben, hart zu arbeiten, um ihr das Leben so angenehm wie möglich zu machen, sie zu beschützen und zu ehren, bis der Tod sie scheiden würde.

Und das hatte er, bis ihr, nicht vor ganz einem Monat, in einem Kreißsaal des Manhattan Memorial Hospital eine scheinbar unkomplizierte Geburt bevorstand. Sie hatte einen wundervollen Sohn geboren, mit perfekten Gesichtszügen, mit ausgezeichneter Gesundheit, doch die Anstrengung hatte sie, unerklärlicherweise, das Leben gekostet. Die Ärzte standen vor einem Rätsel. Ihr Herz hatte einfach aufgegeben, erzählten sie ihm, gerade so, als ob es auf einmal sämtliche Kraft verloren habe.

Aber er wußte, warum sie gestorben war. Er sah seinen Verdacht bestätigt und nahm die ganze Schuld auf sich, weil er Gloria hierher gebracht hatte. Sie hatte ihm vertraut, und er hatte sie ausgeliefert wie ein Opferlamm.

Jetzt schlief ihr Sohn friedlich in ihrem Apartment, aß begierig und wuchs normal auf, wußte nicht, daß der Preis für sein Leben ihr Tod gewesen war. Richard wußte, daß Psychiater ihm sagen würden, daß es natürlich sei, dies dem Kind übelzunehmen, aber Psychiater hatten keine Ahnung. Sie hatten einfach keine Ahnung.

Natürlich war es schwer, wenn nicht unmöglich, das Kind wirklich zu hassen. Es sah so hilflos und unschuldig aus. Richard versuchte, sich die Ablehnung gegen den Jungen auszureden, erst mittels Logik, dann durch seine Erinnerung an Gloria und ihre wundervolle, überschäumende Liebe zum Leben.

Aber all dies hatte nichts genützt. Er hatte sein Kind dem Kindermädchen übergeben, das bei ihm wohnte; er schaute nur gelegentlich nach ihm. Richard fragte nie, warum sein Sohn schrie, und erkundigte sich auch nicht nach seinem Gesundheitszustand. Er hatte einfach mit seiner Arbeit weitergemacht, ließ sich ganz von ihr in Beschlag nehmen, um nicht nachdenken zu müssen. Er wollte sich nicht erinnern, er wollte nicht ständig unter Schuldgefühlen leiden.

Die Arbeit hatte als eine Art Mauer gedient, die die Realität seiner persönlichen Tragödie nicht hereinließ. Jetzt, bei der Erinnerung an Glorias Lächeln, Glorias Küsse, Glorias Erregung, hatte sie ihn fest in ihren Klauen. Hinter seinen geschlossenen Lidern sah er Dutzende von Augenblicken, Dutzende von Bildern vor sich. Es war, als säße er in seinem Wohnzimmer und betrachtete Videofilme.

»Wir sind da, Sir«, sagte Charon.

Sie waren da? Richard öffnete seine Augen. Charon hatte die Tür geöffnet und stand auf dem Bürgersteig. Richard faßte nach seinem Aktenkoffer und stieg aus der Limousine. Er schaute Charon an, mit seinen einsneunzig war der Chauffeur gut zwölf Zentimeter größer als Richard, aber durch seine breiten Schultern und seine Erhabenheit wirkte er noch größer, wie ein Riese.

Richard starrte ihn noch einen Augenblick an und sah das Wissen in den Augen des Chauffeurs. Er war ein schweigsamer Mann, nahm aber alles auf, was um ihn herum vorging, und er sah aus wie jemand, der schon seit Jahrhunderten lebte.

Richard nickte leicht, und Charon schloß die Tür und begab sich wieder auf den Fahrersitz. Er beobachtete, wie die Limousine abfuhr, drehte sich dann um und betrat das Apartmenthaus. Philip, der pensionierte New Yorker Polizist, der tagsüber als Wachmann arbeitete, spähte über seine Zeitung und wurde schlagartig aktiv. Er sprang von seinem Hocker hinter dem Schalter in der Lobby.

»Meinen Glückwunsch, Mr. Jaffee. Ich habe die Nachrichten gehört. Ich bin sicher, es ist ein tolles Gefühl, wieder einen Prozeß gewonnen zu haben.«

Richard lächelte. »Danke, Philip. Alles in Ordnung?«

»Oh, alles prima, Mr. Jaffee, wie immer«, sagte Philip. »Ein Mann, der hier arbeitet, kann in Ruhe alt werden«, fügte er hinzu, wie er es immer tat.

»Ja«, sagte Richard. »Ja.«

Er ging zum Fahrstuhl und trat mechanisch zurück, als die Türen sich schlossen. Während er seine Augen schloß, erinnerte er sich daran, wie er und Gloria zum ersten Mal in dem Gebäude nach oben gefahren waren, erinnerte sich ihrer Aufregung, wie sie vor Freude gejubelt hatte, als sie die Wohnung besichtigt hatten.

»Was habe ich getan?« murmelte er.

Er riß die Augen auf, als sich die Türen des Fahrstuhls auf seiner Etage öffneten. Richard stand einen Augenblick da, trat dann hinaus und ging zur Tür seines Apartments. Kaum war er eingetreten, kam Mrs. Longchamp aus dem Kinderzimmer, um ihn zu begrüßen.

»Oh, Mr. Jaffee.« Das Kindermädchen war zwar erst fünfzig, sah aber aus wie eine alte Frau – grauhaarig, stämmig, mit weichen braunen Augen und einem rundlichen Gesicht. »Meinen Glückwunsch. Ich habe gerade die Nachrichten gesehen. Sie haben sogar die Serie unterbrochen!«

»Danke, Mrs. Longchamp.«

»Seit Sie in Mr. Miltons Firma angefangen haben, haben Sie keinen Prozeß verloren, nicht wahr?« fragte sie.

»Nein, Mrs. Longchamp. Habe ich nicht.«

»Sie müssen sehr stolz auf sich sein.«

»Ja«, sagte er.

»Mit Brad ist alles in Ordnung«, sagte sie, obwohl er nicht nach ihm gefragt hatte. Er nickte. »Ich wollte ihm gerade die Flasche geben.«

»Lassen Sie sich nicht stören«, sagte Richard.

Sie lächelte und kehrte in das Kinderzimmer zurück.

Er setzte seinen Aktenkoffer ab, sah sich im Apartment um und schritt dann langsam durch das Wohnzimmer zum Patio, der ihm einen der schönsten Ausblicke auf den Hudson River bot. Er tat es jedoch nicht, um die Aussicht zu genießen. Er ging mit der Entschlossenheit eines Menschen, der immer genau gewußt hatte, wohin er wollte. Er trat auf den Liegestuhl, so daß er seinen linken Fuß sicher auf die Mauer setzen konnte, und zog sich hoch, indem er sich an dem gußeisernen Geländer festhielt. Dann griff er mit einer schnellen, fast anmutigen Bewegung nach unten, als ob er die Hand von jemandem ergreifen wollte, um ihn hochzuziehen, und stürzte kopfüber die fünfzehn Etagen hinunter in die Tiefe.

1

Der achtundzwanzigjährige Kevin Taylor blickte von den Papieren auf, die vor ihm auf dem langen, kastanienbraunen Tisch ausgebreitet lagen, hielt inne und tat, als denke er intensiv über etwas nach, bevor er den Zeugen ins Kreuzverhör nahm. Diese kleinen dramatischen Gesten beherrschte er so gut, als seien sie ihm angeboren. In Wirklichkeit war es eine Kombination seines Schauspielertalents und seiner psychologischen Erfahrung. Die dramatische Pause zwischen dem Stellen der Frage und dem Blick auf die Dokumente verunsicherte Zeugen für gewöhnlich. In diesem Fall versuchte er Philip Cornbleau, den Rektor einer Grundschule, einzuschüchtern, einen schlanken, dunkelhaarigen, blaßhäutigen, vierundfünfzigjährigen, fast kahlköpfigen Mann. Er saß ungeduldig da, seine Hände vor der Brust verschränkt, und rieb seine langen Finger aneinander.

Kevin warf einen raschen Blick ins Publikum. Die Formulierung »Man konnte die Luft mit einem Messer schneiden« war durchaus passend. Es war, als ob jedermann den Atem anhielte. Der Raum erhellte sich plötzlich, als Sonnenlicht durch die großen Fenster im Gericht von Blithedale fiel. Es war, als ob ein Beleuchtungstechniker einen Schalter umgelegt hätte. Alles, was dem Regisseur blieb, war »Aktion!« zu rufen.

Der Gerichtssaal war voller Menschen, doch Kevins Blick ruhte auf einem vornehm aussehenden, stattlichen Mann im hinteren Teil des Raumes, der ihn mit jener Art von liebevollem, stolzem Lächeln anschaute, das Kevin von seinem Vater erwartet hätte. Aber dieser Mann war nicht alt genug, um sein Vater sein zu können. Er war vielleicht Anfang vierzig, dachte Kevin, und er strahlte Erfolg aus.

Kevin, der ein Gespür für Stilvolles und Teures hatte, erkannte den holzkohlegrauen Giorgio-Armani-Nadelstreifenanzug. Er hatte diesen Anzug begehrlich betrachtet, bevor er den gekauft hatte, den er heute trug, einen Zweireiher aus dunkelblauer Schurwolle. Er hatte ihn in einem Discountladen für die Hälfte dessen gekauft, was der Armani kosten sollte.

Der Mann grüßte Kevin mit einem leichten Nicken.

Die Stille im Gerichtssaal wurde nur durch gelegentliches Husten gestört. Lois Wilson, eine fünfundzwanzigjährige Lehrerin der fünften Klasse, war in der kleinen Gemeinde Blithedale, die zu Nassau County gehört, wegen sexuellen Mißbrauchs von Kindern angeklagt. Blithedale war eine Schlafstadt, fast alle Einwohner waren New York City-Pendler. Vom Erscheinungsbild her sehr ländlich, war Blithedale so etwas wie eine Oase mit Häusern der oberen Mittelklasse, sauberen, breiten Straßen, gesäumt von rotem Ahorn und Eichen und einer ruhigen Einkaufszone. Es gab keine großen Einkaufszentren, keine Straßen mit übermäßig viel Geschäften, Tankstellen, Restaurants und Motels. Für Werbeschilder gab es strikte Auflagen. Grelle Farben und große Plakate waren verboten.

Die Einwohner liebten das Gefühl, in einer Art von Kokon zu leben. Sie konnten nach Belieben nach New York und wieder zurückfahren, und wenn sie heimkehrten, kamen sie zurück in ihr wohlbehütetes »Alice-im-Wunderland-Dasein«. Es geschehen keine besonderen Dinge. Es war genau das Leben, das sie führen wollten.

Dann aber wurde Lois Wilson, eine der neuen Lehrerinnen an der Grundschule, des sexuellen Mißbrauchs an einem zehnjährigen Mädchen beschuldigt. Bei einer weitergehenden Untersuchung wurden drei weitere, ähnliche Vorkommnisse aufgedeckt. Hintergrundinformation und die örtliche Gerüchteküche machten Lois Wilson zu einer eingefleischten Lesbierin. Sie hatte am Stadtrand von Blithedale mit ihrer Freundin, Fremdsprachenlehrerin an einer nahe gelegenen High-School, ein Haus gemietet, und keine der beiden Frauen ging mit einem Mann aus oder hatte irgendwelche männlichen Bekannten.

Niemand in der Kanzlei *Boyle, Carlton and Sessler* war glücklich darüber, daß Kevin diesen Fall übernommen hatte. Tatsächlich war er auf die Sache gestoßen und hatte Lois Wilson seine Dienste angeboten, als er von ihrem Problem Genaueres erfuhr. Und als er den Fall erst einmal hatte, drohte er damit, die Firma zu verlassen, falls einer der Seniorpartner ihm verbieten würde, ihn anzunehmen. Er war zunehmend unzufriedener mit der Firma, unzufrieden mit deren konservativen Grundpositionen und mit der Richtung, in der sein Leben, wie er wußte, verlaufen würde, wenn er noch länger dort blieb. Dies war der erste wirklich dramatische Fall, den er bekommen hatte, der erste Fall mit Substanz, der erste Fall, in dem er sein Geschick und seinen Scharfsinn beweisen konnte. Er fühlte sich wie ein Athlet, der endlich an einem wichtigen Wettkampf teilnehmen konnte. Vielleicht waren es nicht die Olympischen Spiele, aber es war mehr als das lokale High-School-Turnier. Über diesen Fall wurde auch in den Zeitungen New Yorks berichtet.

Der Staatsanwalt Martin Balm bot Kevin sofort eine Übereinkunft in der Hoffnung an, die Geschichte aus den Medien herauszuhalten und größeres Aufsehen zu vermeiden. Die wichtigste aller Überlegungen, so betonte er, auf Kevins Mitgefühl hoffend, sei es, die Kinder aus dem Gerichtssaal fernzuhalten und ihnen so zu ersparen, den ganzen Schrecken noch einmal durchzumachen. Wenn Lois sich schuldig bekannte, würde sie fünf Jahre auf Bewährung und psychologische Betreuung bekommen. Natürlich würde ihre Karriere als Lehrerin beendet sein.

Aber Kevin riet Lois, diesen Vorschlag nicht anzunehmen, und sie war seiner Meinung. Jetzt saß sie im Gerichtssaal, starrte auf ihre Hände, die in ihrem Schoß lagen. Kevin hatte sie angewiesen, nicht arrogant dreinzuschauen, sondern verletzt und leidend zu wirken. Von Zeit zu Zeit zog sie ihr Taschentuch heraus und betupfte ihre Augen.

Tatsächlich hatte er sie diese Pose in seinem Büro proben lassen, ihr gezeigt, wie sie Zeugen intensiv und die Geschworenen hoffnungsvoll anzusehen hatte. Er hatte Videoaufnahmen von ihr gemacht und sie ihr vorgespielt, ihr Hinweise gegeben, wie sie ihre Augen einsetzen, ihr Haar tragen, ihre Schultern halten und ihre Hände benutzen sollte. Er erklärte ihr, daß sie in einem visuellen Zeitalter lebten, Symbole und Posen waren deshalb das Wichtigste.

Kevin drehte sich um, um einen raschen Blick zu seiner Frau Miriam zu werfen, die vier Reihen entfernt saß. Sie wirkte nervös, angespannt und besorgt. Wie Sanford Boyle hatte auch sie ihm geraten, den Fall nicht zu übernehmen, aber Kevin hatte sich in dieser Angelegenheit mit größerer Hingabe engagiert, als jemals zuvor in den drei Jahren, die er als Anwalt arbeitete. Er sprach über nichts anderes mehr. Er verbrachte seine Tage mit Nachforschungen und Ermittlungen, arbeitete an Wochenenden und tat weit mehr, als seine Verpflichtung als Anwalt von ihm verlangte.

Er schenkte Miriam ein kurzes strahlendes Lächeln und drehte sich ruckartig um.

»Mr. Cornbleau, Sie selbst haben die drei Mädchen am Dienstag, dem dritten November, befragt?«

»Ja.«

»Das angebliche erste Opfer, Barbara Stanley, hat Ihnen von seinen Erfahrungen erzählt?« Kevin nickte, um die Antwort zu bestätigen, bevor er sie erhalten hatte.

»Das ist korrekt. Deshalb bat ich sie in mein Büro.«

»Können Sie uns erzählen, wie Sie angefangen haben, nachdem die Mädchen da waren?«

»Wie bitte?« Cornbleau runzelte die Stirn, als ob die Frage seltsam sei.

»Welches war die erste Frage, die Sie den Mädchen gestellt haben?« Kevin trat zu den Geschworenen. »Haben Sie gefragt, ob Miss Wilson sie an ihrem Gesäß berührt habe? Haben Sie gefragt, ob sie ihre Hände unter ihre Röcke gesteckt habe?«

»Natürlich nicht.«

»Schön. Was haben Sie gefragt?«

»Ich habe sie gefragt, ob es wahr sei, daß sie die gleiche Art von

Belästigung erfahren hätten, die Barbara Stanley durch Miss Wilson erfahren hatte.«

»Die gleiche Art von Belästigung?« Er verzog das Gesicht bei dem Wort *Belästigung*.

»Ja.«

»Dann hat also Barbara Stanley ihren Freundinnen erzählt, was ihr angeblich widerfahren ist, und die drei jungen Mädchen erzählten ihr von ähnlichen Erlebnissen, aber keines der drei hatte jemals zuvor jemand anderem davon erzählt. Wollen Sie das damit sagen?«

»Ja. Das hatte ich so verstanden.«

»Ein charismatisches zehnjähriges Mädchen«, spöttelte Kevin, wobei er so tat, als habe er lediglich einen Gedanken laut ausgesprochen. Einige Mitglieder der Jury hoben die Augenbrauen. Ein kahlköpfiger Mann in den vorderen Reihe neigte nachdenklich seinen Kopf und starrte den Schulleiter aufmerksam an.

Als Kevin sich umdrehte und ins Publikum schaute, sah er, daß der würdig aussehende Mann in der hinteren Reihe breiter lächelte und ermutigend nickte. Kevin überlegte, ob er ein Verwandter von Lois Wilson sein könnte, möglicherweise ein älterer Bruder.

»Also, Mr. Cornbleau, können Sie dem Gericht sagen, was für Noten Barbara Stanley in Lois Wilsons Klasse bekam?«

»Sie bekam eine Drei minus.«

»Drei minus. Und hatte sie vorher irgendwelche Probleme mit Miss Wilson?«

»Ja«, murmelte der Rektor.

»Wie bitte?«

»Ja. Sie war zweimal in mein Büro geschickt worden, weil sie sich geweigert hatte, ihre Arbeit zu machen, und in der Klasse häßliche Ausdrücke gebraucht hatte, aber ...«

»Sie können also mit Sicherheit sagen, daß Barbara Miss Wilson nicht mochte?«

»Einspruch, Euer Ehren.« Der Staatsanwalt stand auf. »Der Verteidiger fordert den Zeugen auf, eine Schlußfolgerung zu ziehen.«

»Stattgegeben.«

»Verzeihung, Euer Ehren.« Kevin wandte sich wieder an Cornbleau. »Kommen wir zu den drei Mädchen zurück, Mr. Cornbleau. Haben Sie sie alle drei gebeten, Ihnen an diesem Tag in Ihrem Büro von ihren Erlebnissen zu berichten?«

»Ich hielt es für das Beste, das gleich zu tun, ja.«

»Sie wollen uns also sagen, daß die beiden anderen zuhörten, während die eine ihre Geschichte erzählte?« fragte er. Er verzog dabei sein Gesicht, um seine Ungläubigkeit zum Ausdruck zu bringen.

»Ja.«

»War das nicht unangemessen? Ich meine, die Mädchen diesen Geschichten auszusetzen... angeblichen Erlebnissen...«

»Nun, es war eine Ermittlung.«

»Oh, ich verstehe. Sie hatten schon vorher Erfahrung mit solchen Dingen gemacht?«

»Nein, niemals. Darum war es ja so schockierend.«

»Haben Sie die Mädchen darauf aufmerksam gemacht, daß sie ernste Probleme bekommen könnten, wenn sie sich das nur ausgedacht haben?«

»Natürlich.«

»Aber Sie neigten dazu, ihnen zu glauben, korrekt?«

»Ja.«

»Warum?«

»Weil sie alle das gleiche sagten und es auf die gleiche Weise beschrieben.« Cornbleau wirkte zufrieden mit sich und seiner Antwort, aber Kevin trat näher zu ihm, und seine Fragen kamen jetzt in schneller Folge.

»Dann hätten sie es nicht einstudieren können?«

»Was?«

»Könnten sie sich nicht zusammengesetzt und ihre Geschichten auswendig gelernt haben?«

»Ich verstehe nicht...«

»Ist das ausgeschlossen?«

»Also …«

»Haben Sie nie die Erfahrung gemacht, daß Kinder in diesem Alter lügen?«

»Natürlich.«

»Und daß sie gemeinsam lügen?«

»Ja, aber …«

»Dann ist das nicht möglich?«

»Ich nehme es an.«

»Sie nehmen es an?«

»Nun …«

»Haben Sie Miss Wilson sofort, nachdem sie mit den Mädchen gesprochen hatten, zu sich gerufen und sie mit diesen Geschichten konfrontiert?«

»Ja, natürlich.«

»Und was war ihre Reaktion?«

»Sie wollte es nicht leugnen.«

»Sie meinen, sie weigerte sich, über diese Dinge ohne Anwesenheit eines Anwalts befragt zu werden, nicht wahr?« Cornbleau rutschte nervös auf seinem Platz herum. »Ist das nicht so?« wollte Kevin wissen.

»Das sagte sie.«

»Sie machten also einfach weiter und informierten den Direktor und den Staatsanwalt?«

»Ja. Wir verfuhren so, wie es die Schulbehörde für solche Fälle vorschreibt.«

»Sie haben nicht weiter nachgeforscht, keine weiteren Schüler zu sich gerufen?«

»Nein.«

»Und bevor Miss Wilson wegen dieser Sache angeklagt wurde, haben Sie und der Direktor sie suspendiert, korrekt?«

»Wie ich sagte …«

»Bitte, beantworten Sie nur die Frage.«

»Ja.«

»Ja«, wiederholte Kevin, als ob dies ein Schuldeingeständnis sei.

Er legte eine Pause ein und zeigte ein leichtes Lächeln, als er sich von Cornbleau zu der Jury und dann wieder zurück zu Cornbleau wandte.

»Mr. Cornbleau, hatten Sie bei mehr als einer Gelegenheit Auseinandersetzungen mit Miss Wilson wegen ihrer Schwarzen Bretter?«

»Hatte ich.«

»Warum?«

»Sie waren zu klein und entsprachen nicht der Norm.«

»Sie standen ihr als Lehrerin kritisch gegenüber?«

»Die Einrichtung des Klassenzimmers ist für die Effektivität eines Lehrers sehr wichtig«, sagte Cornbleau pedantisch.

»Aha, aber Miss Wilson hatte nicht... nun, sagen wir, die gleiche Hochachtung vor Schwarzen Brettern.«

»Nein.«

»Tatsächlich war sie, demzufolge, was Sie in ihre Akte geschrieben haben, ›hochmütig‹.«

»Unglücklicherweise bekommen die meisten neueren Lehrer keine so gute Ausbildung mehr wie früher.« Cornbleau lächelte affektiert.

Kevin nickte. »Ja, warum können nicht alle so wie wir sein?« fragte er rhetorisch, und einige Leute im Publikum kicherten. Der Richter rief sie zur Ordnung.

»Sie standen auch Miss Wilsons Kleidung kritisch gegenüber, nicht wahr?« fuhr Kevin fort.

»Ich denke, sie sollte sich konservativer kleiden, ja.«

»Aber Miss Wilsons Amtsleiterin hat ihr für ihre Lehrfähigkeiten fortwährend beste Noten gegeben«, unterbrach ihn Kevin mit erhobener Stimme. »In ihrem letzten Bericht schrieb sie« – Kevin blickte auf sein Dokument – »Lois Wilson hat ein wirkliches Verständnis für Kinder. Gleich, welcher Art das Problem ist, sie scheint immer fähig zu sein, auf sie einzuwirken und sie anzuregen.« Er legte das Dokument ab. »Das ist doch eine recht gute Beurteilung, oder?«

»Ja, aber wie ich sagte...«

»Keine weiteren Fragen, Euer Ehren.«

Kevin ging an seinen Tisch zurück, sein Gesicht rot vor Zorn. Alle Blicke waren auf ihn gerichtet. Als er zu dem eleganten Mann im Publikum schaute, sah er, daß das Lächeln von seinem Gesicht verschwunden war. Es war durch einen Ausdruck echter Ehrfurcht ersetzt worden. Kevin war hoffnungsvoll zumute.

Miriam hingegen sah traurig aus, so traurig, als würde sie gleich in Tränen ausbrechen. Sie blickte rasch nach unten, als er sie anschaute. *Sie schämt sich meiner*, dachte er. *Mein Gott, sie schämt sich noch immer meiner. Aber das wird nicht mehr lange so bleiben*, schloß er zuversichtlich.

»Mr. Balm? Irgendwelche weiteren Fragen an Mr. Cornbleau?«

»Nein, Euer Ehren. Wir möchten Barbara Stanley in den Zeugenstand rufen, Euer Ehren«, sagte der Distriktanwalt. Etwas wie Verzweiflung klang in seiner Stimme mit.

Kevin tätschelte beruhigend Lois Wilsons Hand. Er hatte die Anklage dazu gebracht, dem Kern der Sache auf den Grund zu gehen.

Ein dickliches Mädchen mit gelocktem, blondem Haar, das genau unter ihren Ohrläppchen gestutzt war, kam den Gang herunter. Die Zehnjährige trug ein hellblaues Kleid mit weißem Rüschenkragen und weißen Rüschenärmeln. Die bauschige Kleidung schien ihren Umfang noch zu vergrößern.

Sie nahm ängstlich ihren Platz ein und hob ihre Hand zur Vereidigung. Kevin warf Martin Balm einen wissenden Blick zu: Sie war gut auf das vorbereitet worden, was sie erwartete. Auch Balm hatte seine Hausaufgaben gemacht. Aber Kevin hatte das Gefühl, mehr geleistet zu haben, und das würde den Unterschied ausmachen.

»Barbara«, begann Martin Balm, wobei er auf sie zuging.

»Einen Augenblick, Mr. Balm«, sagte der Richter. Er beugte sich zu Barbara Stanley vor. »Barbara, verstehst du, was du gerade zu tun geschworen hast... die Wahrheit zu sagen?« Barbara warf einen schnellen Blick ins Publikum, wandte sich dann wieder an den Richter und nickte. »Und verstehst du, wie wichtig das sein kann, was du hier sagst?« Sie nickte wieder, diesmal vorsichtiger. Der Richter lehnte sich zurück. »Fahren Sie fort, Mr. Balm.«

»Danke, Euer Ehren.« Balm trat neben den Zeugenstuhl. Er war ein großer, schlanker Mann, der eine vielversprechende politische Karriere vor sich hatte. Er fühlte sich unwohl bei diesem Fall und hatte gehofft, daß Kevin und Lois Wilson auf seinen Vorschlag eingehen würden. Aber daraus war nichts geworden, und so stand er jetzt hier und war auf die Zeugenaussage zehnjähriger Kinder angewiesen. »Ich möchte, daß du dem Gericht das erzählst, was du Mr. Cornbleau an diesem Tag in seinem Büro erzählt hast. Rede ganz langsam.«

Das dickliche Mädchen sah Lois rasch an. Kevin hatte ihr gesagt, sie solle alle Kinder intensiv anschauen, besonders die drei, die Barbara Stanleys Vorwürfe bestätigt hatten.

»Also... manchmal, wenn wir Kunstfachunterricht hatten...«

»Kunstfachunterricht. Was ist das, Barbara?«

»Kunstfachunterricht ist Kunst oder Vorlesen oder Musik. Die Klasse geht zu dem Kunstlehrer oder Musiklehrer«, rezitierte das kleine Mädchen mit fast geschlossenen Augen. Kevin konnte sehen, daß sie sich sehr anstrengte, alles korrekt zu machen. Als er sich umschaute, sah er, wie Leute im Publikum lächelten und das Kind stumm anfeuerten. Der Herr in der hintersten Reihe schaute jedoch konzentriert, fast ärgerlich drein.

»Ich verstehe«, sagte Balm nickend. »Sie geht in einen anderen Raum, richtig.«

»Hm.«

»Bitte, sag ja oder nein, Barbara, okay?«

»Hm – äh, ich meine ja.«

»Gut, manchmal, wenn ihr Kunstfachunterricht hattet...«, gab Balm ihr das Stichwort.

»Miss Wilson forderte einen von uns auf, zurückzubleiben«, erwiderte Barbara auf das Stichwort.

»Zurückzubleiben? Mit ihr allein in der Klasse zu bleiben?«

»Hm... ja.«

»Und?«

»Einmal bat sie auch mich darum.«

»Und was hast du Mr. Cornbleau über dieses eine Mal erzählt?«

Barbara drehte sich ein wenig auf ihrem Platz, so daß sie Lois' Blick ausweichen konnte. Dann holte sie tief Luft und fing an zu sprechen.

»Miss Wilson sagte, ich solle mich neben sie setzen, und sie erzählte mir, sie glaube, daß ich ein hübsches Mädchen werden würde, aber da wären Dinge, die ich über meinen Körper wissen sollte, Dinge, über die Erwachsene nicht sprechen wollen.« Sie hielt inne und senkte ihren Blick.

»Weiter.«

»Sie sagte, da gäbe es Stellen, die besonders seien.«

»Besonders?«

»Äh ... ja.«

»Und was wollte sie dir über diese Stellen beibringen, Barbara?« Barbara warf einen schnellen Blick in Lois Wilsons Richtung und wandte sich dann wieder an Balm. »Barbara, was wollte sie dir beibringen?« wiederholte er.

»Daß besondere Dinge passieren, wann immer ... wann immer jemand sie berührt.«

»Ich verstehe. Und was hat sie getan?« Er nickte, um sie zum Fortfahren zu ermutigen.

»Sie zeigte mir die Stellen.«

»Zeigte sie dir? Wie?«

»Sie deutete darauf, und dann bat sie mich, sie von ihr berühren zu lassen, damit ich verstehen würde.«

»Hast du sie das tun lassen, Barbara?«

Barbara preßte ihre Lippen fest zusammen und nickte.

»Ja?«

»Ja.«

»Wo genau hat sie dich berührt, Barbara?«

»Hier und dort«, sagte Barbara, wobei sie auf ihre Brust und zwischen ihre Beine zeigte.

»Hat sie dich da nur berührt oder hat sie noch mehr getan?«

Barbara biß sich auf die Unterlippe.

»Das ist schwer, Barbara, das wissen wir. Aber wir müssen dich das fragen, damit dann das Richtige getan werden kann. Das verstehst du, nicht wahr?« Sie nickte. »Okay, erzähl's dem Gericht. Was hat Miss Wilson noch getan?«

»Sie hat ihre Hand hineingelegt«, sagte sie und legte ihre eigene rechte Hand zwischen ihre Beine, »und gerieben.«

»Ihre Hand dort hineingelegt? Du meinst, unter deine Kleidung?«

»Ja.«

»Was geschah dann, Barbara?«

»Sie fragte mich, ob ich etwas Besonderes spüre. Ich sagte ihr, daß es nur kitzelte, und sie wurde ärgerlich und zog ihre Hand heraus. Sie sagte, ich sei noch nicht so weit, daß ich verstehen könnte, aber sie würde es ein anderes Mal wieder versuchen.«

»Hat sie das getan?«

»Nicht bei mir«, sagte Barbara schnell.

»Bei Freundinnen von dir, anderen Mädchen aus der Klasse?«

»Äh. Ja.«

»Und als du ihnen erzählt hast, was Miss Wilson mit dir gemacht hat, haben sie dir erzählt, was sie mit ihnen gemacht hat, korrekt?«

»Ja.«

Ein leises Gemurmel ging durch das Publikum. Der Richter schaute tadelnd, und augenblicklich kehrte wieder Ruhe ein.

»Und dann habt ihr alles Mr. Cornbleau erzählt?«

»Ja.«

»Okay, Barbara. Mr. Taylor wird dir jetzt ebenfalls Fragen stellen. Sei zu ihm genauso ehrlich, wie du es mir gegenüber warst«, sagte Martin Balm. Dann wandte er sich an Kevin und schüttelte den Kopf. Auch er war geübt in dramatischen Posen.

Schön formuliert, dachte Kevin. *Das muß ich mir merken: Sei zu ihm genauso ehrlich, wie du es mir gegenüber warst.*

»Barbara«, sagte Kevin, bevor er aufstand. »Dein vollständiger

Name ist Barbara Elizabeth Stanley, richtig?« Sein Tonfall war locker und freundlich.

»Ja.«

»Es gibt doch noch ein anderes Mädchen in der Klasse, das auch Barbara heißt, nicht wahr, Barbara?«

Sie nickte, und Kevin trat, immer noch lächelnd, näher.

»Aber ihr Name ist Barbara Louise Martin, und um euch auseinanderzuhalten, nannte Miss Wilson sie Barbara Louise und dich einfach nur Barbara, nicht wahr?«

»Ja.«

»Magst du Barbara Louise?«

Sie zuckte mit den Schultern.

»Glaubst du, daß Miss Wilson Barbara Louise mehr mag, als sie dich mag?«

Barbara Stanley schaute Lois an, und ihre Augen verengten sich.

»Ja«, sagte sie.

»Weil Barbara Louise in der Klasse besser mitarbeitet?«

»Ich weiß nicht.«

»Und weil Barbara Louise nie Ärger bekommen hat, weil sie häßliche Ausdrücke benutzte wie du?«

»Ich weiß nicht.«

»Hast du versucht, die anderen Mädchen dazu zu bringen, daß sie Barbara Louise nicht mögen?«

»Nein.«

»Nun hör mal, Barbara, der Richter hat dir gesagt, daß du die Wahrheit sagen mußt, wenn du vor Gericht aussagst. Sagst du die Wahrheit?«

»Ja.«

»Hast du Zettel an deine Freundinnen weitergegeben, auf denen du dich über Barbara Louise lustig gemacht hast?«

Barbaras Lippen zitterten ein wenig.

»Hat Miss Wilson dich nicht dabei erwischt, als du Zettel mit bösen Bemerkungen über sie an die anderen Mädchen der Klasse weitergegeben hattest?« fragte er und nickte. Barbara schaute Lois

Wilson an und dann in das Publikum zu ihren Eltern. »Miss Wilson führt über alles, was in der Klasse vorgeht, genau Protokoll«, sagte Kevin und entfaltete ein Stück Papier. »›Laßt sie uns Barbara Verliererin nennen‹ hast du an jemanden geschrieben, und ein paar Schüler haben angefangen, sie so zu rufen, richtig?« Barbara antwortete nicht. »Tatsächlich haben die anderen Mädchen, die behaupten, daß Miss Wilson mit ihnen bestimmte Dinge getan habe, genau wie du Barbara Louise ›Barbara Verliererin‹ gerufen. Richtig?«

»Ja.« Barbara war den Tränen nahe.

»Du *hast* also gelogen, als ich dich fragte, ob du versucht hast, die anderen Mädchen dazu zu bringen, daß sie Barbara Louise nicht mögen, oder?« fragte er mit plötzlicher Schärfe. Barbara Stanley biß sich auf die Unterlippe. »Hast du's?« wiederholte er. Sie nickte. »Und vielleicht lügst du auch bei den Dingen, die du gerade Mr. Balm erzählt hast, ja?« Sie schüttelte schnell den Kopf.

»Nein«, sagte das kleine Mädchen mit dünner Stimme. Kevin konnte die haßerfüllten Blicke einiger Leute im Publikum spüren. Eine Träne hatte sich aus Barbaras rechtem Auge gelöst und rollte über ihre Wange.

»Du wolltest bei Miss Wilson immer so beliebt sein, wie Barbara Louise es ist, nicht wahr, Barbara?«

Sie zuckte die Achseln.

»Tatsächlich wolltest du immer das beliebteste Mädchen in deiner Klasse sein, ebenso beliebt bei den Jungen wie bei den Mädchen, nicht wahr?«

»Ich weiß nicht.«

»Du weißt es nicht? Du lügst doch nicht schon wieder, oder?« Er warf einen Blick zur Jury. »Das hast du Mary Lester erzählt, stimmt's?« Sie begann, ihren Kopf zu schütteln. »Ich könnte Mary bitten, hierherzukommen, Barbara. Also denk nach und sage die Wahrheit. Hast du Mary erzählt, daß du wünschtest, daß alle Barbara Louise hassen und dich alle mehr lieben?« fragte er. Seine Stimme war von großer Eindringlichkeit.

»Ja.«

»Dann ist also Barbara Louise ein beliebtes Mädchen, oder?«

»Äh. Ja.«

»Du würdest auch gerne beliebt sein, richtig? Wer würde das nicht?« sagte er, beinahe lachend. Barbara wußte nicht, ob sie die Frage zu beantworten hatte, aber Kevin brauchte die Antwort gar nicht. »Also, Barbara, du weißt, daß du und die anderen Mädchen Miss Wilson beschuldigen, mit euch sexuelle Dinge getan zu haben, böse sexuelle Dinge. Richtig?«

Barbara nickte. Ihre Augen wurden ein wenig größer. Kevin schaute sie unverwandt an. »Ja«, sagte sie schließlich.

»War dies tatsächlich das erste Mal, daß sexuelle Dinge mit dir getan wurden, oder das erste Mal, daß du etwas Sexuelles getan hast, Barbara?« fragte er rasch. Sofort war im Publikum ein Keuchen zu hören, dann ärgerliches Gemurmel. Der Richter pochte mit seinem Hammer.

Barbara nickte langsam.

»Ja?«

»Ja«, sagte sie.

»Aber was war damals, als ihr, du, Paula, Sara und Mary Gerald und Tony an einem Nachmittag nach der Schule zu dir nach Hause eingeladen habt, als deine Eltern nicht daheim waren, als niemand von deiner Familie daheim war?« fragte Kevin ruhig. Barbaras Gesicht wurde rot. Sie schaute sich einen Augenblick hilflos um. Kevin trat näher und fragte fast flüsternd: »Wußtest du, daß Mary Wilson von diesem Nachmittag erzählt hat, Barbara?«

Barbara schaute entsetzt und schüttelte rasch den Kopf.

Kevin lächelte. Als er Martin Balm einen Blick zuwarf, sah er den Ausdruck von Verwirrung auf dessen Gesicht. Kevin nickte und lächelte die Jury selbstzufrieden an.

»Du hast in Miss Wilsons Klasse keine guten Leistungen erbracht, nicht wahr, Barbara?« fragte er. Sein Tonfall war wieder unbeschwerlich und freundlich.

»Nein.« Barbara wischte eine Träne fort. »Aber es ist nicht meine

Schuld«, fügte sie schnell hinzu, glücklich darüber, daß die Befragung eine andere Richtung genommen hatte.

Kevin legte eine Pause ein, als ob er fertig sei, wandte sich dann aber wieder ihr zu.

»Glaubst du, daß Miss Wilson dich nicht mag und es dir deshalb so schwer macht?«

»Ja.«

»Dann würdest du sie also gern nicht mehr als Lehrerin haben wollen, oder?«

Barbara konnte ihre Augen nicht von Lois' intensivem Blick lösen. Sie zuckte mit den Schultern.

»Nein? Ja?« wollte Kevin wissen.

»Ich will nur, daß sie aufhört, auf mir herumzuhacken.«

»Ich verstehe. Schön, Barbara. Wann ereignete sich denn dieser Vorfall zwischen dir und Miss Wilson? Was war das für ein Datum?«

»Einspruch, Euer Ehren«, sagte Balm, der sich rasch erhob. »Ich glaube nicht, daß man von diesem kleinen Mädchen erwarten kann, daß es sich an Daten erinnert.«

»Euer Ehren, die Anklage präsentiert dieses kleine Mädchen als einen ihrer Hauptzeugen gegen meine Klientin. Wir können uns nicht willkürlich aussuchen, woran sie sich bei einer so wichtigen Sache erinnert und woran nicht. Wenn ihre Aussage auf irgendeine Weise ungenau ist...«

»In Ordnung, Mr. Taylor. Sie haben Ihren Standpunkt dargelegt. Einspruch abgelehnt. Stellen Sie Ihre Frage, Mr. Taylor.«

»Danke, Euer Ehren. Also, Barbara, vergiß das Datum. Geschah es an einem Montag, an einem Donnerstag?« fragte Kevin rasch und ging auf das Mädchen zu.

»Äm... an einem Dienstag.«

»Dienstag?« Er machte einen weiteren Schritt auf sie zu.

»Ja.«

»Aber ihr habt am Dienstag keinen Fachkunstunterricht, Barbara«, sagte er schnell, sein unerwartetes Glück nutzend: die Verwirrung des Mädchens.

Sie schaute sich hilflos um.

»Äh, ich meinte Donnerstag.«

»Du meintest Donnerstag. Du bist sicher, daß es nicht ein Montag war?« Sie schüttelte ihren Kopf. »Weil Miss Wilson sehr oft ins Lehrerzimmer geht, wenn sie eine Pause hat, und sie würde nicht in ihrem Raum sein, wenn die Klasse ihn verlassen hat.« Barbaras Blick war starr. »Es war also ein Donnerstag?«

»Ja«, sagte sie matt.

»Passierte das den anderen Mädchen angeblich nicht auch an einem Donnerstag?« fragte er, als ob er über die Fakten selbst verwirrt sei.

»Einspruch, Euer Ehren. Sie kennt die Aussagen der anderen nicht.«

»Im Gegenteil«, sagte Kevin. »Ich behaupte, daß sie die sehr wohl kennt.«

»Durch wen?« fragte Balm empört.

»Meine Herren.« Der Richter klopfte mit seinem Hammer. »Einspruch stattgegeben. Beschränken Sie Ihre Fragen auf die Aussage dieser Zeugin, Mr. Taylor.«

»Gut, Euer Ehren. Barbara, wann hast du den anderen Mädchen erzählt, was dir widerfahren ist? Hast du es ihnen gleich erzählt?« fragte Kevin, bevor sie sich erholen konnte.

»Nein.«

»Hast du es ihnen bei dir zu Haus erzählt?«

»Ich…«

»War das an dem Tag, als ihr die Party mit Gerald und Tony hattet?«

Das kleine Mädchen biß sich erneut auf ihre Unterlippe.

»Da hast du's ihnen erzählt, nicht wahr? Gab es einen Grund, warum du diesen Nachmittag ausgewählt hattest? Passierte etwas, das dich auf die Idee brachte, die Geschichte zu erzählen?«

Tränen liefen über Barbaras Gesicht, aber sie schüttelte den Kopf.

»Wenn du willst, daß die Leute die Geschichte glauben, die du über Miss Wilson erzählst, dann mußt du alles erzählen, Barbara. Die anderen Mädchen werden auch alles erzählen müssen«, fügte er hinzu. »Warum du an diesem Nachmittag über Miss Wilson gesprochen hast, was ihr und die Jungen getan habt, *alles.*« Der Ausdruck von Entsetzen auf Barbaras Gesicht verstärkte sich.

»Es sei denn, du hast dir das alles ausgedacht und auch die anderen Mädchen dazu gebracht, sich das auszudenken«, fügte er hinzu, womit er ihr einen Ausweg bot. »Hast du das alles nur erfunden, Barbara?«

Barbara saß wie versteinert da, ihre Lippen zitterten. Sie antwortete nicht.

»Wenn du jetzt die Wahrheit sagst, ist alles vorbei«, versprach er. »Niemand muß dann noch irgend etwas anderes wissen«, fügte er fast im Flüsterton hinzu. Das kleine Mädchen sah aus wie gelähmt. »Barbara?«

»Euer Ehren«, sagte Balm. »Mr. Taylor setzt die Zeugin unter Druck.«

»Das finde ich nicht, Mr. Balm«, sagte der Richter. Er beugte sich zu Barbara vor. »Barbara, du mußt die Frage beantworten.«

»Hast du Mr. Cornbleau angelogen, weil du Miss Wilson nicht magst?« fragte Kevin rasch. Es war ein geschickter Schachzug. Er baute darauf, daß sie innerlich bereits eine positive Antwort gegeben hatte. Kevin sah aus den Augenwinkeln, daß einige der Geschworenen die Augenbrauen hoben.

Barbara schüttelte ihren Kopf, aber die Tränen begannen erneut, über ihre Wangen zu laufen.

»Du weißt, daß du Miss Wilsons Karriere zerstören könntest, Barbara?« sagte Kevin und trat beiseite, so daß Lois Wilson das Mädchen direkt anschauen konnte. »Das hier ist kein Spiel wie das, das du zu Hause spielst, ein Spiel wie ›Besondere Stellen‹, fügte Kevin hinzu, und das Gesicht des kleinen Mädchens sah aus, als würde es plötzlich in Flammen stehen. Ihre Augen weiteten sich. Sie schaute verzweifelt ins Publikum.

»Wenn du vorhin nicht die ganze Wahrheit gesagt hast, ist es besser, wenn du sie jetzt sagst, statt weiter Lügen zu erzählen. Und nun denk nach und erzähl uns die Wahrheit, Barbara«, sagte Kevin eindringlich. Er stand über ihr und funkelte sie an, wobei er seine Augen starr auf sie heftete.

Kevin holte aus wie ein Preisboxer, der sich auf seinen entscheidenden Schlag vorbereitet. »Miss Wilson hat die anderen Mädchen nie angefaßt. Sie haben sich wegen dem, was sie an diesem Nachmittag bei dir zu Hause taten, einverstanden erklärt, das zu sagen, richtig? Du sagtest, du würdest es allen erzählen, wenn sie nicht mitmachen würden.«

Barbara riß ihren Mund weit auf. Ihr Gesicht war derart rot, als ob alles Blut ihres Körpers dorthin geströmt sei. Sie schaute angestrengt zu ihren Eltern hinüber. Kevin bewegte sich so, daß er ihr den Blick auf den Distriktanwalt versperrte.

»Wir brauchen nicht über das zu sprechen, was bei dir zu Hause geschehen ist«, sagte er gnädig, »aber hast du deinen Freundinnen gesagt, was sie sagen sollen und wie sie es sagen sollen? Barbara?« setzte er nach und hämmerte die Antwort, die er haben wollte, förmlich in sie hinein. »Wenn die anderen Mädchen hier oben sitzen, werden sie über den Nachmittag und das Spiel sprechen müssen, und sie werden die Wahrheit sagen müssen. Aber wenn du es jetzt erzählst, brauchen wir es nicht von ihnen zu hören. Hast du ihnen gesagt, was sie sagen sollen?«

»Ja«, murmelte sie, dankbar für die Begnadigung.

»Was?«

»Ja.« Sie begann zu weinen.

»Dann haben sie also Mr. Cornbleau das erzählt, was du ihnen zu erzählen aufgetragen hast«, schloß er und kam auf den eigentlichen Punkt. Er wandte sich von ihr ab und sah die Jury an. Seine Miene zeigte eine wundervolle Kombination aus Verärgerung und Sorge. Alle blickten auf das kleine Mädchen und dann wieder zurück zu Kevin.

»Aber ich habe nicht bei dem gelogen, was ich ihm erzählt habe. Das habe ich nicht!« schrie Barbara unter Tränen.

»Mir scheint, Barbara, daß du eine Menge Lügen erzählt hast, während du hier gesessen hast.«

Er drehte sich um und sah den Distriktanwalt kopfschüttelnd an. Barbara weinte heftig und mußte aus dem Zeugenstand geführt und auf ihren Platz gebracht werden.

Kevin kehrte zu seinem Platz zurück und schaute, während er das tat, ins Publikum. Die meisten Zuhörer sahen schockiert aus, verwirrt. Mr. Cornbleau wirkte wütend, ebenso wie einige der anderen Bürger. Der Herr in der hinteren Reihe lächelte ihn an, aber Miriam schüttelte ihren Kopf und wischte sich eine Träne von der Wange.

Lois Wilson schaute ihn an und wartete auf das Signal. Er nickte, und dann, genauso, wie er es ihr gesagt hatte, schaute sie Barbara verzeihend an und wischte sich ihre eigenen herausgedrückten Tränen fort.

Der Distriktanwalt erhob sich. Als er die Jury und das Publikum mit ausdrucksloser Miene ansah, wußte er, daß es sinnlos war, fortzufahren.

2

Das Bramble Inn war eines der besseren Restaurants, etwas außerhalb von Blithedale gelegen. Es war ein englisches Steakhaus, berühmt für seine Rippenstücke vom Lamm und sein hausgemachtes Obstdessert mit Sahne. Kevin und Miriam Taylor liebten das Ambiente, von dem kopfsteingepflasterten Zugang bis zu dem großen Foyer mit Hickorybänken und gemauertem Kamin. Für die Taylors gab es nichts Romantischeres, als in einer Schneenacht ins Bramble Inn zu gehen, an der Bar zu sitzen und Cocktails zu trinken, während das Kaminfeuer knisterte. Wie gewöhnlich war das Restaurant voll mit Gästen der oberen Mittelklasse, von denen Kevin viele kannte. Einige blieben stehen, um ihm zu gratulieren. Sobald er und Miriam ein paar ruhige Augenblicke hatten, lehnte er seine Schulter an ihre und küßte sie auf die Wange.

Fast vor einem Monat hatte Miriam den schwarzen Lederrock und die Jacke gekauft, die sie heute abend trug, aber sie hatte beides hinten in ihrem Schrank versteckt aufbewahrt in der Hoffnung, bald eine Gelegenheit zu haben, es herauszuholen und Kevin zu überraschen. Der gut sitzende Rock betonte den weichen, vollen Schwung ihrer Hüften und zeigte gerade soviel von ihren schlanken, wohlgeformten Beinen, um es verführerisch wirken zu lassen. Unter der Jacke trug sie eine weißgrüne Strickbluse, die direkt für ihre schönen Brüste und die schmalen Schultern geformt zu sein schien.

Einssiebzig groß und mit ihrem kräftigen, gewellten dunkelbraunen Haar, das direkt über ihren Schultern in Locken fiel, erregte Miriam Taylor jedesmal Aufsehen, wenn sie einen Raum betrat. Sie hatte eine einjährige Ausbildung an der *Marie Simon's Modeling School* in Manhatten gemacht, und obwohl sie keine wirkliche Erfahrung als Model besaß, hatte sie die Haltung und Anmut eines Mannequins.

Kevin hatte sich zuerst in ihre Stimme verliebt – eine tiefe und sexy Lauren Bacall-Stimme. Er hatte sie sogar einen seiner Lieblingsfilmsätze zitieren lassen. »Du weißt doch, wie man pfeift, nicht wahr, Sam ... man spitzt einfach seine Lippen und bläst.«

Als sie ihn mit ihren hellen, haselnußbraunen Augen ansah und ihre Schulter drehte, das »Sam« durch »Kevin« ersetzte, war ihm, als würde eine Hand sein Herz umfassen. Ich könnte ebensogut ein Halsband tragen, dachte er, und ihr die Peitsche reichen. Es gab nichts, was er nicht für sie tun würde.

»Ich bin der treuen Ergebenheit schuldig«, erzählte er ihr. »Das ist die wenig bekannte Sünde exzessiver Liebe zu seiner Gattin. Von dem Augenblick an, als ich dir begegnete, habe ich gegen das Erste Gebot verstoßen: Du sollst keine anderen Götter neben mir haben.«

Sie hatten sich auf einer Cocktailparty kennengelernt, die seine

Firma – *Boyle, Carlton and Sessler* – anläßlich der Eröffnung ihrer neuen Büros in ihrem unlängst fertiggestellten Haus in Blithedale gegeben hatte. Miriam war mit ihren Eltern zu der Party gekommen. Ihr Vater, Arthur Morris,war der prominenteste Zahnarzt in Blithedale. Sanford Boyle stellte Kevin ihr und ihren Eltern vor, und von diesem Augenblick an umkreisten sie einander, betasteten sich gegenseitig mit Lächeln und mit Blicken, bis sie zusammenkamen und bis zum Ende der Party redeten und redeten. Sie willigte ein, mit ihm essen zu gehen, und von da an war ihre Romanze schnell, hitzig und intensiv. Nach knapp einem Monat machte er ihr einen Heiratsantrag.

Während sie jetzt an der Bar des Bramble Inn saßen und auf seinen Erfolg tranken, dachte Miriam über die Veränderungen in ihm seit ihrer ersten Begegnung nach.

Wie erwachsen er aussieht, dachte sie. Er sah viel älter aus als achtundzwanzig. Da war eine Reife, eine Beherrschung, ein Selbstvertrauen in seinen jadegrünen Augen und seinen Gesten, die zu einem Mann von weit größerer Erfahrung und Alter gehörten. Er war kein großer Mann, aber mit einsachtzig und hundertfünfundsiebzig Pfund war er eine ansehnliche athletisch wirkende Person mit gut beherrschter Energie. Er hatte seine Ausbrüche von Ausgelassenheit, wenn er sie brauchte, aber die meiste Zeit hatte er sich unter Kontrolle.

Er war so diszipliniert, so gesund, so ambitioniert und entschlossen, daß sie ihn zu necken pflegte und folgende Zeilen aus einem alten Popsong sang: »And he's oh so healthy in his body and his mind. He's the well-adjusted man about town...«

»Und jetzt erzähl mir, was du heute wirklich dachtest, als du da im Gerichtssaal gesessen hast. Warst du nicht ein bißchen stolz auf mich?«

»Oh, Kevin, ich sage doch nicht, daß ich nicht stolz auf dich war. Du warst... großartig«, erwiderte sie, aber sie konnte das entsetzte Gesicht des kleinen Mädchens nicht aus ihrem Gedächtnis löschen. Sie sah wieder deutlich diese Momente von Panik in den Augen des

Kindes vor sich, als Kevin drohte aufzudecken, was sie und ihre Freundinnen gemacht hatten. »Ich wünschte nur, es hätte für dich einen anderen Weg gegeben, den Fall zu gewinnen, als diesem Kind mit Enthüllungen zu drohen. Du nicht?«

»Natürlich. Aber ich mußte es tun«, sagte er. »Vergiß außerdem nicht, daß Barbara Stanley die gleiche Sache nutzte, um die anderen zur Aussage zu zwingen.«

»Sie sah so jämmerlich aus, als du sie derart heftig angegriffen hast«, sagte sie.

Kevin wurde blaß. »Ich habe die Anklage gegen Lois Wilson nicht erhoben«, erinnerte er sie. »Das war Marty Balm. Er war derjenige, der Barbara Stanley in den Gerichtssaal gebracht hat und sie dem Kreuzverhör aussetzte, nicht ich. Ich hatte eine Klientin zu verteidigen und ihre Rechte und ihre Zukunft. Daran mußte ich zuerst und vor allem anderen denken.«

»Aber, Kevin, was, wenn sie die anderen nur dazu überredet hat, mit ihr auszusagen, weil sie Angst hatte, das alleine zu machen?«

»Dann hätte die Anklage den Fall anders angehen oder Einwände erheben müssen, was auch immer. Das ist nicht mein Problem. Ich sagte dir ja, Miriam, ich war der Verteidiger. Ich habe zu verteidigen und muß jede verfügbare Möglichkeit nutzen. Andernfalls mache ich nicht meinen Job. Das verstehst du doch, oder?«

Sie nickte. Sie mußte ihm, wenngleich widerwillig, beipflichten. Was er sagte, war richtig.

»Bist du nicht ein bißchen stolz auf mich, wie ich mich im Gerichtssaal verhalten habe?« fragte er wieder, wobei er seine Schulter gegen ihre preßte.

Sie lächelte. »Du bist ein verhinderter Schauspieler, Kevin Taylor. So, wie du dich bewegt hast, dich an die Jury wandtest, deine Fragen abgestimmt hast und diese Blicke von dir gegeben hast...« Sie lachte. »Dafür hättest du für einen Academy Award nominiert werden können.«

»Es ist doch auch wie ein Schauspiel, Miriam, oder? Ich kann nicht erklären, was mit mir geschieht, wenn ich in einen Gerichtssaal trete. Es ist, als ob der Vorhang sich öffnen würde und alles, was zu tun ist, steht vor meinem inneren Auge. Es ist fast, als ob es egal sei, wer der Klient ist oder worum es in dem Fall geht. Ich bin einfach da: dazu bestimmt zu tun, was ich tue.«

»Was willst du damit sagen, daß es egal ist, worum es in dem Fall geht oder wer der Klient ist? Du würdest doch nicht einfach irgend jemanden verteidigen, oder doch?« Er antwortete nicht. »Oder doch?«

Er zuckte die Achseln. »Hinge von dem Geld ab, das mir geboten würde, denke ich.«

Sie musterte ihn. Ihre Augen verengten sich. »Kevin, ich möchte, daß du ehrlich zu mir bist.«

Er hob seine rechte Hand und drehte sich zu ihr, um sie anzusehen. »Ich schwöre, die Wahrheit zu sagen, die ganze Wahrheit ...«

»Ich mein's ernst«, sagte sie und drückte seine Hand nach unten.

»In Ordnung. Also, was ist?« Er drehte sich wieder um und beugte sich über die Bar, um sich seinem Drink zu widmen.

»Laß doch mal diese Juristensprache beiseite, die Rolle der Anklage, die Rolle des Verteidigers ... all das. Du hast bewiesen, daß die drei Mädchen gelogen haben, zum Lügen gezwungen wurden oder zumindest diesen Eindruck machten, und ich leugne nicht, daß Barbara Stanley wie eine Erpresserin wirkt. Aber hat Lois Wilson sie mißbraucht? Sie ausgenutzt? Du hast sie befragt, und du hast eine Menge Zeit mit Lois Wilson verbracht.«

»Vielleicht«, sagte er. Da war etwas in der Art, wie er seinen Kopf bewegte, das sie erschaudern ließ.

»Vielleicht?«

Er zuckte mit den Schultern. »Ich verteidige sie, wie ich es dir erklärt habe, habe Lücken in der Anklage des Staatsanwalts gefunden und da angegriffen, wo die Sache brüchig war.«

»Aber wenn sie schuldig ist ...«

»Wer weiß schon, wer schuldig ist und wer nicht? Wenn wir den absolut eindeutigen Beweis von der Unschuld eines Klienten hätten, ohne jeden wie auch immer gearteten Zweifel und so, bevor wir einen Fall übernehmen, würden wir alle verhungern.« Er winkte jemanden herbei und bestellte zwei weitere Drinks.

Für Miriam war es, als ob sich eine Wolke vorübergehend vor die Sonne geschoben hätte. Sie richtete sich auf und sah sich in der Bar um. Ihre Aufmerksamkeit konzentrierte sich auf einen gutaussehenden, vornehm wirkenden Mann mit ebenholzschwarzem Haar und dunklem Teint, der allein an einem Ecktisch saß. Miriam war sicher, daß er sie anstarrte. Plötzlich lächelte er. Sie lächelte ebenfalls und schaute rasch beiseite. Als sie sich wieder umdrehte, starrte er sie noch immer an.

»Kevin? Kennst du den Mann dort in der Ecke, der uns so aufmerksam beobachtet?«

»Mann?« Er drehte sich um. »Ja. Ich meine, nein, aber ich sah ihn heute im Gerichtssaal.«

Der Mann lächelte wieder und nickte. Kevin nickte zurück. Der Mann, der das offensichtlich als Einladung betrachtete, stand auf und kam in ihre Richtung. Er war etwas über einsachtzig groß und gut gebaut.

»Abend«, sagte er. Er streckte seine Hand aus, eine große Handfläche mit langen Fingern und manikürten Nägeln. An seinem kleinen Finger trug er einen flachen Goldring, in den das Initial »P« eingraviert war. »Lassen Sie mich Ihnen gratulieren, und setzen Sie meinen Namen auf die Liste Ihrer Bewunderer. Paul Scholefield.«

»Danke. Meine Frau, Miriam.«

»Mrs. Taylor«, sagte er und nickte. »Sie haben guten Grund, heute abend schön und stolz auszusehen.«

Miriam errötete. »Danke«, sagte sie.

»Ich will mich nicht aufdrängen«, fuhr Scholefield fort, »aber ich war heute im Gerichtssaal und habe Sie in Aktion erlebt.«

»Ja, ich weiß. Ich erinnere mich, Sie gesehen zu haben.« Kevin betrachtete ihn aufmerksam. »Ich glaube nicht, daß wir uns je zuvor begegnet sind.«

»Nein. Ich wohne nicht hier. Ich bin Anwalt bei einer Firma in New York City. Ist es Ihnen recht, wenn ich mich für einen Augenblick zu Ihnen setze?« fragte er und deutete auf den Hocker neben Kevin.

»Sicher.«

»Danke. Ich sehe, daß Sie gerade zwei Drinks bestellt haben. Andernfalls würde ich Ihnen beiden einen ausgeben.« Er gab dem Kellner ein Zeichen. »Einen Champagnercocktail, bitte.«

»Auf welches Recht sind Sie spezialisiert, Mr. Scholefield?« fragte Kevin.

»Bitte, nennen Sie mich Paul. Unsere Firma befaßt sich nur mit Strafrecht, Kevin. Vielleicht haben Sie von ihr gehört: *John Milton and Associates.*«

Kevin überlegte einen Augenblick und schüttelte dann den Kopf. »Bedaure, nein.«

»Ist in Ordnung.« Scholefield lächelte. »Es ist eine dieser Firmen, von denen man erst hört, wenn man in Schwierigkeiten steckt. Wir sind Spezialisten. Die meisten Fälle, die wir übernehmen, würden andere Anwälte meiden.«

»Klingt... interessant«, sagte Kevin vorsichtig. Er begann es zu bedauern, zugelassen zu haben, daß er ihnen Gesellschaft leistete. Er wollte nicht übers Geschäft reden. »Ich denke, wir sollten uns besser um unseren Tisch kümmern, was, Miriam? Langsam werde ich hungrig.«

»Ja«, sagte sie. Sie verstand seine Anspielung. Sie gab dem maître d'hotel ein Zeichen.

»Wie schon gesagt«, meinte Scholefield, der schnell begriff, »ich wollte nicht stören.« Er nahm eine Visitenkarte heraus. »Ich bin heute nicht zufällig bei Ihrem Prozeß gewesen. Wir haben von Ihnen gehört, Kevin.«

»Tatsächlich?« Kevins Augen weiteten sich.

»Ja. Wir halten immer nach aufstrebenden, ausgezeichneten Anwälten Ausschau, die sich im Strafrecht auskennen.Und zufällig haben wir in unserer Firma im Augenblick einen Platz frei.«

»Ach?«

»Und nachdem ich Sie in Aktion gesehen habe, möchte ich

Ihnen unsere Karte hinterlassen und Sie bitten, darüber nachzudenken.«

»Oh, gut…«

»Ich weiß, daß man Ihnen wahrscheinlich eine Partnerschaft in der Kanzlei anbieten wird, bei der Sie sind, aber auf die Gefahr hin, ein wenig snobistisch zu klingen, lassen Sie mich sagen, daß die Arbeit hier draußen Ihnen nicht einmal halb soviel an beruflicher Erfüllung oder auch nur die Hälfte des Einkommens bringen wird.«

»Die Hälfte des Einkommens?«

»Ihr Tisch ist bereit, Sir«, sagte der maître d'hôtel.

»Danke.« Kevin wandte sich wieder an Scholefield. »Sie sagten, die Hälfte des Einkommens?«

»Ja. Ich weiß, was Sie als Partner in unserer Firma verdienen würden. Mr. Milton wird das sofort verdoppeln, und in einem relativ kurzen Zeitraum werden Sie außerdem einen beträchtlichen Bonus erhalten. Dessen bin ich sicher.« Scholefield stand auf. »Bitte, ich möchte Ihnen nicht länger Ihre Zeit rauben. Sie beide haben es verdient, allein zu sein«, fügte er hinzu, wobei er Miriam zuzwinkerte.

Wieder spürte sie, daß sie errötete.

Er schob die Karte zu Kevin hinüber. »Rufen Sie uns einfach an. Sie werden es nicht bedauern. Noch einmal«, fügte er hinzu und hob sein Glas, »meine Glückwünsche zu einem großartigen Sieg. Mrs. Taylor.« Er prostete ihnen erneut zu und verließ sie dann.

Für einen Augenblick rührte sich Kevin nicht, dann blickte er auf die Visitenkarte. Der Prägedruck schien die Karte hochzuheben, sie von selbst zu vergrößern. Die gedämpfte Dinnermusik, die leisen Unterhaltungen ringsum, selbst Miriams Stimme: all das schien plötzlich ganz fern. Er spürte, daß er irgendwie wegdriftete.

»Kevin?«

»Was?«

»Was hatte das alles zu bedeuten?«

»Ich weiß nicht, aber es klingt doch wirklich interessant, oder?« Scholefield kehrte an seinen Tisch zurück und lächelte sie an.

Etwas Kaltes zerrte an ihrem Herzen und brachte es zum Flattern. »Kevin, unser Tisch ist bereit.«

»Richtig,« sagte er. Er schaute noch einmal auf die Visitenkarte, steckte sie dann schnell in seine Tasche und stand auf, um sich zu Miriam zu gesellen.

Sie nahmen ihre Plätze an einem der intimen Tische in einer Ecke im hinteren Teil des Restaurants ein. Die kleine Öllampe auf dem Tisch warf ein weiches, gelbes, fast magisches Licht auf ihre beiden Gesichter. Sie bestellten einen weißen Zinfandel und tranken ihn langsam, während sie leise sprachen, sich an alte Zeiten erinnerten, an andere romantische Abendessen, andere kostbare Augenblicke. Die leise Dinnermusik umhüllte sie auf angenehme Weise – wie die Hintergrundmusik in einem Film. Er führte ihre Hand an seine Lippen und küßte ihre Finger. Sie schauten einander so intensiv an, daß die Kellnerin sich schuldig fühlte, als sie sie unterbrach, um die Bestellung aufzunehmen.

Erst nachdem ihnen aufgetragen worden war und sie zu essen begonnen hatten, kam Miriam wieder auf Paul Scholefield.

»Du hast wirklich nie von seiner Firma gehört?«

»Nein.« Er dachte darüber nach und schüttelte dann den Kopf. Er nahm nochmal die Visitenkarte heraus und starrte sie an. »Kann nicht sagen, daß ich das habe, aber das bedeutet gar nichts. Weißt du, wie viele Firmen es allein in New York City gibt? Nette Lage«, bemerkte er. »Madison und Fortyfourth.«

»Ist es nicht ein bißchen ungewöhnlich, daß ein anderer Anwalt kommt, um dich in Aktion zu sehen, Kevin?«

Er zuckte mit den Schultern. »Ich weiß nicht. Nein, ich denke nicht. Welcher Weg wäre geeigneter, jemanden zu beurteilen, als sich anzuschauen, wie er seinen Job macht? Und vergiß nicht«, fügte er mit offenkundigem Vergnügen hinzu, »dieser Fall war auch in den Zeitungen von New York City präsent. Am letzten Sonntag standen in der *Times* darüber an die fünf Zentimeter.«

Miriam nickte, aber er konnte sehen, daß sie etwas beschäftigte.

»Warum fragst du?«

»Ich weiß nicht. Die Art, wie er redete und dir seine Karte gab ... er war ... so selbstsicher.«

»Kommt mit dem Erfolg, denke ich. Ich frage mich, wie ernst diese Erwähnung des Geldes war ... doppelt soviel wie ich als Partner von *Boyle, Carlton and Sessler* bekommen würde?« Er schaute wieder auf die Karte und schüttelte den Kopf.

»Du wirst dort genug verdienen, Kevin.«

»Man kann nie genug verdienen, und es wird nicht viele Fälle wie diesen Wilson-Fall geben. Ich fürchte, daß ich wieder in einem ihrer Bereiche tätig sein werde, überschwemmt werde mit Firmenrecht oder Immobilien, einfach deshalb, weil es hier draußen nicht so viele Strafrechtsfälle gibt.«

»Das hat dich vorher nie gestört, Kevin.«

»Ich weiß.« Er beugte sich vor. Sein Blick war auf das Licht der kleinen Lampe fixiert, als sein Gesichtsausdruck sich plötzlich veränderte, von weich und gelassen zu leidenschaftlich und aufgeregt. »Aber dieses Mal geschah mit mir etwas in diesem Gerichtssaal, Miriam. Ich konnte es fühlen. Es war wie ein Glühen. Es war wie eine ständige Gratwanderung, bei der ich wußte, daß jedes Wort entscheidend war, daß mehr auf dem Spiel stand als nur ein Stück Land von irgendwem. Das ganze Leben einer Person stand auf dem Spiel. Lois Wilsons Zukunft lag in meinen Händen. Ich war wie ein Herz- oder Gehirnchirurg, verglichen mit einem praktischenArzt, der ein gebrochenes Bein schient.«

»Es ist nicht schlimm, dann und wann einmal leichte Immobilienarbeit zu erledigen«, sagte sie mit gedämpfter Stimme. Sein Überschwang nahm ihr den Atem.

»Nein, aber je schwieriger, je kritischer der Fall, desto besser kann ich sein. Ich weiß es. Ich meine, ich bin kein Bürohengst, Miriam. Ich bin ... ich bin Anwalt.«

Sie nickte, aber ihr Lächeln verflog. Da war etwas in seiner Stimme und in seinen Augen, das sie erschreckte. Sie spürte, daß das Leben, das sie für sie beide geplant hatte, nicht genug für ihn sein würde.

»Aber, Kevin«, sagte sie nach einigen Augenblicken, »du hast früher nie davon gesprochen und würdest wahrscheinlich auch jetzt nicht darüber sprechen, wenn dieser Mann nicht heute abend aufgetaucht wäre.«

»Vielleicht nicht.« Er zuckte die Achseln. »Vielleicht weiß ich nicht, was ich will.« Er blickte wieder auf die Karte und steckte sie dann in seine Tasche. »Jedenfalls werden wir Zeit genug haben, um über alles gründlich nachzudenken. Ich erwarte nicht, daß man mir am Montagmorgen eine Partnerschaft anbietet. Diese drei werden einige Besprechungen haben. Sie glauben, daß die Dinge sich setzen und festigen müssen.« Er lachte, aber sein Lachen war anders als sonst. Es war scharf und kalt. »Wahrscheinlich haben sie mit ihren Frauen nie geschlafen, ohne vorher abzuwägen, was dafür spricht und was dagegen. Wobei mir einfällt, wenn ich mir ihre Frauen ansehe, kann ich mir nicht vorstellen, wie sie überhaupt dabei leidenschaftlich sein sollten.«

Er lachte wieder, diesmal ziemlich abfällig, aber Miriam fiel in sein Lachen nicht mit ein. Kevin hatte sich nie zuvor über *Boyle, Carlton and Sessler* verächtlich geäußert. Sie hatte immer angenommen, daß er genauso wie sie sein wollte.

»Ist das Lamm heute abend nicht großartig?« fragte er, und sie lächelte und nickte, eifrig darauf bedacht, die Diskussion zu beenden und ihren Herzschlag zu verlangsamen, um sich von diesem unangenehm flattrigen Gefühl unmittelbar unter ihrer Brust zu befreien.

Es funktionierte. Sie sprachen nicht länger über Rechtsfragen oder den Fall. Nach dem Kaffee und dem Dessert waren sie richtig zufrieden und gingen nach Hause, um sich so leidenschaftlich zu lieben wie nie zuvor.

Doch am folgenden Morgen sah sie ihn zum Schrank gehen, wo er nach der Hose suchte, die er im Bramble Inn getragen hatte. Er steckte seine Hand in die Tasche und nahm die Visitenkarte von Paul Scholefield heraus, schaute sie an und steckte sie in die Innentasche der Jacke, die er am Montag bei der Arbeit tragen würde.

Das ganze Wochenende über hatte Kevin eine Kühle in der Gemeinde gespürt. Die Freunde, von denen er erwartet hatte, daß sie anrufen würden, um ihm zu gratulieren, meldeten sich nicht. Miriam hatte eine Unterhaltung mit ihrer Mutter, die, wie er später herausfand, nicht gerade erfreulich gewesen war. Als er nach Einzelheiten fragte, erzählte sie ihm schließlich, daß ihre Mutter eine Auseinandersetzung mit einer ihrer sogenannten guten Freundinnen gehabt hatte, weil sie Kevin verteidigt hatte.

Auch er selbst geriet fast in eine Auseinandersetzung, als er am Sonntagmorgen an Bob's Service Station hielt, um zu tanken, und Bob Salter witzelte, daß es doch zu schade sei, daß die Lesben und Schwulen in diesem Land alles kaputtmachten.

So war er von dem kühlen Empfang nicht überrascht, der ihm am Montagmorgen im Büro zuteil wurde. Mary Echert, die als seine Sekretärin und als Empfangsdame fungierte, sagte kaum guten Morgen, und Teresa London, Garth Sesslers Sekretärin, lächelte ihn kurz an und schaute dann rasch beiseite, als er zu seinem »Loch in der Wand« ging.

Kevin war noch nicht lange in seinem Büro, als die Wechselsprechanlage summte und Myra Brockport, Sanford Boyles Sekretärin, mit einer Stimme, die ihn an einen strengen Lehrer erinnerte, den er auf der Grundschule gehabt hatte, sagte: »Mr. Boyle möchte Sie sofort sehen, Mr. Taylor.«

»Danke«, erwiderte er und schaltete die Wechselsprechanlage aus. Er stand auf und richtete seine Krawatte. Er fühlte sich selbstsicher und stolz. Warum auch nicht? In drei kurzen Jahren hatte er dieser gut etablierten alten Firma einen fast unauslöschlichen Stempel aufgedrückt. Brian Carlton und Garth Sessler hatten jeweils etwas mehr als fünf Jahre gebraucht, um vollwertige Partner zu werden. Damals hieß die Kanzlei noch *Boyle and Boyle*, und Sanford hatte mit seinem Vater Thomas zusammengearbeitet, einem Mann, der jetzt Mitte achtzig war, aber geistig noch immer hellwach. Er hatte keineswegs damit aufgehört, seinem vierundfünfzigjährigen Sohn seine eigenen Ansichten aufzudrängen.

Kevin hatte befürchtet, daß *Boyle, Carlton and Sessler* sich vielleicht weigern würden, ihm eine Partnerschaft anzubieten. Ihnen und dieser Firma haftete ein gewisser Snobismus an. Alle drei Partner waren Söhne von Anwälten, die wiederum Söhne von Anwälten waren. Es war fast, als betrachteten sie sich selbst als von königlicher Abkunft, als Nachfahren von Monarchen, die Zepter und Throne erbten, jeder mit seinem eigenen, ganz speziellen Königreich; einer war der König der Grundstücksplanung, ein anderer der der Immobilien...

Sie hatten die größten Häuser in Blithedale. Ihre Kinder fuhren Mercedes und BMW und gingen auf Ivy League-Schulen. Zwei von ihnen standen bereits kurz vor dem Abschluß ihres Jurastudiums. Alle Leute in der Gemeinde blickten zu ihnen auf, schätzten eine Einladung in ihre Häuser und auf ihre Partys hoch ein und wußten ihre Anwesenheit auf ihren eigenen Partys zu würdigen. Es war, als würde man gesalbt, wenn man ihr Partner wurde.

Miriam, die ihr Leben lang Angehörige der High-Society in ihrer Gemeinde gewesen war, war sich all dessen sehr wohl bewußt. Sie waren an dem Punkt, wo sie ihr Traumhaus bauen würden. Miriam sprach davon, Kinder zu haben. Ihre Existenz in der oberen Mittelklasse schien garantiert, und es hatten nie Zweifel an Kevins Wunsch bestanden, sich in dieser kleinen Gemeinde auf Long Island zu etablieren. Er war in Westbury geboren und aufgewachsen, wo seine Eltern immer noch lebten und die Steuerberatungsfirma seines Vaters führten. Er hatte die NYU Law besucht und war nach Long Island zurückgekehrt, um das Mädchen seiner Träume und Arbeit zu finden. Hier gehörte er hin; dies war sein Schicksal.

Oder nicht?

Er öffnete die Tür von Sanford Boyles Büro, begrüßte die drei Seniorpartner und nahm dann vor Sanford Boyles Schreibtisch Platz, sich dessen bewußt, daß er dadurch in der Mitte saß. Brian Carlton saß zu seiner Linken, Garth Sessler rechts von ihm. *Sieht aus, als wollten sie mich umzingeln*, dachte er amüsiert.

»Kevin«, begann Sanford. Er war der Älteste der drei. Brian

Carlton war achtundvierzig und Garth Sessler war fünfzig. Sanford sah man sein Alter am deutlichsten an. Er hatte die weiche Miene eines Mannes, der nie seinen Rasen hatte mähen oder seinen Müll hatte hinaustragen müssen. Er war fast kahl, seine Wangen schlaff, und sein Doppelkinn zitterte immer, wenn er sprach. »Sie erinnern sich, wie wir alle über diesen Fall dachten, als Sie erstmals verkündeten, ihn annehmen zu wollen.«

»Ja.« Er blickte von einem zum anderen. Die drei saßen da wie strenge Richter in einem Puritaner-Gericht, die Linien und Züge ihrer Gesichter tief eingemeißelt. Sie sahen Statuen weit ähnlicher als Menschen.

»Wir alle finden, daß Sie im Gerichtssaal absolut meisterlich waren – präzise und scharf. Vielleicht *zu* scharf.«

»Wie bitte?«

»Sie haben dieses kleine Mädchen praktisch zu ihren Aussagen geprügelt.«

»Ich habe getan, was ich tun mußte«, sagte Kevin und lehnte sich zurück. Er lächelte Brian Carlton an. Der große, schlanke Mann mit seinem dunkelbraunen Schnurrbart lehnte sich ebenfalls zurück, die Spitzen seiner langen Finger zusammengepreßt, als ob er da sei, um die Diskussion zu beaufsichtigen, und nicht, um an ihr teilzunehmen. Garth Sessler hingegen, bei Gesprächen so ungeduldig wie immer, trommelte mit seinen Fingern an die Seite seines Stuhles.

Aus irgendeinem Grund war Kevin vorher nie bewußt gewesen, wie wenig er die drei mochte. Gewiß, sie waren alle intelligent, aber sie hatten soviel Persönlichkeit wie eine Datenverarbeitungsmaschine. Ihre Reaktionen waren ebenso automatisch wie emotionslos.

»Ich bin sicher, Sie wissen, daß in der ganzen Gemeinde darüber geredet wird. Wir alle hingen fast das ganze Wochenende am Telefon, haben mit Klienten und Freunden gesprochen...« Er schwenkte zweimal seine Hand vor seinem Gesicht, als ob er Fliegen verscheuchen wollte. »Tatsache ist, daß die Reaktionen etwa so sind, wie wir es erwartet haben. Unsere Klienten, von denen wir und unsere Verdienstmöglichkeiten nun einmal abhängen, sind im großen und ganzen nicht glücklich mit unserer Position bei der Lois Wilson-Geschichte.«

»Unsere Position? Haben diese Leute nie davon gehört, daß man so lange als unschuldig zu gelten hat, bis die Schuld bewiesen ist? Ich habe meine Mandantin verteidigt, und sie wurde entlastet.«

»Sie wurde nicht entlastet«, sagte Brian Carlton, wobei er sarkastisch einen Mundwinkel hob. »Der Ankläger hatte mehr oder weniger aufgeben müssen, nachdem Sie einem zehnjährigen Mädchen Fallen gestellt haben und sie dazu brachten zuzugeben, daß sie teilweise gelogen hat.«

»Ist das gleiche«, erwiderte Kevin.

»Schwerlich«, sagte Brian. »Aber ich bin nicht überrascht, daß Sie den Unterschied nicht sehen.«

»Was soll das heißen?«

»Kommen wir zurück zur Sache«, unterbrach Garth Sessler. »Wie wir Ihnen schon zu erklären versuchten, bevor Sie sich so für den Fall engagierten, haben wir diese strittigen Fälle stets gemieden. Wir sind eine konservative Firma. Wir wollen keine fragwürdige Berühmtheit oder Publicity. So etwas verscheucht die wohlhabenden Klienten in unserer Gemeinde.

Nun denn«, fuhr er fort und nahm die Zügel der Diskussion entschlossen in die Hand, »Sanford, Brian und ich haben uns Ihre Geschichte in unserer Firma gründlich angesehen. Wir halten Sie für eine engagierte, zuverlässige Person mit einer vielversprechenden Zukunft.«

»Vielversprechend?« Kevin wandte sich instinktiv an Brian. Er hatte dieses Büro in dem Glauben betreten, daß seine Zukunft begonnen habe. Daß sie nicht länger nur ein Versprechen war...

»Im Strafrecht«, sagte Brian trocken.

»An dem wir nicht interessiert sind«, schloß Sanford. Für einen Moment dachte Kevin, sie seien die *Three Stooges*.

»Ich verstehe. Dann ist dies also keine Zusammenkunft, um mir eine volle Partnerschaft bei *Boyle, Carlton and Sessler* anzubieten?«

»Eine volle Partnerschaft ist nicht etwas, das wir einfach über Nacht vergeben, wissen Sie«, sagte Garth. »Ihr Wert liegt nicht nur im finanziellen Entgelt, sondern in dem, was sie bedeutet, und diese Bedeutung resultiert aus der Investition, die man ebenso in die Gemeinde wie in die Firma einbringt. Warum ...«

»Wie auch immer, wir sehen keinen Grund, warum Sie nicht ziemlich schnell voller Partner in einer Firma werden sollten, die auf Strafrecht spezialisiert ist«, sagte Sanford Boyle. Er zeigte ein aalglattes Lächeln und beugte sich vor, seine Hände auf dem Schreibtisch gefaltet. »Nicht, daß wir nicht zufrieden wären mit alldem, was Sie hier getan haben. Das möchte ich nochmals betonen.«

»Sie werfen mich also nicht direkt raus, sondern lassen mich vielmehr wissen, daß ich anderswo besser aufgehoben wäre«, sagte Kevin scharf. Er nickte und entspannte sich in seinem Sessel. Dann zuckte er mit den Schultern und lächelte. »Tatsächlich hatte ich ohnehin erwogen, mein Ausscheiden anzubieten.«

»Wie bitte?« sagte Brian und beugte sich vor.

»Ich habe bereits ein anderes Angebot, meine Herren.«

»Ach?« Sanford Boyle sah rasch seine Partner an. Brians Miene blieb versteinert, Garth hob die Augenbrauen. Kevin wußte, daß sie ihm nicht glaubten, so als ob es die Möglichkeit gar nicht gäbe, daß er daran denken könnte, zu einer anderen Firma zu gehen. Ihre Arroganz begann ihn zu ärgern. »Bei einer anderen Firma in der Gegend?«

»Nein. Ich ... darf im Augenblick nicht darüber sprechen«, erwiderte er. Die Lüge formte sich fast von selbst auf seinen Lippen. »Aber ich versichere Ihnen, daß Sie alle Einzelheiten als erste erfahren werden. Von Miriam natürlich abgesehen.«

»Natürlich«, sagte Sanford, aber Kevin wußte, daß diese drei oft persönliche Entscheidungen trafen, ohne sich mit ihren Frauen zu beraten. Das war noch etwas, das er an ihnen verachtete – ihre Beziehungen zu ihren Frauen und Kindern waren zu unpersönlich. Er erschauerte bei dem Gedanken, daß sie vier eines Tages vielleicht in einem Büro gesessen hätten, um einem klugen jungen Anwalt wie ihm eine Partnerschaft anzubieten, der irgendwo anders mit Leichtigkeit eine weitaus befriedigendere und spannendere Karriere machen könnte, aber versucht sein könnte, die Sicherheit und Seriosität von (plötzlich dachte er, Gott verhüte das) *Boyle, Carlton, Sessler and Taylor* zu akzeptieren.

»Jedenfalls gehe ich jetzt wohl besser an meinen Schreibtisch zurück und schließe meinen Papierkram über den Fall Wilson ab. Danke für Ihren unaufrichtigen Ausdruck von Vertrauen in meine Person«, fügte er hinzu und ging. Sie starrten ihm nach.

Als er die Tür hinter sich schloß, verspürte er ein Gefühl von wunderbarer Freiheit, als ob er in freiem Fall aus einem Flugzeug stürzte. In wenigen Minuten hatte er seinem sogenannten Schicksal die Stirn geboten und war zurückgetreten wie jemand, der seine Zukunft fest im Griff hat.

Myra konnte das breite Lächeln auf seinem Gesicht nicht verstehen. »Ist mit Ihnen alles in Ordnung, Mr. Taylor?«

»Mir geht's gut, Myra. Fühle mich besser, als ich mich je seit... seit drei Jahren gefühlt habe, um genau zu sein.«

»Oh, ich...«

»Wir sehen uns später«, sagte er rasch und kehrte in sein Büro zurück.

Lange Zeit saß er hinter seinem Schreibtisch und überlegte. Dann griff er langsam in seine Tasche und nahm die Visitenkarte heraus, die Paul Scholefield ihm gegeben hatte. Er legte sie vor sich auf den Schreibtisch und starrte sie an. Aber er betrachtete sie nicht länger bewußt. Er schaute darüber hinweg, in seine eigene Phantasie, wo er sich in einem Gerichtshof sah und einen Mann verteidigte, der des Mordes angeklagt war. Die Anklage hatte einen klaren, durch Indizien gestützten Fall, aber sie hatten es mit ihm zu tun, mit Kevin Taylor von *John Milton and Associates*. Die Jury hing an seinen Lippen. Reporter folgten ihm durch die Korridore des Gerichtsgebäudes, bettelten um Informationen, Voraussagen, Feststellungen.

Mary Echert klopfte an seine Tür und brachte seine Post herein, unterbrach seinen Tagtraum. Sie lächelte ihn an, aber er konnte an dem Ausdruck in ihren Augen sehen, daß das Gerede bereits begonnen hatte.

»Ich habe doch heute keine Termine, die ich vielleicht vergessen habe, Mary, oder?«

»Nein. Sie haben morgen früh eine Verabredung mit Mr. Setton wegen seines Sohnes und hatten mich gebeten, Ihnen den Polizeibericht zu besorgen.«

»O ja. Ist das der sechzehnjährige Junge, der mit dem Auto seines Nachbarn eine Spritztour gemacht hat?«

»Äh, ja.«

»Faszinierender Fall.«

Sie neigte den Kopf, war verwirrt über seinen Sarkasmus. Sobald sie gegangen war, rief er *John Milton and Associates* an und verlangte Paul Scholefield zu sprechen.

Fünfzehn Minuten später war er auf dem Wege nach Manhattan, und er hatte nicht einmal Miriam angerufen, um ihr zu erzählen, was passiert war.

3

Boyle, Carlton and Sessler hatten in Blithedale komfortable, geschmackvolle Büros. Vor fast zwanzig Jahren hatte Thomas Boyle ein kleines, zweistöckiges Cap Cod-Haus in Büros für sich und Sanford umbauen lassen. Die heimelige Atmosphäre machte einen Teil des Charmes des Büros aus. Man fühlte sich dort entspannt. Vielleicht zu entspannt, dachte Kevin. Diese Reaktion war neu für ihn. Er hatte diese häusliche Atmosphäre vorher immer geschätzt. Jeden Morgen verließ er ein Heim, um in ein anderes zu gehen. So hatte er ursprünglich gedacht.

Doch in dem Augenblick, als er bei *John Milton and Associates* eintrat, änderte sich dies alles. Er war in der achtundzwanzigsten

Etage aus dem Fahrstuhl gestiegen. Von hier oben bot sich ein spektakulärer Ausblick auf das Zentrum von Manhattan und den East River. Am Ende des Korridors befand sich die eichene Doppeltür, auf der eine schöne Schrift verkündete: »John Milton and Associates«. Er trat ein und befand sich in einem feudalen Empfangsbereich.

Der weite, offene Raum, die lange gelbbraune Ledercouch, kleines Ledersofa und Ledersessel kündeten von Erfolg. Über der Couch hing ein gewaltiges, hellfarbiges abstraktes Gemälde, das wie ein echter Kandinsky aussah. So mußte ein erfolgreiches Anwaltsbüro aussehen, dachte er.

Er schloß die Tür hinter sich und trat über den üppigen, samtweichen, gelbbraunen Teppich und fühlte sich, als liefe er über eine Schicht von Marshmallows. Dieses Gefühl brachte ihn zum Lächeln, als er sich der Empfangsdame näherte, die hinter einem halbmondförmigen Teakschreibtisch saß. Sie drehte sich von ihrem Computer zu ihm, und sein Lächeln wurde noch breiter. Statt von der gemütlichen, schlicht aussehenden Myra Brockport empfangen zu werden oder von der grauhaarigen, blaßhäutigen und trüb dreinblickenden Mary Echert, welche die Klienten bei *Boyle, Carlton and Sessler* empfing, wurde Kevin von einer feurigen dunklen Brünetten begrüßt, die leicht Kandidatin bei einem Miss America-Wettbewerb hätte sein können.

Die Frau hatte glattes, kohlschwarzes Haar, das weich über ihre Schultern fiel und dessen Spitzen fast ihre Schulterblätter berührten. Sie sah mit ihrer geraden römischen Nase und den hohen Wangenknochen italienisch aus, wie Sophia Loren. Ihre dunklen Augen leuchteten.

»Guten Tag«, sagte sie. »Mr. Taylor?«

»Ja. Schönes Büro.«

»Danke. Mr. Scholefield freut sich darauf, Sie zu sehen. Ich bringe Sie gleich zu ihm«, sagte sie und erhob sich. »Möchten Sie etwas trinken ... Tee, Kaffee, ein Perrier?«

»Perrier wäre gut. Danke.« Er folgte ihr durch die Lobby zu dem Korridor auf der Rückseite.

»Eine Scheibe Limone?« fragte sie, wobei sie sich wieder ihm zuwandte.

»Ja, danke.«

Er war von der Bewegung ihres Körpers wie hypnotisiert, als sie ihn durch den Korridor führte und an einem kleinen Küchenbereich stehenblieb. Sie war mindestens einsfünfundsechzig groß und trug einen schwarzen Strickrock und eine weiße Bluse mit langen Ärmeln. Der Rock schloß sich so eng um ihre Hüften und das Gesäß, daß er sehen konnte, wie er Falten warf, als ihre Muskeln sich streckten. Es raubte ihm fast den Atem. Er lachte in sich hinein und dachte, wie mißbilligend Boyle, Carlton und Sessler darauf reagieren würden.

Sie reichte ihm sein Glas, das mit sprudelndem Mineralwasser und Eis gefüllt war.

»Danke.«

Der Blick ihrer Augen und die Wärme ihres Lächelns lösten einen erregenden Schauer in seinen Lenden aus und ließen ihn erröten.

»Hier entlang.«

Sie passierten ein Büro, einen Konferenzraum und dann ein weiteres Büro, bevor sie an der Tür stehenblieb, die Paul Scholefields Namensschild trug. Sie klopfte und öffnete.

»Mr. Taylor, Mr. Scholefield.«

»Danke, Diane«, sagte Paul Scholefield, der um seinen Schreibtisch herumkam, um Kevin zu begrüßen. Sie nickte und ging, und Kevin war für einen Moment außerstande, seinen Blick von ihr zu lösen. Scholefield schaute wissend. »Kevin, schön Sie zu sehen.«

»Wundervolle Büros.« Paul Scholefields Büro war doppelt so groß wie das von Sanford Boyle. Es hatte eine High-tech-Einrichtung; die Polstermöbel waren mit glänzend schwarzem Leder überzogen, die Bücherregale und der Schreibtisch glänzend weiß. Links von seinem Schreibtisch waren zwei große Fenster, die einen Ausblick auf die Stadt und den East River boten. »Was für eine Aussicht!«

»Atemberaubend, finden Sie nicht? Alle Büros haben eine solche Aussicht. Ihres auch.«

»Ach?«

»Bitte, setzen Sie sich. Ich habe Mr. Milton bereits gesagt, daß Sie hier sind, und er möchte Sie sprechen, sobald wir fertig sind.«

Kevin lehnte sich in dem schwarzen Ledersessel vor Scholefields Schreibtisch zurück.

»Ich bin froh, daß Sie sich entschieden haben, unser Angebot ernsthaft in Betracht zu ziehen. Wir sind buchstäblich überschwemmt mit neuen Aufträgen«, sagte Paul Scholefield, wobei seine Augen sich erhellten. »Und, hat Ihnen Ihre derzeitige Anwaltskanzlei eine Partnerschaft angeboten?«

»Nicht ganz. Sie machten mir das ›Angebot‹, etwas anderes zu finden, das mehr meinem Naturell entspricht«, erwiderte Kevin.

»Was?« Pauls Lächeln erstarb.

»Offensichtlich hat sich der Fall Lois Wilson und die Art, wie ich ihn führte, für sie als eine Art Verlegenheit erwiesen. Legale Tricks, Technik, all dies ist in Ordnung, solange es diskret geschieht. Sie wissen, so etwas wie eine Großmutter manipulieren, damit man an ihr Grundstück herankommt, oder Schlupflöcher in den Steuergesetzen finden, um die Taschen ihrer wohlhabenden Klienten zu füllen«, erklärte Kevin bitter.

Paul schüttelte seinen Kopf und lachte. »Kurzsichtig. Absolut provinziell und engstirnig. Darum gehören Sie auch nicht dorthin, Kevin. Mr. Milton hat völlig recht, was Sie betrifft«, fügte er hinzu, und sein Gesichtsausdruck wurde ernst. »Sie gehören hierher ... zu uns.«

»Mr. Milton sagte das?«

»M-hmm. Er war derjenige, der Sie zuerst entdeckte, und er hat gewöhnlich recht, wenn es darum geht, Menschen einzuschätzen. Der Mann hat hierin eine bemerkenswerte Begabung.«

»Bin ich ihm schon begegnet?« fragte Kevin. Er überlegte, wie sich jemand seiner so sicher sein konnte, ohne ihn kennengelernt zu haben.

»Nein, aber er sucht immer nach klugen, neuen Reflektanten... es gefällt ihm, Anwälte selbst zu entdecken, geht zu Anhörungen und Prozessen, so wie Baseball-Scouts zu High-School-Spielen gehen. Er hat Sie zuerst in Aktion gesehen und schickte dann mich. Es ist die Art, wie er uns alle angestellt hat. Sie werden heute die anderen kennenlernen – Dave Kotein, Ted McCarthy und unsere Sekretärinnen. Aber lassen Sie mich Ihnen zuerst Ihr Büro zeigen, und dann gehen wir zu Mr. Milton.«

Kevin nahm den letzten Schluck von seinem Perrier und erhob sich, um ihm über den Korridor zu folgen. Sie blieben an einer Bürotür stehen, von der offensichtlich gerade das Namensschild entfernt worden war.

»Muß für denjenigen, wer immer es war, eine wichtige Entscheidung gewesen sein, aus dieser Firma auszuscheiden«, kommentierte Kevin.

Pauls Augen wurden schmaler, als er nickte. »Das war es. Eine persönliche Tragödie. Er beging Selbstmord, nicht lange, nachdem seine Frau bei der Geburt gestorben war. Sein Name war Richard Jaffee, und er war ein brillanter Anwalt. Hat nie einen Fall verloren, solange er hier war.«

»Oh, das wußte ich nicht.«

»Mr. Milton ist noch immer sehr bestürzt darüber, genau wie wir anderen, wie Sie sich sicher vorstellen können. Aber daß Sie sich uns anschließen wollen, Kevin«, fügte er hinzu und legte eine Hand auf Kevins Schulter, »wird uns aufmuntern.«

»Danke«, sagte Kevin. »Aber es klingt, als müßte ich in sehr große Schuhe treten«, fügte er hinzu.

»Das werden Sie schon schaffen. Wenn Mr. Milton glaubt, daß Sie das können, können Sie's«, sagte Paul gewichtig. Kevin lachte beinahe über diesen enormen Ausdruck von Vertrauen, aber er konnte sehen, daß Paul Scholefield es todernst meinte.

Scholefield öffnete die Tür, und Kevin trat in sein zukünftiges Büro.

Wie viele Male während der letzten drei Jahre hatte er sich in seinem Loch von Büro bei *Boyle, Carlton and Sessler* zurückgelehnt und davon geträumt, wie es wäre, bei einem berühmten New Yorker Anwalt mit feudalem Büro und prächtigem Ausblick zu arbeiten.

Jetzt befand sich vor ihm ein L-förmiger Schreibtisch mit einem Schreibtischsessel aus weichem Leder, einem kleinen weichen Ledersofa und einem weiteren Ledersessel vor dem Schreibtisch. Der Teppich war ebenso tief wie der Teppich in der Lobby, und die Vorhänge waren hellbeige. Die Wände waren mit hellen Hickorypanelen getäfelt, die den Raum frisch und sauber wirken ließen.

»Sieht alles brandneu aus.«

»Mr. Milton hat das Büro renovieren lassen. Ich hoffe, es gefällt Ihnen.«

»Gefallen? Ich liebe es«, sagte Kevin. Paul nickte zufrieden. Für Kevin war das Büro einfach überwältigend, von der exquisiten vergoldeten Telefonanlage bis hin zu der massiv goldenen Füllfederhalter- und Bleistiftgarnitur. Es gab sogar silberne Bilderrahmen für seine Fotos, und an den Wänden hingen Rahmen, die auf Kevins Diplome und Auszeichnungen warteten, die gleiche Anzahl von Rahmen, die er in seinem Büro in Blithedale hängen hatte. Was für ein Zufall, dachte er. Ein gutes Omen.

Kevin trat an das Fenster hinter dem Schreibtisch. Genau wie Paul es gesagt hatte: Es bot einen großartigen Ausblick auf die Stadt.

»Nun?« fragte Paul.

»Wundervoll.« Er ging zum Bad hinüber und schaute auf die glänzenden neuen Armaturen, den gefliesten Boden und die Wände. Es gab sogar eine Duschkabine. »Ich könnte sofort einziehen.« Kevin inspizierte die Bücher in dem Bücherschrank, der fast die ganze linke Wand einnahm. »Ich brauche nichts mitzubringen.« Kevin lachte und sah sich wieder in seinem Büro um. »Das ist... unglaublich.«

»Mr. Milton wird sich freuen, wenn er erfährt, daß Sie zufrieden sind, wie er es gestaltet hat, Kevin.« Paul schaute auf seine Armbanduhr. »Es wird Zeit, Mr. Milton aufzusuchen.«

»Sicher.« Er blieb stehen, um sich noch einmal umzuschauen, als sie hinausgingen, und schüttelte den Kopf. »Es ist genauso, wie ich mir mein Büro erträumt hatte. Es ist, als ob...« Er wandte sich an den lächelnden Paul Scholefield. »Als ob er in meine Träume gelangt sei.«

Nach dem Anklopfen öffnete Paul die Tür und trat beiseite, um ihn zuerst eintreten zu lassen. Kevin mußte zugeben, daß er nervös war. Paul hatte John Milton so stark in seinem Verstand verankert, daß er nicht die leiseste Vorstellung hatte, was ihn nun wirklich erwartete.

Der gleiche Teppichboden, der den Lobbybereich bedeckte und förmlich über den Korridor floß, zog sich durch den Eingang von John Miltons Büro und bedeckte den Boden. In der Mitte des hinteren Teils des Raumes standen ein dunkler Mahagonischreibtisch und ein hochlehniger dunkelbrauner Ledersessel. Vor dem Schreibtisch befanden sich zwei weitere Sessel. Hinter dem Schreibtisch waren drei große Fenster, die fast die Höhe und Breite der Wand hatten und eine prächtige Aussicht auf die Stadt und den Himmel boten, ein fast göttlicher Anblick.

Zuerst war Kevin von der Ausstrahlung und der Helligkeit des Raumes so fasziniert, daß er John Milton gar nicht in seinem Sessel sitzen sah. Als Kevin weiter vortrat und ihn erblickte, war es, als hätte er sich aus den Schatten zusammengesetzt.

»Willkommen bei *John Milton and Associates*, Kevin«, sagte er. Kevin erkannte sofort die Herzlichkeit in der sanften Stimme des Mannes. Sie erinnerte ihn an den gleichen offenen, freundlichen und beruhigenden Tonfall, den Reverend Pendleton von der Blithedale Episkopalkirche hatte, einen Tonfall, der eine beruhigende Wirkung ausübte. Kevin versuchte oft, ihn bei Gericht zu imitieren, bezeichnete ihn heimlich als seine »Sonntagsstimme«.

John Milton sah aus, als sei er Anfang sechzig, mit einer interessanten Kombination von jugendlichen Merkmalen und solchen des Älteren. Er hatte volles, festes Haar, das sorgfältig frisiert und gebürstet, aber zur Gänze grau war. Als Paul die Tür hinter sich schloß, erhob sich Mr. Milton, richtete sich zur imposanten Größe von einsfünfundachtzig auf, und sein Lächeln strahlte etwas aus, das seinem Gesicht etwas Alabasterhaftes gab. Er trug einen dunkelgrauen Seidenanzug mit einer rubinroten Krawatte und einem rubinroten Taschentuch.

Kevin bemerkte, wie seine Schultern sich hoben, als er ihm seine Hand bot. Er war in bester körperlicher Verfassung, was die eigenartige Mischung von Jugend und Alter noch verstärkte. Als Kevin näher trat, konnte er die purpurne Röte auf seinen Wangen sehen. Er ergriff Kevins Hand fest, als ob er eine Ewigkeit darauf gewartet hätte, ihn kennenzulernen.

»Sehr erfreut, Sie kennenzulernen, Mr. Milton.«

John Miltons Augen schienen sich zu verändern, als er und Kevin einander anschauten, wechselten von einem stumpfen, ruhigen Braun zu einem schimmernden Rostbraun. Er hatte eine gerade, volle Nase mit weichen Linien, die sein Gesicht fast alterslos wirken ließen. Selbst die Falten um seine Augen sahen aus, als ob sie jemand erst vor wenigen Minuten mit einem Stift aufgetragen habe. Seine dünnen Lippen hatten eine orangerote Farbe, und sein Kieferknochen war scharf, die Haut straff, und doch hatte er ein väterliches Aussehen und ein Gesicht voller Weisheit.

»Ich hoffe, Paul hat Ihnen gezeigt, welches Ihr Büro sein würde?«

»O ja. Es ist phantastisch. Wirklich toll.«

»Darüber bin ich froh, Kevin. Bitte setzen Sie sich.« Er deutete auf den hochlehnigen, gelbbraunen Ledersessel mit den glatten, dunklen Mahagonilehnen. Darauf befanden sich handgeschnitzte Figuren aus der griechischen Mythologie: Satyrn und Minotauren. »Danke, Paul«, fügte er hinzu. Kevin drehte sich um und sah, daß Paul Scholefield den Raum verließ.

John Milton kehrte zu seinem eigenen Sessel zurück. Kevin bemerkte, daß er eine Entschlossenheit ausstrahlte, die majestätisch wirkte. Wie er seinen Kopf und seine Schultern hielt! Er setzte sich wie ein Monarch, der auf seinem Thron Platz nimmt.

»Wie Sie wissen, haben wir seit geraumer Zeit an Sie gedacht, Kevin. Wir möchten, daß Sie in der kommenden Woche anfangen. Das ist sehr kurzfristig, ich weiß, aber ich habe für Sie bereits einen Fall vorgesehen«, sagte er, wobei er auf eine dicke Mappe tippte, die zu seiner Rechten auf dem Schreibtisch lag.

»Wirklich?« Kevin wollte fragen, woher er wisse, daß er die Stelle hier annehmen würde, dachte aber, daß dies unhöflich wirken könnte. »Worum geht es?«

»Ich werde Sie rechtzeitig einweisen«, sagte John Milton bestimmt. Kevin merkte, wie leicht Mr. Milton von einem herzlichen und freundlichen Tonfall zu einem entschlossenen und resoluten wechselte. »Lassen Sie mich zuerst meine Philosophie hinsichtlich meiner Partner erklären, die, wie Sie lernen werden, weit mehr als bloße Partner sind. In vielerlei Hinsicht sind sie meine Partner, aber mehr noch als das sind sie meine Familie. Wir sind ein echtes Team, einander auf vielerlei Weise ergeben, auch über unsere bloßen beruflichen Beziehungen hinaus. Wir kümmern uns umeinander und um die Familien der anderen. Niemand arbeitet in einem Vakuum. Das Zuhause, das Leben: Alle Probleme wirken sich auf unsere Arbeit aus. Sie verstehen?«

»Ja, das tue ich«, sagte Kevin und mußte, ob er wollte oder nicht, an den Mann denken, den er ersetzen sollte. Wollte Mr. Milton darauf hinaus?

»Das dachte ich mir«, sagte John Milton, der sich zurücklehnte, bis sein Gesicht im Schatten lag, als sich draußen eine Wolke vor die Sonne schob. »Und aus diesem Grunde werden Sie es nicht für seltsam halten, daß ich Ihnen Vorschläge unterbreite, Ihnen sogar auf eine Art und Weise zu helfen versuche, die, wie es mir scheint, nicht direkt mit unserer Arbeit hier in Zusammenhang steht. Zum Beispiel«, fuhr er fort, »würde es sicher von Nutzen sein, wenn Sie in der Stadt wohnen. Nun besitze ich zufällig ein recht luxuriöses Apartmenthaus in einer ausgezeichneten Lage in Manhattan, und ein Apartment darin steht leer, das ich Sie bitten möchte, mietfrei zu übernehmen.«

»Mietfrei?«

»Genau. So engagiert bin ich gegenüber meinen Partnern und ihren Familien. Ich habe natürlich die Möglichkeit, das alles abzuschreiben«, fügte er hinzu. »Nicht, daß das wichtig wäre. Wichtig ist, sicher zu sein, daß Sie und Ihre Frau ein komfortables, angenehmes Leben führen, während Sie bei uns sind. Mir ist klar, daß Sie und Ihre Frau Familienbande dort haben, wo Sie derzeit ansässig sind«, setzte er schnell hinzu, »aber so weit weg werden Sie ja nicht sein, und« – er beugte sich aus dem Schatten vor, um zu lächeln – »Sie werden hier eine neue Familie haben.«

Kevin nickte. »Das klingt... wundervoll. Natürlich muß ich mit meiner Frau darüber sprechen«, fügte er rasch hinzu.

»Natürlich. Nun«, sagte John Milton und erhob sich, »lassen Sie uns einfach für einen Augenblick über das Gesetz sprechen und mich Ihnen meine Philosophie darlegen. Das Gesetz sollte streng ausgelegt und streng durchgesetzt werden. Gerechtigkeit ist ein daraus resultierender Nutzen, aber nicht die Basis für das Rechtssystem. Das Rechtssystem wurde geschaffen, um Ordnung aufrechtzuerhalten, um *alle* Menschen unter Kontrolle zu halten.« Er drehte sich an der Ecke seines Schreibtisches um, um auf Kevin herabzublicken und wieder zu lächeln. »Alle Menschen, die sogenannten Vertreter des Guten wie auch die kriminellen Elemente. Mitleid«, fuhr John Milton fort wie ein Collegeprofessor bei einer Vorlesung, »ist da, wo es angemessen ist, eine gute Sache, hat aber keinen Platz in dem System, da es subjektiv und unzulänglich ist und Änderungen unterworfen, wohingegen das Recht perfektioniert werden kann und zeitlos und universell bleibt.«

Er hielt inne und schaute Kevin an, der rasch nickte.

»Ich denke, Sie verstehen alles, was ich sage, und pflichten dem bei.«

»Ja«, sagte Kevin. »Vielleicht hätte ich das nicht mit genau diesen Worten ausgedrückt, aber das tue ich.«

»Wir sind zunächst einmal Rechtsanwälte, und solange wir uns dessen erinnern, werden wir Erfolg haben«, sagte John Milton, wobei seine Augen entschlossen blitzten. Kevin war wie hypnotisiert.

Wenn John Milton sprach, sprach er in an- und abschwellenden Rhythmen, manchmal so leise, daß Kevin das Gefühl hatte, als ob er von den Lippen des Mannes ablesen würde und Sätze mit seiner eigenen Stimme wiederholte. Und dann, plötzlich, wurde er dynamisch, seine Stimme energisch und volltönend.

Kevins Herz schlug schneller, Röte stieg in sein Gesicht. Er erinnerte sich, daß er sich das letzte Mal so erregt gefühlt hatte, als er im Basketballteam der High-School gewesen war und sie das Spiel vor sich hatten, das über die Ligameisterschaft entscheiden würde. Ihr Trainer, Marty McDermott, hatte im Umkleideraum eine Rede gehalten, nach der sie mit so viel Feuer im Herzen auf das Spielfeld gestürmt waren, daß sie die ganze Liga förmlich hätten wegbrennen können. Er hatte es nicht erwarten können, den Ball in die Hände zu bekommen. Jetzt konnte er es nicht erwarten, wieder in den Gerichtssaal zu kommen.

John Milton nickte langsam. »Wir verstehen einander besser, als Sie sich vorstellen können, Kevin. Und sobald mir das klar war, gab ich Paul Anweisung, ein Angebot zu machen.« Er starrte Kevin einen Augenblick an und lächelte dann; es war ein fast diebisches Lächeln. »Nehmen wir diesen letzten Fall von Ihnen...« John Milton nahm wieder in seinem Sessel Platz, diesmal in entspannterer Haltung.

»Die Lehrerin, die wegen Kindesmißbrauch angeklagt war?«

»Ja. Ihre Verteidigung war brillant. Sie sahen die Schwachstellen in der Anklage des Staatsanwaltes, und Sie stürmten vor und konzentrierten sich darauf.«

»Ich wußte, daß der Rektor etwas gegen sie hatte, und ich wußte, daß die anderen kleinen Mädchen logen...«

»Ja«, sagte John Milton und beugte sich vor, seine Arme so über den Schreibitsch gebreitet, als wolle er Kevin umarmen. »Aber Sie wußten auch, daß Barbara Stanley nicht log und daß Lois Wilson schuldig war.«

Kevin starrte ihn fassungslos an.

»Oh, Sie waren sich nicht völlig sicher, aber in Ihrem Herzen dachten Sie, daß sie Barbara Stanley mißbraucht hatte und daß Barbara Stanley aus Angst davor, ganz allein etwas zu sagen, ihre Freundinnen überreden würde, mit ihr gemeinsame Sache zu machen. Dieser idiotische Rektor brannte darauf, die Lehrerin los zu werden…«

»Das weiß ich nicht sicher«, sagte Kevin langsam.

»Das ist in Ordnung«, sagte John Milton, der wieder lächelte. »Sie haben getan, was Sie als ihr Anwalt zu tun hatten.« John Milton hörte auf zu lächeln. Tatsächlich sah er verärgert aus. »Die Anklage hätte ihre Hausaufgaben machen müssen. *Sie* haben sie gemacht. Sie waren der einzige *richtige* Anwalt in diesem Gerichtssaal«, fügte er hinzu. »Dafür bewundere ich Sie, und ich möchte, daß Sie mit mir zusammenarbeiten. Sie sind die Art Anwalt, die hierher gehört, Kevin.«

Kevin überlegte, woher John Milton soviel über den Fall Lois Wilson wußte, aber seine Neugier hielt nicht lange an. Es gab zu viele wunderbare Dinge, über die er jetzt nachdenken mußte. Sie sprachen weiter über das Gehalt, und er stellte fest, daß Paul Scholefield nicht übertrieben hatte. Es war das Doppelte dessen, was er bei seiner derzeitigen Firma bekam. Mr. Milton sagte, daß er Vorbereitungen treffen würde, so daß Kevin und Miriam ihr Apartment sofort beziehen könnten, wenn Miriam sich einverstanden erklärte. Sobald Mr. Milton fertig war, rief er seine Sekretärin und bat sie, Paul Scholefield zu holen. Paul kam augenblicklich, als ob er draußen vor der Tür gestanden und gewartet habe.

»Ich übergebe Kevin wieder Ihren Händen, Paul. Kevin: Willkommen in unserer Familie«, sagte John Milton und hielt ihm die Hand hin. Kevin nahm sie und schüttelte sie herzlich.

»Danke.«

»Wie ich Ihnen sagte, werden alle Vorbereitungen für den Einzug in das Apartment noch vor dem Wochenende getroffen. Sie können mit Ihrer Frau jederzeit kommen, um es sich anzusehen.«

»Noch einmal danke. Ich kann's kaum erwarten.«

John Milton nickte befriedigt.

»Ein toller Mann, nicht wahr?« sagte Paul leise, als sie das Büro verließen.

»Außergewöhnlich, wie er direkt auf den Kern der Dinge kommt. Er strahlt Nüchternheit aus, und doch hatte ich nicht das Gefühl, daß er nur geschäftsmäßig war. Er war auch sehr herzlich.«

»O ja. Um ehrlich zu sein«, sagte Paul und blieb im Korridor stehen, »wir alle lieben den Mann. Er ist wie ... ein Vater.«

Kevin nickte. »Ja, genau dieses Gefühl hatte ich auch.« Er schaute zurück. »Es war, als ob ich mit meinem Vater zusammengesessen und gesprochen hätte.«

Paul lachte und legte einen Arm um Kevin, und sie gingen weiter den Korridor entlang und blieben bei Dave Koteins Büro stehen. Dave war mit seinen erst einunddreißig Jahren ungefähr in Kevins Alter. Auch er war Absolvent der NYU Law, und sie ergingen sich sofort in Erinnerungen an Professoren, die sie beide kannten. Dave war ein schlanker, mittelgroßer Mann mit hellbraunem Haar, das fast militärisch kurz geschoren war. Kevin dachte, daß Miriam ihn süß finden würde, weil er babyblaue Augen und ein weiches, freundliches Lächeln hatte und in mancherlei Hinsicht ihrem jüngeren Bruder Seth ähnelte.

Trotz seiner schlanken Gestalt hatte Dave eine tiefe, volle Stimme, diese Art von Stimme, für die Chorleiter ihre Seele verkaufen würden, um sie in ihre Chöre zu bekommen. Kevin stellte ihn sich bei Gericht vor, wie er einen Zeugen ins Kreuzverhör nahm und seine Stimme über die Köpfe eines aufmerksamen Publikums hinweg widerhallte. Als sie einander vorgestellt wurden, spürte Kevin, daß Dave Kotein ein scharfsinniger, hochintelligenter Mann war. Später würde ihm Paul erzählen, daß Dave Kotein als einer der fünf Besten seines Jahrgangs an der NYU seinen Abschluß gemacht hatte und bei vielen renommierten Firmen in New York oder Washington hätte arbeiten können.

»Lassen Sie uns die Führung fortsetzen«, sagte Paul. »Sie und

Dave werden noch reichlich Gelegenheit haben, sich näher kennenzulernen. Ihre Frauen ebenso.«

»Toll. Haben Sie Kinder?« fragte Kevin.

»Noch nicht, aber bald«, erwiderte Dave. »Norma und ich sind etwa an dem gleichen Punkt wie Sie und Miriam«, fügte er hinzu. Kevin begann zu lächeln, überlegte dann aber, daß es seltsam sei, was sie alles über sein Privatleben wußten.

Paul erahnte, was er dachte. »Wir führen eine komplette Untersuchung über jeden künftigen Partner durch«, sagte er. »Sie dürfen also nicht überrascht sein, wieviel wir bereits über Sie wissen.«

»Und dies ist bestimmt keine Filiale der CIA?«

Dave und Paul sahen sich an und lachten.

»Ich fühlte mich genauso, als Paul und Mr. Milton mich in die engere Wahl gezogen hatten.«

»Wir reden später weiter«, sagte Paul, und er und Kevin gingen in die Fachbibliothek.

Diese war doppelt so groß wie die von *Boyle, Carlton and Sessler* und auf dem neuesten Stand. Es gab einen Computer, der, wie Paul Scholefield erklärte, mit Polizeiarchiven und sogar Bundesarchiven verbunden war, ebenso mit einem Großrechner, der ihnen Präzedenzfälle und Informationen übermittelte, um Polizeiberichte und gerichtsmedizinisches Beweismaterial verstehen und untersuchen zu können. Eine der Sekretärinnen saß an der Tastatur und gab neue Informationen ein, die einer ihrer Privatdetektive beschafft hatte.

»Wendy, das ist Kevin Taylor, unser neuer Partner. Kevin, Wendy Allan.«

Die Sekretärin drehte sich um, und Kevin konnte erneut ein wunderschönes Gesicht und eine tolle Figur bewundern. Wendy Allan mußte zweiundzwanzig oder dreiundzwanzig Jahre alt sein. Sie hatte pfirsichfarbenes, leicht gestuftes Haar mit schwingendem Pony, der ihr in die Stirn fiel. Ihre kastanienbraunen Augen strahlten, als sie lächelte.

»Hi.«

»Hallo.«

»Wendy wird zugleich als Ihre und als Daves Sekretärin arbeiten, bis wir eine neue eingestellt haben«, erklärte Scholefield. Kevin lächelte bei dem Gedanken, daß er bald eine eigene Sekretärin haben würde, in sich hinein.

»Ich freue mich darauf, mit Ihnen zu arbeiten, Mr. Taylor.«

»Ich auch.«

»Wir sollten zusehen, daß wir Ted noch erwischen«, flüsterte Paul. »Mir fällt gerade ein, daß er heute nachmittag eine Zeugenaussage aufnehmen muß.«

»Oh, sicher.«

Er folgte Paul hinaus, schaute noch einmal zurück, um das Lächeln in sich aufzunehmen, das Wendy ihm noch immer schenkte.

»Wie kann man sich auf seine Arbeit konzentrieren, wenn man so schöne Frauen um sich hat?« fragte Kevin halb im Scherz. Paul blieb stehen und drehte sich zu ihm um.

»Wendy und Diane sind schön, und, wie Sie sehen werden, sind Elaine und Carla das auch, aber sie alle sind auch phantastische Sekretärinnen.« Paul lächelte und warf einen Blick zurück auf die Bibliothek. »Mr. Milton sagt, die meisten Männer neigten dazu zu glauben, schöne Frauen seien nicht intelligent. Er hat einmal einen Fall gewonnen, weil ein Staatsanwalt genau das dachte. Erinnern Sie mich daran, ihn zu bitten, daß er Ihnen das einmal erzählt. Übrigens«, fügte er hinzu und senkte dabei seine Stimme, »Mr. Milton hat alle Sekretärinnen persönlich eingestellt.«

Kevin nickte, und sie gingen weiter zu Ted McCarthys Büro.

McCarthy erinnerte Kevin auf vielerlei Weise an ihn selbst. Er war zwei Jahre älter, hatte etwa Kevins Größe und war ähnlich gebaut, nur daß er schwarzes Haar hatte, einen viel dunkleren Teint und dunkelbraune Augen. Aber beide waren auf Long Island geboren und aufgewachsen. McCarthy hatte in Northport gelebt und die Syracuse University Law School besucht.

Wie Miriam war auch Ted McCarthys Frau auf Long Island aufgewachsen. Sie hatte in Commack als Empfangsdame bei einem Arzt gearbeitet. Auch sie hatten keine Kinder, planten aber, bald welche zu haben.

Kevin spürte, daß Ted McCarthy ein sehr präziser Mann war. Er saß hinter einem großen schwarzen Eichenschreibtisch, seine Papiere sauber geordnet neben einem großen, silbern gerahmten Foto seiner Frau und einem weiteren silbern gerahmten Foto, das ihn und seine Frau an ihrem Hochzeitstag zeigte. Sein Büro war verglichen mit denen von Dave Kotein und Paul Scholefield eher spartanisch, strahlte aber eine größere Ordentlichkeit aus.

»Erfreut, Sie kennenzulernen, Kevin«, sagte McCarthy, der sich von seinem Platz erhob, als Paul sie miteinander bekannt machte. Genau wie Dave und Paul hatte auch Ted eine beeindruckende Stimme mit scharfer, klarer Diktion. »So wie Mr. Milton und Paul Sie beschrieben haben, wußte ich, daß Sie bald bei uns sein würden.«

»Scheint, als hätten das alle schon vor mir gewußt«, witzelte Kevin.

»War bei mir ebenso«, sagte Ted. »Ich hatte in der Firma meines Vaters gearbeitet und eigentlich keine Lust, sie zu verlassen, als Paul an mich herantrat. Als ich hierherkam, um mich mit Mr. Milton zu treffen, überlegte ich bereits, wie ich meinem Vater die Neuigkeiten beibringen sollte.«

»Außergewöhnlich.«

»Es vergeht kaum ein Tag, an dem hier nicht etwas Aufregendes geschieht. Und jetzt, wo Sie zu uns kommen …«

»Ich freue mich wirklich darauf«, sagte Kevin.

»Viel Glück und willkommen an Bord«, sagte Ted. »Ich muß los, um die Aussage über einen Klienten aufzunehmen, der beschuldigt wird, die minderjährige Tochter seiner Nachbarin vergewaltigt zu haben.«

»Tatsächlich?«

»Ich erzähle Ihnen bei unserer Teambesprechung davon«, sagte Ted.

Kevin nickte zustimmend und folgte Paul hinaus. Im Türrahmen blieb er stehen. »Eines würde ich gerne wissen, Ted«, sagte Kevin, der überlegte, wie Miriam, ihre Eltern und die seinen auf seine Entscheidung reagieren würden.

»Aber sicher.«

»Wie haben Sie Ihrem Vater die Neuigkeiten beigebracht?«

»Ich habe ihm erzählt, wie sehr ich mir wünschte, mich auf Strafrecht zu spezialisieren und wie sehr ich von Mr. Milton beeindruckt war.«

»Aber es gab doch eine Familienfirma, die Sie erben sollten, oder?«

»Oh...« Ted lächelte. »Sie werden schon nach ganz kurzer Zeit feststellen, daß dies auch eine Familienfirma ist.«

Kevin war beeindruckt von Teds Aufrichtigkeit.

Er kehrte in den Raum zurück, der sein Büro sein würde, und setzte sich hinter den großen Schreibtisch. Er lehnte sich im Sessel zurück, die Hände hinter dem Kopf verschränkt, und drehte sich dann um, um auf die Stadt zu schauen. Es vermittelte ihm ein großartiges Gefühl. Er konnte sein Glück kaum fassen – eine reiche Firma, ein mietfreies Luxusapartment mitten in Manhattan...

Er drehte sich wieder um und schaute in die Schreibtischschubladen. Leere Blöcke, neue Füllfederhalter, neues Geschäftsbuch – alles war da. Er wollte gerade die untere Schublade schließen, als ihm etwas ins Auge fiel, ein kleines Schmuckkästchen.

Er nahm es heraus, öffnete es und blickte auf einen goldenen Ring, in den das Initial »K« eingraviert war.

»Probieren Sie aus, ob der Sessel die richtige Größe hat?« sagte Paul, als er eintrat.

»Was? Oh, ja. Was ist das hier?« Er hielt ihm den Ring hin.

»Schon gefunden, wie? Nur eine Kleinigkeit von Mr. Milton. Ein Begrüßungsgeschenk. Das hat er bei uns allen so gemacht.«

Kevin nahm den Ring vorsichtig aus dem Kästchen und streifte ihn über. Er saß perfekt. Er blickte überrascht auf, aber Paul schien überhaupt nicht erstaunt zu sein.

»Es sind diese kleinen Dinge, die Art, wie er sich die Zeit nimmt, uns zu zeigen, wie sehr er uns menschlich verbunden ist, die hier den Unterschied ausmachen, Kevin.«

»Das sehe ich.« Kevin dachte einen Augenblick nach und blickte dann von seinem Ring auf. »Aber woher wußte er, daß ich die Stelle annehmen würde?«

Paul zuckte die Achseln.

»Wie ich schon sagte, er ist ein großartiger Menschenkenner.«

»Erstaunlich.« Er sah sich im Büro um. »Dieser Mann ... Jaffee?«

»Was ist mit ihm?«

»Niemand konnte das kommen sehen?«

»Wir wußten, daß er Depressionen hatte. Alle packten mit an. Mr. Milton engagierte ein Kindermädchen für das Kind. Wir taten alles, was wir konnten, riefen ihn an, besuchten ihn. Wir alle fühlten uns schuldig. Wir alle fühlten uns verantwortlich.«

»Ich wollte damit nicht unterstellen ...«

»Oh, nein«, sagte Paul. »Wir wohnen alle in demselben Apartmenthaus. Wir hätten in der Lage sein müssen, ihm zu helfen.«

»Sie alle wohnen in demselben Apartmenthaus?«

»Das werden Sie auch. Tatsächlich werden Sie Jaffees Apartment übernehmen.«

Kevin starrte ihn an. Er war sich nicht sicher, wie Miriam das aufnehmen würde.

»Wie hat er ... wie hat er's getan?«

»Er ist von seiner Terrasse gesprungen. Aber keine Sorge«, sagte Paul und lächelte hastig, »ich glaube nicht, daß das Apartment verflucht ist.«

»Dennoch wäre es vielleicht klüger, wenn ich meiner Frau diese Information verschweigen würde.«

»Oh, unbedingt. Zumindest so lange, bis Sie sich eingelebt haben und sie sich selbst davon überzeugt hat, wie sicher und komfortabel alles ist. Schon bald wird sie nicht einmal mehr eine Herde wildgewordener Elefanten vertreiben können!«

4

Erst als Kevin vom Expreßway abbiegen wollte, wurde ihm bewußt, wie sehr er sein Leben und das von Miriam verändern würde. Nicht, daß er irgend etwas bedauerte – ganz im Gegenteil, er konnte sich nicht erinnern, je so glücklich über sein Leben und seine Karriere gewesen zu sein. Es war einfach so, daß er, während er sich der idyllischen kleinen Gemeinde näherte, in der er und Miriam ihr Leben zu verbringen geplant hatten, begriff, daß er sie weit weg von dem Leben führen würde, das sie sich ausgemalt hatten.

Doch die Veränderungen waren schließlich durchweg gute Veränderungen. Veränderungen, die auch Miriam wollte, dachte er. Wie sollte sie die auch nicht wollen? Mehr Geld bedeutete ein noch größeres Traumhaus, als sie sich vorgestellt hatten. Ihr Leben würde kosmopolitischer werden, und sie würden dem entrinnen, was er jetzt als erstickenden Provinzialismus begriff.

Vielleicht am wichtigsten war, daß sie ihren Freundeskreis erweitern und viele interessante Menschen kennenlernen würden, die bei weitem über der sogenannten welterfahrenen Oberklasse von Blithedale standen. Er hatte die beiden anderen Anwälte, die in John Miltons Firma arbeiteten, auf Anhieb gemocht und war überzeugt, daß es Miriam ebenso gehen würde.

Er kehrte in sein Büro zurück, um nachzusehen, ob irgendwelche Nachrichten für ihn da waren. Miriam hatte angerufen, aber er beschloß, erst mit ihr zu sprechen, wenn er daheim war.

Er und Miriam wohnten in Blithedale Gardens, einem Komplex von aus Zedernholz erbauten Reihenhäusern unmittelbar außerhalb des Dorfes in einer bewaldeten Umgebung. Die Reihenhäuser waren bequeme und geräumige zweistöckige Apartments mit geziegelten Kaminen, die mit Holz beheizt wurden. Zu dem Komplex gehörten ein Gemeinschaftspool und zwei Tennisplätze. Miriam und er hatten es während dieser ersten Jahre in keinerlei Hinsicht schwer gehabt, aber als er die Stadt jetzt während der schnellen Heimfahrt betrachtete, merkte er plötzlich, daß er immer kritischer wurde. Da war etwas, das er nie zuvor gesehen hatte – die Gegend lullte die Bewohner in gewisser Weise ein, machte sie selbstgefällig. Jetzt sah er größere Dinge und auch,wie unerreichbar diese Dinge sein würden, wenn sie hierblieben.

Er fuhr in die Garage; noch bevor er eine Chance hatte, die Haustür zu öffnen, hatte Miriam dies schon getan. Sie trat, mit einem besorgten Ausdruck auf dem Gesicht, zurück in das Foyer. »Wo bist du gewesen? Ich dachte, du würdest mich vor dem Mittagessen anrufen und wir hätten vielleicht zusammen zum Essen gehen können. Und du weißt, daß ich darauf gewartet habe zu erfahren, was Sanford Boyle zu sagen hatte.«

Er trat ein und schloß leise die Tür hinter sich. »Vergiß Boyle. Vergiß Carlton. Vergiß Sessler.«

»Was?« Sie faßte sich mit der rechten Hand an die Kehle. »Warum? Haben Sie dir die Partnerschaft nicht angeboten?«

»Partnerschaft? Wohl kaum. Genau das Gegenteil.«

»Was soll das heißen, Kevin?«

Er schüttelte den Kopf. »Sie haben mich nicht direkt rausgeworfen, sondern mir vorgeschlagen, etwas zu suchen, was mehr zu meinem … meinem Naturell passe«, sagte er. Er ging an ihr vorbei ins Wohnzimmer und ließ sich auf die Couch fallen.

Sie blieb stehen, wo sie war, und sah bestürzt aus. »Es war dieser letzte Fall, nicht wahr?«

»Er hat das Faß zum Überlaufen gebracht, denke ich. Sieh mal, Miriam, ich war nicht für sie gemacht, und sie waren nicht für mich gemacht.«

»Aber, Kev … nach drei Jahren, wo nur positive Dinge passiert sind.« Sie verzog das Gesicht. »Ich wußte, du hättest diesen Fall nicht annehmen dürfen. Ich wußte es. Und jetzt sieh, was passiert ist«, rief sie. Es gelang ihr nicht zu verhindern, daß ihr Herzschlag sich beschleunigte. Welchen Eindruck würde das machen: Kevin verteidigt eine stadtbekannte Lesbierin und verliert dann seine Stellung bei einer der renommiertesten Firmen der Gemeinde? Sie konnte ihre Mutter sagen hören: »Ich hab's dir ja gleich gesagt.«

»Entspann dich.« Er schaute lächelnd zu ihr auf.

»Entspannen?« Sie neigte den Kopf. Warum war er so ruhig? »Wo bist du gewesen, Kevin?« Sie schaute auf die Uhr, die auf dem Kaminsims stand. »Und bist du nicht viel zu früh daheim?«

»Äh – nein. Komm her. Setz dich.« Er klopfte auf das Kissen neben sich. »Ich habe dir eine Menge zu erzählen.«

»Deine Mutter hat angerufen«, sagte sie, fast so, als ob sie seine Worte voraussähe und damit beginnen wollte, ihn an seine Bindungen an diese Region zu erinnern.

»Ich werde sie nachher anrufen. Ist alles in Ordnung?«

»O ja. Sie wollte dir zu deinem Sieg beim Prozeß gratulieren«, fügte sie trocken hinzu.

»Gut. Dann wird sie jetzt noch glücklicher sein.«

»Wieso, Kevin?« Miriam beschloß, etwas entfernt von ihm Platz zu nehmen und verschränkte die Hände in ihrem Schoß.

»Schau nicht so nervös drein, Süße. Alles, was wir von jetzt an tun, wird unser Leben verbessern.«

»Wie?«

»Nun, offensichtlich werde ich *Boyle, Carlton and Sessler* verlassen. Dafür danke ich Gott.«

»Du warst sehr stolz darauf, dort zu arbeiten«, sagte sie traurig.

»Das war ich. Aber was wußte ich schon? Ich war ein Kind, gerade von der Universität abgegangen, froh darüber, so etwas zu bekommen, aber jetzt ...«

»Was? Erzähl es mir!« bat sie nachdrücklicher.

»Nun ja«, sagte er und beugte sich vor, »du erinnerst dich an diesen Mann, der am Freitagabend zu uns an die Bar im Bramble Inn kam und mir seine Karte gab?«

»Ja.«

»Schön, nachdem ich meine erfreuliche Diskussion mit den Three Stooges hatte, habe ich sie rausgeholt.«

»Was hast du getan?«

»Ich habe ihn angerufen und bin nach Manhattan gefahren. Es war, als … als wäre ich in einen meiner Tagträume eingetreten. Erzähl mir nichts mehr von deinen tollen New Yorker Firmen. Warte, bis du das gesehen hast. Sie sitzen in der achtundzwanzigsten Etage. Die Aussicht ist großartig. Davon abgesehen werden sie mit Arbeit buchstäblich überschwemmt. So schnell ist ihr Ruf in New York gewachsen. Sie brauchen dringend einen weiteren Anwalt.«

»Was hast du getan?«

»Laß mich dir erst sagen, daß Paul keine Witze gemacht hat. Sie wollen mir das Doppelte dessen zahlen, was ich bei *Boyle, Carlton and Sessler* verdient hätte, selbst wenn die das Richtige getan und mich zum echten Partner gemacht hätten. Und das ist eine Menge Geld, Miriam. Zweitens würde ich nur das tun, was ich tun möchte, nämlich mich um Strafsachen kümmern.«

»Aber was, wenn das nicht funktioniert? Hier hast du eine gewisse Sicherheit. Du baust dir hier etwas auf.«

»Was meinst du mit: ›Wenn das nicht funktioniert?‹ Wie steht's mit deinem Vertrauen zu mir?« Er schaffte es, sofort enttäuscht dreinzuschauen, gerade so, als ob er bei Gericht sei.

»Ich versuche nur …«

»Ich weiß. Jede große Entscheidung wie diese macht angst, aber wenn du erst einmal alle kennengelernt hast … und das ist das Beste daran, was uns betrifft, Miriam: Die anderen Partner, Ted und Dave und Paul, sind alle verheiratet, und keiner von ihnen hat bisher Kinder. Dave und Ted und ihre Frauen sind etwa in unserem Alter. Wir werden mit Leuten gesellschaftlichen Umgang pflegen, mit denen wir etwas gemeinsam haben. Ich meine, was hast du denn wirklich mit Thel Boyle oder Barbara Carlton oder Rita Sessler gemeinsam? Du weißt, daß die sich für etwas Besseres halten als wir, weil ich kein gleichwertiger Partner bin, und erzähl mir nicht, daß du dich nicht darüber beklagt hast, daß sie dich wie ein Kind behandeln.«

»Aber wir haben andere Freunde, Kevin.«

»Ich weiß. Aber es ist an der Zeit, daß wir unseren Horizont erweitern, Süße. Diese Menschen leben und arbeiten in New York. Sie gehen in Shows, Konzerte, besuchen Kunstgalerien, machen tollen Urlaub. Du wirst endlich all die Dinge tun können, die du immer tun wolltest.«

Sie lehnte sich zurück und dachte nach. Vielleicht hatte er recht. Vielleicht war sie ihr Leben lang zu zurückgezogen gewesen. Vielleicht war es an der Zeit, aus dem Kokon auszubrechen. »Du glaubst wirklich, daß dies eine gute Entscheidung ist, Kevin?«

»Oh, Liebling«, sagte er, stand auf und ging zu ihr. »Es ist nicht nur eine gute Entscheidung, es ist eine wichtige Entscheidung.« Er küßte sie und setzte sich neben sie, nahm ihre Hände in die seinen. »Ich würde nichts tun, was dich unglücklich macht, egal, wie glücklich es mich machen würde. Es würde einfach nicht funktionieren. Wir gehören zu sehr... zu sehr zueinander.«

»Ja.« Sie schloß die Augen und biß sich auf die Unterlippe. Er berührte ihre Wange, und sie öffnete ihre Augen.

»Ich liebe dich, Miriam. Ich wüßte nicht, wie irgendein Mann eine Frau mehr lieben könnte.«

»Oh, Kev...« Sie küßten sich wieder, und dann sah sie seinen neuen Ring.

»Wo hast du den her, Kevin?« Sie nahm seine Hand, um den Ring besser betrachten zu können. »Deine Initiale?«

»Du wirst es nicht glauben. Es ist ein Geschenk von Mr. Milton. Eine Art Begrüßungsgeschenk.«

»Tatsächlich? Aber woher konnte er wissen, daß du sein Angebot annehmen würdest?«

»Wenn du Mr. Milton kennenlernst, wirst du es verstehen. Dieser Mann strahlt Selbstvertrauen aus, Autorität und Erfolg.«

Sie schüttelte den Kopf und blickte wieder auf den Ring.

»Vierundzwanzig Karat Massivgold«, sagte er und schwenkte seine Hand.

»Du bist wirklich von ihm eingenommen.«

»Ich weiß«, gab er zu.

»Aber Kevin, was ist mit dem Pendeln? Du hattest das nie tun wollen.«

Er lächelte. »Mr. Milton hat eine wundervolle Lösung.« Er schüttelte den Kopf. »Es scheint alles zu perfekt, um wahr zu sein, aber es ist wahr.«

»Was? Erzähl es mir«, sagte sie und hüpfte auf dem Sofa hin und her. Er lachte über ihre Ungeduld.

»Nun ja, es scheint, daß Milton als Folge eines Falles, den er vor Jahren hatte, ein Apartmenthaus am Riverside Drive übernommen hat und dort genau jetzt ein Apartment frei ist.«

»Riverside Drive? Du meinst, wir würden nach New York ziehen?« Sie unterdrückte ihre aufflammende Begeisterung. Er wußte, daß sie eigentlich nicht scharf darauf war, in der Stadt zu leben.

»Rate mal, wie teuer das Apartment ist.«

»Ich habe keine Ahnung.«

»Sechshunderttausend Dollar!«

»Aber, Kevin, wie können wir uns das leisten?«

»Wir brauchen es uns nicht zu leisten.«

»Ich verstehe nicht.«

»Es gehört uns, bis wir soweit sind, daß wir uns unser Traumhaus bauen können. Keine Miete. Nichts. Nicht einmal eine Stromrechnung.«

Miriams Mund öffnete sich so weit, daß er wieder laut lachen mußte.

»Und dazu bekommen wir… Ted McCarthy und seine Frau Jean. Dave Kotein und seine Frau Norma. Paul Scholefield und seine Frau Helen. Sie alle wohnen im selben Haus.«

»Und wo wohnt Mr. Milton?«

»In einem Penthouse im selben Gebäude. Es ist genauso, wie Ted McCarthy es mir heute erzählt hat… *John Milton and Associates* sind eine große Familie.«

Ihr Widerstand begann zu schwinden. Obwohl sie sich wehrte, verstärkte sich ihr Interesse. »Was ist mit Mr. Milton? Hat er selbst keine Frau oder eine Familie?«

»Nein. Vielleicht ist das der Grund, warum er seine Partner wie seine Familie behandelt.«

»Wie ist er?«

Kevin lehnte sich zurück. »Miriam«, begann er, »John Milton ist der charismatischste, bezauberndste Mann, dem ich je begegnet bin.« Während Kevin ihr die Zusammenkunft schilderte, hatte er das unheimliche Gefühl, alles noch einmal zu erleben. Er hatte sich jedes Detail deutlich eingeprägt.

Später, nach einem ruhigen Abendessen, gingen sie geistig erschöpft schlafen. Am Morgen würde Kevin diese geistige Erschöpfung mit seinem intensiven Alptraum erklären. Er war bei Gericht, bestritt wieder den Fall Lois Wilson, nur daß diesmal, als er zum Richter aufschaute, der Richter Mr. Milton war, der ihn beifällig anlächelte. Kevin wandte sich an Barbara Stanley, die nackt im Zeugenstand saß. Lois Wilson stand unmittelbar hinter ihr und beugte sich vor, um mit den Fingerspitzen über die Brustwarzen des kleinen Mädchens zu fahren. Dann blickte sie zu ihm auf und lächelte lüstern, bevor sie sich wieder vorbeugte, um dem kleinen Mädchen zwischen die Schenkel zu greifen.

»Nein!« schrie er.

»Kevin?«

»Nein!« Er öffnete seine Augen.

»Was ist denn?«

»Was?«

»Du hast geschrien.«

»Was? Oh.« Er rieb sich energisch das Gesicht, um die Bilder zu verdrängen, die er noch deutlich vor Augen hatte. »Nur ein Alptraum.«

»Willst du darüber reden?« fragte Miriam mit benommener Stimme.

»Nein. Ich kann wieder einschlafen. Alles in Ordnung. Ist nichts«, sagte er. Sie seufzte dankbar und schlief rasch wieder ein. Augenblicke später gestattete er sich, seine Augen zu schließen.

Als Kevin erwachte, rief er im Büro an, um mitzuteilen, daß er nicht käme, und bat Mary, seinen Termin mit den Settons zu verschieben. Die Sekretärin war überrascht und wollte Genaueres wissen, aber Kevin beendete das Gespräch abrupt. Dann zogen sie sich an, frühstückten und fuhren in die Stadt. Es hatte fast fünf Zentimeter geschneit, der zweite große Schneefall des Jahres, und es war nicht einmal Dezember. Vor ihnen lag ein weicher Teppich strahlendweißer, frischer Flocken, der unter den Füßen knirschte und Miriam in Weihnachtsstimmung versetzte. Schlittenschellen läuteten in ihrer Erinnerung, und als sie auf dem Weg zum Wagen nach oben blickte, sah sie durch eine Lücke in den Wolken einen Flecken blauen Himmels. Die Sonnenstrahlen fielen hindurch und verwandelten die verschneiten Äste in glitzernde Zuckerwattestäbchen.

Der starke Pendelverkehr auf dem Grand Central Parkway machte die weißen Flocken jedoch bald zu einem schmierig aussehenden schwarzbraunen Matsch. Vor ihnen fahrende Autos schleuderten den gefrorenen Dreck auf ihre Windschutzscheibe. Die Scheibenwischer beseitigten ihn mit monotoner Gleichmäßigkeit. Direkt vor ihnen hingen niedrige graue Wolken bedrohlich über der Skyline von Manhattan.

»Pendeln ist nichts für mich«, murmelte Kevin, während sie sich dem Mauthäuschen näherten. »Ich könnte mit der Anspannung und der vergeudeten Zeit nicht umgehen.«

»Andererseits ist das Leben in der Stadt auch nicht eitel Sonnenschein, Kevin. Parkprobleme, der Verkehr...«

»Oh, keine Parkprobleme, Süße. Im Kellergeschoß unseres Hauses gibt es eine bewachte Tiefgarage.«

»Wirklich?«

»Ich brauchte auch nicht zur Arbeit zu fahren. Mr. Milton hat eine Limousine, die uns jeden Tag zur Arbeit bringt und wieder zurück. Er erzählte mir, daß diese so eine Art zweites Büro werden würde... Paul, Ted, Dave und ich diskutieren dann über Fälle und so.«

»Was ist mit Mr. Milton?«

»Der nutzt sie zu anderen Zeiten, denke ich.« Sie starrte ihn an. »Ich weiß noch nicht alles, Süße. Aber das werde ich«, frohlockte er.

Sie lehnte sich zurück, als sie in die Stadt hineinfuhren. Kaum bog Kevin auf die Blazer Avenue und näherte sich dem Riverside Drive, stieg Paul Scholefield auch schon aus der Limousine von *John Milton and Associates,* die vor dem Apartmenthaus geparkt stand, und bedeutete ihm, in die Tiefgarage unter dem Gebäude zu fahren.

Das Tor öffnete sich, und sie fuhren hinein.

»Ihr habt die 15D«, sagte Paul und zeigte auf ihre Parkplätze. »Ihr könnt gleich den richtigen Platz nehmen.«

Kevin setzte den Wagen zurück und parkte. Paul öffnete Miriam die Tür und half ihr aus dem Wagen, während Kevin um das Auto lief, um ihn zu begrüßen.

»Schön, Sie wiederzusehen, Mrs. Taylor.«

»Oh, sagen Sie bitte Miriam zu mir.«

»Miriam. Nennen Sie mich Paul«, entgegnete er mit einem Lächeln. »Da vorne ist der Fahrstuhl«, sagte er, wobei er nach rechts zeigte. »Das Tor der Tiefgarage wird mit einem Klicker geöffnet.« Er nahm einen aus seiner Jacke und reichte ihn Kevin. »In Ihrem Apartment liegt noch ein zweiter auf dem Küchentisch.« Er wandte sich wieder an Miriam. »Ich bin sicher, Sie haben bemerkt, daß die Garage beheizt ist«, sagte er stolz und drückte den Knopf, um den Fahrstuhl zu holen. Die Tür öffnete sich augenblicklich, und er bedeutete ihr, zuerst einzusteigen.

»Wie lange wohnen Sie und Helen schon hier, Paul?« fragte Kevin.

»Wir sind eingezogen, kurz nachdem Mr. Milton es erworben hatte. Ist jetzt... sechs Jahre her.«

»Das ist ein sehr schöner Stadtteil, nicht wahr?« fragte Miriam.

Paul lächelte und nickte. »Wir sind nahe dem Lincoln Center, den Galerien und nicht weit vom Theaterbezirk. Das Herz von New York ist zum Greifen nahe, Miriam«, sagte er, und die Tür des

Fahrstuhls öffnete sich. Er hielt sie auf und bedeutete ihnen, auszusteigen und nach rechts zu gehen.

Paul blieb vor 15D stehen, das wie die anderen Apartments eine breite, dunkle Eichentür hatte und einen kleinen Metallhammer, der als Klopfer diente.

»Wie seltsam«, sagte Miriam, während sie den Klopfer betrachtete. »Ich liebe einfach Antiquitäten.«

Paul nahm die Wohnungsschlüssel heraus, schloß die Tür auf und trat beiseite, nachdem er sie aufgestoßen hatte. Am gegenüberliegenden Ende des großen Foyers lag das Eßzimmer. Die goldbesetzten, dunkelblauen Samtvorhänge waren beiseite gezogen, so daß man die Fensterfront sehen konnte. Selbst an einem so grauen Tag wie diesem fiel Licht herein.

»Hell... geräumig«, sagte Miriam, kaum daß sie hereingekommen waren.

Sie traten in das Foyer, das einen schönen Parkettboden hatte. Etwas drei Meter rechts davon befand sich der Zugang zu dem tiefer gelegenen Wohnzimmer, das mit einem weißen Marmorkamin ausgestattet war. Der Teppich, der brandneu aussah, war von einem hellen Blau, nicht ganz so hell wie der Teppich, den sie in Blithedale hatten. Der Raum war nicht leer: In der rechten Ecke stand ein Piano.

»Oh, Kev!« rief Miriam begeistert. Sie faßte sich an den Hals. »Was ich mir immer gewünscht habe!« Sie ging die zwei Stufen ins Wohnzimmer hinunter und schlug auf die Tasten. »Es ist gestimmt!« Sie spielte die ersten Takte von »Memory«.

»Miriam kann gut spielen«, erklärte Kevin. »Wir hatten davon gesprochen, ein Piano zu kaufen, aber wir dachten, daß wir damit warten sollten, bis wir unser Haus haben.»

»Wie kommt es hierher?« fragte Miriam.

»Gehört Mr. Milton«, antwortete Paul. Er zuckte mit den Schultern. »Es hat schon immer hier gestanden.«

Sie fuhr liebevoll mit der Hand über das Instrument und lächelte. »Welch eine wunderschöne Überraschung«, murmelte sie.

»Schön, daß Sie Verwendung dafür haben«, sagte Paul.

Miriam schüttelte erstaunt den Kopf und ging weiter ins Eßzimmer. »Ich wollte eine Tapete wie diese für unser eigenes Eßzimmer aussuchen. Tatsächlich war ich schon in einem Geschäft und hatte sie ausgesucht.«

Miriam schaute zu dem glitzernden Kronleuchter auf und ging weiter zu der langen, zitronengelben Küche, schüttelte den Kopf über die brandneuen Geräte, den großen Tisch und den Arbeitsraum. In der Frühstücksecke war ein großes Fenster, das die gleiche Aussicht auf den Hudson River bot wie das Eßzimmer.

Aber es war das große Schlafzimmer, das ihr endgültig den Atem verschlug. Sogar Kevin war sprachlos. Es war fast doppelt so groß wie ihr Schlafzimmer in Blithedale, und auf einem Absatz rechts vom Badezimmer stand ein langer, marmorner Toilettentisch. Die Spiegel erstreckten sich über die ganze Breite der Wand.

»Unsere Schlafzimmereinrichtung wird hier drin winzig wirken, Kev. Wir werden noch einige andere Möbel benötigen.«

»Aha!« Er richtete seinen Blick auf Paul.»Es geht bereits los. Wir brauchen dies, wir brauchen das.«

»Ja, so ist es, Kev.«

»Machen Sie sich keine Sorgen, Miriam. Kevin kann sich das jetzt leisten«, sagte Paul.

»Danke für die Unterstützung, Kumpel.«

Paul lachte. »Mir ist es genauso gegangen, mein Freund. Meine Frau ist noch immer draußen auf Einkaufsafari.«

Miriam erging sich in Ohs und Ahs über das große Bad mit seinem Whirlpool und den Messingarmaturen; dann schritt sie weiter, um das zweite Schlafzimmer zu inspizieren.

Sie kehrte zurück und erklärte, daß wer immer hier zuvor gewohnt habe, es offensichtlich als Kinderzimmer genutzt habe. »An den Wänden ist eine Tapete mit Comicfiguren«, sagte sie.

»Tja, Sie können alles verändern, was Sie verändern wollen«, bemerkte Paul.

»Oh, nein. Ein Kinderzimmer ist genau richtig. Wir hatten ohnehin geplant, unsere Familie bald zu vergrößern«, erwiderte sie, wobei sie Kevin um Zustimmung heischend ansah. Er nickte lächelnd.

»Ich nehme an, das bedeutet, Sie könnten hier glücklich sein?« neckte Paul Scholefield sie.

»Glücklich? Wie schnell können wir einziehen?« sagte sie, und selbst Kevin mußte über ihre unerwartete Begeisterung lachen. Er hatte alle möglichen Arten von Widerstand erwartet, egal, wie schön das Apartment war. Obwohl Blithedale und die umliegenden Gemeinden während des letzten Jahrzehnts erheblich städtischer geworden waren, betrachtete sie sich gerne als Mädchen vom Lande. Da war immer die Frage der Sicherheit gewesen und der Umstand, mit Menschenmassen und Umweltverschmutzung zu tun zu haben. Sowohl ihre als auch seine Eltern hatten sie in dieser Negativeinschätzung bestärkt, nicht nur, weil sie von deren Richtigkeit überzeugt waren, sondern auch, weil sie wollten, daß Kevin und Miriam da blieben, wo sie waren. Aber all dies schien Miriam vergessen zu haben. Zumindest für den Augenblick.

»Oh, Kev. Ich habe die Terrasse noch nicht einmal bemerkt«, sagte sie, wobei sie das Wohnzimmer durchquerte und zu den Glastüren ging. Kevin warf Paul einen Blick zu. Dieser zeigte keinerlei Regung, obwohl sein Kollege Richard Jaffee erst vor kurzem genau von diesem Patio in den Tod gesprungen war. Miriam öffnete die Türen und trat hinaus. »Kevin, komm her.«

Er ging zu ihr, und gemeinsam genossen sie den grandiosen Ausblick.

»Es verschlägt mir wirklich den Atem«, sagte Miriam. »Allein die Vorstellung, hier an warmen Abenden draußen zu sitzen, Wein zu trinken und zu den Sternen hoch zu sehen!«

Er nickte, mußte aber unwillkürlich an Richard Jaffee denken. Was ging in diesem Mann vor, daß er so etwas tat? Denn so, wie das Geländer geformt war, mußte er hochgeklettert sein und sich drüber geschwungen haben. Es war also etwas, das nicht leicht und impulsiv getan werden konnte. Er mußte gespürt haben, daß es keine andere Möglichkeit gab. Deprimierend…

»Kevin, findest du nicht?«

»Wie? Oh, ja, ja. Es ist… unbeschreiblich«, sagte er. Er war dankbar dafür, daß die Türglocke läutete.

»Schon Gäste?« scherzte Paul.

Die drei gingen ins Foyer und öffneten die Tür. Norma Kotein und Jean McCarthy kamen, einem frischen Frühlingswind gleich, hereingestürmt. Beide Frauen lachten und redeten gleichzeitig.

»Ich bin Norma Kotein.«

»Und ich bin Jean McCarthy.«

»Sie müssen Miriam sein«, sagte Norma. »Wir konnten's nicht abwarten. Dave sagte zwar, wir sollten euch beiden die Möglichkeit geben, euch einzugewöhnen, aber Jean sagte…«

»Wozu auch? Das ist schließlich unsere Aufgabe: euch einzugewöhnen.«

»Hi«, sagte Norma und ergriff Miriams Hand. Miriam stand da und lächelte. »Ich bin in 15B.«

»Ich bin in 15C«, sagte Jean. Sie nahm Miriams Hand in dem Augenblick, als Norma sie losließ.

Dann hielten die beiden inne, um zu Atem zu kommen.

»Paul?« fragte Norma.

»Oh. Dies sind Kevin und Miriam Taylor. Ich wißt doch bereits, wer sie sind.«

»Typisch Anwalt«, sagte Jean. »Vergeudet kein Wort, wenn er nicht dafür bezahlt wird.«

Sie lachten beide, fast unisono. In gewisser Hinsicht sahen sie wie Schwestern aus. Obwohl Normas Haar zu einem ordentlichen Pagenkopf frisiert und das von Jean lang war und weich über ihr Schlüsselbein fiel, hatten beide das gleiche hellbraune Haar. Normas war eine winzige Spur dunkler. Sie waren beide etwa einsfünfundsechzig groß, mit kräftiger, aber doch auch zierlicher Figur.

Kevin fand, daß die beiden die quirligsten Frauen waren, denen er je begegnet war. Normas hellblaue Augen glitzerten wie Juwelen, und Jeans grüne Augen funkelten auf ähnliche Weise. Beide hatten einen weichen, glatten Teint mit hellen, gesunden Wangen und vollen roten Lippen. Bekleidet mit Jeans, ähnlichen dunkelblauen Sweatshirts und rosa LA Gear-Turnschuhen, war es, als ob sie eine Uniform trügen.

»Sie müssen in mein Apartment zum Kaffee kommen. Ich habe diese tollen zuckerfreien Muffins«, sagte Jean, die sich bei Miriam unterhakte. »Da ist diese Bäckerei direkt drüben am Broadway und Dreiundsechzigster...«

»Sie tut so, als ob sie sie entdeckt hätte. Ich habe sie zuerst gefunden«, jammerte Norma scherzhaft

Miriam mußte lachen, als sie sie praktisch zur Tür schoben. Sie warf Kevin einen hilflosen Blick zu.

»Ist schon in Ordnung«, sagte er. »Paul und ich gehen ins Büro. Ich werde in ein paar Stunden zurück sein... um dich zu retten«, fügte er hinzu und lachte.

»Sie retten?« Norma richtete sich auf. »Das ist genau das, was *wir* tun. Warum sollte sie irgend etwas mit all diesem langweiligen Rechtsgeschwafel zu tun haben wollen, wo wir doch tonnenweise Einkaufsinformationen für sie haben?«

»Zumindest wird sie sich nicht langweilen, während ich fort bin«, murmelte Kevin.

»In ihrem Leben wird es nie wieder einen langweiligen Tag geben«, meinte Paul. Er sagte das mit einer solchen Arroganz und Entschlossenheit, daß Kevin ihn musterte, um sich zu vergewissern, daß er nicht absichtlich übertrieb, um witzig zu sein.

Aber er schaute vollkommen ernst.

»Wo ist Ihre Frau, Paul?«

»Helen ist ein wenig zurückhaltender als diese beiden hier, aber sie ist ebenso freundlich, wenn man sie erst einmal kennt«, sagte er. »Aber jetzt sollten wir uns auf den Weg machen. Die Limousine wartet draußen.«

Kevin nickte. Er warf noch einen Blick zurück, bevor er die Tür hinter ihnen schloß, und hörte Normas und Jeans schallendes Gelächter, gefolgt von dem Miriams.

War dies alles nicht ganz wundervoll?

Er überlegte, warum er sich überhaupt diese Frage stellte.

»Kaffee?« fragte Paul. Er beugte sich vor, um ihnen beiden eine Tasse aus der Kanne einzuschenken, die der Chauffeur vorbereitet und auf die Warmhalteplatte gestellt hatte, die in einen Schrank eingebaut war.

»Gern.« Kevin lehnte sich in den glatten, schwarzen Ledersitzen zurück und fuhr mit seinen Händen beifällig über die Polster, während das Gefährt sich in Bewegung setzte. Es war eine Mercedes-Limousine mit maßgefertigter Inneneinrichtung. »Das ist die richtige Art, sich in New York fortzubewegen.«

»Würde ich meinen.« Paul reichte ihm seine Tasse. »Von hier drin bemerkt man die Stadt nicht einmal.« Er setzte sich auf den Platz gegenüber von Kevin und schlug die Beine übereinander. »Wir trinken jeden Morgen hier unseren Kaffee. Auf dem Sitz liegt immer ein Exemplar des *Wall Street Journal*, so daß wir uns entspannen können, bevor wir in den Krieg ziehen. Ich mache das jetzt schon so lange, daß ich es inzwischen als selbstverständlich hinnehme.«

»Sie sind seit sechs Jahren bei Mr. Milton?«

»Ja. Ich hatte in der Provinz gearbeitet, in einem kleinen Ort namens Monticello, hatte vor allem mit Grundstücken zu tun, gelegentlich auch mit Verkehrsunfällen. Mr. Milton entdeckte mich, als ich einen einheimischen Arzt verteidigte, der wegen eines Kunstfehlers angeklagt war.«

»Tatsächlich? Was kam dabei raus?«

»Ein kompletter Sieg.« Er beugte sich zu Kevin vor. »Obwohl dieser Bastard des arrogantesten, gefühllosesten und verantwortungslosesten Verhaltens eindeutig schuldig war.«

»Wie haben Sie's geschafft, unter solchen Bedingungen zu gewinnen?«

»Ich habe den Kläger im Zeugenstand reichlich durcheinandergebracht. Er war wegen einer Augenverletzung behandelt worden, und sein Arzt hatte es tagelang unterlassen, ihn zu untersuchen. Er fuhr in Golfurlaub und vergaß, seinem Partner zu sagen, sich das arme Schwein vorzunehmen. In der Zwischenzeit trocknete sein Auge aus, und er verlor es.«

»Oh, Gott.«

»Er war ein armer Schlucker, ein Arbeiter im Highway-Bauhof. Seine Schwester war diejenige, die ihn dazu brachte, Klage einzureichen, aber er konnte sich nicht erinnern, wann der Doktor ihn untersucht hatte, was der Arzt wirklich getan hatte, und, zum Glück für uns, führte das Krankenhaus die Patientenakten schlecht. Natürlich hatte ich einen Spezialisten aus New York, der dem Arzt bescheinigte, daß sein Helfer alles richtig gemacht habe. Dem Bastard mußte ich fünftausend Dollar für eine Stunde Arbeit zahlen, aber dem Arzt habe ich so eine schöne Stange Geld erspart.«

»Und was wurde aus dem armen Schwein?« fragte Kevin, ohne vorher groß nachzudenken.

Paul zuckte die Achseln. »Wir hatten seinem Anwalt ein Angebot gemacht, aber der gierige Bastard glaubte, er würde ein Vermögen bekommen.« Er lächelte. »Wir tun, was wir tun müssen, Kumpel. Das wissen Sie ja.«

»Jedenfalls«, fuhr er fort, »kam Mr. Milton kurz danach, um mich zu sehen. Wir aßen gemeinsam zu Mittag und unterhielten uns, und am nächsten Tag kam ich in die Stadt, um ihn zu besuchen. Seitdem bin ich hier.«

»Wohl nie bedauert, nehme ich an.«

»Nicht einen Augenblick.«

»Also, ich bin von all dem beeindruckt und besonders von Mr. Milton.« Kevin dachte einen Moment nach. »Wegen der ganzen Aufregung gestern war ich nicht dazu gekommen, ihn nach seiner Person zu fragen. Wo kommt er her?«

»Boston. Yale Law School.«

»Eine dieser reichen Familien? War sein Vater auch Anwalt?«

»Reich ja, aber er war kein Anwalt. Er redet nicht gern viel über seine Vergangenheit. Seine Mutter starb bei seiner Geburt, und mit seinem Vater kam er nicht klar. Der warf ihn am Ende raus.«

»Oh.«

»Offensichtlich war das das Beste, was ihm passieren konnte. Dazu gezwungen, auf eigenen Füßen zu stehen, arbeitete er hart und machte sich schnell einen Namen. Er ist buchstäblich ein Selfmade-Mann.«

»Wieso ist er nicht verheiratet? Er ist doch nicht...«

»Kaum. Er mag Frauen. Er hütet sich nur vor Verpflichtungen. Ein eingefleischter Junggeselle, aber glücklich. Hugh Hefner müßte es so gut haben«, scherzte Paul. Kevin lachte und schaute aus dem Fenster auf die Menschenmassen, die gerade die Straße überquerten. Es war aufregend, hier zu sein, in New York zu arbeiten, von Erfolg umgeben, und soviel geboten zu bekommen.

Was habe ich getan, daß ich das verdiene? überlegte er. Doch eingedenk des Lieblingsspruchs seines Großvaters, wonach man einem geschenkten Gaul nicht ins Maul schauen sollte, verdrängte er die Frage. Er brannte darauf, mit der Arbeit anzufangen.

Kaum daß sie das Büro betreten hatten, informierte sie Diane, daß Mr. Milton, Dave und Ted im Konferenzraum auf sie warteten.

»Oh, ich hätte fast vergessen, daß wir eine Teambesprechung haben. Das ist wirklich ein Glück«, rief Paul und klopfte Kevin auf die Schulter. »Sie werden sofort ›getauft‹ werden.«

5

Das Konferenzzimmer war ein hell erleuchteter, dunkelgrauer rechteckiger Raum ohne Fenster. Bis auf eine große IBM-Uhr oben an der hinteren Wand gab es keine kunstvollen Gegenstände, wie sie in der Lobby und auf dem Korridor zu finden waren. Die kühlen Wände und der makellos graue Boden vermittelten Kevin das Gefühl, im Untersuchungszimmer eines Krankenhauses zu sein. Es gab hier keinen Geruch, weder angenehm noch sonstwie. Eine sehr leise arbeitende Klimaanlage beförderte sterile, kühle Luft in den Raum.

Mr. Milton thronte am Kopfende des langen, schwarzen Tisches, der mit den dazugehörigen Stühlen das einzige Mobiliar war. Dave und Ted saßen einander gegenüber in der Mitte, mit ordentlich vor ihnen ausgebreiteten Mappen und Papieren. Zwischen ihnen und Mr. Milton war zu beiden Seiten jeweils ein Platz frei. Carla schenkte Kaffee ein.

»Morgen«, sagte Mr. Milton. »Wie gefällt Ihrer Frau das Apartment?«

»Es ist phantastisch. Ich glaube nicht, daß ich sie heute dort rausbekommen werde.«

Dave und Ted nickten einander wissend zu. Offensichtlich hatten sie mit ihren eigenen Frauen eine ähnliche Erfahrung gemacht. Kevin sah, daß John Milton eine besondere Art hatte, sein Lächeln nur auf seine Augen zu reduzieren, fast so, als ob jeder Teil seines Gesichtes unabhängig voneinander auf Dinge reagierte. Sein Mund blieb schmal, seine Wangen straff.

»Oh, und bevor ich es vergesse, haben Sie vielen Dank für den Ring.«

»Sie waren also schon an Ihren Schreibtischschubladen, wie?« John Milton wandte sich an Dave und Ted, die breit lächelten. »Ich wußte ja, daß dies ein begeisterter junger Anwalt ist.« Alle schauten Kevin wohlwollend an. »Kevin, setzen Sie sich bitte doch rechts neben Dave.«

»Gern«, sagte Kevin und schaute Dave an. »Morgen.« Beide, Ted und Dave, erwiderten seinen Gruß. Paul nahm rechts von Milton Platz und setzte seine Lesebrille auf, während er eine Mappe aufschlug.

»Wir wollten gerade anfangen«, erklärte John Milton. »Ich bin froh, daß Sie dabei sein können. Ist nichts Offizielles, aber wir machen solche Besprechungen periodisch, damit wir alle über das informiert sind, was jeder tut.«

»Kaffee?« fragte Carla leise.

»Nein, danke. Ich hatte heute morgen schon ziemlich viel.«

Sie zog sich rasch zu dem Stuhl hinter Mr. Milton zurück, wo sie einen Block und einen Stift liegen hatte. Dann blickte sie gelassen auf.

»Ted, warum fangen Sie nicht an?« sagte Mr. Milton. Ted McCarthy schaute auf seine Mappe.

»In Ordnung. Martin Crowley wohnt in der zweiten Etage eines Apartmenthauses an der Eighty-third und York. Er ist Koch im Ginger's Pub, einem Selbstbedienungsrestaurant an der Fifty-seventh und Sixth. Er hat diesen Job seit fast vier Jahren. Die Inhaber und der Manager haben nur Gutes über ihn zu sagen. Fleißiger Arbeiter, verantwortungsbewußt. Er ist sein Leben lang Junggeselle gewesen, keine Familie in New York. Er ist dick und trägt sein Haar kurz, etwa so kurz wie Dave«, fügte er hinzu, blickte zu Dave und lächelte. Dave erwiderte sein Lächeln nicht.

»Weiter«, sagte Mr. Milton leise. Seine Lider waren geschlossen, als ob ihm Teds Worte ein sinnliches Vergnügen bereiteten.

»Seine Nachbarn haben jedenfalls nicht viel über ihn zu berichten, abgesehen natürlich von den Blatts. Er ist ein Einzelgänger, freundlich, aber zurückgezogen. Hat ein Hobby... baut Modellflugzeuge. Seine Wohnung ist damit buchstäblich vollgestopft.«

»Wie alt ist er?« fragte Dave.

»Oh. Er ist einundvierzig.«

»Kommen Sie zu dem Mädchen«, befahl Milton.

»Seine direkten Nachbarn, die Blatts, haben zwei Kinder, einen zehnjährigen Jungen und eine fünfzehnjährige Tochter. Die Tochter Tina kam eines Abends hysterisch nach Hause und behauptete, Martin habe sie in sein Apartment eingeladen, um ihr seine Modellflugzeuge zu zeigen, und während sie dort war, habe er sie überwältigt und vergewaltigt. Sie verständigten die Polizei.«

»Wurde sie zu einem Arzt gebracht?«

»Ja. Als kein Samen gefunden wurde, behauptete sie, Martin habe ein Kondom benutzt.« Ted blickte auf. »Sie sagte, daß er ihr, während er sie vergewaltigte, erzählt habe, er sei besorgt wegen AIDS.«

»Es zu bekommen oder andere anzustecken?« scherzte Dave.

»Das sagte sie nicht.«

»Was haben die sonst, außer der Aussage des Mädchens?« fragte Mr. Milton, dessen Tonfall alle wieder ernst werden ließ.

»Na ja, es gab da ein paar Schrammen an ihren Schultern und Armen. Ihr Schlüpfer war zerrissen. Bei der Durchsuchung von Martins Apartment wurde ein Perlmuttkamm gefunden, von dem Tinas Mutter behauptet, er gehöre Tina.«

»Das beweist höchstens, daß sie in seinem Apartment war, nicht aber, daß sie vergewaltigt wurde«, kommentierte Paul.

»Martin sagte nichts ihn Belastendes?« fragte John Milton.

»Er war klug genug, jede Aussage zu verweigern, solange er keinen Anwalt hatte.«

»War er zu der Zeit zu Hause, in der sie angeblich vergewaltigt worden ist?«

»Ja. Er behauptet, er habe an einem neuen Modellflugzeug gearbeitet.«

»Was sonst?«

»Nun ja…« Ted blickte auf seine Notizen. »Vor etwa sechs Jahren wurde er in Tulsa, Oklahoma, beschuldigt, eine Zwölfjährige vergewaltigt zu haben. Zu einem Verfahren ist es aber nie gekommen.«

»Kein Problem. Selbst wenn Sie ihn in den Zeugenstand rufen, kann man ihn nicht wegen früherer Anklagen befragen, sondern nur wegen Vorstrafen.«

»Ich glaube nicht, daß wir ihn in den Zeugenstand rufen müssen. Ich habe mich heute in der Schule des Mädchens umgehört. Sie steht in dem Ruf, in sexueller Hinsicht recht wahllos zu sein. Ich habe zwei High-School-Jungen gefunden, die bereit sind, das zu bezeugen. Ich kann sie leicht unglaubwürdig erscheinen lassen. Ich werde das auch an die Familie weiterleiten. Vielleicht kommt es dann nicht einmal zu einem Prozeß.«

»Sehr gut, Ted.« Mr. Miltons Lächeln verließ seine Augen, lief an seinen Wangen entlang und erreichte seine Mundwinkel. »Sehr gut«, wiederholte er sanft. »Dennoch würde ich gerne die Details von dem Vorkommnis in Tulsa lesen«, fügte er hinzu und machte eine kleine Geste mit der rechten Hand, die Carla veranlaßte, etwas auf ihren Block zu schreiben. »Dave?«

Dave Kotein nickte und öffnete seine Mappe. Dann blickte er auf, um seine Bemerkungen einzuleiten. »Sieht so aus, als würde ich diese Woche Schlagzeilen machen.«

»Gut, wir könnten Publicity gebrauchen«, sagte Paul. Mr. Milton wandte sich ihm zu, und sie wechselten einen befriedigten Blick.

»Dave hat einen Fall, über den sehr viel geschrieben wird, Kevin«, sagte Mr. Milton. »Vielleicht haben Sie darüber gelesen: Mehrere Studentinnen sind vergewaltigt und brutal ermordet worden. Ihre Leichen wurden verstümmelt. Die Morde geschahen in einem Gebiet, das von der Upper Bronx bis Yonkers und Westchester reicht. Ein Mann wurde bereits verhaftet und angeklagt.«

»Ja, ich weiß. Wurde nicht kürzlich wieder ein Opfer gefunden?«

»Dienstag«, sagte Dave. »An einer Ecke des Parkplatzes bei der Rennbahn von Yonkers. Eingewickelt in einen Plastikmüllsack.«

»Ich erinnere mich. Es war ziemlich grausig.«

»Sie haben nur die Hälfte davon gelesen.« Er zog einen Stapel Papier heraus und hielt ihn hoch. »Hier ist der Rest. Der Bericht des Gerichtsmediziners liest sich wie die detaillierte Beschreibung einer Nazifolterkammer, worauf übrigens«, sagte er, wobei er sich an Mr. Milton wandte, »die Anklage hinzuweisen gedenkt.«

»Warum das?« fragte Kevin. Er konnte sein spontanes Interesse nicht zurückhalten.

»Mein Klient Karl Obermeister war in der Hitlerjugend. Behauptet, daß er noch ein Kind war, natürlich, und tat, was ihm befohlen wurde. Aber sein Vater rühmte sich, Wächter in Auschwitz gewesen zu sein.«

»Ist unwichtig. Seine Familie steht hier nicht vor Gericht«, kommentierte Mr. Milton und winkte ab.

»Richtig«, sagte Dave und wandte sich wieder seinen Dokumenten zu.

»Was stand sonst noch in dem Bericht des Gerichtsmediziners?« forschte Mr. Milton. »Vielleicht sollte Kevin das erfahren.«

Kevin drehte sich überrascht um. »Nun, das ist okay, ich…«

»Außer, daß sie quer über den Brüsten aufgeschlitzt war, wurde in die Vagina der Frau ein erhitzter Stab eingeführt«, begann Dave hastig.

»Soviel zum Samen als Beweis«, sagte Ted.

»Gott«, sagte Kevin.

»Wir alle brauchen einen starken Magen, Kevin. In dieser Firma haben wir ebenso mit abscheulichen Verbrechen zu tun wie mit Wirtschaftskriminalität«, sagte Mr. Milton. Seine Stimme war prägnant und hart. Es kam einer Rüge sehr nahe, wie Kevin sich eingestehen mußte.

»Natürlich«, sagte er leise. »Entschuldigung.«

»Weiter«, befahl Mr. Milton.

»Obermeister wurde in der näheren Umgebung angehalten. Ein Verkehrspolizist wurde mißtrauisch, weil Obermeister ganz versessen darauf schien, eine Verwarnung wegen Geschwindigkeitsübertretung zu bekommen. Am Morgen, nachdem die Leiche gefunden worden war, erinnerte sich dieser Verkehrspolizist an Karl Obermeister. Sie gingen in seine Wohnung, um ihn zu befragen, aber ein übereifriger junger Detective ging noch erheblich weiter. Er durchsuchte seine Wohnung ohne Durchsuchungsbefehl und fand Drahtverschlüsse ähnlich denen, die zum Fesseln der Opfer benutzt worden waren. Sie nahmen Karl mit, steckten ihn fünf Stunden lang in eine Arrestzelle und verhörten ihn, bis er gestand.«

»Er hat also gestanden«, murmelte Kevin.

»Ja«, sagte Dave und lächelte, »aber ich habe alles geprüft, was die Polizei getan hat. Wir werden das vor Gericht darlegen. Die ganze Zeit, die sie ihn auf der Wache festgehalten haben, gaben sie ihm keine Gelegenheit, einen Anwalt anzurufen. Er wurde nicht ordnungsgemäß mit seinen Rechten vertraut gemacht, und der angebliche Beweis, den der Detective gefunden hat, ist völlig unzulässig. Sie haben nichts, wirklich. Karl wird bald wieder auf freiem Fuß sein«, fügte er hinzu und wandte sich an Mr. Milton, der ihn anlächelte. Dave schloß und öffnete seine Augen, als ob er gesegnet worden wäre.

»Sehr gut, Dave. Das ist gute Arbeit. Das ist wirklich gute Arbeit.«

»Meinen Glückwunsch, Dave«, sagte Paul.

»Wundervoll«, fügte Ted hinzu. »Absolut.«

Kevin starrte die Partner an, die alle so überaus zufrieden wirkten. Ihm ging kurz der Gedanke durch den Kopf, daß Dave Kotein Jude war und daß ihn diese erfolgreiche Verteidigung von jemandem mit Nazi-Vergangenheit doch eigentlich hätte stören müssen. Aber davon war nichts zu spüren. Wenn seine Augen überhaupt etwas ausstrahlten, dann Stolz.

»Dennoch«, sagte Mr. Milton, »würde ich gerne den Bericht des Gerichtsmediziners lesen. Lassen Sie eine Kopie für mich anfertigen, Carla«, sagte er, ohne sich ihr zuzuwenden. Sie machte eine Notiz auf ihrem Block. Er blickte Paul an und dann die anderen. »Und jetzt hat Paul einen biblischen Fall für uns, über den wir nachzudenken haben.«

Ted und Dave lächelten.

»Biblisch?« erkundigte sich Kevin.

»Kain und Abel«, sagte Paul. Er schaute zu John Milton.

»Präzise. Schildern Sie bitte den Fall, Paul.«

Scholefield öffnete seine Mappe. »Pat und Morris Galan sind beide Ende vierzig. Pat ist Innenarchitektin. Morris besitzt und betreibt eine kleine Abfüllfabrik. Sie haben einen achtzehnjährigen Sohn, Philip, aber als Pat einundvierzig war, bekamen sie einen zweiten Sohn, Arnold. Es war eine dieser ›Sollen wir, sollen wir nicht‹-Entscheidungen. Nach dem, was sie erzählt haben, konnten sie sich nicht entscheiden, und die Zeit lief ihnen davon. Sie bekamen das Kind, aber ein Baby in ihrem Alter schien für sie eine Last zu sein. Pat wollte weiter arbeiten und lehnte das neue Kind schließlich ab.«

»Hat sie das zugegeben?« fragte Mr. Milton.

»Sie war in Behandlung bei einem Psychologen und spricht völlig offen über ihre Gefühle hinsichtlich des Babys, weil sie glaubt, daß dies zu alldem beigetragen hat. Die Galans hatten auch Eheprobleme«, fuhr er fort. »Jeder glaubte, der andere kümmere sich zu wenig um das neue Kind. Pat warf Morris vor, ihr übelzunehmen, daß sie arbeitete. Schließlich gingen sie beide in die Eheberatung.«

»In dieser Zeit fiel viel von der Verantwortung für Arnold auf Philip, der, da er ein lebhafter Teenager ist, der sein eigenes Leben führt, dies wie seine Eltern als Last empfand. Zumindest sehe ich das so.«

»Beschreiben Sie das Verbrechen«, ordnete Milton an.

»Eines Abends, als Philip seinen jüngeren Bruder badete, verlor er die Beherrschung und ertränkte ihn.«

»Ertränkte ihn?« fragte Kevin. Paul hatte das so gleichgültig gesagt.

»Er wusch ihm das Haar. Arnold ist…« Er warf einen Blick in seine Papiere. »… zu der Zeit fünf Jahre alt. Er sträubt sich dagegen, beklagt sich… Philip verliert die Beherrschung und drückt den Kopf des Jungen zu lange unter Wasser.«

»Mein Gott. Wo waren ihre Eltern?«

»Das genau ist es, Kevin. Sie waren wie gewöhnlich in der Stadt aus, lebten ihr eigenes Leben. Jedenfalls hat Mrs. Galan uns gebeten, ihren Sohn Philip zu verteidigen. Ihr Ehemann will nichts mit ihm zu tun haben.«

»Sind von Philip frühere Gewalttaten bekannt?« fragte Dave.

»Nichts Außergewöhnliches. Einige Schlägereien in der Schule, aber bei der Polizei nicht aktenkundig. Auch ist er ein guter Schüler. Wird allgemein sehr gemocht. Das Problem ist, er zeigt keine Reue.«

»Was soll das heißen?« fragte Kevin. »Begreift er nicht, was er getan hat?«

»Doch, aber…« Paul wandte sich an John Milton. »Er bedauert

es nicht. Es ist so eindeutig, daß er es nicht bedauert, daß die Staatsanwaltschaft auf vorsätzlichen Mord plädieren will. Sie versuchen, ein Szenario zu entwerfen, das besagt, daß er seinen Bruder nur baden wollte, um ihn zu töten. Beim Verhör gab die Mutter zu, daß sie ihm nicht aufgetragen hatte, Arnold zu baden.«

»Ich möchte ihn nicht in den Zeugenstand holen. So wie er über seinen toten Bruder spricht... wenn ich in der Jury wäre, würde ich ihn auch verurteilen.«

»Könnte er es geplant haben?« fragte Kevin.

»Unsere Aufgabe ist es zu beweisen, daß er das nicht getan hat«, sagte John Milton bestimmt. »Wir verteidigen ihn, wir arbeiten nicht für die Anklage. Wie werden Sie das angehen, Paul?«

»Ich denke, Sie haben recht, was die Eltern betrifft. Ich werde sie bearbeiten, sie so zeigen, wie sie sind, und verdeutlichen, daß der Junge unter enormem Druck stand. Dann werde ich Dr. Marvin einsetzen, um seinen instabilen mentalen Zustand bestätigen zu lassen... unklare Aufgaben und all dies zu einer Zeit, wo er unter dem Druck Heranwachsender steht, diese Art von Druck, die Selbstmorde von Teenagern zu einer wahren Epidemie haben werden lassen.«

Er wandte sich an Kevin.

»Ich weiß nicht, ob er es geplant haben könnte, Kevin. Wie Mr. Milton sagt, Mrs. Galan hat mich engagiert, um ihn zu verteidigen, nicht, um ihn anzuklagen. Außerdem glaube ich wirklich, obwohl er sich so hartgesotten gibt, daß er durch seine Eltern und ihre Verhaltensweise völlig verdreht wurde.«

»Als sie an jenem Abend zurückkamen, schlief er in seinem Bett. Sie haben nicht einmal nach Arnold gesehen. Erst am nächsten Morgen fand Mr. Galan seinen fünfjährigen Sohn in der Badewanne.«

»Jesus.«

»Wenn Sie eine Weile bei uns sind, Kevin«, sagte Mr. Milton, »werden sie aufhören, das zu sagen.« Kevin schaute sich verwirrt um. »Es sollte Sie nicht überraschen, daß die Welt voll von

Schmerz und Pein ist. Und Jesus scheint nicht allzuviel daran zu ändern.«

»Ich weiß. Aber ich verstehe einfach nicht, wie man sich daran gewöhnen kann.«

»Das werden Sie, oder Sie werden zumindest hart genug werden, um Ihren Job gut zu machen. Ein wenig verstehen Sie davon ja bereits«, sagte John Milton lächelnd. Seine Anspielung war ein klarer Hinweis auf Kevins Verteidigung von Lois Wilson. Kevin spürte, daß er errötete. Er sah sich um, um zu sehen, mit welchen Blicken die anderen ihn bedachten.

Paul schaute ebenso ernst wie Mr. Milton. Dave zeigte eine besorgte Miene. Ted lächelte.

»Ich denke, es braucht einfach Zeit«, sagte Kevin, »und mehr Erfahrung.«

»Das ist wahr«, erwiderte John Milton. »Zeit und Erfahrung. Und jetzt, da Sie über das derzeitige Arbeitspensum der Firma informiert sind, können Sie damit anfangen, über Ihren eigenen Fall nachzudenken.«

John Milton schob Dave eine Mappe zu, die dieser an Kevin weiterreichte. Trotz seines Wunsches, mit etwas Aufregendem anzufangen, spürte er, wie es ihm kalt den Rücken hinunterlief. Alle Blicke waren jetzt auf ihn gerichtet, und er lächelte rasch.

»Es wird ein aufregender Fall werden, Kevin. Sie werden mit Feuer getauft werden«, sagte John Milton. »Aber unter uns gibt es keinen Mann, bei dem das nicht so gewesen wäre, und sehen Sie sich die jetzt an.«

Kevin wandte sich von einem zum anderen. Jeder strahlte die Intensität eines Kapitän Ahab aus, der nach seinem speziellen Moby Dick suchte. Er hatte das Gefühl, als ob er mehr als nur einer Anwaltskanzlei beitrete. Er schloß sich einer Art Bruderschaft an, einer Blutsbrüderschaft, den Anwälten der Verdammten. Sie machten Festungen aus dem Gesetz und den Verfahren. Sie schmiedeten daraus ihre Waffen. Was immer sie zu tun beschlossen, sie waren siegreich.

Am wichtigsten aber war, daß sie darauf brannten, John Milton zu gefallen, der sich jetzt zurücklehnte, gesättigt von ihren Geschichten und Plänen für den Kampf vor Gericht.

»Wenn wir uns das nächste Mal treffen, Kevin, werden wir Ihnen zuhören«, sagte John Milton und stand auf. Auch alle anderen erhoben sich und schauten zu, wie er den Raum verließ, Carla unmittelbar hinter ihm. Kaum waren sie fort, wandten sich Dave, Ted und Paul an Kevin.

»Einen Augenblick lang dachte ich, er würde wütend werden«, sagte Dave. »Als Sie ›Jesus‹ sagten...«

»Warum sollte ihn das ärgern?«

»Wenn es etwas gibt, das Mr. Milton nicht tolerieren kann, dann einen Anwalt, der Mitgefühl für ein Opfer seines Klienten zeigt. Die Verteidigung hat absoluten Vorrang«, erklärte Paul.

»Das gilt besonders für Daves Fall«, sagte Ted.

»Warum?«

»Weil Daves Klient, anders als unsere beiden, nicht mal einen Topf hat, in den er pinkeln kann. Mr. Milton unterstützt seinen Klienten finanziell.«

»Soll das ein Witz sein?«

»Wir machen keine Witze«, sagte Dave. »Er sah eine Lücke im System und hakte da ein. Das ist sein Stil.«

»Und genau darum sind wir so erfolgreich«, sagte Ted stolz, fast arrogant.

Kevin nickte und musterte seine neuen Partner. Sie waren keine Ritter, und dies war nicht die Tafelrunde von Camelot – aber sie würden eine ebensolche Legende werden, dachte Kevin. Dessen war er sich sicher.

Miriam fürchtete, ihr Gesicht würde in einem Dauer-Lächeln erstarren. Seit Kevin gegangen war, hatte sie nur gelächelt und gelacht. Norma und Jean waren unglaublich unterhaltsam. Wenn eine nachließ, legte die andere wieder los. Zuerst dachte Miriam, die beiden müßten irgendwas genommen haben, Speed zum Beispiel. Wie konnten zwei Frauen für eine so lange Zeit derart unter Strom stehen, derart gesprächig und ekstatisch sein, ohne Stoff genommen zu haben?

Aber ihre Lebensphilosophie schien genau das Gegenteil zu beweisen. Beide waren Gesundheitsfanatikerinnen, was auch die zuckerlosen Muffins erklärte. Und Miriam mußte zugeben, daß sie wie Musterbeispiele für eine gesunde Lebensweise aussahen: schlanke Figuren, reiner, frischer Teint, wundervolle weiße Zähne, strahlende Augen, positive Ausstrahlung.

Obwohl keine der beiden arbeitete oder auf eine Karriere aus war, schienen sie ein erfülltes Leben zu führen. Sie gingen soweit, daß sie ihre Tage exakt planten und organisierten, um all das tun zu können, was sie tun wollten. Geputzt und gekocht wurde am Morgen, gefolgt von ihren Aerobic-Kursen am Montag, Mittwoch und Freitag. Der Dienstag war für den Einkauf von Gemüse reserviert, der Donnerstag für Museen und Galerien. Und samstags und sonntags gingen sie ins Theater oder ins Kino. Die meisten Abende waren verplant mit Dinners, Shows und regelmäßigen Treffen.

Überdies war es für Miriam sofort offensichtlich, daß Norma und Jean zusammen mit Helen Scholefield, die sie noch nicht kennengelernt hatte, eine fest zusammengewachsene, unabhängige Gruppe bildeten. Sie sprachen nicht über andere Leute. Offensichtlich gingen die drei Paare überall zusammen hin, machten sogar Urlaub zusammen, wann immer die Termine bei Gericht es erlaubten.

Wie Kevin es angedeutet hatte, waren diese Stadtfrauen ständig beschäftigt und führten ein bequemes, interessantes Leben. Sie konnte sich nicht vorstellen, daß sie auch nur einen Nachmittag damit verbrachten, in Magazinen zu blättern, sich Seifenopern anzusehen und darauf zu warten, daß ihre Ehemänner von der Arbeit zurückkämen, wie Miriam es in letzter Zeit getan hatte. Es war zunehmend schwerer geworden, eine ihrer Freundinnen aus Blithedale dazu zu bewegen, zu einer Show, zum Einkaufen oder zu einem Konzert mit in die Stadt zu fahren. Immer hieß es: »Ist so anstrengend mit all dem Verkehr und den Menschenmassen.«

Aber diese beiden waren absolut unempfindlich gegen jedwede Schwierigkeit, die die Stadt bringen mochte. Sie lebten hier ebensogut, wenn nicht gar noch besser – keine Spur von Unsicherheit oder Furcht um ihre Sicherheit, keine Unannehmlichkeiten und, vielleicht am wichtigsten für jemanden wie Miriam, die auf Long Island groß geworden war, nicht das Gefühl, eingesperrt zu sein. Ihre Apartments waren ebenso geräumig und hell wie das ihre.

Normas Apartment war traditionell eingerichtet, ähnlich dem von ihr und Kevin in Blithedale, nur daß die Farben bei Norma und Dave konservativer waren. Jeans Apartment war heller, mit freundlichen Farben und größeren Räumen, ihre Möbel waren ultramodern, viele Quadrate und Würfel, Plastik und Glas. Obwohl Miriam es nicht mochte, war es doch interessant. Beide Apartments boten die gleiche wundervolle Aussicht wie das von ihr und Kevin.

»Wir haben geredet und geredet«, bemerkte Norma schließlich. Sie saßen in ihrem Wohnzimmer und tranken aus großen Kelchgläsern Weißwein. »Und dir haben wir überhaupt keine Chance gelassen.«

»Das ist schon in Ordnung.«

»Nein, es ist unhöflich«, sagte Jean, lehnte sich zurück und schlug ihre Beine übereinander. Sie waren lang und schlank, und sie trug eine goldene Kette um den linken Knöchel, die mit kleinen Diamanten besetzt war. Miriam war ihr Wohlstand nicht entgangen. In beiden Apartments befanden sich teure Dinge, angefangen bei den übergroßen Fernsehgeräten und modernsten Stereoanlagen bis hin zu dem Mobiliar, den Dekorationen und dem Schmuck.

»Um die Wahrheit zu sagen, ich habe mich einfach nur zurückgelehnt und eure Apartments bewundert. Ihr besitzt beide so wundervolle Dinge.«

»Die wirst du auch haben«, sagte Norma.

Sie begann den Kopf zu schütteln, und ihre Augen tränten.

»Was ist denn, Miriam?« fragte Jean sogleich.

»Oh, alles in Ordnung. Ich kann einfach nicht glauben, wie schnell dies alles geschieht. Ich fühle mich, als würde ich aus einer

Welt gerissen und über Nacht in eine völlig andere versetzt. Nicht, daß dies alles nicht wundervoll wäre, es ist einfach nur…«

»Überwältigend«, sagte Norma und nickte. Ihr Gesicht war ernst. »Es war für mich genauso.«

»Und für mich auch«, fiel Jean ein.

»Aber keine Sorge deswegen«, sagte Norma, die sich vorbeugte, um Miriams Knie zu tätscheln. »Du glaubst gar nicht, wie schnell du dich an all das gewöhnen und genießen wirst. Richtig, Jean?«

»Sie sagt die Wahrheit«, sagte Jean, und die beiden lachten. Miriam mußte lächeln, und ihre Besorgnis verflog.

»Trotzdem, zurück zu dir. Was hast du so gemacht, während dein stattlicher junger Ehemann sich auf dem Rechtsturnierplatz in – Blithedale? – getummelt hat?« fragte Norma.

»Ja, Blithedale. Eine kleine Gemeinde, aber wir lieben sie. Liebten sie, sollte ich wohl besser sagen.« Sie hielt inne. »Komisch, es ist fast, als hätte ich sie verlassen und sei schon seit Monaten hier«, sagte Miriam leise. Das Gefühl veranlaßte sie, sich an den Hals zu fassen. Beide Frauen starrten sie an, ein leises Lächeln von Belustigung auf den Lippen. »Jedenfalls«, fuhr Miriam fort, »habe ich mich für eine Weile als Model versucht, bin aber nur dann und wann bei einer Kaufhaus-Modenshow aufgetreten. Ich habe schnell festgestellt, daß es nicht die Karriere war, die ich wirklich wollte. Ich habe meinem Vater geholfen…«

»Der Zahnarzt ist?«

»Ja, ich arbeitete fast sechs Monate als Empfangsdame, und dann beschloß ich, mich auf Kevin und unser häusliches Leben zu konzentrieren. Wir wollen noch in diesem Jahr ein Kind haben.«

»Wir auch«, sagte Norma.

»Wie bitte?«

»Wir wollen in diesem Jahr auch ein Kind haben«, sagte sie und schaute Jean an. »Tatsächlich…«

»Wir haben uns verabredet, sie etwa um die gleiche Zeit zu bekommen, obwohl die Jungs nichts davon wissen.« Sie lachten. »Vielleicht steigst du mit ein?«

»Einsteigen?« Miriams Lächeln wurde vor Staunen größer.

»Mr. Milton hat das Jean auf einer seiner Partys vorgeschlagen. Warte, bis du das Penthouse siehst. Er wird in den nächsten Tagen bestimmt eine Party geben, da er nun einen neuen Partner in der Firma hat.«

»Oh, er gibt wundervolle Partys, mit Gourmetservice, Musik, interessanten Gästen...«

»Was meinst du damit, daß Mr. Milton es vorgeschlagen habe?« Sie wandte sich an Jean.

»Er hat manchmal einen seltsamen Humor. Er wußte, daß wir planten, unsere Familien in diesem Jahr zu vergrößern, und er nahm mich beiseite und sagte, ob es nicht etwas wäre, wenn Norma und ich unsere Kinder etwa zur gleichen Zeit bekämen, vielleicht sogar in derselben Woche. Ich erzählte das Norma, und sie fand die Idee toll.«

»Wir haben die Sache wie einen Feldzug geplant, Tage in unseren Kalendern markiert, wann der ›Überfall‹ beginnen soll«, sagte Norma, und die beiden lachten laut. Dann stoppte Jean abrupt.

»Wir werden dir unsere Pläne zeigen, und vielleicht machst du mit, es sei denn, du und Kevin habt bereits...«

»Nein, haben wir nicht.«

»Gut«, sagte sie und lehnte sich zurück.

Miriam sah, daß sie keine Witze machten. »Du sagtest, eure Ehemänner wissen das nicht?«

»Nein«, sagte Norma.

»Du sagst deinem Mann doch auch nicht alles, was du tust, oder?« fragte Jean.

»Wir stehen uns sehr nahe, und etwas so Wichtiges wie dies...«

»Das sind wir uns auch, nahe«, sagte Norma, »aber Jean hat recht. Man muß ein paar persönliche Geheimnisse haben. Frauengeheimnisse.«

»Wir drei müssen zusammenhalten«, sagte Norma, »Männer sind wundervoll, besonders unsere Männer, aber sie sind schließlich auch Männer!« Sie machte große Augen.

»Du solltest sagen vier«, korrigierte Jean. Norma schaute verwirrt drein. »Wir *vier* müssen zusammenhalten. Du hast Helen vergessen.«

»O ja, Helen. Es ist nur, daß wir sie in letzter Zeit so wenig sehen. Sie ist sehr... nach innen gewandt«, sagte sie und hob ihre Hand dramatisch nach oben. Sie und Jean lachten.

»Was heißt das?«

»Eigentlich sind wir unfair. Helen hatte so etwas wie einen Nervenzusammenbruch nach Gloria Jaffees Tod und mußte medikamentös behandelt werden. Sie ist jetzt in Therapie, aber sie ist eine wundervolle, freundliche Person und sehr attraktiv«, sagte Norma.

»Gloria Jaffee?«

Norma und Jean sahen einander rasch an.

»Oh, es tut mir leid«, sagte Jean. »Ich dachte, du wüßtest über die Jaffees Bescheid.« Sie wandte sich an Norma. »Bin wohl mal wieder ins Fettnäpfchen getreten, wie?«

»Scheint so, Partnerin.«

»Wer sind die Jaffees?« fragte Miriam.

»Ich glaube, daß du das alles ohnehin sehr bald herausfinden würdest. Es ist nur so, daß ich nicht diejenige sein wollte, die deine Freude eventuell gleich wieder trüben könnte,« sagte Jean.

»Das ist schon in Ordnung. Ich brauche etwas, um wieder auf den Boden der Realität zu gelangen. Es ist naiv, zu glauben, alles wäre immer Friede, Freude, Eierkuchen«, erwiderte Miriam.

»Eine sehr gute Einstellung«, sagte Norma. »Das gefällt mir. Wurde auch langsam Zeit, daß wir jemanden in unserer Gruppe haben, der klar sieht. Jean und ich lassen uns manchmal einfach hinreißen, und da Helen in letzter Zeit so depressiv ist, tendieren wir einfach dazu, alles Unerfreuliche zu meiden.«

»Erzählt mir von den Jaffees«, beharrte Miriam.

»Richard Jaffee ist der Anwalt, den dein Mann ersetzt. Er hat sich umgebracht, nachdem seine Frau bei der Geburt gestorben war«, sagte Jean schnell.

»Mein Gott!«

»Ja. Sie hatten… alles, wofür sich zu leben lohnt. Das Baby kam gesund zur Welt, ein Sohn«, sagte Norma, »und Richard war brillant. Dave sagt, Richard sei der gescheiteste Anwalt, dem er je begegnet sei, Mr. Milton eingeschlossen.«

»Wie tragisch.« Miriam überlegte einen Augenblick und blickte dann rasch auf. »Sie haben in unserem Apartment gewohnt, nicht wahr?« Die Mädchen nickten. »Ich dachte es mir… das Kinderzimmer…«

»Oh, ich fühle mich so mies, weil ich dich deprimiere«, stöhnte Jean.

»Nein, ist in Ordnung. Wie ist Mr. Jaffee gestorben?«

Norma lächelte affektiert und schüttelte den Kopf.

»Er ist von der Terrasse gesprungen«, sagte Jean hastig. »So, nun habe ich dir all die schrecklichen Einzelheiten erzählt, und wenn du jetzt unglücklich bist, wird Ted mir Vorwürfe machen.«

»Oh, nein, ich bin sicher…«

»Dave wird über meine Rolle bei alldem auch nicht gerade begeistert sein«, sagte Norma.

»Nein, wirklich, es ist in Ordnung. Ich werde damit klarkommen. Kevin hätte es mir gleich erzählen sollen, das ist alles.«

»Er hat nur versucht, dich zu schützen«, sagte Norma. »Wie das ein guter Ehemann eben macht. Dave und Ted sind genauso, nicht wahr, Jean?«

»Ja. Dafür kann man ihnen keine Vorwürfe machen, Miriam.«

»Aber wir sind keine Kinder!« rief Miriam. Statt über ihre Reaktion aufgebracht zu sein, lachten die beiden.

»Nein, das sind wir nicht«, sagte Norma. »Aber wir werden geliebt, angebetet und beschützt. Dir ist vielleicht nicht ganz klar, wie wichtig das ist, Miriam, aber glaube mir… glaube uns, nach einer gewissen Zeit wirst du sehen, wie wundervoll es ist. Siehst du, Jean und ich fragen nicht einmal mehr nach den gräßlichen Einzelheiten der Fälle unserer Männer, und die Jungs sprechen in unserer Anwesenheit nicht darüber.«

»Ist das nicht rücksichtsvoll?« fragte Jean.

Miriam schaute von der einen zur anderen. Dann lehnte sie sich zurück. Vielleicht war es rücksichtsvoll. Vielleicht wäre sie nicht so aufgebracht gewesen, wenn sie die Einzelheiten im Fall Lois Wilson nicht gekannt hätte. Dann hätte sie vielleicht mehr Freude an Kevins Erfolg gehabt, einem Erfolg, der zu alldem hier geführt hatte.

»Schließlich«, fuhr Norma fort, um auf den Punkt zu kommen, »arbeiten sie schwer, um die Dinge für uns so angenehm wie möglich zu machen.«

»Das mindeste, was wir tun können«, schloß Jean, »ist, es ihnen leichter zu machen.« Sie lachten unisono und tranken noch mehr Wein.

Miriam sagte einen Augenblick lang nichts. »Erzählt mir von Helen Scholefield«, sagte sie. »Wie geht es ihr?«

»Oh, es geht ihr besser. Die Therapie hat ihr sehr geholfen. Mr. Milton hat jemanden empfohlen, sobald er hörte, daß sie Probleme hatte«, sagte Norma.

»Sie hat auch wieder gemalt, und das hat ebenfalls geholfen«, fügte Jean hinzu.

»O ja. Und sie ist gut. Ich bin sicher, sie wird glücklich sein, dir ihre Arbeiten zeigen zu können.«

»Sie ist wirklich sehr gut. Erinnert mich an Chagall, aber mit einem Hauch von Goldfellow. Du erinnerst dich doch an diesen abstrakten Künstler, den wir letzten Monat drüben in der Simmons Gallery in SoHo gesehen haben«, sagte Jean. Norma nickte.

Miriam schüttelte den Kopf und lächelte sie an.

»Was ist los?« fragte Jean.

»Ihr zwei wirkt so... weltgewandt«, sagte sie, wobei sie an Kevins Worte dachte. »Ihr nehmt alles so ruhig hin, und ihr habt keine Angst davor, bestimmte Dinge zu tun. Es ist wundervoll. Ich bewundere euch.«

»Weißt du, ich denke, du bist da draußen in deiner Long Island-Welt wirklich total abgeschieden gewesen«, sagte Jean, deren Gesicht ruhiger und ernster wurde. »Habe ich recht?«

Miriam dachte einen Augenblick nach. Manchmal fühlte sie sich so. Ihre Eltern hatten sie auf eine Privatschule geschickt, als sie zwölf war, und von dort war sie auf ein exklusives Junior College gegangen und dann aufs College und auf die Modelschule, immer verhätschelt, immer beschützt. Kevin hatte sie gewiß so behandelt, seit sie verheiratet waren. Jetzt glaubte sie sogar, daß er nur deshalb bei *Boyle, Carlton and Sessler* eingetreten sei, um ihr das Leben in Blithedale so zu gestalten, wie sie es wollte. Hatte sie ihn gebremst? Hätte er sie schneller in diese neue Welt bringen können? Sie haßte den Gedanken, egoistisch gewesen zu sein, und doch...

»Ich glaube, das ist wahr.«

»Nicht, daß Norma oder ich es schwer gehabt hätten. Normas Vater ist Schönheitschirurg an der Park Avenue. Sie hat ihr Leben lang auf der exklusiven East Side gelebt, und ich komme aus einem wohlhabenden Elternhaus in Suffolk County.« Sie lehnte sich zurück. »Mein Vater ist Börsenmakler und meine Mutter eine Immobilienmaklerin, die wahrscheinlich auch die Brooklyn Bridge verkaufen könnte«, fügte sie hinzu.

»Könnte sie. Ich habe sie kennengelernt«, sagte Norma.

»Aber mach dir keine Sorgen«, sagte Jean. »In wenigen Tagen wirst du genau wie wir sein und die gleichen, verrückten Dinge tun. Ob du nun so sein willst – oder nicht«, fügte sie prophetisch hinzu. Ein Augenblick des Schweigens entstand. Dann lachte Norma. Jean fiel in ihr Lachen mit ein, und so, wie Jean es vorhergesagt hatte, begann auch Miriam zu lachen.

6

Vor dem Konferenzraum trennten sich die Partner voneinander. Jeder ging, um an seinem Fall zu arbeiten. Kevin verabschiedete sich und begab sich in sein Büro, während er die Unterlagen durchsah, die Milton ihm gegeben hatte. Er setzte sich in den bequemen

Lederschreibtischsessel und fuhr damit fort, den Inhalt der Mappe zu studieren, Taktiken zu formulieren und sich dabei Notizen zu machen. Fast eine Stunde später lehnte er sich zurück, schüttelte den Kopf und lächelte. Wenn die anderen gewußt hatten, was ihm da von Mr. Milton überreicht worden war, so hatten sie es nicht gezeigt. Es war die Art von Fall, die einen jungen Anwalt über Nacht berühmt machen konnte, weil er in den Medien für viel Wirbel sorgen würde. Und John Milton hatte beschlossen, ihm genau diesen Fall zu geben.

Ihm! Nicht einmal sein aufgeblasenes Ego und sein unstillbarer Ehrgeiz hatten ihn auf eine solche Gelegenheit vorbereitet, zumal jeder der drei anderen Anwälte in der Firma viel erfahrener im Strafrecht war als er.

Kein Wunder, daß John Milton wollte, daß er sofort mit der Arbeit anfing. Dieser Fall begann gerade, Schlagzeilen zu machen. John Milton hatte ihm einen Klienten anvertraut, der wegen des Mordes an seiner Frau angeklagt werden würde.

Vor etwas über zwanzig Jahren hatte der einundvierzigjährige Stanley Rothberg Maxine Shapiro geheiratet, das einzige Kind von Abe und Pearl Shapiro, Besitzer eines der größten und berühmtesten Catskill Mountain Hotels, Shapiro's Lake House, in Sandburg gelegen, einer kleinen Gemeinde im Norden des Staates New York, nicht weit von dort entfernt, wo Paul Scholefield als Anwalt praktiziert hatte. Tatsächlich kam Kevin der Gedanke, daß es eine logischere Wahl gewesen wäre, Paul diesen Fall zu übertragen, da dieser mit der Gegend vertraut war. Shapiro's Lake House war durch die dort veranstalteten Feiern landesweit bekannt geworden, durch die Langlebigkeit des Hotels und vor etwa zehn Jahren durch die Einführung von Shapiro's Lake House-Rosinenbrot, dessen Rezept vermutlich von Pearl Shapiro stammte. Es war ein beliebter Artikel in Supermärkten und dafür wurde im Fernsehen häufig geworben.

Jetzt waren Abe und Pearl Shapiro tot. Stanley Rothberg hatte als Lehrling angefangen und war dann Kellner im Restaurant des Lake

House geworden. Er hatte Maxine kennengelernt, sich in sie verliebt und (es war für niemanden ein Geheimnis) zunächst ohne den Segen von Abe und Pearl geheiratet. Schließlich war er General Manager eines der größten Hotels der Region geworden.

Es stellte sich heraus, daß Maxine eine kranke Frau war, die an Diabetes litt. Sie verlor ein Bein, war während der letzten Jahre an einen Rollstuhl gefesselt und wurde ständig von einer Krankenschwester gepflegt. Am vergangenen Wochenende war sie tot aufgefunden worden, Resultat einer Überdosis Insulin. Mr. Milton war sicher, daß Stanley Rothberg wegen Mordes angeklagt werden würde. Jeder schien zu wissen, daß er eine Geliebte gehabt hatte. Die Rothbergs hatten keine Kinder, und deshalb war er der Alleinerbe des Multimillionen-Dollar-Touristikbetriebes und der Bäckerei. Es gab ein klares Motiv für den Mord.

Kevin spürte John Miltons Anwesenheit im Türrahmen und blickte von seiner Mappe auf. Eine Sache, die ihn an diesem Mann zu erstaunen begann, war, wie er sein Äußeres jedes Mal zu verändern schien, wenn Kevin ihn sah. Jetzt wirkte er breiter, größer und auch etwas älter. Er sah Falten in seinem Gesicht, die er vorher nicht gesehen hatte. Oder täuschte ihn nur die Beleuchtung?

»Haben sich gleich an die Arbeit gemacht, was? Das ist gut, Kevin. Ich mag es, wenn meine Partner hart zupacken«, sagte er, wobei er eine Faust ballte. »Bleiben Sie so, behalten Sie diesen Hunger, und Sie werden bei Gericht immer erfolgreich sein.«

»Nun ja, ich hatte diese Geschichte schon in der Sonntagszeitung gelesen. Soweit ich weiß, ist noch niemand angeklagt worden. Aber dem hier entnehme ich, daß Sie erwarten, daß Stanley Rothberg das passieren wird.«

»Daran besteht kein Zweifel«, erwiderte John Milton, der nun in den Raum trat. Die Falten verschwanden von seinem Gesicht. »Meine Quellen verraten mir, daß seine Verhaftung in wenigen Tagen ansteht.«

»Und offensichtlich rechnet Mr. Rothberg auch damit. Wann sind Sie mit ihm zusammengetroffen?«

»Oh, ich habe noch nicht mit ihm gesprochen, Kevin.«

»Wie bitte?«

»Ich wollte, daß Sie mit dem Fall vertraut sind, wenn Mr. Rothberg kommt. Er wird natürlich ein bißchen nervös sein darüber, daß jemand, der so jung ist wie Sie, seine Verteidigung übernimmt. Aber wenn er erst einmal sieht, wie kompetent Sie sind ...«

»Ich verstehe nicht.« Kevin schloß die Mappe und beugte sich vor. »Sie sagen, wir haben diesen Fall noch gar nicht?«

»Nicht offiziell, aber wir werden ihn bekommen. Warum machen Sie nicht weiter und planen für Anfang nächster Woche ein Treffen zwischen uns und Stanley Rothberg? Soweit ich weiß, wird er bis dahin noch nicht verhaftet sein. Ich werde alle Vorkehrungen treffen und mich um die Kaution kümmern.«

»Aber woher wissen wir, daß er zu uns kommen wird? Hat er angerufen?«

John Milton lächelte zuversichtlich, wobei die Farbe seiner Augen wieder zu diesem schimmernden Rotbraun wechselte, nur daß es diesmal ein wenig heller war.

»Machen Sie sich keine Sorgen darüber, wohin er gehen wird, wenn er feststellt, daß er Probleme hat. Er wird es *wissen*. Wir haben gemeinsame Bekannte, die bereits mit ihm gesprochen haben. Vertrauen Sie mir. Jedenfalls sollten Sie sich mit den medizinischen Daten über seine Frau vertraut machen.«

»Ja«, sagte Kevin, dessen Blick starr auf Milton gerichtet war. Es fiel ihm schwer, sich zu konzentrieren, weil ihm verwirrende Gedanken durch den Kopf gingen. Kevin war erregt wegen diesem Fall, aber er fühlte sich zugleich unbehaglich dabei. Warum hatte Mr. Milton ihm, einem neuen Partner, so schnell einen wichtigen Fall anvertraut? Sollte er nicht etwas Einfacheres übernehmen und erst später dramatische Fälle wie diesen bearbeiten?

»Ich wette, Sie haben bereits eine Idee für seine Verteidigung. Ist Ihnen etwas eingefallen?«

»Nun, ich habe nachgedacht... nachdem ich gelesen habe, wie Maxine Rothberg gelitten hat. Sie und Abe hatten keine Kinder. Sie war an einen Rollstuhl gefesselt und führte ein zurückgezogenes Leben inmitten einer mondänen Welt. Sie muß schrecklich frustriert und unglücklich gewesen sein.«

»Exakt meine Theorie… Selbstmord.«

»Demzufolge, was wir hier haben, hat sie sich zuweilen selbst gespritzt, obwohl sie ständig von einer Krankenschwester betreut wurde.«

John Milton lächelte wieder und schüttelte den Kopf.

»Sie sind ein sehr scharfsinniger junger Mann, Kevin. Ich weiß, daß ich mit Ihrer Arbeit mehr als zufrieden sein werde. Kümmern Sie sich auch um die Krankenschwester. Wir müssen alles wissen, verstehen Sie.«

Er wandte sich ab.

»Mr. Milton.«

»Ja?«

»Woher haben Sie so schnell all diese…«, er fuhr mit einer Handfläche über die geschlossene Mappe, »…diese detaillierten Informationen?«

»Ich habe festangestellte Privatdetektive, Kevin. Ich werde sie Ihnen von Zeit zu Zeit vorstellen, damit sie direkt Bericht erstatten können, und einige Dinge habe ich auch in meinem Computer gespeichert.« Er lachte ein kurzes, kehliges Lachen. »Sie haben von Unfalljägern gehört. Nun, wir sind Verbrechensjäger. Es ist wichtig, da draußen aggressiv zu sein, Kevin. Es macht sich bezahlt, auf vielerlei Weise, die Sie sich kaum vorstellen können.«

Kevin nickte und schaute Mr. Milton nach, als dieser den Raum verließ. Dann lehnte er sich zurück.

Er hatte recht gehabt. Diese Welt war komplett anders und weitaus erregender. Dies war New York, wo die Besten miteinander konkurrierten! *Boyle, Carlton and Sessler* verblaßten neben einer solchen Firma wie *John Milton and Associates*. Daß er einmal während seiner Zeit als Anfänger im Anwaltsgeschäft geglaubt hatte, sie seien etwas Besonderes, sie und ihre faszinierende Obere-Mittelklasse-Existenz… Sie waren weich, sie schwelgten in Bequemlichkeit. Worin bestand da die Herausforderung? Wann waren sie denn wirklich voller Elan und riskierten etwas? Nein, Kevin war ihnen bereits himmelhoch überlegen. Keiner von ihnen hatte den Mut gehabt, Lois Wilson zu vertreten, und jetzt waren sie verunsichert, weil ihr makelloser Ruf vielleicht befleckt worden war. Das größte Abenteuer in ihrem Leben bestand darin, in ein neues Feinschmeckerrestaurant zu gehen. Und er wäre fast einer von ihnen geworden!

John Milton hatte ihn gerettet. Das war's, was er getan hatte: ihn *gerettet.*

Kevin stand schnell auf, klemmte die Mappe unter den Arm und ging hinaus.

»Oh, Mr. Taylor«, rief Wendy, die hinter ihrem Schreibtisch aufstieg wie eine Meerjungfrau aus den Fluten, kaum daß Kevin aus seinem Büro kam. »Entschuldigen Sie. Ich hatte Sie nicht hineingehen sehen.«

»Das ist schon in Ordnung. Ich wollte eigentlich nur ein paar Augenblicke bleiben, habe mich dann aber festgelesen.«

Sie nickte, und ihre kastanienbraunen Augen verdunkelten sich, als ob sie sofort erfaßt habe, was seine Aufmerksamkeit so gefesselt hatte. Sie strich sich ihr Haar zurück und blickte auf die Mappe unter seinem Arm.

»Oh, warten Sie.« Sie machte kehrt, eilte zu dem Schrank hinter ihrem Schreibtisch und nahm einen rubinroten ledernen Aktenkoffer heraus. »Ich wollte Ihnen dies hier geben, wenn Sie offiziell anfangen, aber da Sie bereits angefangen haben ...«

Sie reichte ihn Kevin. Auf einer Seite war etwas in dunkelbrauner Schreibschrift eingeprägt, in der Farbe von getrocknetem Blut: »John Milton and Associates.« In der unteren rechten Ecke stand: »Kevin Wingate Taylor.«

»Der ist wunderschön.« Er fuhr mit den Fingern über die erhabene Schrift.

Wendy lächelte. »Alle Partner haben den gleichen. Ein Geschenk von Mr. Milton.«

»Ich werde daran denken, mich bei ihm zu bedanken. Und Ihnen vielen Dank, Wendy.«

»Ja, Sir. Kann ich sonst noch etwas für Sie tun?«

Er dachte einen Augenblick nach. »Ja. Beschaffen Sie alles, was Sie über Diabetes herausfinden können, und finden Sie alles über die Geschichte von Shapiro's Lake House, das Catskill-Hotel, heraus.«

Wendys Lächeln wurde breiter. »Das alles ist schon geschehen, Mr. Taylor.«

»Ach?«

»Mr. Milton hatte letzten Mittwoch darum gebeten.«

»Oh. Toll, gut. Dann werde ich vorbeikommen und mit dem Lesen anfangen. Danke.«

»Ich wünsche Ihnen einen schönen Tag, Mr. Taylor.«

Er ging den Korridor hinunter, warf einen Blick auf Ted McCarthy, der telefonierte. Ted winkte ihm zu, und Kevin ging weiter. Die Tür von Dave Koteins Büro war verschlossen, und so ging er zum Empfang und bat Diana, die Limousine zu rufen.

»Sie wird draußen vor der Eingangstür bereitstehen, Mr. Taylor. Sie können sie nach Belieben benutzen. Charon muß erst am Ende des Tages wieder hier sein.«

»Danke, Diana.«

»Einen schönen Tag auch, Mr. Taylor.«

»Ihnen ebenfalls.«

Er glitt förmlich über den dicken Teppichboden. Die Sekretärinnen waren nicht nur schön und freundlich, sie waren auch herzlich, offen ... erregend. Alles hier war erfreulich: die Farben, der Luxus, das *Neue*. Er haßte es zu gehen.

Kevin stand summend im Fahrstuhl und winkte dem Wachmann in der Lobby zu, der zurückwinkte, als ob sie bereits alte Freunde wären. Kaum, daß er durch die Drehtür getreten war, blieb er stehen und blinzelte. Die dichte Wolkendecke war beträchtlich dünner geworden, und Strahlen der Mittagsssonne spiegelten sich im Glas des Gebäudes, auf dem Bürgersteig und der glänzenden

Oberfläche der Limousine. Charon öffnete die Tür und trat beiseite.

»Danke, Charon. Ich möchte zuerst zurück zum Apartment fahren, und dann werden wir zum Mittagessen zum Russian Tea Room fahren.«

»Sehr wohl, Mr. Taylor.« Er schloß leise die Tür, und Augenblicke später waren sie unterwegs. Kevin lehnte sich zurück und schloß seine Augen. Er hatte Miriam so viel zu erzählen, daß er sicher war, sie würden beim Mittagessen und auf dem ganzen Rückweg nach Blithedale ununterbrochen reden. Und wenn er seine erste Aufgabe als Partner von John Milton beschrieb...

Er öffnete die Augen und fuhr mit einer Hand über den Diplomatenkoffer, ließ ihn aufschnappen und warf einen Blick auf die darin enthaltende Mappe. Sie würde wohl bald erheblich dicker sein. Ganz sicher. Kevin lachte in sich hinein. Erzähl einer was von gut vorbereiteten Anwälten. All dieses Material war bereits zusammengestellt und wartete auf ihn. Was für ein Büro – Privatdetektive, eine Bibliothek auf Computerbasis, tüchtige Sekretärinnen... Kevin lehnte sich zurück, sein Selbstvertrauen wuchs. Bei solcher Unterstützung, wo alles funktionierte, mußte er einfach gute Arbeit leisten.

Dann löste etwas, das Wendy gesagt hatte, einen seltsamen Gedanken bei ihm aus. Ich muß es falsch verstanden haben, dachte er, aber er öffnete trotzdem die Mappe und warf einen Blick auf die betreffenden Daten, um sicherzugehen.

Hatte sie gesagt, Mr. Milton habe am vergangenen Mittwoch um die Informationen über Diabetes und Shapiro's Lake House gebeten?

Maxine Rothberg war erst an diesem vergangenen Wochenende tot in ihrem Bett aufgefunden worden. Warum sollte Mr. Milton bereits letzten Mittwoch daran interessiert gewesen sein?

Wendy mußte sich geirrt haben, oder vielleicht habe ich es nicht richtig verstanden, dachte er und schloß den Aktenkoffer.

Denn was könnte es sonst sein?

»Noch Wein?« fragte Norma. Sie neigte die Flasche zu Miriams Glas.

»Nein. Ich denke, es ist besser, ich gehe in unser Apartment zurück. Kevin wird mich suchen.«

»Ja?«

»Laß dich von ihm finden«, sagte Jean. Sie schaute Miriam an und schüttelte den Kopf. »Ich sehe schon, daß wir hier einiges an Arbeit leisten müssen, Norma.«

»Männer neigen dazu, ihre Frauen manchmal als ganz selbstverständlich hinzunehmen«, erklärte Norma. »Wir müssen sie auf Trab halten, das Geheimnis am Leben erhalten, sie dazu bringen, ständig nachzudenken. Andernfalls wird man ein Stück von ihrem Besitz, wie alles andere auch.«

»Kevin ist nicht so«, sagte Miriam.

»Unsinn«, sagte Jean. »Er ist ein Mann. Er kann nicht anders.«

Norma und Jean lachten erneut. Für einen Augenblick kamen sie Miriam kindisch vor. Ihre Augen strahlten schelmisch.

Bevor jemand noch etwas sagen konnte, hörten sie die Klingel. »Das muß Kevin sein«, sagte Miriam. Sie standen alle auf. Während sie zur Eingangstür gingen, legte Norma ihre Arme um Miriam.

»Kann's kaum erwarten, daß ihr einzieht«, sagte sie. »Dich einzuführen wird uns die Möglichkeit geben, all unsere eigenen wundervollen Entdeckungen noch einmal zu durchleben.« Jean öffnete die Tür, um Kevin zu begrüßen.

»Hi. Sie haben uns also gefunden.« Sie wandte sich an Miriam und zwinkerte ihr zu. »Wir dachten uns schon, daß Sie das am Ende schaffen würden.«

»Ganz einfache Schlußfolgerung«, sagte er und sah Miriam an. »Hast du dich amüsiert?«

»Ja, ja, habe ich.«

»Sie brauchen sich keine Sorgen zu machen«, sagte Jean, lächelte und zwinkerte dann erneut Miriam zu. »Sie ist bereits eine von uns.«

»Ich hoffe, das ist etwas Gutes«, scherzte Kevin. Er flirtete mit den Augen, und die beiden kicherten. Norma umarmte und küßte Miriam, und dann tat Jean das gleiche.

»Wir sehen uns bald«, sagte Miriam. Sie standen Seite an Seite in der Tür und lächelten, während Miriam und Kevin zum Fahrstuhl gingen.

»Sieht aus, als hättet ihr drei einen guten Start gehabt, wie?« fragte Kevin.

»Ja.«

»Du klingst nicht gerade begeistert«, sagte Kevin vorsichtig.

Miriam schwieg, während sie in den Fahrstuhl stiegen, doch bevor er sich im Erdgeschoß öffnete, wandte sie sich an ihn: »Warum hast du mir nichts von den Jaffees erzählt?«

»Oh.« Er nickte. »Ich hätte mir denken können, daß sie das tun würden. Nun ja«, sagte er und atmete tief ein, während sie in die Lobby traten, »es ist eine deprimierende Geschichte, und ich wollte das Apartment nicht irgendwie schlechtmachen.« Er wandte sich zu ihr. »Ich hätt's dir schon gesagt. Es tut mir leid. Es war nicht richtig, dir das zu verschweigen. Es ist einfach nur so, daß ich dich mit schönen Dingen umgeben möchte, mit angenehmen Dingen. Ich möchte, daß dies die schönste Zeit unseres Lebens wird, Miriam.«

Sie nickte. Es war genauso, wie Norma und Jean es gesagt hatten – Kevin wollte sie vor Traurigkeit und Depressionen beschützen. Sie beschloß, ihm daraus keinen Vorwurf zu machen.

»Es ist eine tragische Geschichte, aber ich sehe nicht, warum sie sich auf uns auswirken sollte«, lenkte sie ein.

Er strahlte. »Genauso sehe ich das auch.« Er umarmte sie.

»Warum gehen wir hinaus?« fragte sie, als sie merkte, daß sie in die Lobby getreten waren. »Sollten wir nicht nach unten in die Tiefgarage gefahren sein?«

»Ich habe eine Überraschung.« Er nickte in Richtung auf den Vordereingang. Als sie sich ihm näherten, trat Philip hinter seinem Schreibtisch hervor, um sie zu begrüßen. »Oh. Das ist Philip, Miriam. Er arbeitet hier tagsüber als Wachmann.«

»Erfreut, Sie kennenzulernen, Mrs. Taylor. Falls Sie irgendwelche Probleme haben oder etwas brauchen, zögern Sie nicht, mich zu rufen.«

»Haben Sie vielen Dank.«

Philip öffnete ihnen die Tür, und als sie hinaustraten, öffnete Charon ihnen die Tür der Limousine.

»Was ist das?« fragte Miriam, die von der Limousine zu Charon schaute.

»Es ist die Bürolimousine, die den Partnern immer zur Verfügung steht. Charon, das ist meine Frau Miriam.«

Charon nickte. Er musterte sie mit seinen mandelförmigen Augen so intensiv, daß sie sich befangen fühlte und instinktiv ihre Arme vor ihrer Brust verschränkte.

»Hallo«, sagte sie und stieg schnell ein. Sie schaute Kevin an, als er sich zu ihr setzte.

»Wohin fahren wir?«

»Zum Russian Tea Room«, sagte er. »Ich habe über das Autotelefon reserviert, gleich nachdem ich das Büro verlassen hatte. Cocktail, Madam?« fragte er, während er das Barfach öffnete. »Ich kann dir deinen Lieblingsdrink machen, eine Bloody Mary.«

Cocktails in einer luxuriösen Mercedeslimousine, Mittagessen im Russian Tea Room, ein wundervolles Apartment am Riverside Drive, lebensfrohe, junge neue Freundinnen – sie schüttelte den Kopf. Kevin lachte, als er ihren Gesichtsausdruck sah.

»Ich denke, ich werde zwei machen und dir Gesellschaft leisten«, sagte er. Der Drink verstärkte Miriams Glücksgefühl noch. »So«, sagte er und lehnte sich zurück, nachdem er die Drinks gemixt hatte, »erzähl mir mehr über deinen Besuch. Wie sind sie?«

»Zuerst sind sie ein bißchen erdrückend. Vor allem, wenn ich an die Frauen denke, die ich in Blithedale kenne. Manchmal sind sie so kosmopolitisch und tiefgründig, und dann reden und benehmen sie sich auf einmal wie Teenager. Aber sie sind sehr lustig, Kev.«

»Tut mir leid, daß ich so lange fort war, aber …«

»Oh, ich habe nicht mal gemerkt, wie die Zeit verging. Sie haben mich sehr auf Trab gehalten.«

Sie begann, das Apartment von Jean und Ted zu beschreiben, kam dann auf Normas. Sie erzählte ihm jede Einzelheit über ihre neuen Freundinnen, außer natürlich von ihren Plänen für gleichzeitige Geburten und wie glücklich sie darüber gewesen waren, zu erfahren, daß sie noch nicht schwanger war.

Sie wollte Kevin auch das am liebsten erzählen. Beim Mittagessen hätte sie das ein- oder zweimal fast getan, doch jedesmal, wenn sie ansetzte, stellte sie sich Norma und Jean vor und wie sie sich fühlen würden, wenn sie herausfänden, daß sie gleich ihr erstes Geheimnis verraten hatte. Es würde die Freundschaft vielleicht zerstören, bevor sie überhaupt richtig begonnen hatte, und was macht es schon, ob ich es sage oder nicht, dachte sie. Es war eine harmlose, wirklich lustige Idee, die höchstwahrscheinlich nur eine sehr geringe Chance hatte, in die Realität umgesetzt zu werden.

Nach dem Essen kehrten sie in ihr Apartment zurück, um noch einmal einen Blick hineinzuwerfen, bevor sie nach Blithedale zurückfuhren. Kevin wartete an der Eingangstür, während Miriam noch einmal durch das Apartment ging.

»Es ist ein wundervolles Apartment, Kev, nicht wahr?« fragte sie, als ob sie eine Bestätigung für ihre Gefühle brauchte. »Wie kann er es sich leisten, uns das mietfrei zu überlassen? Er könnte doch ein Vermögen damit verdienen, wenn er es vermieten würde, oder?«

»Er schreibt das irgendwie steuerlich ab. Wie mein Großvater sagte, einem geschenkten Gaul schaut man nicht...«

»Ich weiß, aber trotzdem...« Eine Welle von Besorgnis durchfuhr sie. Kevins wundervolle neue Stelle, dieses wunderschöne neue Heim, tolle neue Freundinnen... Geschahen solch wundervolle Dinge wirklich einfach so?

»Warum sich gegen das Glück wehren?« fragte er.

Sie drehte sich zu ihm um, und er zuckte die Achseln. Sie lächelte. Kevin hatte recht. Warum sich nicht entspannen und es genießen? sagte sie sich. Kevin umarmte sie.

»Ich liebe dich, Miriam. Ich will nur das Beste für dich und dir soviel geben,wie ich kann.«

»Ich habe mich vorher nie beklagt, Kevin.«

»Ich weiß, aber warum sollten wir diese Dinge nicht haben, wenn wir sie haben können?«

Sie küßten sich und warfen noch einen letzten Blick in das Apartment. Dann gingen sie.

Wie anders doch die Fahrt zurück nach Blithedale war, im Gegensatz zu der Fahrt in die Stadt heute morgen, dachte Kevin. Auf der Fahrt hinein hatte er die Worte, die Miriam sagte, an seinen fünf Fingern abzählen können. Doch von dem Moment an, als sie zum Essen in den Russian Tea Room gegangen waren, bis zu dem Augenblick, als sie in ihre Auffahrt in Blithedale Gardens einbogen, hatte Miriam fast ununterbrochen geredet. Welche Ängste er auch immer gehabt hatte, daß Miriam unglücklich über die Veränderungen in ihrem Leben, die er vorgeschlagen hatte, sein könnte – sie waren durch ihre unverhohlene Begeisterung völlig ausgelöscht.

Während der Heimfahrt versuchte er ein paarmal ihr von den Fällen zu erzählen, über die während der Teamkonferenz gesprochen worden war, und von seinem eigenen Fall, doch jedes Mal, wenn er ansetzte, unterbrach sie ihn mit einem anderen Vorschlag zur Gestaltung ihres neuen Apartments. Es war, als wolle sie nichts über seine Arbeit wissen. Gewöhnlich wollte sie alle Einzelheiten über einen Fall erfahren, selbst über diese langweiligen Grundstücksverhandlungen. Schließlich schüttelte er den Kopf, lehnte sich zurück und fuhr einfach weiter.

Erst als Blithedale in Sicht kam, verlangsamte Miriam ihren Monolog. Es war fast so, als ob sie eine unsichtbare Grenze überquert hätten und aus ihrer Traumwelt in die Wirklichkeit zurückgekehrt wären. Die morgendlichen Wolken waren völlig verschwunden, und der späte Novembernachmittagshimmel war von einem klaren, kristallenen Blau. Kinder stiegen gerade aus dem Schulbus, und ihre heiteren Stimmen waren weithin zu hören.

Die Hitze der Sonne hatte viel vom Schnee der letzten Nacht weggeschmolzen, so daß er jetzt nur noch in Flecken auf den Rasenflächen lag und da und dort längs der Bürgersteige. Kaum, daß die kleinen Jungen und Mädchen aus dem Bus gestiegen waren, begannen sie, sich mit Schneebällen zu bewerfen. Kevin lächelte über ihr harmloses Spiel. Eine Kolonne langsam fahrender Autos folgte dem Bus, aus dem die Kinder gestiegen waren, über die baumgesäumte, breite Straße. Die relative ländliche Ruhe stand in starkem Kontrast zu der hastigen, quirligen, energiegeladenen Stadtwelt, die sie gerade verlassen hatten. Es hatte eine beruhigende Wirkung. Miriam lehnte sich zurück, ein weiches, engelsgleiches Lächeln auf ihrem Gesicht.

»Ich wünschte, wir könnten beides haben, Kev«, sagte sie, wobei sie sich langsam zu ihm drehte. »Die Aufregung von New York und den Frieden von Blithedale.«

»Das werden wir. Das können wir!« wurde ihm klar. Er wandte sich ihr wieder zu, und seine Augen wurden vor Aufregung groß. »Wenn wir für das Apartment in der Stadt keine Miete zahlen müssen, können wir ernsthaft über ein Wochenend- und Sommerhaus auf Long Island nachdenken.«

»Das ist richtig. Oh, Kevin, das werden wir tun, nicht wahr? Wir werden *alles* haben!«

»Warum nicht?« Er lachte. »Warum nicht?«

Kevin beschloß, ihr von seinem ersten Fall bei *John Milton and Associates* erst zu erzählen, wenn er von *Boyle, Carlton and Sessler* zurückgekehrt war, auch wenn er vor Aufregung darüber fast platzte. Sie wird bestimmt ebenso aufgeregt und stolz sein, wenn sie das erfährt, dachte er.

Sobald sie in die Auffahrt in Blithedale Gardens eingebogen waren, sagte er ihr, daß er besser gleich zu Sanford Boyle fahren sollte, um ihm zu erzählen, welche Entscheidung er getroffen hatte.

»Ich kann's einfach nicht erwarten, ihm das unter die Nase zu reiben – das doppelte Gehalt! Und sie waren so selbstgefällig.«

»Sei nicht arrogant, Kev«, warnte sie. »Du bist besser als sie, aber arrogante Leute bekommen auf lange Sicht immer das, was sie verdienen.«

»Du hast recht. Ich werde mich so benehmen wie … wie Mr. Milton es tun würde«, sagte er. »Der Mann hat Stil.«

»Ich kann's kaum erwarten, ihn kennenzulernen. So wie Norma und Jean über ihn gesprochen haben und wie du über ihn redest, muß er wie Ronald Reagan, Paul Newman und Lee Iacocca in einer Person sein.«

Kevin lachte. »In Ordnung, in Ordnung. Ich gebe zu, ich habe vielleicht ein wenig übertrieben. Ich bin einfach aufgeregt, denke ich, und du hast schon immer etwas fester auf dem Boden der Tatsachen gestanden als ich. Jedenfalls bin ich froh darüber, daß es dich gibt und du mir hilfst, die Realität zu sehen, Miriam.«

»Diesen Eindruck scheine ich zu vermitteln«, sagte sie. »Norma und Jean haben etwas Ähnliches zu mir gesagt.«

»Wirklich? Warum auch nicht? Man erkennt nun mal eine realistische und intelligente Person auf Anhieb.«

»Oh, Kev.«

Er küßte sie auf die Wange.

»Ich werde wohl besser meine Eltern anrufen«, sagte sie, während sie aus dem Auto stieg. »Was ist mit deinen?«

»Ich werde sie heute abend anrufen.«

Sie schaute zu, wie er wegfuhr, und auch in ihr wurde die Aufregung immer größer. Sie holte tief Atem und sah sich um. Es gefiel ihr hier. Die Gelassenheit, das altmodische Aussehen des Dorfes und die Einfachheit des Lebens gaben ihr ein Gefühl von Ausgeglichenheit und schenkten ihr Frieden. Sie hatten bereits sehr viel erreicht, weit mehr, als die meisten Menschen in ihrem Alter. Wurden sie gierig, oder hatte Kevin recht, wenn er laut darüber nachdachte, warum andere Menschen, Menschen, die auch nicht geschickter oder klüger waren als er, mehr zu genießen hatten?

Es war falsch, ihn zurückzuhalten, dachte Miriam, und doch konnte sie es nicht verhindern, daß diese winzigen Schmetterlingsflügel unmittelbar unter ihrer Brust schlugen. Aber es gab nichts, worüber sie sich Sorgen machen mußten. Es mußte eine natürliche

Reaktion sein, fand sie. Wer würde sich nicht so fühlen, nachdem ihm so etwas passiert war?

Miriam konzentrierte sich nun ganz auf die Überlegungen für den Umzug, der bald erfolgen sollte.

Die Sekretärinnen bei *Boyle, Carlton and Sessler* spürten, daß etwas mit Kevin geschehen war. Kevin konnte das in Myras Gesicht lesen, als er die Kanzlei betrat.

»Ist Mr. Boyle da, Myra?«

Sie musterte ihn aufmerksam mit ihren großen braunen Augen. Er trug sein angespanntes Lächeln wie eine Maske.

»Ja.«

»Können Sie ihn bitte fragen, ob ich ihn in zehn Minuten sprechen kann? Ich bin in meinem Büro.«

Wie klein, unbedeutend, ja erstickend ihm sein Büro jetzt vorkam! Kevin lachte fast laut auf, als er hineinging. Der Schreibtisch schien die halbe Größe seines Schreibtischs bei John Milton zu haben. Er fühlte sich wie ein Mann, der über Nacht von einem kleinen Chevy oder Ford auf einen Mercedes umsteigt.

Und was wartete hier auf ihn, seit seinem erfolgreichen Abschluß des Falles Lois Wilson? Er warf einen Blick auf die Mappen auf seinem Schreibtisch – dieser Teenager, der eine Spritztour gemacht hatte, ein Testament, das er für die Benjamins aufzusetzen hatte, und ein Bußgeldbescheid wegen Geschwindigkeitsüberschreitung, den er für Bob Patterson erledigen sollte. Trallala.

Er lehnte sich in seinem Sessel zurück und legte seine Füße auf den Schreibtisch. Ein Lebewohl diesem Schrank, dachte er. Lebewohl diesen Frustrationen, den Tagträumen und dem Neid, Lebewohl diesen beschränkten Kleinstadthirnen mit Kleinstadtzukunft.

Hallo, New York!

Myra meldete sich über die Wechselsprechanlage. »Mr. Boyle möchte Sie jetzt sprechen, Mr. Taylor.«

»Das ist nett, Myra«, flötete er. »Vielen Dank.«

Er stand schnell auf, straffte die Schultern, sah sich noch eimal in seinem Büro um und ging dann in Sanford Boyles Büro, um ihm mitzuteilen, daß er kündigen würde.

»Oh, verstehe. Dann hat sich dieses andere Angebot also für Sie bezahlt gemacht?« Boyles Augenbrauen hoben sich krampfhaft.

»Das doppelte Gehalt, das ich hier verdienen würde, selbst bei einer richtigen Partnerschaft, Sanford.« Boyles Augenbrauen hoben sich noch ein Stückchen weiter. »Ich werde bei *John Milton and Associates* arbeiten.«

»Ich kann nicht behaupten, je von ihnen gehört zu haben, Kevin«, sagte Sanford Boyle.

Kevin zuckte mit den Schultern. Es überraschte ihn nicht. Es lag ihm auf der Zunge zu sagen: »Sie und Ihre ›richtigen‹ Partner wissen nicht viel über die Welt außerhalb Ihres kostbaren, kleinen Blithedale, aber glauben Sie mir, Sanford, da draußen ist eine größere, weitere, viel interessantere Welt.«

Er sagte es nicht. Miriams Warnung hinsichtlich seiner Arroganz bewahrte ihn davor. Statt dessen kehrte er in sein Büro zurück und packte das meiste seiner persönlichen Sachen zusammen. Myra, Mary und Teresa kamen nicht zu ihm, um ihm Glück zu wünschen. Als er seine Sachen zu seinem Wagen hinaustrug, blickten sie enttäuscht und mißbilligend auf. Er belächelte ihren Unmut. Sie waren bauernhaft, intolerant, engstirnig und beschränkt. *Typische Kleinstadtgeister*, dachte er, *verurteilen mich, weil ich mein Leben schnell und dramatisch verbessern will.* Er war überzeugt, daß sie ihn für undankbar hielten. *Und sie erwarten, daß ich auf die Nase falle,* dachte er. *Sie werden überrascht sein, wenn sie über mich in der New York Times lesen, sobald der Prozeß gegen Rothberg eröffnet wird.*

Kevin empfand ein Gefühl der Erleichterung und Hochstimmung, als er endlich in seinen Wagen stieg. Aber Mary Echert konnte ihre Empörung nicht so gut wie die beiden anderen im Zaum halten. Sie mußte ihm einfach hinausfolgen, um ihm Lebewohl zu sagen.

»Alle sind sehr aufgebracht und bedauern, daß die Dinge sich so entwickelt haben, Mr. Taylor«, erklärte sie.

»Ich hatte gehofft, daß sich jemand für mich freuen würde, Mary. Ich gehe ja nicht in die Hölle, wissen Sie.« Er stieg in seinen Wagen und schlug die Tür zu. Sie stand da, die Arme verschränkt und blickte auf ihn herab. Er kurbelte das Fenster herunter. »Jedenfalls danke ich Ihnen für alles, was Sie getan haben. Sie waren immer eine tüchtige, kompetente Sekretärin, Mary, und ich habe Sie wirklich geschätzt.« Er konnte einen herablassenden Tonfall nicht unterdrücken. Er kam einfach wie von selbst. Sie nickte, ohne zu lächeln. Er ließ den Motor an, und sie wandte sich ab. Plötzlich drehte sie sich um, als ihr etwas einfiel.

»Ich wollte es Ihnen erst nicht erzählen«, sagte sie. »Er war so häßlich am Telefon.«

»Wer?«

»Gordon Stanley. Barbara Stanleys Vater.«

»Oh. Was hat er gesagt? Nicht, daß das jetzt noch wichtig wäre.«

»Er sagte, Sie würden eines Tages begreifen, was Sie getan haben und sich dafür hassen«, erwiderte sie. Er konnte sehen, daß die Sache für sie genau zu diesem Anlaß paßte, eine Art Abschiedsgruß oder so ähnlich. Er schüttelte nur den Kopf, fuhr los und ließ sie einfach stehen. Sie blickte hinter ihm her, als er die Auffahrt hinunterfuhr.

Das Ganze machte ihn irgendwie depressiv und trübte seine Stimmung. Doch zum Glück kam John Milton als Retter in der Not, fast so, als wisse er, was Kevin durchmachen würde. Daheim begrüßte Miriam Kevin an der Tür. Ihr Gesichtsausdruck war so begeistert, wie er es gewesen war, als sie den ersten Blick auf das Apartment in New York geworfen hatte.

»Oh, Kevin. Du kannst es dir nicht vorstellen! Wie aufmerksam!«

»Was?«

»Sieh nur«, sagte sie und führte ihn ins Wohnzimmer. »Sie kamen ein paar Minuten, nachdem du weggefahren warst.«

Auf dem Wohnzimmertisch lag ein riesiges Bouquet von zwei Dutzend blutroter Rosen.

»Und er hat sie mir geschickt!« rief Miriam aus.

»Wer?«

»Mr. Milton, Dummchen.« Sie nahm die Karte und las sie ihm vor. »Für Miriam zum Beginn eines wundervollen neuen Lebens. Willkommen in unserer Familie. John Milton.«

»Mann!«

»Oh, Kevin. Ich hätte nie geglaubt, daß ich so glücklich sein würde.«

»Ich auch nicht«, sagte er. »Ich auch nicht.«

Und wie eine Fackel, die in der Dunkelheit brannte, brannte John Miltons Geschenk die letzten Zweifel weg, ob sie Blithedale verlassen sollten oder nicht.

7

Norma und Jean warteten vor Kevins und Miriams Apartment, als sie mit den Spediteuren eintrafen. Die Mädchen trugen Jeans und Sweatshirts, hatten die Ärmel hochgekrempelt und waren arbeitsbereit.

»Das ist so nett von euch!« rief Miriam.

»Unsinn«, sagte Norma. »Wir sind wie die Drei Musketiere.« Sie hakten sich unter und sangen: »Eine für alle und alle für eine.« Miriam lachte, und sie begannen, die Kartons auszupacken, während Kevin den Spediteuren Anweisungen gab, bis alle Möbel hochgebracht worden waren. Kaum hatte Kevin ihre Stereoanlage im Wohnzimmer aufgestellt, wählte Norma einen Oldiesender, und sie und Jean begannen laut zu singen, steckten Miriam mit ihrer ausgelassenen Stimmung an, lachten und tanzten zum Rhythmus der Musik, während sie Dinge von einem Platz zum anderen beförderten. Kevin schüttelte den Kopf und lächelte. Die drei führten sich tatsächlich auf, als würden sie sich bereits eine Ewigkeit kennen.

Er war so froh für Miriam. Ihre Freundinnen in Blithedale waren seriös und konservativ. Sie hatte selten die Chance, sich gehenzulassen und etwas verrückt zu spielen.

Sie machten eine Pause, um zu Mittag zu essen, ließen Pizza kommen. Anschließend duschte Kevin und zog sich um, um für eine Weile ins Büro zu gehen. Die Frauen diskutierten darüber, wo die Bilder und Gemälde aufgehängt werden wollten, wo der Schnickschnack stehen sollte, und begannen dann, die Möbel wieder umzustellen. Als Kevin zum Gehen bereit war, stellte er sich in die Wohnzimmertür und verkündete, daß er nun ins Büro gehen würde.

»Ich habe das Gefühl, daß das hier glatter abläuft, wenn ich nicht irgendwie im Weg stehe«, erklärte er. Niemand widersprach. »Besteht niemand darauf, daß ich bleibe?« Die drei Frauen hielten inne und schauten ihn an, als ob er ein Fremder sei, der aus der Halle hereingekommen wäre. »In Ordnung, in Ordnung, bettelt nicht. Ich kann das nicht ertragen. Wir sehen uns später, Süße«, sagte er und küßte Miriam auf die Wange.

Er hörte das Gelächter der Frauen, als er die Apartmenttür schloß und zum Fahrstuhl ging. Voller Begeisterung darüber, wie gut alles lief, spürte er neue Energie und freute sich darauf, ins Büro zu kommen.

In dem Augenblick, als er den Knopf des Fahrstuhls drückte, hörte er, daß sich am Ende des Korridors eine Tür öffnete und wieder schloß. Er drehte sich um und sah eine Frau aus dem Apartment der Scholefields kommen. Er vermutete, daß es Helen Scholefield sein mußte. Sie trug ein Bild, das in braunes Papier eingewickelt war. Sie bewegte sich langsam, wie in Trance, mit sehr bedächtigen Schritten. Als sie aus dem Schatten und ans Licht trat, konnte Kevin ihre körperlichen Eigenarten erkennen.

Sie war eine große Frau, fast so groß wie Paul, mit strohblondem Haar und einem hellen Teint. Sie trug ihr Haar an den Seiten festgesteckt, heruntergekämmt bis auf ihre Schulterblätter. Obwohl sie ein wenig steif wirkte, war ihre Haltung doch würdevoll. Sie trug eine dünne, weiße Baumwollbluse mit Rüschenkragen und Rüschenärmeln. Die Bluse war so dünn, daß er leicht die Fülle ihres Busens ausmachen konnte. Ihre Brüste waren groß und fest, und obwohl sie einen langen, floral gemusterten Bauernrock trug, konnte er sehen, daß sie lange Beine und schmale Hüften hatte. Ihre braunen Ledersandalen waren mit Riemen befestigt, die sich um ihre Knöchel schlangen.

Die Fahrstuhltür öffnete sich, aber Kevin war von ihrem Anblick gefesselt und bemerkte nicht einmal, daß die Türen sich wieder schlossen. Helen wandte sich ihm zu. Ein Lächeln spielte um ihre weichen, wasserblauen Augen und bewegte sich dann zu ihren hellen orangefarbenen Lippen. Auf ihrem Nasenrücken und den Wangen waren winzige aprikosenfarbene Sommersprossen. Ihre Haut war so dünn, daß er an ihren Schläfen winzige Venen ausmachen konnte.

Kevin nickte. »Hi. Sind Sie Mrs. Scholefield?«

»Ja, und Sie sind der neue Anwalt«, erwiderte sie, was sie so entschieden feststellte, als ob sie ihn für sein ganzes Leben mit einem Etikett versehen wollte.

»Kevin, Kevin Taylor.« Er streckte seine Hand aus, und sie ergriff sie mit ihrer freien. Ihre Finger waren lang, wirkten aber anmutig. Ihre Handflächen fühlten sich warm an, sogar ein bißchen heiß. Wie von jemandem, der Fieber hat. Ihre Wangen waren ein wenig gerötet.

»Ich war gerade auf dem Weg zu Ihrem Apartment, mit einem Begrüßungsgeschenk.« Sie hob das Bild an, um anzudeuten, daß dies das Geschenk sei. Da es eingewickelt war, konnte er nicht sehen, was für eine Art Gemälde es war. »Ich habe es eigens für Sie gemalt.«

»Danke. Das ist sehr freundlich von Ihnen. Miriam hat mir erzählt, daß Sie Künstlerin sind. Miriam ist meine Frau,« sagte er. »Als wir kamen, um das Apartment zu besichtigen, wurde Miriam von Norma und Jean besucht, und ich denke, sie haben über alles und jedes geschwätzt. Nicht, daß Männer das nicht täten. Es ist nur…« Er hielt inne, fühlte sich, als ob er zuviel schwatzte. Sie lächelte noch immer, aber ihre Augen wurden kleiner und bewegten sich hin und her, während sie sein Gesicht musterte. »Sie sind alle da drin«, fügte er hinzu, wobei er auf seine Tür zeigte, »in dem Apartment... schieben die Möbel hin und her.« Er lachte.

»Darauf wette ich.« Sie schaute ihm so intensiv in die Augen, daß er sich befangen fühlte und nervös nickte.

»Ich muß... muß für kurze Zeit rüber ins Büro.«

»Natürlich.«

Er drückte wieder auf den Rufknopf. »Ich bin sicher, wir werden uns noch oft sehen«, sagte er, als die Türen sich wieder öffneten.

Sie antwortete nicht. Sie verschob nur ihre Füße so, daß sie sich umdrehen und ihn im Fahrstuhl ansehen konnte, als die Türen sich schlossen. Er hatte das Gefühl, daß ihre Miene Mitleid ausdrückte. Er fühlte sich wie ein Bergmann, der in die Eingeweide der Erde hinunterfährt, um sich eine Staublunge zuzuziehen.

Welch ein Gegensatz sie zu den anderen beiden war! dachte er. So zurückhaltend. Es war wahrscheinlich genau so, wie Paul es angedeutet hatte – sie war scheu und lebte zurückgezogen. Und doch konnte er sich nicht erinnern, daß ihn jemand je so aufmerksam angeschaut hatte. Vielleicht gehörte das einfach dazu, wenn man Künstler war. Sicher, Künstler forschten immer in den Gesichtern anderer Menschen, suchten nach neuen Anregungen, neuen Themen. Na und? Er hielt sie wirklich für attraktiv. In ihrem Gesicht war eine friedliche Weichheit, die sie engelhaft wirken ließ. Und obwohl er sie nur ganz kurze Zeit gesehen hatte, war er fasziniert von dem Geheimnis ihrer langen Beine und ihrem festen Busen. Er mochte Frauen, die auf subtile Weise sexy waren. Frauen wie diejenigen, die in John Miltons Büro arbeiteten, waren verführerisch, aber sie waren es auf so offensichtliche Weise. An ihnen war nichts wirklich Besonderes. Sie waren erotisch, aber oberflächlich, dachte er. Ja, das ist es. Helen Scholefield hingegen war alles andere als oberflächlich.

Er verdrängte sie aus seinen Gedanken und eilte durch die Lobby zu der wartenden Limousine.

Alle, vom Wachmann bis zu den Sekretärinnen, begrüßten ihn so herzlich und schauten ihn mit so viel Bewunderung an, daß er sich ganz einfach wichtig vorkommen mußte. Er war noch keine fünf Minuten in seinem Büro, als John Milton sich bei ihm meldete und ihn in sein Büro bat.

»Kevin, ist alles gut gelaufen?«

»Perfekt. Und Miriam hat mir aufgetragen, daß ich mich in ihrem Namen ausdrücklich für die wundervollen Rosen bedanken soll. Das war wirklich sehr aufmerksam.«

»Oh, ich bin froh, daß sie ihr gefallen haben. Sie sollten immer wieder solche Geschenke machen, Kevin«, riet er in väterlichem Tonfall. »Frauen wollen verwöhnt werden. Sie sollten daran denken, ihr zu sagen, wie wichtig sie für Sie ist. Adam hat Eva im Paradies vernachlässigt und teuer dafür bezahlt.«

Kevin wußte nicht, ob er lachen oder nur nicken sollte. John Milton lächelte nicht. »Ich werde es mir merken.«

»Ich bin sicher, daß Sie Ihre Frau ohnehin gut behandeln, Kevin. Nehmen Sie Platz. Also«, sagte John Milton und lehnte sich zurück, »es ist genau das geschehen, was ich Ihnen angekündigt hatte. Heute morgen ist Stanley Rothberg verhaftet und dem Richter vorgeführt worden. Er wird des Mordes an seiner Frau bezichtigt. Es wird in allen Zeitungen stehen und Tag und Nacht durch die Nachrichtensendungen gehen.«

Kevin hielt den Atem an. Alles würde Wirklichkeit werden. Er würde mit etwas beginnen, was die meisten Anwälte als den aufregendsten Fall ihrer Karriere bezeichneten. Viele arbeiteten Jahre daran, um so eine Sache zu bekommen, und die meisten schafften es nie, dachte er.

»Ich weiß, daß die Dinge im Augenblick etwas hektisch für Sie sein müssen, durch den Umzug und all das, aber glauben Sie, Sie könnten trotzdem morgen früh für unser Treffen mit Rothberg bereitstehen?«

»Sicher«, sagte Kevin. Wenn es sein mußte, würde er den ganzen Tag und die ganze Nacht daran arbeiten.

»Wie ich Ihnen bereits sagte, werden Sie sich in alle Aspekte des Falles einarbeiten müssen, um ihm zu zeigen, welche Kenntnis Sie besitzen und daß Sie sich für ihn voll einsetzen werden.«

»Ich werde mich sofort an die Arbeit machen.«

»Gut.« John Milton lächelte, und seine Augen strahlten. »Das ist genau die Einstellung, die ich von Ihnen erwartet habe. Schön, dann will ich Sie nicht länger aufhalten. Und zögern Sie nicht, mich jederzeit anzurufen, falls Sie irgendwelche Fragen haben. Übrigens«, fügte er hinzu, griff in die oberste Schublade seines Schreibtischs und nahm eine Visitenkarte heraus, »dies ist meine private Telefonnummer. Sie steht natürlich nicht im Telefonbuch.«

»Oh, danke.« Kevin nahm sie und stand auf. »Wann wird Rothberg hier sein?«

»Unsere Besprechung wird um zehn Uhr im Konferenzzimmer stattfinden.«

»Okay.« Kevin schluckte. Sein Herz klopfte vor Aufregung. »Ich mache mich jetzt besser an die Arbeit. Und danke für das Vertrauen, das Sie in mich setzen«, fügte er hinzu und verließ das Büro.

Wendy hatte die Akten, um die er gebeten hatte, auf seinen Schreitisch gelegt. Zuerst las er alles über Diabetes, machte sich mit den Symptomen und den Behandlungsmethoden vertraut.

Eine zweite Akte enthielt ausschließlich Material über Maxines Krankenschwester, eine zweiundfünfzig Jahre alte Schwarze namens Beverly Morgan. Beverly hatte bereits Maxines Mutter während ihrer letzten Lebensjahre betreut, nachdem diese einen Schlaganfall erlitten hatte. Ihr Ruf als Krankenschwester war untadelig, aber ihr persönliches Leben war voller Tragödien. Sie hatte zwei Söhne, und ihr Mann hatte sie verlassen, als die beiden noch sehr klein waren. Einer von ihnen hatte als Zwanzigjähriger bereits ein beträchtliches Vorstrafenregister und zwei Haftstrafen verbüßt. Er war schließlich im Alter von vierundzwanzig Jahren an einer Überdosis Heroin gestorben. Der andere hatte geheiratet und zwei Kinder, aber wie sein Vater die Familie verlassen, und arbeitete jetzt an der Westküste.

Offensichtlich war dieses schwere Schicksal an Beverly Morgan nicht spurlos vorübergegangen. Obwohl sie keine Alkoholikerin im eigentlichen Sinne war, trank sie doch genug, um Aufmerksamkeit zu erregen. Wie sonst hätten Mr. Miltons Detektive die Zwischenfälle in der Hotelbar herausfinden können und die Tatsache, daß sie immer eine Flasche in ihrem Zimmer hatte? Kevin überlegte. Kein Wunder, daß Mr. Milton ihm geraten hatte, auf diese Information genau zu achten. Sie hätte ohne weiteres einen Fehler in bezug auf Maxine Rothbergs Insulin machen können. In jedem Fall ermöglichte die Sache ein gutes Ablenkungsmanöver, um die Geschworenen zu verwirren und die Anklage des Staatsanwaltes zu erschüttern. Wenn die Anklage beabsichtigte, Beverly Morgan als Zeugin gegen Stanley Rothberg einzusetzen, wußte er jetzt, wie er ihre Aussage unglaubwürdig machen konnte.

Das Schädlichste war Stanley Rothbergs Affäre. Sie hatte offensichtlich, dem zufolge, was Kevin las, ungefähr zu der Zeit begonnen, als Maxine erkrankt war. Er mußte sich dazu eine Strategie überlegen. Sein erster Gedanke war der, daß Stanley alles gestehen und argumentieren sollte, daß er sich nicht dazu durchringen konnte, seine Frau zu verlassen, besonders, nachdem sie krank geworden war. Und doch, er war ein Mann, ein Mann mit Bedürfnissen. Kevin überlegte, auf diesen Sätzen seine Strategie aufzubauen. Geschworene wußten Ehrlichkeit zu würdigen, selbst wenn jemand eine unmoralische Handlungsweise gestand. Er stellte sich vor, wie Rothberg im Zeugenstand zusammenbrach, die Tragödie seines Lebens bedauerte. Ja, Stanley Rothberg hatte gesündigt, aber nun litt er schrecklich deswegen.

Kevin schüttelte den Kopf. Sieh mal, sagte er zu sich selbst, es *könnte* wahr sein. Es könnte sehr wohl so gewesen sein. Aber er mußte Rothberg erst kennenlernen und dann über den Mann entscheiden, doch wenn er es von seiner eigenen Warte aus durchdachte, hielt er es für durchführbar.

Er öffnete die dritte Mappe, um sich über Maxine Rothbergs persönliche Krankheitsgeschichte zu informieren, und sah schnell, daß ihr Arzt, Dr. Cutler, ein effektiver Zeuge für die Verteidigung sein könnte. Er würde aussagen, daß er Maxine Rothberg gezeigt hatte, wie sie sich selbst das Insulin spritzen mußte und wieviel sie zu nehmen habe. Und offensichtlich hatte er auch einige negative Dinge über Beverly Morgan zu sagen, da er nachdrücklich empfohlen hatte, sie zu entlassen. Natürlich mußte Kevin abwarten, wie die Anklage den Fall aufbaute, aber all diese Vorabinformationen bestärkten ihn in seiner Zuversicht.

Er blickte auf, als er ein Klopfen an der Tür hörte. Paul Scholefield steckte seinen Kopf herein. »Wie geht's?«

»Oh, großartig. Kommen Sie rein.«

»Ich möchte nicht stören. Ich weiß, daß Sie einen wichtigen Fall bekommen haben.«

»Wichtig ist nicht das richtige Wort. Es ist der Fall Rothberg!«

Paul lächelte und setzte sich, aber Kevin hatte den Eindruck, daß er überhaupt nicht überrascht war.

»Sie wissen, dieser Fall, der seit der letzten Woche oder so fast jeden Tag in allen Zeitungen stand«, sagte er nachdrücklich.

Paul nickte. »Das ist Mr. Miltons Art. Wenn er Vertrauen zu jemandem hat...«

Kevin schaute zu der offenen Tür und beugte sich dann über seinen Schreibtisch. Er sprach in gedämpftem Tonfall. »Auf die Gefahr hin, undankbar zu klingen oder falsche Bescheidenheit an den Tag zu legen, Paul, ich verstehe nicht, warum er solches Vertrauen zu mir hat. Er kennt mich kaum, und die Art von Arbeit, die ich bisher gemacht habe...«

»Alles, was ich Ihnen sagen kann, ist, daß er sich bisher noch nie in einem Menschen geirrt hat, egal, ob es einer von uns war, ein Klient oder ein Zeuge. Übrigens, ich habe vorbeigeschaut, um Ihnen zu sagen: Falls ich irgendwie helfen kann...«

»Oh, aber Sie haben doch Ihre eigenen Fälle...«

»Das ist schon in Ordnung. Wir alle nehmen uns Zeit füreinander. Jeder von uns mag zwar eine bestimmte Aufgabe haben, aber wir ziehen an einem Strang. Mr. Milton vergleicht jeden von uns mit den Tentakeln eines Octopus. In gewisser Hinsicht hat er recht – indem wir der Firma Nahrung geben, ernähren wir uns selbst. So... alles in Ordnung mit dem Apartment?«

»Ja. Oh, ich bin auf dem Weg hierher Ihrer Frau begegnet.«

»Ja?«

»Eine sehr attraktive Frau.«

»Ja, das ist sie. Wir haben uns am Washington Square kennengelernt. Ich glaube, ich hatte mich in sie verliebt, bevor ich meinen Kopf drehte, um in ihre Richtung zu schauen.«

»Sie hat eine sehr friedliche Ausstrahlung.«

»Ja, hat sie«, sagte Paul lächelnd. »Ich erinnere mich, wie überdreht ich war, als wir heirateten. Alles war ziemlich dramatisch, wissen Sie. Man trägt die Last der ganzen Welt auf seinen Schultern, aber in dem Augenblick, in dem ich heimkam, war es, als bliebe die Welt draußen vor der Tür.«

Kevin starrte ihn einen Moment an. Es war gut zu sehen, daß ein anderer Mann seine Frau ebenso bedingungslos liebte wie er Miriam.

»Sie hat uns ein Gemälde gebracht, eines, das sie eigens für uns gemalt hat.«

»Wirklich? Ich überlege, was das sein mag. Ich hatte kein neues gesehen.« Er wirkte über die Information irgendwie beunruhigt. Er zögerte einen Moment und senkte dann den Blick.

»Was nicht in Ordnung?«

»Ich fürchte, ja. Wir haben gestern schlechte Neuigkeiten erfahren.«

»Oh. Das tut mir leid. Etwas, wobei wir helfen können?«

»Nein, da kann niemand helfen. Wir haben versucht, Kinder zu bekommen, aber es hat nicht geklappt. Helens Arzt hat jetzt bestätigt, daß sie... unfähig ist, schwanger zu werden.«

»Oh, das tut mir leid.«

»Ist eben so. Wie Mr. Milton heute morgen sagte, als ich ihm das erzählte: Man muß es nehmen, wie es kommt. Das Blatt spielen, das einem gegeben wurde.«

»Ich finde, das ist ein guter Rat.« Kevin überlegte einen Augenblick, wie er reagieren würde, wenn er erführe, daß er und Miriam nicht in der Lage wären, ein eigenes Kind zu haben, was für ihn immer sehr wichtig gewesen war. – Wie jeder zukünftige junge Vater träumte er oft davon, mit seinem Sohn zu Baseballspielen zu gehen oder seiner Tochter Puppen zu kaufen. Er würde an dem Tag, wo sie geboren wurden, damit beginnen, Rücklagen für ihren Collegebesuch zu schaffen. Sie hatten bereits beschlossen, daß sie einen Jungen und ein Mädchen haben wollten, und sie würden so weit gehen und es viermal versuchen, um sie zu bekommen. Mit dem Geld, das er verdienen würde, konnte er sich vier Kinder leisten, wenn es sein mußte.

»Nun ja, wir haben über Adoption gesprochen.«

Kevin nickte. »Was ist eigentlich aus dem Kind der Jaffees geworden?«

»Richards Bruder hat ihn genommen, und stellen Sie sich vor – sein Bruder ist ebenfalls Anwalt. Er sagte Mr. Milton, daß er alles in seinen Kräften Stehende tun würde, um es Richards Sohn zu ermöglichen, in die Fußstapfen seines Vaters zu treten.«

»Mr. Milton kannte ihn?«

»Er kümmerte sich nach Richards... Richards Selbstmord darum. So ein Mensch ist er eben. Nun«, sagte er und erhob sich, »ich lasse Sie wieder in Ruhe arbeiten. Viel Glück. Oh« – er drehte sich an der Tür noch einmal um – »hier kursiert das Gerücht, daß Mr. Milton Ihnen zu Ehren in seinem Penthouse schon bald eine Party geben wird. Und glauben Sie mir, wenn Mr. Milton eine Party gibt, ist das wirklich eine Party.«

Miriam lehnte sich erschöpft auf der Couch zurück. Abgesehen vom Mittagessen hatte sie von dem Augenblick an, als sie heute morgen aufgestanden waren, keine Pause gemacht. Norma und Jean waren eine wundervolle Hilfe, aber sie fand, daß es zum Schluß etwas albern geworden war, als sie darüber stritten, wer sie und Kevin zuerst zum Abendessen einladen würde. Schließlich riet sie ihnen, eine Münze zu werfen, und Norma gewann. Kevin und sie würden morgen abend also zu Norma gehen und am Abend darauf zu Jean.

Doch die anstrengendsten Augenblicke des Nachmittags kamen, als Helen Scholefield sie besuchte. Die Art, wie sie plötzlich einem Geist gleich erschien, war unheimlich. Niemand hatte die Türklingel gehört oder bemerkt, wie sie hereingekommen war. Norma, Jean und sie hatten gerade eine kurze Pause gemacht, nachdem sie die Couch von einer Seite des Wohnzimmers auf die andere geschoben hatten und dann wieder zurück. Sie hatten über ihre Unentschlossenheit gelacht. Miriam spürte, daß noch jemand im Raum war, und wandte sich zur Tür. Sie glaubte, Kevin sei zurückgekommen, weil er etwas vergessen habe.

Aber da stand Helen, preßte das eingewickelte Gemälde an ihren Körper und starrte sie mit einem weichen Lächeln an. Sie erinnerte Miriam an eine ältere Frau, die neidisch lächelnd kleinen Kindern beim Spielen zuschaut.

»Oh«, rief Miriam und schaute rasch zu den anderen Mädchen.

»Helen«, sagte Norma. »Wir haben dich nicht reinkommen hören.«

»Wie geht's dir?« fragte Jean hastig.

»Mir geht's gut«, erwiderte sie und richtete ihre Aufmerksamkeit auf Miriam. »Hallo.«

»Hi.«

»Helen, das ist Miriam Taylor«, beeilte sich Norma zu sagen. »Miriam, Helen Scholefield.«

Miriam nickte.

»Ich habe Ihnen etwas gebracht, ein Willkommensgeschenk«, sagte Helen, trat vor und reichte ihr das eingewickelte Gemälde. »Ich hoffe, es gefällt Ihnen.«

»Danke.«

»Ich bin sicher, daß Helen es selbst gemalt hat«, sagte Jean.

Miriam blickte rasch vom Paket auf.

»Ja, ja, habe ich, aber scheuen Sie sich nicht zu sagen, wenn Sie es nicht mögen. Meine Arbeit ist... ein wenig eigenartig. Ich weiß, daß sie nicht von jedermann geschätzt wird«, sagte sie, wobei sie Norma und Jean direkt anschaute.

Wenn dies der Fall ist, dachte Miriam, wobei sie Helen ansah, warum bringst du dann jemandem eines deiner Gemälde als Begrüßungsgeschenk? Warum versuchst du nicht erst herauszufinden, ob den Betreffenden die Art von Kunst gefällt, die du machst?

»Kevin und ich haben sonst keine Kunstwerke zum Aufhängen. Ich fürchte, wir beide sind etwas ignorant, was solche Dinge betrifft.«

»Das wirst du nicht lange bleiben«, warnte Norma.

»Vielleicht kommt Helen ja diese Woche mit ins Museum of Modern Art«, sagte Jean.

Alle Blicke richteten sich auf Helen. Ihr Lächeln wurde breiter. »Vielleicht«, sagte sie vorsichtig.

»Darf ich Ihnen eine Tasse Kaffee anbieten?« fragte Miriam, die das Bild noch nicht ausgepackt hatte.

»Oh, nein bitte. Sie sind sehr beschäftigt.«

»Wir sollten eine Pause machen«, sagte Jean. »Wir werden noch ganz blöd im Kopf, wenn wir ständig Möbelstücke hin und her rücken.«

»Ich kann ohnehin nicht bleiben«, sagte Helen. »Ich habe einen Termin beim Arzt.«

»Oh, das tut mir leid«, erwiderte Miriam.

»Ich wollte nur reinschauen und Hallo sagen.«

»Vielleicht sollten Sie später wiederkommen, nach Ihrem Arzttermin«, schlug Miriam vor.

»Ja«, sagte Helen, aber darin, wie sie es sagte, lag weder ein Versprechen noch Hoffnung. Sie sah sich um. »Ihr Apartment wird sehr schön werden, so schön wie...« Sie sah von Norma zu Jean. »Wie unsere sind.«

»Ich bin ganz aufgeregt, daß ich hier wohnen werde – die Aussicht, die Nähe zu so vielen Museen und guten Restaurants...«

»Ja. Wir haben alles ganz in der Nähe, gute Dinge und auch schlechte.«

»An schlechte Dinge wollen wir nicht denken«, sagte Jean rasch mit vorwurfsvoller Stimme.

»Nein... nein, ich denke nicht, daß ihr das tut. Warum solltet ihr auch? Warum sollte das überhaupt jemand?« fragte sie rhetorisch. Sie wirkte plötzlich so, als sei sie allein und denke laut nach. Miriam wandte sich an Norma, die den Kopf schüttelte. Jean richtete ihren Blick zur Decke und blickte dann beiseite.

»Wird Charon dich zum Arzt bringen?« fragte Norma, offensichtlich darauf bedacht, daß sie wieder ging.

»Charon bringt uns überall hin«, erwiderte Helen. »Das ist seine Aufgabe.«

Miriams Augen wurden groß. Welch eine seltsame Art, sich auszudrücken, dachte sie.

»Nun ja, vielleicht wartet er unten auf dich«, meinte Jean.

Miriam bemerkte, daß Helens verklärter Gesichtsausdruck plötzlich hart und wissend wurde, während sie die beiden Frauen intensiv ansah. Dann lächelte sie ein wenig und wandte sich an Miriam. »Tut mir leid, daß mein erster Besuch so kurz war, aber ich wollte doch wenigsten Guten Tag sagen und Sie begrüßen, bevor ich zu meinem Termin gehe.«

»Danke. Und vielen Dank für das Bild. Oh, ich habe es noch gar nicht ausgepackt. Wie unaufmerksam. Ich war nur...«

»Ist schon in Ordnung«, sagte Helen rasch. Sie streifte Miriams Hand, und Miriam schaute ihr in die Augen und sah darin eine unerträgliche seelische Qual. »Es ist vielleicht ein wenig sonderbar«, sagte sie, »aber es enthält eine Aussage.«

»Wirklich? Das klingt interessant.« Miriam begann, das Papier zu öffnen. Helen trat zurück und schaute Norma und Jean an, die beide wie gebannt zusahen, wie das Bild ausgepackt wurde. Miriam streifte das Papier ab, bevor sie es hochhielt.

Für einen langen Augenblick sagte niemand etwas. Die Farben waren kraftvoll, so strahlend, als befände sich hinter der Leinwand eine Glühbirne. Zuerst war sich Miriam nicht sicher, welche Seite oben war. Da Helen nichts Gegenteiliges sagte, vermutete sie, daß sie es richtig hielt.

Der obere Teil des Bildes war in langen, weichen Pinselstrichen in Saphirton gehalten, die aus einer Oblate in der Mitte drangen, welche die Farbe und Struktur einer Kommunionsoblate hatte. Direkt unter dem Blau war ein dunkelgrüner Bereich, der wie Palisaden geformt war, mit scharfen Spitzen und sehr steil. Über den Palisaden breitete sich eine weibliche Gestalt, in eine flüssige Form gedehnt und verzerrt, aber sie hatte ein deutlich erkennbares Gesicht, das einen Ausdruck von Qual und Furcht trug, während ihr Körper sich über den Rand ergoß, hinunter in das, was wie ein Meer kochenden Blutes aussah. Aus diesem Meer tauchten winzige, knochenweiße Bläschen auf.

»Nun ja«, sagte Norma, »das hat wirklich eine Aussage.«

»Welche Farben!« bemerkte Jean.

»So etwas wie dieses Bild habe ich noch nie gesehen«, sagte Miriam und überlegte dann, ob das vielleicht negativ geklungen hatte. »Aber ich…«

»Wenn Sie es nicht wollen, kann ich das verstehen«, sagte Helen. »Wie ich sagte, meine Arbeiten sind etwas Besonderes.«

»Nein, nein. Ich will es. Ich will es auf jeden Fall. Ich kann's kaum erwarten, Kevins Reaktion zu sehen… überhaupt jede Reaktion.« Sie wandte sich an Helen. »Es ist wirklich etwas, das Aufmerksamkeit weckt und jedem etwas zu sagen hat. Danke.« Sie starrte Helen einen Moment an. »Es ist für Sie etwas Besonderes, nicht wahr?«

»Ja.«

»Das macht es für mich noch wertvoller«, sagte Miriam. Sie versuchte, aufrichtig zu klingen, bemerkte aber, daß sie sich ziemlich gönnerhaft anhörte. »Wirklich«, fügte sie hinzu.

»Wenn nicht jetzt, dann wird's später so sein«, sagte Helen kryptisch. Miriam warf Norma und Jean einen Blick zu. Beide preßten ihre Lippen zusammen, als ob sie ein Lachen unterdrücken mußten. »Nun ja, tut mir leid, daß ich so schnell wieder gehen muß, aber...«

»Oh, nein... nein, ich verstehe.« Besser als du denkst, dachte Miriam. »Gehen Sie nur. Wir werden uns später sehen. Ich möchte, daß Sie und Paul zum Abendessen kommen, sobald wir uns hier fertig eingerichtet haben.«

Helen lächelte, als ob Miriam einen völlig lächerlichen Vorschlag gemacht hätte. »Danke«, sagte sie und ging.

»Herzlichen Dank für das Bild«, rief Miriam ihr nach. Niemand sagte etwas, bis Helen gegangen war.

Dann sahen Norma und Jean sich an und brachen in Gelächter aus. Miriam schüttelte unsicher den Kopf.

»Und was soll ich damit machen?«

»Häng es in den Korridorschrank.«

»Oder draußen an die Eingangstür«, schlug Jean vor. »Es wird Bettler und Vertreter abschrecken.«

»Sie tut mir wirklich leid. Sie war ja völlig durcheinander. Dieses Bild.« Sie hob es wieder hoch. »Es ist wie ein Alptraum.«

»Es hat eine Aussage«, scherzte Norma, und Jean und sie lachten erneut.

»Ja, es sagt Arrgghh!« rief Jean aus, faßte sich an die Kehle und fiel auf die Knie. Norma und Miriam lachten.

»Ich werde es einfach in der Ecke stehenlassen, bis Kevin heimkommt. Wenn er es gesehen hat, wird er verstehen, warum ich es lieber nicht aufhängen möchte.«

»Aber du warst trotzdem wundervoll«, sagte Norma. »Du bist gut mit ihr umgegangen.«

»So wie ich es verstanden habe, fährt sie zu ihrem Therapeuten.«

»Ja. Paul muß sich sehr um sie kümmern. Er tut mir leid. Wir haben versucht, ihr zu helfen, nicht wahr, Jean?«

»Wochenlang nach Glorias Tod sind wir zu Helen gegangen und haben sie eingeladen, mit uns auszugehen, aber sie hatte sich in ihrem Apartment eingeschlossen und brütete vor sich hin. Schließlich brachte Mr. Milton Paul dazu, etwas zu unternehmen. Wenn du jetzt glaubst, sie sei eigenartig, dann hättest du sie erst mal direkt nach Glorias Tod erleben sollen. Einmal kam sie in mein Apartment gestürmt und wurde hysterisch, schrie, daß wir alle hier ausziehen müßten, daß wir alle in Gefahr seien … als ob das Haus Glorias Tod und Richards Selbstmord ausgelöst hätte. Ich konnte keinen Sinn in dem erkennen, was sie plapperte, und rief schließlich Dave an. Er sprach mit Paul, und Paul kam her, um sie zurück in ihre Wohnung zu bringen.«

»Sie haben einen Arzt gerufen, der ihr ein Beruhigungsmittel gab«, fuhr Norma fort. »Offensichtlich steht sie irgendwie noch immer unter Sedativen.«

»Sie muß Gloria Jaffee sehr nahegestanden haben.«

»Nicht näher als wir«, sagte Jean scharf. In ihrer Stimme klang eine Spur von Unmut mit.

»Ich dachte nur …«

»Sie ist einfach … so sensibel«, erklärte Norma, die den Rücken ihrer rechten Hand gegen ihre Stirn preßte. »Weil sie eine Künstlerin ist, und die Seele eines Künstlers ist ständig in Aufruhr. Schließlich«, fuhr sie fort und nahm dabei die Stimme eines pedantischen College-Professors an, »sieht sie die tragische Ironie, die sich hinter allen Dingen verbirgt.« Sie seufzte.

»Trotzdem bedaure ich sie«, sagte Miriam, die zur Eingangstür blickte, als ob Helen noch immer dort stünde.

»Das tun wir auch«, sagte Jean. »Wir sind es nur ein wenig müde. Es ist so deprimierend. Sicher, Gloria Jaffee hatte ein tragisches Ende, und Richards Selbstmord war entsetzlich, aber das alles ist jetzt vorbei, und es gibt nichts, was irgend jemand von uns tun könnte, um zu ändern, was geschehen ist.«

»Wir müssen unser Leben weiterleben«, fügte Norma hinzu.

»Das Beste, was wir tun können, ist, stets gute Laune zu verbreiten, wenn Helen in der Nähe ist«, sagte Jean. »Mr. Milton hat uns das gesagt. Du erinnerst dich, Norma?«

»O ja. Nun …« Sie schaute auf ihre Armbanduhr. »Ich denke, ich werde jetzt duschen und das Abendessen vorbereiten.«

»Ich auch«, sagte Jean.

»Ich weiß nicht, wie ich euch beiden jemals danken kann.«

»Unsinn, du wirst schon einen Weg finden«, sagte Norma, und alle lachten.

Es war angenehm, sich wohl zu fühlen, dachte Miriam, und Norma und Jean waren in der Lage, dieses Gefühl in jedem zu wecken. Sie drückte die beiden zum Abschied.

Kaum waren sie fort, ließ Miriam sich auf die Couch fallen und schloß die Augen. Sie mußte eingeschlafen sein, denn das nächste, was sie bemerkte, war, daß Kevin vor ihr stand, lächelte und den Kopf schüttelte. Er hatte seinen Aktenkoffer noch in der Hand.

»Bei der Arbeit eingedöst, wie?«

»Oh, Kev.« Sie rieb sich mit den Handflächen ihr Gesicht und sah sich um. »Ich muß eingenickt sein. Wie spät ist es?«

»Kurz nach sechs.«

»Wirklich? Dann bin ich tatsächlich eingenickt. Norma und Jean sind schon vor über einer Stunde gegangen.«

»Ich sehe, ihr habt dennoch eine Menge geschafft«, sagte er, während er sich umschaute. »Du hast ein wundervolles Abendessen außer Haus verdient. Auf der Rückfahrt in der Limousine haben mir Dave und Ted von einem Restaurant erzählt, das nur zwei Blocks entfernt liegt, ein kleines italienisches Restaurant, ein Familienbetrieb. Alles ist hausgemacht, und es ist sehr zwanglos. Klingt toll, oder?«

»Ja.«

»Laß uns duschen – zusammen.«

»Wenn wir das tun, Kevin, werden wir die nächsten Stunden sicher nicht essen.«

»Ich wette doch«, sagte er und streckte die Arme nach ihr aus, um sie in stehende Position zu bringen. Er umarmte sie, und sie küßten sich. »Wir müssen unser Schlafzimmer einweihen. Ist schließlich unsere erste Nacht hier.« Sie lachte und küßte ihn auf seine Nasenspitze. Engumschlungen gingen sie in Richtung Schlafzimmer.

»Oh...« sagte Kevin plötzlich. »Was ist das?« Er blickte auf das Gemälde von Helen Scholefield. Miriam hatte es an der hinteren Wand auf den Boden gestellt.

»Oh, Kevin... Pauls Frau kam vorbei. Es war... unheimlich. Sie brachte uns dieses Bild als Begrüßungsgeschenk. Ich wußte nicht, was ich damit tun sollte.«

»Aber du bist doch nett zu ihr gewesen, oder?« fragte er rasch.

»Natürlich, Kevin, aber sieh dir das Ding an. Es ist scheußlich.«

»Na ja, wir werden es für eine Weile aufhängen und schließlich wieder abnehmen.«

»Das ist nicht dein Ernst, Kevin. Ich kann dieses Ding nicht hier hängen haben. Die Leute werden...«

»Nur für eine Weile, Miriam.«

»Aber sie wird das verstehen. Sie hat es selbst gesagt. Sie hat zugegeben, daß es etwas Besonderes sei, ein wenig merkwürdig vielleicht, und daß sie verstehe, wenn jemand es nicht mag.«

»Das kannst du nicht tun«, wiederholte er kopfschüttelnd.

»Warum nicht? Dies ist mein Haus, Kevin. Ich dürfte wohl selbst entscheiden können, was ich hier haben will und was nicht.«

»Ich sage ja nicht, daß du unrecht hast, Miriam.« Er überlegte einen Augenblick. »Ich will nur Paul und Helen Scholefield nicht noch mehr verletzen, als sie bereits verletzt worden sind.«

»Was? Was meinst du damit?«

»Auf dem Weg ins Büro bin ich Helen im Korridor begegnet und erkannte sofort, daß sie emotionale Probleme hat. Paul schaute bei mir rein, und wir sprachen miteinander, und er erzählte mir, daß sie gestern sehr deprimierende Neuigkeiten erfahren hätten. Scheint, als sei sie unfähig, Kinder zu bekommen.«

»Oh.«

»Ja, und das zu all ihren anderen Problemen...«

»Ja.« Sie schaute auf das Bild. »Kein Wunder, daß sie Dinge wie diese malt. In Ordnung. Wir hängen es für eine Weile auf. Ich werde es in diese Ecke hängen, wo es nicht so auffällt. Was nicht heißt, daß jemand, der hereinkommt, es lange ignorieren könnte.«

»Das ist ganz mein Mädchen«, sagte Kevin und küßte sie. »So, und jetzt duschen wir, ja?«

Sie lächelte, warf einen Blick zurück und schüttelte den Kopf. »Ist das nicht seltsam, Kev? Die Tragödie der einen Frau war, daß sie geboren hat, und die der anderen ist, daß sie es nicht kann.«

»Ja. Das Beste, was wir tun können, ist, immer guter Laune zu sein, wenn Helen in der Nähe ist«, sagte er.

Es klang vertraut, und Miriam erinnerte sich, daß es dasselbe war, was Mr. Milton Jean zu tun geraten hatte. »Hat Mr. Milton dir das gesagt?«

»Mr. Milton?« Er lachte. »Ich weiß, daß ich ganz begeistert von dem Mann bin, aber wirklich, Miriam, ein wenig kann ich auch noch allein denken.«

»Natürlich kannst du das«, sagte sie rasch, aber dennoch erschien ihr die Sache seltsam.

8

Stanley Rothberg lehnte sich in dem Sessel rechts von Mr. Milton zurück. Kaum, daß er den Konferenzraum betreten hatte, musterte ihn Kevin schnell, aber dennoch genau. Rothberg sah beträchtlich älter aus als einundvierzig. Er versuchte die vorzeitig kahle Stelle in der Mitte seines Kopfes dadurch zu verbergen, daß er lange Strähnen seines dünnen, schmutzigblonden Haars darüber gekämmt hatte. Obwohl er ein großer Mann war, mindestens einsfünfundachzig, hielt er seine Schultern so seltsam verdreht, daß er fast bucklig wirkte. Die Tränensäcke unter seinen Augen, die tiefen Falten in seinem Gesicht und der schwarze Stoppelbart verliehen ihm das Aussehen eines übernächtigten Barkeepers.

So hatte Rothberg, obwohl er mit einem dunklen Sportjackett und einer Hose von Pierre Cardin bekleidet war, eine Schäbigkeit an sich, die bei Kevin die Alarmglocken schrillen ließ. Er mochte den trägen Ausdruck in Rothbergs Augen nicht. Er wußte, daß Geschworene dies als Eingeständnis von Schuld und als Verschlagenheit und Falschheit interpretieren würden. Selbst das Lächeln des Mannes ließ ihn kalt. Der eine Mundwinkel war höher gezogen als der andere, so daß es mehr wie ein höhnisches Grinsen aussah.

Kevins Vater hatte ihm gesagt, er solle nie ein Buch nach seinem Einband beurteilen. Er meinte damit all die wohlhabenden Klienten, die er in seiner Steuerberatungsfirma betreute, die wie Sozialhilfeempfänger aussahen und auch so gekleidet waren. Doch nachdem Kevin die Universität abgeschlossen hatte und sein Vater diese Formulierung erneut benutzt hatte, war Kevin zu einer anderen Auffassung gelangt.

»Ich verstehe, was du meinst, Dad«, sagte er, »aber wenn ich mit einem dieser Klienten vor Gericht müßte, würde ich ihn so kleiden, daß er vornehm aussieht. Geschworene beurteilen ein Buch nach seinem Einband.«

Erste Eindrücke waren oft endgültige Eindrücke, dachte Kevin, und sein erster Eindruck von Stanley Rothberg war, daß dieser Mann schuldig war. Er schien dazu imstande, seine Frau ins Grab gestoßen zu haben. Er wirkte zügellos, hochmütig und flegelhaft.

»Stanley«, sagte John Milton, »das ist Kevin Taylor.«

»Hallo, Mr. Rothberg«, sagte Kevin und streckte eine Hand aus. Rothberg starrte einen Augenblick darauf. Dann wurde sein Lächeln breiter, und er griff über den Tisch, um ihm die Hand zu schütteln.

»Ihr Boß sagt, Sie seien hier das Wunderkind. Sagt, ich solle mir keine Sorgen machen, mein Leben in Ihre Hände zu legen.«

»Ich werde mein Bestes tun, Mr. Rothberg.«

»Die Frage ist nur«, erwiderte Rothberg schnell, »wird Ihr Bestes genug sein?« Sein Lächeln verschwand.

Kevin schaute Mr. Milton an, dessen Blick mit einer solchen Intensität auf ihm ruhte, daß er das Gefühl hatte, er brenne sich in seine Seele. Kevin richtete sich auf.

»Mehr als genug«, sagte er, unfähig, einen gewissen Anflug von

Arroganz zu unterdrücken, »und wenn Sie mir helfen, werden wir die Anklage der Staatsanwaltschaft so komplett auseinanderpflücken, daß es keine Zweifel an Ihrer Unschuld mehr geben wird.«

Rothberg lächelte und nickte. »Das ist gut.« Er wandte sich an John Milton. »Das ist gut«, wiederholte er und deutete auf Kevin.

»Ich würde Sie nicht in Kevins Hände geben, wenn ich nicht absolutes Vertrauen in seine Fähigkeit hätte, Ihren Fall zu gewinnen, Stanley. Und Sie können sicher sein, daß unser ganzes Potential für Sie eingesetzt wird.«

»Überdies wird Kevins Jugend Ihnen zum Vorteil gereichen. Jeder wird erwarten, daß Sie einen der renommierteren Strafverteidiger der Stadt verpflichten, Ihren Reichtum nutzen, um sich einen berühmten Namen zu kaufen. Aber: Sie sind von Ihrer Unschuld überzeugt. Sie brauchen keinen hochbezahlten Anwalt, der in den Medien bekannt ist. Sie brauchen einen kompetenten Anwalt, der Fakten präsentieren kann und jeden Indizienbeweis, der Ihre Schuld belegen soll, widerlegt. Die Leute werden beeindruckt sein.«

»Ja.« Rothberg nickte. »Ja, ich verstehe, was Sie meinen.«

»Was Sie nicht wissen«, sagte John Milton lächelnd, »ist, daß Kevin talentierter ist als die meisten der von den Medien unterstützten Anwälte in der Stadt. Er hat natürliche Instinkte, was sein Verhalten im Gerichtssaal anbelangt.« Milton warf Kevin einen bewundernden Blick zu. »Wenn es um die Verteidigung seiner Klienten geht, kann er hartnäckig und skrupellos sein. Wenn ich selbst vor Gericht stünde, würde ich mir einen Mann wie ihn als Verteidiger wünschen.«

Obwohl John Miltons Schmeichelei ehrlich klang, fühlte sich Kevin dabei unbehaglich. Es war fast so, als werde er dazu beglückwünscht, ein guter Killer zu sein. Rothberg jedoch war sehr beeindruckt.

»Oh, ich verstehe. Nun gut, gut. Also, was kann ich tun, um mir zu helfen?« fragte Rothberg.

»Das ist die richtige Einstellung«, sagte Mr. Milton.Er stand auf. »Ich überlasse Sie jetzt Kevins kompetenten Händen. Kevin, Sie wissen, wo ich bin, wenn Sie mich brauchen. Ich würde Ihnen viel Glück wünschen, Stanley«, sagte er und blickte auf Rothberg hinab, »aber diese Sache hat nichts mit Glück zu tun. Es ist eine Sache des Könnens, und Sie sind in den Händen eines Mannes, der ein Könner ist.« Er klopfte Kevin auf die Schulter. »Machen Sie weiter«, sagte er.

Kevin nickte, setzte sich und öffnete seinen Aktenkoffer, um genau mit dem zu beginnen, was Mr. Milton von ihm erwartete: Stanley Rothberg mit seiner Kenntnis der Fakten zu beeindrucken. Er begann, über Maxines Krankheit zu sprechen und stellte dann Fragen nach der Krankenschwester. Kevin bemerkte, daß Rothbergs Antworten kurz und vorsichtig waren. Er verhielt sich bereits, als sei er im Zeugenstand und befände sich im Kreuzverhör des Staatsanwalts.

»Ich hoffe, Sie verstehen, Mr. Rothberg...«

»Sagen Sie Stanley zu mir. Wir werden uns ja ziemlich häufig begegnen.«

»Stanley. Ich hoffe, Sie verstehen, daß es für mich keine Überraschungen geben darf, wenn ich den Job optimal machen will.«

»Überraschungen?«

»Sie dürfen nichts verschweigen, was der Staatsanwalt verwenden oder wissen könnte.«

»Sicher. Kein Problem. Wenn ich meinem Verteidiger gegenüber nicht ehrlich sein kann, muß ich wohl schuldig sein, was?«

»Es ist nicht immer so, daß Schuldgefühl Menschen dazu bringt, verschlossen zu sein oder nur die halbe Wahrheit zu erzählen. Manchmal hat eine Person Angst davor, schuldig zu wirken, wenn eine Tatsache bekannt würde, und deshalb ist es möglich, daß sie sogar ihrem Anwalt etwas verschweigt. Lassen Sie mich eine Art von Richter sein. Ich werde wissen, was zu verschweigen ist und was nicht«, fügte er hinzu. Rothberg nickte und öffnete seine Augen etwas mehr. Kevin spürte, daß er ihn beeindruckte.

»Wie lange haben Sie und Ihre Frau in getrennten Schlafzimmern geschlafen?«

»Oh, unmittelbar nachdem Maxine ernsthaft erkrankt war. Ich habe das getan, damit sie es bequemer hatte. Ihr Zimmer wurde zu einem richtigen Krankenhauszimmer, besonders nach der Amputation ihres Beines – Medikamente, Einrichtung, ein Krankenhausbett. Und wie Sie wissen, hatte sie ganztags eine Krankenschwester.«

Kevin nickte und lehnte sich dann zurück. »Das vielleicht Verheerendste, was der Staatsanwalt gegen Sie auffahren wird, ist die Tatsache, daß Sie in Ihrem Zimmer einen separaten Vorrat an Insulin und Spritzen aufbewahrten.« Er hielt inne und schaute in seine Unterlagen. »Unten im Schrank. Und doch wurden Sie nie aufgefordert oder darum gebeten, Ihrer Frau eine Injektion zu geben, nicht wahr?«

»Nein. Ich konnte nicht einmal zuschauen, wenn die Krankenschwester das machte.«

»Warum haben Sie dann das Insulin in Ihrem Schrank aufbewahrt? Warum nicht im Zimmer Ihrer Frau?«

»Ich habe es nicht dorthin gestellt.«

»Aber Sie leugnen nicht, daß es dort war, oder? Die Untersuchungsbeamten fanden es dort. Wollen Sie damit sagen, daß Sie nicht wußten, daß es dort war?«

Rothberg zögerte einen Augenblick. »Sehen Sie, ich sah es an dem Tag, bevor Maxine starb, aber ich hatte es völlig vergessen.«

»Sie haben es nicht dorthin gestellt, aber Sie sahen es und haben es vergessen? Haben Sie nie die Krankenschwester gefragt, warum es dort war?«

»Ich habe über eine Menge Dinge nachzudenken, Kevin. Ich leite ein großes Hotel und ein noch wachsendes Geschäft mit dem Rosinenbrot. Wir öffnen Märkte in Kanada«, sagte er stolz. »Das hatte ich fast vergessen.«

»Man hat die Rezeptausstellung zurückverfolgt, und ein Teil des Insulins, der sich in Ihrem Schrank befand, ist verschwunden. Dieser hätte für die tödliche Dosis gereicht. Ganz sicher werden sie so argumentieren, daß dies das Insulin war, das verwendet wurde, um den Tod Ihrer Frau herbeizuführen. Eine Spritze mit Ihren Fingerabdrücken ist nicht gefunden worden, aber sollte das der Fall sein...«

Rothberg starrte nur vor sich hin.

»Der Bestand im Zimmer Ihrer Frau war nicht gerade gering. Es gab für niemanden einen Grund, den Vorrat in Ihrem Schrank anzurühren und dann den Rest dort zu lassen«, fügte Kevin hinzu, um die Wichtigkeit dessen zu betonen, worauf er hinauswollte. »Ist Ihnen nicht klar, was das bedeutet?«

Rothberg nickte.

»Nun, welche Erklärung haben Sie dafür, Stanley? Ich brauche Ihre Hilfe«, fügte Kevin trocken hinzu.

»Ich muß etwas gestehen«, sagte Rothberg schließlich. »Ich wollte nicht, daß es während des Prozesses herauskommt, aber ich weiß nicht, was ich jetzt dagegen machen soll.«

»Ich höre.«

»Maxine hat das herausgefunden über mich und... rausgefunden, daß ich mit jemand anders zusammen war, einem Mädchen namens Tracey Casewell. Sie arbeitet in der Buchhaltung des Hotels.«

»Ja. Ich glaube nicht, daß das ein so großes Geheimnis ist, wie Sie glauben. Sie sollten wissen, daß dies in den Augen der Anklage und vielleicht auch in den Augen der Geschworenen ein zusätzliches Motiv ist. Ich muß mit Ihnen über Ihre romantische Affäre sprechen und darüber, wie wir dabei verfahren, aber was hat das mit dem Insulin in Ihrem Zimmer zu tun?«

»Maxine und ich hatten eine Auseinandersetzung. Es war schrecklich. Von Tracey und mir sollte sie nichts erfahren. Ich wollte nicht, daß sie noch mehr leiden mußte. Eigentlich war es gar keine Auseinandersetzung. Sie schrie, und ich stand einfach da und hörte zu. Sie drohte mir alles mögliche an, wissen Sie. Ich dachte, sie sei einfach sauer und würde keine einzige Drohung wahrmachen, und deshalb habe ich nicht weiter darauf geachtet. Ich meine, sie war zu diesem Zeitpunkt eine sehr kranke Frau, und das wirkte sich auch auf ihren Geisteszustand aus.«

»Und?«

»Eine dieser Drohungen war, daß sie sich umbringen würde und es so drehen würde, daß man mich beschuldigt. Sieht so aus, als hätte sie's getan.« Er lehnte sich zurück, zufrieden mit seiner eigenen Erklärung.

Kevin hörte so etwas wie einen Tumult in der Halle, nachdem er sein Gespräch mit Stanley Rothberg beendet hatte, sie sich die Hände geschüttelt und in der Lobby voneinander verabschiedet hatten.

»Was ist da los?« fragte er Diane.

»Mr. McCarthy.« Sie strahlte. »Er hat sie dazu gebracht, die Anklage gegen seinen Klienten fallenzulassen.«

»Wirklich?« Er eilte über den Korridor zu Teds Büro. Dave, Paul und Mr. Milton standen vor Teds Schreibtisch, und Ted lehnte an seinem Sessel. Alle hielten Gläser in den Händen, und auf Teds Schreibtisch stand eine geöffnete Flasche Champagner.

»Kevin, Sie sind gerade rechtzeitig fertig geworden«, sagte John Milton. »Stoßen Sie mit uns an. Wir trinken immer zusammen, wenn einer von uns einen Fall erfolgreich gelöst hat.« John Milton schenkte ihm ein Glas ein und reichte es ihm. »Auf Ted«, sagte er und hob sein Glas.

»Auf Ted«, sagten die anderen im Chor und tranken.

»Was genau ist passiert?« forschte Kevin, der hastig seinen Champagner trank.

»Die Blatts haben die Klage gegen Crowley fallenlassen. Als sie erfuhren, wie promiskuitiv ihr kleines Mädchen gewesen ist, und ihnen bewußt wurde, daß dies alles beim Prozeß rauskommen würde, haben sie einen Rückzieher gemacht«, sagte Ted. Dave und Paul lachten. John Miltons Lächeln wurde breiter. Kevin fand, daß er durch den Trubel jünger wirkte. Die Linien in seinem Gesicht wurden feiner, das Licht in seinen Augen heller. Dann veränderte sich sein Gesichtsausdruck sehr rasch.

»Darin steckt eine Lektion«, sagte Mr. Milton mit nüchterner Stimme. »Nicht jedes Rechtsmanöver muß vor Gericht stattfinden.« Er wandte sich an Kevin. »Denken Sie bei der Vorbereitung auf jeden Prozeß so, wie zwei Preisboxer denken würden, die sich auf ihren Kampf vorbereiten. Es gibt Möglichkeiten, den Gegner psychologisch fertigzumachen, ihn ins Wanken zu bringen, bevor der Kampf überhaupt beginnt, so daß er das Vertrauen in sich und sein Können verliert.«

»Nun«, sagte er lächelnd, »dies ist ein weiterer Grund für ein Fest. Zum einen müssen wir Kevins Eintritt in unsere Firma feiern, zum anderen Teds Erfolg. Party im Penthouse an diesem Wochenende.« Kevin bemerkte, daß die anderen vor Erregung strahlten. »Haben alle Zeit?«

»Kein Problem für uns«, sagte Dave schnell.

»Für uns auch nicht«, sagte Ted.

»In Ordnung«, sagte Paul. Alle schauten Kevin an.

»Und die Ehrengäste? Wird Zeit, daß ich Miriam kennenlerne.«

»Wir werden da sein. Danke.«

»In Ordnung, meine Herren, gehen wir zurück an die Arbeit.«

Jeder gratulierte Ted noch einmal und verließ dann das Büro. Dave und Paul gingen direkt in ihre Arbeitsräume. Die beiden wirkten sehr motiviert durch Teds Erfolg und ihre kurze Feier. John Milton legte einen Arm um Kevins Schultern, während sie den Korridor hinuntergingen.

»Ich wollte nicht den Eindruck erwecken, als ob ich Sie mit Rothberg allein lassen wollte, Kevin, aber ich wollte, daß er sofort begreift, daß dies Ihr Fall ist. *Sie* tragen dafür die Verantwortung.«

»Oh, es gab kein Problem. Danke für all die netten Dinge, die Sie über mich gesagt haben.«

»Ich habe jedes Wort davon ernst gemeint. So. Und wie ist Ihr Gespräch mit Rothberg verlaufen?«

»Seine Theorie ist, daß seine Frau sich selbst umgebracht hat und es so arrangiert hat, daß man ihm die Schuld gibt. Behauptet, sie habe von seiner ehebrecherischen Affäre erfahren und sich einen Plan für Rache und Selbstmord ausgedacht und das verhängnisvolle Insulin in seinem Zimmer deponiert.«

»Klingt plausibel«, sagte John Milton. »Wie heißt gleich das Sprichwort? ›Nicht einmal die Hölle ist so schlimm wie eine betrogene Ehefrau.‹«

Kevin blieb stehen, um ihn anzusehen; er wollte wissen, ob er das ernst meinte. Er mußte grinsen.

»Sie haben ein Problem mit Rothbergs Theorie?«

»Er behauptet, das Insulin in dem Schrank gesehen zu haben, in dem sie es deponierte, aber diesen Umstand dann vergessen zu haben, weil er mit der Leitung des Hotels und des Geschäfts so beschäftigt war. Und das, obwohl seine Frau drohte, ihm das anzuhängen. Ich habe Probleme, das zu glauben, ja.«

»Die Frage ist, können Sie das auf eine Weise darlegen, die die Jury uns abkauft? Sie müssen Vertrauen in Ihren eigenen Fall haben«, warnte John Milton.

Kevin war sich bewußt, daß John Milton ihm den Fall durchaus wegnehmen und Ted übertragen könnte, wenn er jetzt etwas Falsches sagte.

»Nun ja, es würde helfen, wenn Rothberg mit diesem Insulinvorrat nichts zu tun hatte. Ich werde das überprüfen. Wahrscheinlich wurde es ans Hotel geliefert, und die Krankenschwester hat dafür unterschrieben. Ich werde die Krankenschwester aufsuchen und feststellen, was sie über die Beziehung von Maxine und Stanley wußte. Vielleicht vertraute ihr Mrs. Rothberg und hat ihr erzählt, wie sehr sie Stanley für das verachtete, was er tat. Oder vielleicht hat sie die Auseinandersetzung zwischen Stanley und Maxine Rothberg gehört. Wenn sie gehört hat, wie Maxine sagte, sie würde sich an ihm rächen, sich umbringen und es so aussehen lassen, als ob er es getan hätte…«

»Das ist gut. Ich bin sicher, daß sie kooperativ sein wird, wenn Sie anklingen lassen, daß man ihr Maxines Tod anhängen könnte.

Geben Sie ihr zu verstehen, daß ihre Alkoholprobleme bekannt sind«, riet John Milton. »Dann wird sie noch kooperationsbereiter sein. Haben wir festgestellt, wo Stanley Rothberg sich zu der Zeit aufhielt, als die verhängnisvolle Insulindosis verabreicht wurde?«

Kevin nickte, sah dabei aber nicht glücklich aus. John Milton verstand.

»Er war bei seiner Geliebten?«

»Für einen Mann, der zu beschäftigt war, um sich daran zu erinnern, daß ein Insulinvorrat in seinem Schrank deponiert wurde, hatte er wirklich reichlich Zeit, sich herumzutreiben.«

»Ich denke, wir sollten bei dieser Sache Ihren Instinkten folgen, Kevin. Gehen wir die Sache ehrlich an. Lassen Sie Rothberg seine Affäre gestehen, zusammen mit seiner Freundin. Auch sie soll in dieser Hinsicht aussagen. Lassen Sie zu, daß die Geschworenen ihn des Ehebruchs für schuldig befinden, ihn aber nicht wegen Mordes verurteilen und nur deshalb bestrafen, weil er ein untreuer Ehemann war. Außerdem können wir seine Frau nicht als rachsüchtig und selbstmörderisch präsentieren, wenn wir nicht zuvor die Voraussetzungen für Untreue dargelegt und ihr damit das Motiv gegeben haben.«

»Ich glaube, in dem Punkt könnte auch ihr Arzt hilfreich sein«, sagte Kevin. »In seinen Berichten erwähnte er ihre Depressionen.«

»Ja, ja«, sagte John Milton, und ein Leuchten erhellte sein Gesicht. »Das ist sehr gut.« Es war, als ob die elektrisierende Erregung des Mannes direkt in Kevins Herz wandern würde.

»Natürlich«, fügte er hinzu, während er vor der Tür von Kevins Büro stehenblieb, »würde es sehr helfen, wenn er reumütig wäre, sich wegen des Todes seiner Frau Vorwürfe machte. Tut er das?«

»Diesen Eindruck hatte ich nicht, nein«, sagte Kevin.

»Schön, sorgen Sie dafür, daß die Geschworenen ihn haben«, sagte Mr. Milton. Er lächelte, nur daß sein Lächeln jetzt schelmisch war, fast spitzbübisch. Er wirkte mehr wie ein Teenager, dem gerade ein witziger Halloween-Streich eingefallen war, als wie ein genialer Anwalt, der eine Prozeßstrategie entwickelt

»Ich hoffe, ich kann das«, sagte Kevin. Er flüsterte es fast. Er war von John Miltons strahlenden Augen fasziniert.

Milton klopfte Kevin auf die Schulter. »Sie werden das gut machen, sehr gut. Halten Sie mich auf dem laufenden«, sagte er und betrat dann sein eigenes Büro. Kevin schaute ihm einen Augenblick nach und ging dann zu seinem Arbeitsplatz.

Nachdem er sich gesetzt hatte, dachte er über John Miltons Ratschlag nach. »Ich denke, wir sollten dabei Ihren Instinkten folgen... gehen wir die Sache ehrlich an«, hatte er gesagt. Es stimmte, dies *waren* seine Instinkte, aber er erinnerte sich nicht, John Milton das gesagt zu haben. Er erinnerte sich nur, darüber nachgedacht zu haben.

Er zuckte mit den Schultern. Er mußte das doch irgendwie erwähnt haben. Welche andere Erklärung sollte es dafür auch geben? Der Mann war schließlich kein Gedankenleser.

Kevin widmete sich wieder seinen Akten und begann, sein Gespräch mit Rothberg durchzugehen. Die anderen schauten herein, um zu fragen, ob er sie zum Mittagessen begleitete, aber Wendy hatte bereits auf seine Bitte hin ein Sandwich bestellt. Sie erklärte sich freiwillig bereit, Notizen zu machen und zugleich während ihrer Mittagspause zu recherchieren. Er war beeindruckt von der Hingabe und dem Eifer, den alle bei *John Milton and Associates* zeigten. Es trieb ihn dazu an, sich noch mehr Mühe zu geben.

Wegen des Erfolges, den Ted mit seinem Fall gehabt hatte, war die Rückfahrt zum Apartmenthaus am Ende des Tages sehr vergnügt. Kevin bemerkte, daß Paul und Dave fast ebenso glücklich waren wie Ted. Sie schienen mehr eine Familie zu sein als Anwälte, die in derselben Firma arbeiteten. Später bedauerte Kevin, daß er der einzige war, der eine düstere Note in ihre aufgeräumte Stimmung brachte, sie störte, aber er war an Teds Reaktion auf seinen Erfolg interessiert, um sie mit seiner eigenen Reaktion am Ende des Falles Lois Wilson vergleichen zu können.

»Haben Sie trotzdem geglaubt, daß Crowley schuldig ist, Ted?

Ich meine, obwohl das Mädchen promiskuitiv war, hat er sie vergewaltigt?« fragte er.

Alle hörten auf zu lachen, und für einen Augenblick war die Luft von Spannung erfüllt.

»Ich habe die Blatts nicht gezwungen, die Anklage fallenzulassen. Das war ihre Entscheidung«, erwiderte er abwehrend.

»Der Staatsanwalt hätte sie dazu bringen müssen, auf einem Prozeß zu bestehen«, fügte Paul hinzu.

»Ted hat genau das getan, wofür er bezahlt wird und wozu er ausgebildet worden ist«, sagte Dave bestimmt. »Genau wie Sie, als Sie Lois Wilson verteidigten.«

»Ich, ich wollte damit nichts anderes andeuten. Ich war einfach neugierig zu erfahren, welche Gefühle Sie gegenüber dem Mann haben, Ted.«

»Wir haben unsere Gefühle, unsere Moral und unsere Urteile völlig zu vergessen, um Verteidiger zu sein, Kevin. Das ist eine der ersten Lehren, die ich von Mr. Milton lernte, und sie hat sich für mich sehr bezahlt gemacht.«

»Für uns alle«, sagt Paul und nickte.

»Es ist wie bei einem Arzt, der einen Patienten behandelt«, erklärte Dave. »Mr. Milton legte mir diese Analogie dar, als ich anfing. Der Arzt beurteilt nicht die Moral, die Politik, die Lebensweise seines Patienten. Er behandelt die Krankheit, studiert die Symptome und ergreift Maßnahmen. Um als Verteidiger erfolgreich zu sein, muß man den Klienten vom Fall trennen. Man muß die Anschuldigungen und die Fakten kennen und Maßnahmen treffen. Wenn man jeden lieben und an jeden glauben müßte, den man verteidigt, würde man verhungern.«

Ted und Paul lachten. Kevin nickte. Er erinnerte sich daran, etwas Ähnliches zu Miriam gesagt zu haben, als sie ihm wegen seiner energischen Verteidigung von Lois Wilson Fragen gestellt hatte.

»Wenn man damit nicht leben kann, sollte man besser im Büro des Staatsanwalts arbeiten«, sagte Paul. Dann lächelte er. »Aber Sie wissen ja, was die Burschen verdienen.«

Alle lachten wieder, selbst Kevin. Paul schenkte jedem von ihnen einen Cocktail ein, und sie lehnten sich zurück. Die entspannte Atmosphäre stellte sich rasch wieder ein.

»Übrigens«, fragte Kevin, »wie kommt eigentlich Mr. Milton ins Büro und zurück?«

»Mit der Limousine. Der Mann ist wirklich ein Workaholic. Er ist viel früher im Büro als wir und er bleibt oft bis in den späten Abend dort«, erwiderte Paul. »Charon bringt ihm sein Abendessen. Aber was ihn zu Hause erwartet... Warten Sie, bis Sie sein Penthouse gesehen haben. Dann reden wir mal über Luxus und Hedonismus.«

»Da gibt es drei Badezimmer, jedes mit eigenem Whirlpool!« sagte Dave.

»Und die Aussicht«, fügte Ted hinzu. »Es ist, als stünde man auf dem Dach der Welt. Ich fühle mich immer...«

»Wie Gott«, sagte Paul.

»Ja.« Ted lächelte in sich hinein. »Ich erinnere mich, wie ich das erste Mal da oben war. Milton legte seinen Arm um meine Schulter, und wir blickten beide auf die Stadt hinunter. Er sagte: ›Ted, Sie stehen nicht einfach nur über alldem. Sie *sind* über alldem, und all dies wird Ihnen gehören.‹ Ich war so aufgeregt, daß ich nicht sprechen konnte, aber er verstand. Er verstand«, wiederholte Ted. Kevin sah, daß Paul und Dave nickten. Ihre Gesichter waren ernst.

An all dem war etwas Besonderes, etwas sehr Einzigartiges, dachte Kevin. Vielleicht würden sie alle oben, auf dem Dach der Welt sein. Plötzlich wurde ihm bewußt, daß die drei ihn anstarrten.

»Sie glauben, wir übertreiben?« fragte Dave. »Werten den Mann zu sehr auf?«

Kevin zuckte mit den Schultern. »Er ist beeindruckend. Ich habe mich ein wenig hinreißen lassen, als ich Miriam zum ersten Mal alles über die Firma und Mr. Milton schilderte.«

»Er ist einer unter Millionen«, sagte Paul. »Wir alle sind glücklich, bei ihm zu sein.«

»O ja«, sagte Ted und hob sein Glas. »Auf Mr. Milton.«

»Auf Mr. Milton,«, pflichteten Dave und Paul bei. Alle drei sahen wieder Kevin an.

»Auf Mr. Milton«, sagte er und sie tranken. Er konnte sich des Gefühls nicht erwehren, als habe er gerade an einem gewissen Ritual teilgenommen. »Also«, sagte er, »er gibt eine große Party, ja?«

»Die Sekretärinnen kommen, und er lädt immer interessante Leute ein«, sagte David. »Sie und Miriam werden sich prächtig amüsieren. Es wird wirklich so großartig sein, daß Sie gar nicht merken, wie schnell die Zeit vergeht.«

»Klingt vielversprechend«, sagte Kevin. Die drei sahen ihn an, lächelten auf die gleiche Weise, sahen genaugenommen einander völlig ähnlich, so ähnlich, als ob sie identische Masken trügen.

Als Charon die Limousine vor ihrem Apartmenthaus anhielt und die Tür öffnete, um sie aussteigen zu lassen, lachten sie gerade alle. Dave hatte eben einen Witz wiederholt, den ihm Bob McKensie erzählt hatte, ein stellvertretender Staatsanwalt. Lachend gingen sie in die Lobby, und Dave erzählte den Witz dem Wachmann.

Kevin genoß das Gefühl von Kameradschaft. Sie nahmen das Lachen mit dem Fahrstuhl nach oben, witzelten über ihre studentische Vergangenheit. Sie scherzten noch immer, als sie sich trennten, um in ihre Apartments zu gehen.

Als Kevin seines betrat, fand er Norma und Jean zu beiden Seiten des Pianos. Sie lauschten Miriams Spiel. Sie blickten auf, als er eintrat, bedeuteten ihm beide, nicht zu unterbrechen. Miriam war so in ihr Spiel vertieft, daß sie ihn ohnehin nicht kommen hörte. Sie spielte Beethoven, und die Mädchen wirkten verzückt. Er ging auf Zehenspitzen zur Couch und setzte sich. Als sie aufhörte, fiel er in den Applaus ein, und sie drehte sich strahlend um.

»Oh, Kev. Ich habe dich gar nicht hereinkommen hören. Wie lange bist du schon hier?«

»Zwei Dutzend Takte.« Er lächelte.

»Sie ist wundervoll«, sagte Norma. »Ich habe ihr erzählt, daß es in Mr. Miltons Penthouse einen Flügel gibt, und sobald er eine Party gibt...«

»Tja, wie der Zufall so spielt: Er gibt eine am Samstagabend.«

»Oh, das ist wundervoll«, jubelte Jean. »An diesem Wochenende wirst du für alle spielen!«

»So gut bin ich nicht«, sagte Miriam.

»Keine falsche Bescheidenheit. Du bist gut, und das weißt du«, sagte Norma streng. Sie wandte sich an Kevin. »Wir gehen morgen nachmittag in ein Konzert im Lincoln Center – Mahler, Symphonie Nr. 2, ›Auferstehung‹.«

»Kannst du dir das vorstellen, Kevin? Ich habe endlich Menschen gefunden, die auch klassische Musik lieben.«

»Genauso wie Rock«, ergänzte Jean.

»Und vergiß nicht ein bißchen Country and Western«, sagte Norma. Die drei lachten. Danach zu urteilen, wie sie sich umarmten und drückten, fand Kevin, daß sie so aussahen, als seien sie bereits ein Leben lang Freundinnen. Miriam war wirklich glücklich. Es lief alles gut.

»Ich lege wohl besser den Rückwärtsgang ein«, sagte Norma. »Kevin ist daheim. Das bedeutet, Dave ist auch daheim.«

»Und Ted.«

»Oh«, sagte Kevin, als sie gerade gehen wollten. »Ted wird in bester Stimmung sein, Jean. Er hat ein K.o. geschafft, ohne überhaupt in den Ring zu gehen.«

»Wie bitte?« Sie verzog das Gesicht, gerade so, als ob er ihr etwas Schreckliches erzählen würde statt etwas Gutes. Er warf Miriam einen schnellen Blick zu und glaubte zu sehen, daß sie den Kopf schüttelte.

»Sein Fall, aber ich denke, er sollte das wohl besser selbst erzählen.«

»Oh. Ted erzählt mir nie diese ganzen Einzelheiten. Er weiß, wie sehr ich es hasse, all diese Dinge zu hören. Ich lese nicht einmal über diese Fälle, wenn sie in den Zeitungen stehen.«

»Ich auch nicht«, sagte Norma. »Es ist besser, die unerfreulichen Dinge dieser Welt vor der Tür zu lassen. So, wie man sich die Füße vorm Eintreten abstreift«, sagte sie. Sie wandte sich an Jean. »Hat das nicht Mr. Milton so gesagt?«

»O ja.«

Die beiden wandten sich wieder lächelnd an ihn. Kevin riß vor Überraschung die Augen weit auf. »Ja, sicher«, sagte er schnell.

»Wiedersehen, Miriam. Wir reden später«, trällerte Jean.

»Wir auch«, fiel Norma ein. Und dann gingen sie.

Einen Augenblick lang starrte Kevin auf die geschlossene Tür. Dann wandte er sich an Miriam.

»Wir hatten einen so wundervollen Tag«, begann sie, bevor er auch nur ein Wort sagen konnte. »Zuerst waren wir im Museum of Modern Art. Da gibt's eine wundervolle Ausstellung von Gemälden aus Moskau, die nie zuvor im Westen gezeigt wurden. Zum Mittagessen sind wir ins Village gefahren. Norma kennt dieses kleine Restaurant, wo es die wundervollste Auswahl an Quiches gibt. Dann sind wir wieder in die Innenstadt gefahren und zu einer Matinee gegangen, um diesen australischen Film zu sehen, von dem alle reden. Der hat diese tolle Filmmusik, die von Beethoven ist, und deshalb habe ich ihnen ein bißchen davon vorgespielt, als wir zurückkamen.

Oh«, sagte sie, fast ohne Atem zu holen, »wir wußten, daß wir nicht so rechtzeitig zurück sein würden, um Abendessen zu machen, und deshalb sind wir bei diesem tollen Außer-Haus-Service-Restaurant vorbeigefahren, und ich habe einen Hummersalat, Baguette und eine Flasche Chardonnay gekauft. Ist das in Ordnung?«

»Sicher«. Er schüttelte den Kopf.

»Du bist durcheinander?«

»Nein.« Er lachte. »Ich bin einfach nur... glücklich, weil du glücklich bist.«

»Dann hattest du auch einen schönen Tag?«

»Ja.«

»Okay«, sagte sie schnell. »Die Mädchen sagten mir, daß dies alles sei, was ich dich fragen soll. Ich soll daran arbeiten, dich dazu zu bringen, daß du deine beruflichen Probleme vergißt und dich richtig entspannst. Also… du nimmst eine Dusche und machst es dir bequem. Ich bereite das Abendessen vor und suche schöne Musik aus.« Sie entfernte sich, bevor er etwas erwidern konnte, und ließ ihn mit einem verwirrten Lächeln auf dem Gesicht zurück.

Er war glücklich darüber, daß sie sich so schnell anpaßte, aber etwas an alldem störte ihn. Es war wie ein scharfer, kurzer Schmerz in der Brust. Es hatte vielleicht nichts zu bedeuten; oder aber es war, wie es manchmal der Fall ist, die erste Warnung vor etwas Verhängnisvollem.

Er zuckte leichthin die Achseln und ging zum Duschen.

Bevor das Wochenende kam, hatten *John Milton and Associates* noch einen weiteren Grund zum Feiern. Dave Kotein konnte den Richter dazu bringen, Karl Obermeisters Geständnis nicht anzuerkennen, weil die an der Verhaftung beteiligten Polizeibeamten und der stellvertretende Staatsanwalt ihm keine Gelegenheit gegeben hatten, mit einem Anwalt zu telefonieren, bevor sie ihn dazu brachten, das Geständnis abzulegen. Der Richter weigerte sich auch, dem Staatsanwalt zu erlauben, das Beweismaterial, das sie in Obermeisters Apartment gefunden hatten, zu benutzen, da das Apartment ohne Durchsuchungsbefehl durchsucht worden war und ohne daß vorher ein Antrag dafür gestellt wurde.

Nun ohne Geständnis und ohne Beweismaterial überlegte der Staatsanwalt ernstlich, ob er den Fall weiterführen sollte. Mr. Milton sagte voraus, daß man die Vorwürfe gegen Obermeister am Montag fallenlassen würde.

»Wenn das geschieht«, sagte Dave, »wird Obermeister die Stadt verlassen.«

»Aber Dave«, fragte Kevin nach ihrer Teambesprechung. »Glauben Sie nicht, daß er das gleiche Verbrechen überall dort begehen wird, wohin er kommt?«

»Kevin, wollen Sie auf die Straße gehen und jeden verhaften lassen, von dem Sie glauben, er besäße das Potential, ein Verbrechen zu begehen? Man müßte die Gefängnisse dann bis zum Platzen füllen. Außerdem werde ich ja mit Obermeister nichts mehr zu tun haben. Und was spätere Schuldgefühle anbelangt, so hat Bob McKensie diese Geschichte verbockt, Kevin. Soll er damit leben«, betonte Dave.

Kevin nickte. Es war ihm nicht entgangen: Genauso hatte er argumentiert, als Miriam sich wegen seiner Verteidigung von Lois Wilson besorgt gezeigt hatte. Ihre Verteidigung war eine weit größere Belastung für sein Gewissen gewesen, als er zugeben wollte, doch als ihn diese Gefühle überkamen, erinnerte er sich wieder an die Erklärung von Mr. Milton, was das Gesetz bedeutete und was seine Verantwortlichkeiten diesem und einem Klienten gegenüber waren. Dies waren die Maßstäbe, nach denen sich seine Handlungsweise richten mußte. Gewissen war im Hinblick auf das Gesetz einfach überflüssiges Gepäck. Er hatte nach dieser Philosophie gearbeitet. Jetzt sollte es so weitergehen.

Aber glaubte er wirklich daran? Er versuchte verzweifelt, diese Frage zu verdrängen. Zuviel stand auf dem Spiel. Er wollte Erfolg haben und Mr. Miltons Erwartungen erfüllen. Dies war nicht die Zeit, um jemandes Rechtsphilosophie in Frage zu stellen und weich zu werden. Er hatte schließlich einen großen Fall vor Gericht zu gewinnen.

Und außerdem wurde Miriam mit jedem Tag verliebter in das Leben, das sie für sich gewählt hatten. Jeden Tag, wenn er aus dem Büro nach Hause kam, fand er sie genauso erregt, glücklich und energiegeladen wie am Tag zuvor. Sie sprach selten über Blithedale und ihre alten Freundinnen und ihr altes Leben. Sie hörte auf, Anrufe zu erwidern und schrieb keine Briefe. Was immer sie zu Beginn an Bedauern artikuliert hatte, war wie weggeblasen. Vielleicht war es einfach so etwas wie eine Flitterwochenperiode; er konnte sich keines ernsten Augenblicks zwischen ihnen erinnern, seit sie hergekommen waren.

Dennoch war er erstaunt darüber, wie sie mit ihrer Mutter am Telefon sprach, alles verteidigte, was sie getan hatten, die Ansichten ihrer Mutter als törichte vorurteilsbehaftete Ideen attackierte und sie sogar als engstirnig bezeichnete. Und als ihre Eltern am Donnerstag zum Abendessen kamen, versetzte sie sie in Erstaunen, indem sie als erstes ein wundervolles Gourmetmahl zubereitete. (Norma hatte ihr das Rezept von einem Koch des Four Seasons beschafft). Dann holte sie all die Programme der Theaterstücke und Konzerte hervor, die sie mit ihren Freundinnen seit dem Umzug in die Stadt besucht hatte. Sie redete in einem fort über ihre Museumsausflüge, über die Restaurants, in denen sie gewesen war, die Menschen, die sie kennengelernt hatte. Während ihres Monologs erwähnte sie fortwährend Jean und Norma. Den einzigen Dämpfer gab es bei einer kurzen Diskussion über Helen Scholefield.

Kevin war überrascht darüber, daß Miriam es vermieden hatte, ihren Eltern den eigentlichen Grund für Helens Depression zu erzählen, sondern dies allein auf die Tatsache zurückführte, daß sie unfähig war, Kinder zu bekommen.

»Darum haben wir dieses entsetzliche Bild noch dort hängen, Mom. Kevin hat tatsächlich vorgeschlagen, wir sollten es für eine Weile behalten, um die Gefühle der Frau nicht zu verletzen.« Sie wandte sich an ihn. »Ist er nicht ein bißchen sehr weich, was das anbelangt? Aber ich liebe ihn dafür, daß er so rücksichtsvoll ist.«

»Ja, das ist rücksichtsvoll von dir, Kevin«, sagte Miriams Mutter, »aber das Bild ist so scheußlich, daß ich es einfach nicht anschauen kann. Es läßt mich erschaudern.«

»Oh, laß uns nicht darüber nachdenken. Hier«, sagte Miriam, stand auf und nahm das Bild ab, »ich werde es auf den Boden stellen, die Bildseite zur Wand, bis ihr gegangen seid. Daddy, ich werde dein Lieblingsstück spielen.«

Sie setzte sich an das Piano und spielte schöner und gefühlvoller, als Kevin sich erinnern konnte, sie je spielen gehört zu haben. Als er ihre Eltern ansah, bemerkte er auch in ihren Gesichtern Erstaunen.

Am Ende des Abends, auf dem Weg hinaus, nahm ihn ihre Mutter beiseite, während Miriam sich von ihrem Vater verabschiedete.

»Sie ist hier wirklich glücklich, Kevin. Ich hatte nicht geglaubt, daß sie das sein würde, als ich zuerst davon hörte, aber es sieht so aus, als hättest du eine wundervolle Entscheidung getroffen. Ich freue mich für euch beide.«

»Danke, Mom.«

»Ich werde deine Eltern anrufen und ihnen meine Eindrücke schildern«, flüsterte sie.

»Sie werden nächste Woche hier sein, aber ich bin sicher, daß Mom darauf wartet, etwas von dir zu erfahren.«

»Darauf kannst du wetten«, stimmte sie zu und küßte ihn auf die Wange.

Nachdem sie gegangen waren, begab Miriam sich in die Küche, um aufzuräumen, und Kevin kehrte ins Wohnzimmer zurück. Sein Blick wanderte zu Helen Scholefields Bild, das auf dem Boden stand. Er nahm es hoch, hängte es wieder auf und trat dann zurück. Er starrte es einen Augenblick intensiv an. Er spürte, daß er von dem Gesicht der Frau angezogen wurde. Er konnte fast ihre Schreie hören, als sie über den Rand in die kochende rote See darunter geworfen wurde. Während er auf das Bild starrte, nahmen ihre Gesichtszüge deutlichere Formen an, und für einen Moment sah es so aus, als sei es Miriams Gesicht. Kevin spürte eine Welle von Hitze und dann ein Frösteln, das über sein Rückgrat hinauf und hinunterlief, und er mußte seine Augen schließen. Als er sie wieder öffnete, war das Bild so, wie es immer gewesen war – abstrakt. Miriams Gesicht war verschwunden. Aber was für eine Illusion, wenn auch nur für einen Moment, dachte er.

Kevin ging zu Miriam in die Küche und nahm sie in die Arme. Er küßte sie, als küsse er sie zum letzten Mal.

»Kev«, sagte sie, nach Atem ringend. »Was ist?«

»Nichts... du hast ein großartiges Essen zubereitet. Es war ein prächtiger Abend, und ich wollte einfach, daß du weißt, wie sehr ich dich liebe. Ich werde alles tun, was ich tun kann, um dich glücklich zu machen, Miriam.«

»Oh, Kev. Das weiß ich. Sieh doch, was du bereits alles getan hast.

Ich habe nichts dagegen, meine Zukunft in deine Hände zu legen.« Sie küßte ihn auf die Wange und wandte sich wieder dem Abwasch zu. Er beobachtete sie einen Augenblick und spazierte dann zur Terrasse. Trotz der kalten Novemberluft trat er hinaus und schaute über das Geländer. Die Welt dort unten sah unwirklich aus. Er versuchte sich vorzustellen, wie es sein würde, aus einer solchen Höhe hinunterzufallen.

War es nur der tragische Tod seiner Frau, der Richard Jaffee veranlaßt hatte, das zu tun? Warum hatte er nicht an seinen kleinen Sohn gedacht und an seine Verantwortung ihm gegenüber?

Plötzlich fiel ein Lichtschein auf ihn. Er beschattete seine Augen mit seiner Hand und blickte auf. Ihm wurde bewußt, daß John Milton nach Hause gekommen war und seine Terrassenlichter eingeschaltet hatte. Die meisten der kleinen Scheinwerfer waren so gerichtet, daß ihre Strahlen nach unten fielen. Das Licht umhüllte das Gebäude von der fünfzehnten Etage an aufwärts. Es war, als ob die Partner und ihre Frauen unter seinem Schutz standen.

Oder unter seinem Zauber, dachte Kevin. Es war das erste Mal, daß er so etwas dachte, aber er führte es auf die melancholische Stimmung zurück, in die er durch die Grübelei über Richard Jaffees Selbstmord geraten war. Die kalte Nachtluft trieb ihn zurück in die Wohnung. Er hörte Miriam in der Küche singen. Sofort fühlte er sich wieder besser.

9

»Charon hat uns unseren ganz persönlichen Schlüssel gebracht«, sagte Miriam. Sie versuchte nicht zu verbergen, wie beeindruckt sie war. »Ich habe mit Norma gesprochen, und sie erzählte mir, daß alle Partner einen Schlüssel haben. Alle anderen, Gäste und so, müssen sich vom Wachmann aufschließen lassen«, sagte sie. In ihrer Stimme klang ein feiner, arroganter Unterton mit.

Ich dachte, ich *sei arrogant*, dachte Kevin. Er nickte und schaute auf den goldenen Schlüssel in Miriams Handfläche. Er sah massivgolden aus. Sie las seine Gedanken.

»Er ist aus Massivgold. Ich fragte Charon, ob er das sei, und er sagte: natürlich. Er lächelte fast.«

Kevin nahm den Schlüssel und drehte ihn, und dann spürte er sein Gewicht in der Hand. »Ziemlich extravagant, findest du nicht?«

Sie nahm ihn aus seiner offenen Hand. »Oh, ich weiß nicht.« Sie zuckte mit den Schultern und wandte sich ab, um sich noch einmal im Korridorspiegel anzusehen. Sie war mit Norma und Jean zum Einkaufen gegangen, um etwas Besonderes für den Anlaß zu kaufen. Kevin war überrascht über das, was sie ausgewählt hatte: ein schwarzes Strickkleid, das sich so eng an ihren Körper schmiegte, daß man wirklich ihre Rippen im Stoff sehen konnte. Und sie trug keinen gewöhnlichen BH. Statt dessen hatte sie einen Stütz-BH ausgesucht, etwas, zu dem Norma und Jean sie überredet hatten. Er saß unter ihren Brüsten, hob und formte sie. Da war ein verlockendes Leuchten von Karmesinrot am Rande ihres Dekolletés.

Das war nicht Miriam, dachte er. Sie konnte sich sexy kleiden und verführerisch wirken, aber nie auf so augenfällige Weise. Sie hatte eigentlich mehr Klasse, war reservierter und legte großen Wert darauf, stilvoll und elegant zu erscheinen.

Und sie trug nie so viel Make-up. Sowohl der Lidstrich als auch der Lidschatten waren viel zu dick. Sie hatte etwas Rouge auf ihre Wangen gelegt und einen scharlachroten, feucht wirkenden Lippenstift auf ihre Lippen aufgetragen.

Er sah, daß sie sich entschlossen hatte, die Halskette, die zu den goldenen, perlenbesetzten Ohrringen paßte, nicht zu tragen, ein Set, das er ihr zu ihrem letzten Geburtstag geschenkt hatte. Nicht, daß er glaubte, sie brauche zusätzlichen Schmuck. Miriam hatte einen anmutigen Hals, dessen Linien weich in ihre schmalen, femininen Schultern übergingen, Schultern, die sich so wunderbar in Kevins Handflächen fügten, wenn er sie an sich zog, um sie zu küssen. Es war einfach so, daß das Fehlen von Schmuck an ihrem Hals den Eindruck von Nacktheit noch verstärkte, sie noch provokativer wirken ließ.

Sie hatte ihr Haar komplett anders frisiert, toupiert und völlig zerzaust. Dadurch wirkte sie wild und ungestüm. Dagegen hatte er an sich nichts, aber dadurch, daß sie dieses Kleid trug und all das Make-up, kombiniert mit dieser Frisur, wirkte sie billig, fast wie eine Prostituierte. Ja, sie strahlte eine Art von Sinnlichkeit aus, die ihn erregte. Aber er war darüber auch verärgert.

»Was ist denn? Gefällt dir mein Aussehen nicht?«

»Es ist... anders«, sagte er, so diplomatisch er konnte.

Sie wandte sich wieder ihrem Spiegelbild zu. »Ja, nicht wahr? Ich dachte, ich sollte mein Aussehen ein wenig ändern. Norma und Jean fanden, ich sei zu konservativ.« Sie lachte. »Du hättest ihre Imitation einer typischen Vertreterin der oberen Mittelklasse von Long Island sehen sollen – weißt du, diese spröde Stimme, kurze Vokale, nasale Sprechweise. Dörfte ich döse Fochsstola söhen?« imitierte sie und tat, als sei sie in einem Pelzgeschäft.

»Ich habe dich nie für eine typische Vertreterin gehalten, Süße. Und ich habe dich auch nie für zu konservativ gehalten. Du hast dich immer sehr modisch gekleidet. Tragen Frauen in deinem Alter wirklich jetzt so was?«

»Frauen in meinem Alter? Also, Kevin.« Sie stemmte ihre Hände in die Hüften und schaute finster drein.

»Du hast mich gefragt. Vielleicht habe ich meine Nase zu tief in die Gesetzbücher gesteckt, so daß mir entgangen ist, was in dieser Hinsicht passiert ist.«

»Ich denke, das ist uns beiden so ergangen, mehr als uns bewußt war.«

»Tatsächlich?« Wie bemerkenswert, dachte er. Vor kurzer Zeit erst hatte er versucht, sie davon zu überzeugen, und jetzt klang es so, als sei er derjenige gewesen, der in ihrem sicheren Hafen auf Long Island hatte bleiben wollen.

»Dir gefällt nicht, wie ich aussehe.« Sie begann zu schmollen.

»Ich sage nicht, daß es mir nicht gefällt. Es ist sehr hübsch. Ich weiß nur nicht, ob ich dich so rausgehen lassen kann. Ich werde die Herren die ganze Nacht von dir fernhalten müssen.«

»Oh, Kevin.« Sie schaute auf ihre Uhr. »Wir sollten besser hochgehen. Es ist schon ziemlich spät.«

»Ja.« Er nickte und öffnete die Tür. Als sie an ihm vorbeiging, gab er ihr einen kurzen Kuß seitlich auf den Hals.

»Kevin! Du bringst mein Make-up durcheinander.«

»In Ordnung, in Ordnung.« Er hob die Hände. Dann beugte er sich zu ihr und schaute sie lüstern an. »Ich denke nur, daß dies die Nacht ist, in der wir das Baby machen.«

»Später.«

»Ich kann warten... ein bißchen.« Er lachte, als sie zum Fahrstuhl gingen. Nachdem sich die Tür geöffnet hatte und sie eingestiegen waren, steckte Miriam den goldenen Schlüssel unter den Buchstaben »P«, drehte ihn und lächelte Kevin an, als die Türen sich schlossen. Er schüttelte den Kopf. Sie steckte den Schlüssel in ihre kleine, passende schwarze Handtasche.

»Er öffnet sich zu seinem Wohnzimmer«, flüsterte sie, während der Fahrstuhl hochfuhr.

»Ich weiß. Die Jungs haben mir das erzählt.«

Als sich die Türen öffneten, standen sie für einen Moment ehrfürchtig da. Mr. Miltons Wohnzimmer war so breit und lang wie das umgebaute Loft eines Kaufhauses. In der Mitte stand ein Springbrunnen, umgeben von einer runden, burgunderroten Couch aus Samt mit großen Polstern und Sitzkissen. Kleine Spotlights malten die Farben des Regenbogens über das funkelnde Wasser, das aus einer gigantischen weißen Marmorlilie in der Mitte aufstieg.

Der Boden war mit einem dicken, flauschigen milchweißen Teppich von der Art bedeckt, dachte Kevin, bei dem man sich am liebsten hinknien und mit den Händen darüber fahren würde. Rubinrote Vorhänge hingen an den Wänden, hier und da durchsetzt mit Gemälden, die meisten von ihnen modern, und fast alle waren Originale. Einige sahen sogar aus, als ob Helen Scholefield sie gemalt habe. Längs der Wände und zwischen verschiedenen Möbelstücken aufgebaut, standen mehrere Sockel mit Skulpturen aus Holz und Stein.

Die andere Wand bestand aus den großen Fenstern, die Dave, Ted und Paul so begeistert in der Limousine geschildert hatten. Die langen Vorhänge waren völlig aufgezogen, so daß sich eine atemberaubende Aussicht auf die Skyline von New York bot. Weiter hinten, an der rechten Seite, stand der Flügel mit einem goldenen Kandelaber darauf – massives Gold, vermutete Kevin. Zur Linken, in die Wand eingebaut, befand sich eine große Stereoanlage, deren quadrophonische Lautsprecher ebenfalls in die Wände und sogar in die Decke eingelassen waren. Ein großer, sehr schlanker schwarzer Discjockey hatte davor einen Plattenspieler aufgebaut und kommentierte die Musik. Sein schwarzes Seidenhemd war bis zum Bauchnabel offen, und auf seiner ebenholzfarbenen Haut glänzte ein goldenes Medaillon an einer dicken goldenen Kette.

Der Raum war von Reihen längs der Decke eingelassener Lampen illuminiert, und einige Tiffany- und Waterford-Kristallampen in vielfältigen Formen und Größen standen eingeschaltet neben den kleinen Sofas und Salonsesseln. Unmittelbar rechts befand sich die Bar, deren Front aus poliertem Feldstein bestand und dessen lange, schmale Platte aus Eiche gefertigt war. Davor standen schwarz gepolsterte Barhocker mit hohen Lehnen. Hinter der Bar schüttelten und mixten zwei Barkeeper Cocktails. Ihre widergespiegelten Zwillingsgesichter vermittelten den Eindruck, immer einen Sekundenbruchteil zu spät zu sein, gleich, wie sie sich drehten und wendeten. Weingläser, die wie Diamanten glitzerten, hingen über ihnen in einem Hickoryregal.

Unmittelbar links hatte Mr. Milton eine kleine Tanzfläche aus karmesinroten Fliesen geschaffen. Das stroboskopische Licht, das sich darüber drehte, warf eine Mischung aus blauen, grünen und roten Farben auf die Gäste, die sich zu der Musik bewegten. Die Tanzfläche war von einer Wand aus Spiegeln umschlossen, so daß das Licht überall reflektiert wurde und die Tänzer sehen konnten, wie sie sich bewegten. Einige wirkten von ihren eigenen kinetischen Abbildern wie hypnotisiert.

Es waren bereits mindestens drei Dutzend Leute auf der Party. Kevin sah, daß jede der Sekretärinnen einen Begleiter mitgebracht hatte. Wendy winkte ihm von der Tanzfläche zu. Diane, die mit ihrem Partner auf der Couch saß, winkte ebenfalls.

»Das sind unsere beiden Sekretärinnen«, erklärte Kevin schnell.

»Sekretärinnen?« Miriam blickte von Wendy zu Diane. Wendy trug einen rückenfreien hellblauen Hosenanzug, dessen Seiten so scharf ausgeschnitten waren, daß die Hälfte ihres Busens zu sehen war. Diane trug einen schwarzen Body und Jeans, aber keinen BH. Ihre Brüste preßten sich gegen den dünnen Stoff.

»Kein Wunder, daß du so gierig darauf bist, jeden Tag zur Arbeit zu gehen«, beklagte sich Miriam. Kevin reagierte mit einem sündhaften Lächeln.

Aber gutaussehende Frauen waren hier überall, begleitet von Männern, die Sportsakkos und Anzüge trugen. Alles machte einen äußerst opulenten Eindruck: Kellner in weißen Jacketts und mit schwarzen Schleifen; Kellnerinnen in schwarzen Röcken und weißen Blusen bewegten sich durch den Raum, trugen Tabletts mit köstlich aussehenden heißen Horsd'œuvres, Cocktails und champagnergefüllten Gläsern.

Diane lehnte sich auf der Couch zurück, und zwei Männer begannen, sie mit Weintrauben zu füttern, neckten sie und berührten ihre Lippen, bis sie die Finger eines Mannes zusammen mit einer Weintraube in ihren Mund nahm. Genau in diesem Augenblick hörte Kevin links von sich das schallende Gelächter einer Frau und drehte sich um. Er sah Männer und Frauen so engumschlungen miteinander tanzen, daß es so wirkte, als seien sie bereits in sexueller Ekstase. In der Mitte des großen Raumes schien eine dralle Rothaarige, barfuß und mit etwas bekleidet, das wie ein Slip aussah, zur Bar zu schweben. Alle Frauen schauten sie anerkennend an. In dem helleren Licht wurde der Busen der Rothaarigen voll enthüllt. Sie hätte ebenso oben ohne gehen können, dachte Kevin. Sie gesellte sich zu zwei Männern an der Bar, die so nahe an sie heranrückten, als ob sie ein Magnet sei.

Kevin gewann langsam den Eindruck, daß er und Miriam auf einer modernen römischen Orgie gelandet seien. Er war fasziniert, angenehm erregt und amüsiert. Kein Wunder, daß die Partner so darauf gebrannt hatten, wieder eine Party im Penthouse zu besuchen.

Im Hintergrund, nahe bei den Fenstern, standen Mr. Milton und die Partner, jeder mit einem Glas Champagner in der Hand. Mr. Milton trug etwas, das wie eine scharlachrote Smokingjacke aussah, und eine dazu passende Hose. Kaum daß er Kevin und Miriam im offenen Fahrstuhl sah, sagte er etwas zu Paul Scholefield. Paul nickte dem Discjockey zu, und die Musik hörte auf.

Alle verstummten. Mr. Milton trat vor. »Meine Damen, meine Herren, darf ich Ihnen unseren neuesten Partner und seine Frau vorstellen, Kevin und Miriam Taylor.«

Die Versammelten applaudierten lautstark. Kevin schaute Miriam an und sah, daß sie strahlte. Ihre Augen glitzerten vor Erregung. Er konnte sich nicht erinnern, sie je strahlender gesehen zu haben, und ihre natürliche Röte leuchtete durch das Make-up hindurch. Sie drückte fest seine Hand.

»Danke«, sagte Kevin und nickte nach allen Seiten. Mr. Milton trat auf sie zu, und die Musik setzte wieder ein. Alle wandten sich wieder dem zu, was sie vorher getan hatten. Miriam blickte sich nach Norma und Jean um und sah, daß sie ihr von der anderen Seite der Tanzfläche aus zuwinkten. Etwa halbwegs auf der anderen Seite des Raumes, an der linken Seite, saß Helen Scholefield gleichgültig da und starrte auf die Menschenansammlung. Sie hielt einen Kelch mit Weißwein in der Hand. Sie saß so still, daß sie wie eine der Alabasterstatuen aussah.

»Willkommen«, sagte Mr. Milton.

»Miriam, ich möchte dir Mr. Milton vorstellen«, sagte Kevin. John Milton nahm Miriams ausgestreckte Hand in seine rechte Hand und legte dann die linke darüber. Er lächelte.

»Man hat mir gesagt, daß Sie eine sehr attraktive Frau seien, Miriam. Jetzt sehe ich, daß das eine gewaltige Untertreibung war.«

Miriam errötete. »Danke. Ich brauche Ihnen wohl nicht zu sagen, daß ich das Gefühl habe, Sie bereits zu kennen. Jeder, dem ich begegne, spricht so viel über Sie.«

»Nur Gutes, hoffe ich.« Er tat, als schaue er Kevin finster an.

»Das steht außer Frage«, sagte Kevin, wobei er seine rechte Hand hob. John Milton lachte.

»Lassen Sie mich Ihnen beiden etwas zu trinken holen, und dann möchte ich Sie einigen meiner Gäste vorstellen. Und ein wenig später«, sagte er, noch immer Miriams Hand haltend, »werden wir sehen, ob wir Miriam dazu überreden können, etwas für uns auf dem Flügel zu spielen.«

»Oh, nein. Sie haben es Ihnen gesagt.« Sie warf Norma und Jean, die sie beide beobachteten und breit lächelten, einen strafenden Blick zu.

»Das war nicht nötig. Ich wußte es. Ihr Ruf ist Ihnen vorausgeeilt«, fügte er rasch hinzu, und Miriam lachte.

»Ich glaube, ich brauche diesen Drink«, sagte sie. Kevin lachte, und dann durchquerten die drei den Raum, blieben bei einem Kellner stehen, und John Milton überreichte ihnen ihre Cocktails.

Kevin war beeindruckt von den verschiedenen Berufen der Gäste auf Mr. Miltons Party. Da waren etwa Anwälte aus anderen Firmen. Kevin hatte von vielen gehört oder erinnerte sich aus seiner Studienzeit an sie, als die Jurastudenten über ideale Arbeitsplätze gesprochen hatten. Er und Miriam wurden zwei Ärzten vorgestellt, beide Herzspezialisten. Er erkannte einen recht berühmten Broadway-Schauspieler, außerdem lernten sie einen geachteten Kolumnisten der *New York Post* kennen und wurden schließlich Bob McKensie vorgestellt, einem stellvertretenden Staatsanwalt.

»Bob mag es, dann und wann das feindliche Lager zu besuchen«, scherzte Mr. Milton und fügte dann mit gespieltem Ernst hinzu: »Besonders, wenn wir einen neuen Star haben.«

»Ich bin noch kein Star«, sagte Kevin und schüttelte McKensies lange Hand. Für Kevin sah McKensie lincolnesque aus. Er war mindestens einsneunzig groß, schlaksig, aber kräftig, wie er dem Händedruck des Mannes entnehmen konnte. McKensie hatte ein langes, dunkles Gesicht mit tiefliegenden traurigen Augen und scharf geschnittenen Zügen.

»Das Problem ist«, sagte McKensie, »daß jeder, der für John Milton arbeitet, früher oder später ein Star wird. Was die Arbeit für den Staatsanwalt erheblich schwerer macht.«

John Milton lachte. »Hören Sie, Bob«, sagte er, »wir machen Ihre Arbeit nicht schwerer. Wir bringen Sie dazu, Ihr Bestes zu geben. Sie sollten uns dankbar sein.«

»Hör sich einer diese Logik an«, sagte McKensie und schüttelte den Kopf. »Verstehen Sie, warum er und all seine Partner bei Gericht so schrecklich sind? Nett, Sie kennengelernt zu haben, Kevin. Wie ich höre, werden Sie den Fall Rothberg übernehmen?«

»Ja.«

»Wie man so sagt, wir sehen uns vor Gericht.« McKensie nickte Miriam zu und ging, um mit anderen Leuten zu sprechen.

»Ein ziemlich ernster Bursche«, sagte Kevin. »Lächelt er nie?«

»Hat in diesen Tagen nicht allzuviel zu lächeln«, erwiderte Mr. Milton und zwinkerte mit den Augen. »Lassen Sie mich Ihnen jetzt den Rest des Penthouse zeigen.« John Milton nahm Miriams Arm. Er führte sie nach links, wo sich die Tür zu einem Korridor öffnete, an dem drei Gästezimmer, ein Arbeitszimmer, drei Badezimmer und John Miltons Schlafzimmer lagen.

Alle Räume waren riesig. Die Badezimmer waren gefliest und feudal. Jedes hatte einen eigenen Whirlpool, so, wie die Partner es geschildert hatten.

»Ich mag diese Eisenbahnwaggon-Anordnung nicht«, sagte John Milton, während sie den Korridor entlanggingen, »aber ich hatte keine Lust, alles herauszureißen, um es umzubauen.«

»Oh, es ist wundervoll!« rief Miriam aus, besonders, als sie an einem der Badezimmer stehenblieben.

John Milton schaute sie einen Augenblick an und zwinkerte dann Kevin zu. »Wenn Sie wollen, seien Sie später so frei, einen Whirlpool zu benutzen. Wer zuerst kommt, mahlt zuerst.«

Als sie John Miltons Schlafzimmer erreichten und hineinschauten, verstand Kevin, warum Paul und die anderen vom Luxus und Hedonismus des Penthouse so geschwärmt hatten. Das schwere Eichenbett in der Mitte des Raumes war riesig. Die Matratze, der Federrahmen und das Bettzeug mußten maßgefertigt sein. Es sah aus wie ein Bett, das Heinrich VIII. sich hatte bauen lassen. Die Pfosten waren groß und hoch. Ein Kunsthandwerker hatte mythologische Figuren in sie geschnitzt – Einhörner, Satyren und Zyklopen. Kevin wurde an einige der Möbel in John Miltons Büro erinnert. Vielleicht hatte derselbe Handwerker dieses Bett geschaffen.

Das Bettzeug und die übergroßen Kissen waren in einem scharlachroten und weißen Muster bezogen, passend zu dem Dekor des Raumes – scharlachrote und weiße Vorhänge, rubinrote Lampenschirme und weiße Wände mit gewundenen roten Malereien, die wie Explosionen von Sternen aussahen. Der gleiche weiße Teppich, der den Boden des großen Raums bedeckte, zierte auch hier den Boden.

Über dem Bett befand sich eine Spiegeldecke. Als sie aufschauten, sah es so aus, als würden sie verflüssigt und in die Mitte des Raums hinabgegossen. Die Verzerrungen mußten interessante erotische Bilder ergeben, dachte Kevin.

»Ich vermute, daß Rot Ihre Lieblingsfarbe ist«, sagte er, als er sah, wie John Milton sie anlächelte.

»Ja. Ich liebe scharfe, reine Farben – Rottöne, Weiß, intensives Schwarz. Ich denke, das hat mit meiner Vorliebe für klare, eindeutige Dinge zu tun. Ich hasse es, wenn Menschen sagen, jemand oder etwas sei weder gut noch schlecht. Das Leben ist viel einfacher, wenn wir alles als das betrachten, was es ist, finden Sie nicht?« fragte er Miriam.

»O ja, ja«, sagte sie, noch immer gefesselt von den Möbeln, den Schränken, der künstlerischen Gestaltung und dem gewaltigen

Bett. In der Wand direkt ihm gegenüber war ein eingebauter riesiger Fernsehschirm.

»So, ich habe Sie beide lange genug von der Party ferngehalten. Gehen wir zurück und amüsieren uns ein wenig, ja?« Er schaltete die Schlafzimmerbeleuchtung aus, und sie kehrten zu den anderen zurück.

Kevin und Miriam fanden die Party wundervoll. Die Gespräche waren anregend und interessant. Die Leute diskutierten über die neuen Shows am Broadway und off-Broadway. Kevin geriet in eine hitzige politische Diskussion mit einigen Anwälten und einem Richter am Obersten Gerichtshof. Er und Miriam tanzten miteinander und mit anderen Leuten, besonders mit Ted und Dave und ihren Frauen.

Aber Helen Scholefield erhob sich nie von ihrem Platz. Wann immer Kevin zu ihr hinüberschaute, sah er, daß sie ihn ansah. Schließlich ging er zu ihr und begrüßte sie. Er bemerkte, daß Paul neben Mr. Milton stand. Beide beobachteten ihn aufmerksam. Wahrscheinlich machen sie sich Sorgen um sie, dachte Kevin.

»Sie sehen nicht so aus, als amüsierten Sie sich«, sagte er. »Kann ich Ihnen etwas zu essen oder zu trinken holen, oder darf ich Sie um einen Tanz bitten...?«

»Nein, mir geht es gut. Sie sollten sich Gedanken über sich selbst machen... und über Ihre Frau«, erwiderte sie ohne jeden Sarkasmus.

»Wie bitte?«

»Amüsieren Sie sich gut, Kevin Taylor?«

Er lachte. »Nennen Sie mich einfach Kevin. Ja, Tatsache ist, ich amüsiere mich. Das ist wirklich eine tolle Party.«

»Es ist erst der Beginn. Die Party hat noch gar nicht angefangen.«

»Nein?« Er sah sich um. Sie blickte zu ihm auf, starrte ihn so an, wie sie ihn beim Fahrstuhl an dem Tag angeschaut hatte, als er ihr zum erstenmal begegnet war. Es machte ihn nervös, verlegen. »Also... sagen Sie, sind einige dieser Gemälde von Ihnen?«

»Ja, ein paar meiner Bilder sind hier. Sie stammen allerdings aus meiner frühen Zeit. Ich hatte damals nur gemalt, was Mr. Milton wollte. Sie können sicher sein, daß er nicht gewollt hat, daß ich dieses Bild male, das jetzt in ihrem Apartment ist. Ist es noch dort?«

»O ja, sicher. Ich finde es… interessant.«

»Schauen Sie es sich ständig an, Kevin Taylor. Es ist die einzige Hoffnung, die Sie haben«, sagte sie, kurz bevor Paul zu ihnen trat.

»Helen, wie geht es dir, Liebling?«

»Ich bin müde, Paul. Würde es dich sehr stören, wenn ich gehe?«

Paul wandte sich instinktiv in Mr. Miltons Richtung.

»Mr. Milton wird das nicht stören«, fügte sie rasch hinzu. »Er hat neue Unterhaltungsmöglichkeiten.« Sie wandte sich an Kevin und schaute ihn intensiv an.

Kevin warf Paul einen verwirrten Blick zu, aber Paul schüttelte nur den Kopf. »Kein Problem, Liebling. Geh nur hinunter in unser Apartment. Ich werde nicht lange bleiben.«

»Nicht länger, als du üblicherweise bleibst, dessen bin ich sicher«, erwiderte sie trocken. Sie stand auf. »Gute Nacht, Kevin Taylor«, sagte sie und machte Anstalten zu gehen. Dann blieb sie stehen, drehte sich wieder um und neigte ihren Kopf zur Seite, bevor sie sprach. »Sie mögen dies alles, nicht wahr?«

Kevin lächelte und hob ein wenig seine Arme.

»Wie kann irgend jemand das nicht mögen?« antwortete er.

Sie nickte, als fände sie einen Gedanken bestätigt. »Er wählt gut aus«, sagte sie.

»Geh nach unten, Helen«, sagte Paul barsch. Sie wandte sich gehorsam um und ging zum Fahrstuhl. »Es tut mir leid«, murmelte Paul, der ihr nachschaute. »Ich hatte geglaubt, es würde sie ein bißchen aufmuntern, wenn ich sie mit auf die Party bringe, aber sie ist einfach zu deprimiert. Sie nimmt etwas ein, was der Arzt ihr verschrieben hat, aber es hilft nicht. Ich werde morgen mit ihm reden müssen.«

»Das ist schlimm. Wenn Miriam und ich irgend etwas tun können…«

»Danke. Ihr solltet euch amüsieren. Es ist eure Nacht. Laßt euch dadurch nicht die Laune verderben. Kommen Sie, gehen wir in Mr. Miltons Arbeitszimmer. Ted und Dave sind auch dort.« Paul warf einen Blick in Richtung seiner Frau, schaute finster drein und schüttelte den Kopf, als sie den Fahrstuhl betrat. Sie stand da wie eine Statue, mit einem rätselhaften Mona-Lisa-Lächeln auf dem Gesicht, als die Türen sich schlossen.

Kevin hielt nach Miriam Ausschau und sah, daß sie sich mit Mr. Milton zur Tanzfläche begab. Er wartete darauf, daß sie zu tanzen begannen.

»Sehen Sie sich den Boß an. Von hier aus wirkt er zwanzig Jahre jünger.«

»Ja«, sagte Paul, auf dessen Gesicht wieder ein entspanntes Lächeln lag. »Was für ein Mann! Kommen Sie.«

Paul folgte ihm durch den Raum. Kurz bevor sie in den Korridor traten, warf er einen Blick zurück und sah, daß Miriam sich drehte und ihren Körper zweideutiger bewegte, als er es je zuvor bei ihr in der Öffentlichkeit gesehen hatte.

»Kommen Sie«, wiederholte Paul, und Kevin ging weiter durch den Korridor zu dem Arbeitszimmer, in dem die anderen Partner warteten.

Dem Lächeln auf den Gesichtern von Ted, Dave und Paul nach zu urteilen, wurde Kevin klar, war die Versammlung im Arbeitszimmer nicht spontan. Nachdem Ted ihm ein weiteres Glas Champagner eingeschenkt hatte, diesmal aus einer Flasche Dom Perignon, räusperte sich Dave.

»Wir wollten für ein paar private Augenblicke weg von den anderen, Kevin«, sagte er. »Aber eines nach dem anderen.« Er hob sein Glas. »Wir drei möchten diese Gelegenheit nutzen, um ein neues Mitglied in unserer juristischen Familie willkommen zu heißen. Mögen seine Talente, sein Scharfsinn und sein Können ihre volle Kraft in künftigen Schlachten im Gerichtssaal erreichen.«

»So sei es«, fügten Ted und Paul hinzu.

»Auf Kevin«, sagte Dave.

»Auf Kevin«, wiederholten sie, und alle tranken.

»Danke, Leute. Ich wollte sagen, wie sehr ich die Art zu schätzen weiß, in der ihr und eure Frauen für mich und Miriam die Dinge leichter gemacht habt. Ich möchte wirklich gerne ein Teil von alldem sein. Meine einzige Sorge ist die, daß ich eure und Mr. Miltons hohe Erwartungen nicht erfülle.«

»O doch, das wirst du, Kumpel«, sagte Paul.

»Wir alle haben mit dem Gefühl angefangen«, sagte Ted. »Du wirst überrascht sein, wie schnell das vorbeigeht.«

Sie setzten sich, weil Dave einen neuen Witz erzählen wollte. Als er fertig war, drang ihr schallendes Gelächter bis hinaus auf den Korridor. Mehr Champagner wurde eingeschenkt, weitere Geschichten erzählt. Kevin hatte keine Ahnung, wieviel Zeit vergangen war, aber plötzlich hörten sie alle auf zu reden, weil sie die Klänge des Flügels hörten.

»Das muß deine Frau sein«, sagte Dave. »Wir hörten, sie könne gut spielen.«

Sie standen schnell auf und gesellten sich zu der Menge, die sich um Miriam und den Flügel geschart hatte. Mr. Milton stand zu ihrer linken Seite, seine Hände auf dem Deckel des Flügels, und blickte auf die Zuhörer. Er sah stolz aus, so, als ob Miriam seine Tochter sei oder… seine Frau.

Kevin trat näher. Miriams Finger flogen mit einer Bewegung und Anmut über die Tasten, die er nie zuvor gesehen hatte. Ihr Gesichtsausdruck war melancholisch, und sie saß sicher da, in einer selbstbewußten Haltung. Es gab kein Zögern, keine Vorsicht, keine Unsicherheit. Sie wirkte wie eine professionelle Pianistin.

Und die Musik. Sie war wundervoll. Kevin kannte das Stück nicht und überlegte, ob es etwas war, das sie nur für den Fall vorbereitet hatte, daß man sie aufforderte zu spielen. Sie sah nicht so aus, als habe man sie dazu überreden müssen. Sie wirkte wie jemand, der zum Spielen engagiert worden war. Als er die Gesichter in der Menge betrachtete, sah er einen Ausdruck von tiefer Anerkennung und Ehrfurcht. Leute nickten einander zu, ihre Augen weiteten sich. Es war, als ob Miriam eine weitere Entdeckung von Mr. Milton sei.

Aber das war sie nicht, dachte Kevin. Es war seltsam. Er begann, sich ein wenig überwältigt zu fühlen, und bedauerte, soviel Champagner getrunken zu haben. Er hatte nicht gezählt, wie viele Gläser er getrunken hatte, doch als er jetzt auf den Champagner in seinem Glas blickte, verspürte er einen unwiderstehlichen Drang, ihn zu trinken. Er schien sich unmittelbar vor seinen Augen von einem Rosa in Blutrot zu verwandeln.

Er sah, daß Diane ihn anstarrte, und lächelte sie an. Sie nickte in Richtung Miriam und hob ihre Augenbrauen. Plötzlich begann der Raum sich zu drehen. Er wankte, behielt das Gleichgewicht, indem er sich an einem hochlehnigen Stuhl zu seiner Rechten festhielt. Er schloß die Augen und schüttelte den Kopf. Als er die Augen wieder öffnete, hatte er das Gefühl, vier oder fünf Zentimeter über einer Tretmühle zu schweben. Der Boden schien unter ihm zu fließen. Er schüttelte erneut den Kopf und schloß die Augen. Als er sie zum zweiten Mal öffnete, fand er Diane an seiner Seite.

»Ist alles in Ordnung mit Ihnen?« flüsterte sie.

»Nur ein wenig benommen. Zuviel Champagner, denke ich.«

»Ist in Ordnung. Niemand achtet auf Sie. Sie sind alle von Miriam verzaubert. Stützen Sie sich auf mich. Ich bringe Sie zurück ins Arbeitszimmer. Da können Sie sich ein wenig ausruhen. Ich werde Ihnen auch einen nassen Waschlappen besorgen.«

»Ja, vielleicht haben Sie recht.«

Er ließ sich von ihr wegführen und hielt seine Augen fast die ganze Zeit geschlossen, weil sich der Raum jedesmal drehte, wenn er sie öffnete. Sie führte ihn zu der weichen Ledercouch im Arbeitszimmer und ging dann hinaus, um einen Waschlappen für ihn zu holen. Kevin lehnte sich zurück, legte seinen Kopf auf die Rückenlehne der Couch und versuchte, seine Augen offen zu halten. Die Decke sah aus wie ein Whirlpool, und er hatte das schreckliche Gefühl, in ihn hineinzustürzen, und so schloß er seine Augen wieder und hielt sie geschlossen, bis er das kalte Tuch auf seiner Stirn spürte.

»In ein paar Minuten sind Sie wieder in Ordnung«, sagte Diane.

»Danke.«

»Wollen Sie, daß ich bei Ihnen bleibe?«

»Nein, es geht schon so. Ich werde mich nur ein wenig ausruhen. Sobald Miriam mit dem Spielen fertig ist, sagen Sie ihr, wo ich bin und daß mit mir alles in Orndung ist.«

»Sicher.«

»Danke«, sagte er und schloß die Augen. Innerhalb weniger Augenblicke war er eingeschlafen. Er hatte nicht die leiseste Ahnung, für wie lange. Als er erwachte, war er verwirrt. Wo war er? Wie kam er hierher? Er rieb sich mit seinen trockenen Handflächen das Gesicht und sah sich im Arbeitszimmer um. Mit einem Schlag erinnerte er sich wieder an alles, und er bemerkte, daß es sehr sehr still war. Da war keine Musik, kein Lärm von der Party.

Kevin stand auf, fühlte sich erst ein wenig unsicher, gewann aber rasch sein Stehvermögen zurück. Dann ging er zur Tür und trat hinaus. Der Korridor war hell erleuchtet, doch der Partyraum war nur düster illuminiert. Verwirrt bewegte er sich, so schnell er konnte, über den Korridor, bis er das Loft erreichte. Der Springbrunnen plätscherte noch, doch all die farbigen Lichter waren ausgeschaltet. Eine kleine Lampe brannte hinter der Bar. Die Vorhänge an den großen Fenstern waren zugezogen. Die Stereoanlage war ausgeschaltet, die Diskothek abgebaut. Fast alles Licht, das den Raum erfüllte, fiel aus dem Fahrstuhl, dessen Tür offenstand.

»Was zum... wo zur Hölle...«

Er rieb sich wild das Gesicht, als ob er dadurch die frühere Szenerie wieder herstellen könnte, aber nichts veränderte sich.

»Hallo?« Seine Stimme hallte in dem großen Raum. »Mr. Milton?«

Er drehte sich um und blickte den Korridor hinunter.

»Miriam?«

Er hörte nichts außer dem monotonen weichen Geräusch des Springbrunnens.

Miriam wäre doch sicher nicht ohne mich gegangen, dachte er. *Das ist Wahnsinn. Wo, zum Teufel, sind denn alle hin? Was soll das? Ist das ein Streich, der mir gespielt wird, weil ich durch zuviel Champagner bewußtlos geworden bin?* Sicher, was sonst könnte es sein? Alle, oder zumindest die Partner, versteckten sich wahrscheinlich in diesen Räumen. Er lachte in sich hinein und schüttelte den Kopf. Was für eine Bande!

Er ging den Korridor hinunter, bewegte sich, so leise er konnte, und rechnete damit, daß Dave oder Ted jeden Moment aus einem der Räume stürmen würden. Doch als er an der ersten Tür stehenblieb und hineinschaute, sah er nichts außer Dunkelheit. An der Tür des zweiten Schlafzimmers war es genauso und auch beim dritten, und in keinem der großen Badezimmer war jemand. Er wußte bereits, daß niemand im Arbeitzimmer war.

Er blieb an Mr. Miltons Schlafzimmertür stehen und lauschte. Alles war still. Er klopfte leise und wartete.

»Mr. Milton?«

Keine Antwort. Sollte er lauter klopfen? *Er muß schlafen gegangen sein,* dachte Kevin. *Die Party ist vorbei, alle sind weg, und er ist zu Bett gegangen. Miriam hat mich verlassen. Vielleicht war sie wütend und ist verärgert nach unten gefahren. Diane hat ihr erzählt, wo ich mich befand und was passiert war. Sie kam, um mich zu holen, konnte mich nicht wecken und war aufgebracht. Mr. Milton hat ihr wahrscheinlich gesagt, sie solle mich ausschlafen lassen. Wenn ich aufwachte, würde er mich hinunterschicken. So mußte es sein. Was könnte es sonst sein?* überlegte er.

Er lauschte noch ein paar Augenblicke an der Tür, drehte sich dann um und ging über den Korridor zurück zum Loft und zum Fahrstuhl. »Was für eine Nacht«, murmelte er, nachdem er den Knopf gedrückt hatte und die Fahrstuhltüren sich zu schließen begannen.

Sie öffneten sich wieder auf dem totenstillen Korridor. Er trat hinaus und begab sich schnell zu seinem Apartment, suchte nach seinem Schlüssel. Er war überrascht, daß im Apartment alle Lichter ausgeschaltet waren. Glaubte sie, er würde nicht heimkommen? *Verdammt, sie muß wütend sein,* dachte er. Er erinnerte sich, daß dies das erste Mal war, daß er sich stockbetrunken fühlte.

Er ging durch das Apartment und blieb stehen, als er sah, daß die Tür des Schlafzimmers geschlossen war. Doch darunter fiel ein wenig Licht durch. Zumindest hat sie für mich eine Lampe angelassen, dachte er. Er begann, Entschuldigungen zu formulieren. Doch als er nach dem Türgriff langte, hielt er inne, weil er etwas hörte, das wie gedämpftes Stöhnen klang. Er lauschte einen Augenblick. Das Stöhnen wurde lauter. Es war ein erotisches Stöhnen, und es durchschnitt ihn wie ein Schwert aus Eis. Er griff wieder nach dem Türknopf, doch in dem Moment, als er ihn berührte, wurden seine Finger taub, erstarrten. Der Türknopf brannte an den Spitzen seiner Finger, als ob er aus Trockeneis gemacht sei. Er versuchte, seine Hand wegzuziehen, doch seine Haut klebte an dem Metall. Er hatte seine Finger nicht mehr unter Kontrolle. Sie drehten den Knopf, und sein Arm drückte die Tür auf, zentimeterweise, bis sie so weit geöffnet war, daß er deutlich hineinschauen konnte.

Ein nacktes Paar lag auf dem Bett. Etwas an dem Kopf des Mannes kam ihm entsetzlich vertraut vor. Er trat in den Raum. War das Miriam? Er näherte sich dem Fußende des Bettes. Der Körper des Mannes hielt inne, sein Stoßen erstarrte. Die Frau unter ihm bewegte sich nach rechts und richtete sich dann soweit auf, daß er sie deutlich sehen konnte. Es war Miriam!

»Nein!« schrie er.

Der Mann hob seine Lippen von Miriams, blieb aber wie erstarrt in seiner Position und blickte auf sie hinab. Miriam streckte ihre Arme nach dem Mann aus und zog ihn hinunter, so daß sie seine Lippen küssen konnte. Sofort waren sie wieder bei der Sache, bewegten sich rhythmisch. Miriam stöhnte, preßte ihre Finger fest in sein Gesäß, zog ihn in sich, forderte längere, tiefere Stöße. Sie hob ihre Beine und schlang sie fest um seine Hüfte. Die Energie und Kraft ihrer Vereinigung war so groß, daß das Bett zitterte und die Matratzenfedern quietschten.

»Nein!« schrie Kevin.

Er bewegte sich schnell zur Seite des Bettes und streckte die Hände aus, um an die Schulter des Mannes zu fassen, ihn wegzuziehen, ihn hochzuziehen. Der Mann schien fest mit ihr verbunden zu sein. Kevin schlug ihm auf den Rücken, legte das ganze Gewicht seines Körpers in jeden Schlag, aber der Mann schien es nicht zu spüren. Er machte einfach weiter, stoßend, schiebend. Kevin packte ihn bei den Hüften, doch statt ihn von Miriam wegziehen zu können, wurde er von der Bewegung des Mannes mitgerissen, und er merkte, daß er den Mann mit jedem Stoß nach unten drückte und mit jedem Zug wieder zurückbrachte. Er kämpfte, um sich von dem Körper des Mannes zu befreien, doch seine Hände klebten fest. Miriams Stöhnen wurde lauter. Sie erreichte den Höhepunkt und schrie ekstatisch auf.

»Miriam!« Seine Hände waren plötzlich frei.

Kevin packte jetzt voller Verzweiflung das Haar des Mannes, zerrte an den Strähnen, riß sie fast heraus. Schließlich hob sich der Mann von Miriams Körper und drehte sich langsam und bedächtig um. Kevin lockerte seinen Griff und bereitete sich darauf vor, seine Faust in das Gesicht des Mannes zu schlagen. Doch als der Mann sich völlig umgedreht hatte, öffnete Kevin seine Faust und preßte beide Hände an den Kopf.

»Nein!« schrie er. »Was...«

Er schaute sich selbst an. Und der Schock darüber schleuderte ihn zurück in die Dunkelheit.

10

»Nein!« schrie Kevin. Er richtete sich in der Dunkelheit auf.

»Kevin?« Miriam schaltete die Nachttischlampe am Bett ein. Kaum war das Schlafzimmer erhellt, wirbelte Kevin herum, eine Mischung aus Furcht und Verwirrung auf seinem Gesicht.

»Was? Wo…?« Er starrte auf Miriam hinab, die sich wieder zurück aufs Kissen fallengelassen hatte und erstaunt zu ihm aufblickte. »Miriam… ich… wie bin ich ins Bett gekommen? Wo ist…?« Er wirbelte erneut herum, suchte im Raum nach Spuren von… von wem? Von sich selbst?

Miriam schüttelte den Kopf und setzte sich auf.

»Wo ist wer?«

Er starrte sie an. Sie wirkte tatsächlich verwirrt.

»Wie bin ich ins Bett gekommen?« murmelte er.

»Kevin Taylor, erinnerst du dich an gar nichts mehr?«

»Ich…« Er holte tief Atem und preßte seine Handflächen gegen seine Augen. »Das letzte, woran ich mich erinnere, war, daß ich im Arbeitszimmer aufwachte und feststellte, daß alle gegangen waren. Und deshalb bin ich hierher heruntergegangen…«

»Du bist nicht gegangen. Du bist hierher *gebracht* worden.«

»Was?«

»Die Jungs haben dich betrunken und brabbelnd auf dem Boden in Mr. Miltons Arbeitszimmer gefunden. Eine der Sekretärinnen erzählte ihnen, was mit dir passiert war. Sie haben dich rausgetragen und heimlich runtergebracht. Paul Scholefield kam anschließend hoch, nachdem ich noch ein Stück auf dem Flügel gespielt hatte, und erzählte mir, wo du seist. Er sagte, du seist völlig weggetreten, so daß ich nicht gleich runtergehen müsse. Ich blieb, bis sich die anderen Leute verabschiedeten. Dann sagte ich Mr. Milton gute Nacht und ging selbst nach unten. Kurz nachdem ich ins Bett gekommen war, bist du aufgewacht und wir…«

»Was?«

»Du bist vielleicht ein Liebhaber! Ich fand, du warst wundervoll. Es war eines der schönsten Male, und du warst die ganze Zeit so betrunken, daß du nicht einmal weißt, was du getan hast? Du erinnerst dich an überhaupt nichts?«

»Wir haben uns geliebt?« Er dachte über das nach, was sie gesagt und was er gedacht hatte. »Dann war es nur ein Traum.« Er lachte erleichtert auf. »Es war nur ein Traum«, wiederholte er.

»Was war nur ein Traum?«

»Nichts. Ich... o Miriam, es tut mir leid. Ich glaube, ich habe einfach nicht registriert, wieviel ich getrunken hatte. Dann habe ich den ganzen Rest der Party also verpaßt?«

»Schon in Ordnung. Niemand hat das wirklich gemerkt. Wie gesagt, die Jungs sind gut damit fertig geworden.«

»Und Mr. Milton?«

»Kein Problem. Er mag dich wirklich. Ich hatte eine wundervolle Zeit, besonders danach, ob du dich nun daran erinnerst oder nicht. Vielleicht solltest du dich öfter betrinken«, fügte sie hinzu.

Er überlegte einen Augenblick. Er erinnerte sich einfach nicht daran, sie geliebt zu haben...

»War ich gut?«

»Ich kann nur sagen, daß du mich berührt hast, wo ich nie zuvor berührt worden bin. Es war, als ob du...«

»Was?« Er sah, daß sie bei dem Gedanken errötete. »Sag schon.«

»Als ob du immer größer und größer in mir geworden wärst, bis ich ganz von dir ausgefüllt war. Wenn wir das Baby heute nacht nicht gemacht haben, dann weiß ich nicht, wann wir's machen werden.« Sie beugte sich zu ihm und küßte ihn sanft auf die Lippen. »Tut mir leid, wenn ich ein bißchen wild war«, flüsterte sie. Die Decke rutschte von ihren Brüsten.

»Wild?«

»Und meine Fingernägel zu tief eingegraben habe. Ich weiß, ich habe dich zerkratzt, aber das ist der Preis, den du dafür zahlen mußt, wenn du so leidenschaftlich bist.« Sie küßte ihn wieder, schob ihre Zunge in seinen Mund und erstickte ihn fast. »Ich werde es nie vergessen«, flüsterte sie nach dem Kuß. »Selbst wenn du es bereits vergessen hast.«

»Nun, ich... ich war noch nie so betrunken, daß ich vergessen habe, wo ich war oder was ich getan habe. Ganz zu schweigen davon, daß ich vergesse, dich geliebt zu haben. Entschuldige. Aber ich werde es wiedergutmachen.«

»Das solltest du auch«, flüsterte sie. Dann legte sie sich zurück.

Sie lächelte zu ihm auf, und Bilder, an die er sich aus seinem Traum erinnerte, kehrten zurück. Er schüttelte den Kopf, um sie zu verscheuchen.

»Was ist los?«

»Nichts, ich bin nur ein wenig benommen. Ich denke, ich werde mir besser eine Ladung kaltes Wasser ins Gesicht spritzen. Mann, was für eine Nacht.« Er glitt aus dem Bett, um ins Badezimmer zu gehen. Als er sich im Spiegel betrachtete, sah er, daß seine Augen blutunterlaufen waren. Er spritzte kaltes Wasser in sein Gesicht und pinkelte. Bevor er das Badezimmer verließ, drehte er sich um und blickte im Spiegel auf sein nacktes Gesäß. Darauf waren keine Spuren zu entdecken.

Mich zerkratzt? Er zuckte die Achseln. *Wahrscheinlich war sie so erregt, daß sie glaubte, sie hätte mich zerkratzt. O gut, Gott sei Dank war das nur ein Alptraum, was ich gesehen habe. Zu schade nur, daß ich den Sex nicht genossen habe. So, wie sie es geschildert hat,* dachte er, *muß ich wundervoll gewesen sein.*

Kevin lachte in sich hinein und ging zurück ins Bett. Miriam umarmte ihn, und sie liebten sich, aber als es vorbei war, wirkte sie enttäuscht.

»Was ist los? War ich nicht so gut wie vorhin?«

»Wahrscheinlich bist du erschöpft«, sagte sie. »Es war gut«, fügte sie hinzu, als er enttäuscht dreinschaute, »aber es war nicht wie vorhin. Ich bin sicher, es wird wieder so sein.«

»Nun ja, ich werde mich nie wieder so betrinken. Darauf kannst du deinen süßen Hintern verwetten.«

Sie schaute ihn mißtrauisch an. »Wann hast du die Party verlassen und bist ins Arbeitszimmer gegangen?«

»Du hattest auf dem Flügel gespielt… wundervoll. Ich habe dich noch nie so spielen gehört, Miriam. Und dieses Stück. Wann hast du dieses neue Stück einstudiert?«

»Es war kein neues Stück, Kevin, ich habe es oft gespielt.«

»Wirklich? Komisch, daran kann ich mich auch nicht erinnern«, sagte er kopfschüttelnd.

»Vielleicht hat der Champagner dir etwas von deinem Gedächtnis weggebrannt«, sagte sie sarkastisch.

»Es tut mir leid. Ich ... ich denke, ich werde jetzt einfach schlafen.«

»Gute Idee, Kev.« Sie drehte sich um.

Er legte sich zurück und dachte darüber nach. Wieso kann ich mich an etwas, das so hinreißend wie ein leidenschaftliches Liebesspiel ist, absolut nicht erinnern? Das ergab keinen Sinn.

Ebensowenig wie mein Alptraum, dachte er. Im Augenblick schien beides einander auszuschließen. Er schloß die Augen und war einen Moment später eingeschlafen.

Am Morgen riefen Ted und Dave an, um zu hören, wie es ihm ginge. Paul kam sogar persönlich vorbei.

»Ich denke, ich habe euch zu danken«, sagte Kevin, »aber ich kann mich an absolut nichts mehr erinnern.«

»Nun, du warst wirklich mehr schlafend als wach, als wir dich runterbrachten ... dich runtertrugen, sollte ich besser sagen.« Er zwinkerte Miriam zu. »Du hast wundervoll gespielt, Miriam.«

»Danke«, sagte sie und schenkte Kevin einen selbstzufriedenen Blick, der ihn veranlaßte, die Augenbrauen zu heben.

Der Rest des Wochenendes wurde wundervoll. Dave und Ted, Norma und Jean und er und Miriam gingen am Samstag zu einer Broadway-Matinee. Sie hatten die begehrten Plätze in der ersten Reihe. An die Karten waren sie durch Vermittlung von Mr. Milton gekommen, der gute Kontakte zu dem Theater hatte. Paul entschuldigte sich und erklärte ihnen, daß er Helen zu ihrem Arzt bringen wolle. Er sagte, daß er versuchen würde, sich anschließend zum Essen zu ihnen zu gesellen, kam aber nicht. Später erzählte er ihnen, daß Helen nirgendwohin gehen wollte und er sie nicht alleinlassen konnte.

Am Sonntag gingen alle ins Penthouse, um sich ein Footballspiel anzusehen. Paul gesellte sich zu ihnen, aber Helen blieb in ihrem Apartment, um sich auszuruhen. Er sagte, sie sei auf ein neueres, stärkeres Medikament gesetzt worden.

»Ich mußte eine Krankenschwester engagieren, die bei ihr bleibt«, erzählte er ihnen. »Ein Glück für mich, daß die Krankenschwester, die Richard Jaffee hatte, zur Verfügung stand, Mrs. Longchamp. Ihr wißt jetzt also, warum sie da ist, wenn ihr sie seht. Falls es nicht bald eine Besserung gibt«, erzählte er allen, »muß ich sie ins Sanatorium bringen.«

»Sie werden tun, was das beste für sie ist, Paul«, sagte Mr. Milton und nahm ihn dann beiseite, um mit ihm eingehender zu sprechen. Norma und Jean brachten heißes gebuttertes Popcorn, das sie in Mr. Miltons Küche zubereitet hatten, und die Aufmerksamkeit aller richtete sich wieder auf das Spiel.

In der folgenden Woche herrschte in der Firma reger Betrieb. Pauls Fall ging vor Gericht, und Dave und Ted bekamen neue Klienten. Dave verteidigte den Sohn eines Arztes, der angeblich seinem Vater Drogen gestohlen und sie dann auf dem College verkauft hatte. Ted kümmerte sich um einen normalen Einbruchsdiebstahl. Der Einbrecher war jemand, den er bereits einmal verteidigt hatte und der freigesprochen worden war. Er sagte, er sei zuversichtlich, daß er eine Absprache treffen könne, und tatsächlich hatte er, kaum daß die Woche vorbei war, eine Übereinkunft ausgehandelt, durch die der Klient weniger als ein Viertel dessen bekam, wozu er voraussichtlich verurteilt worden wäre, wenn der Fall vor Gericht gekommen wäre.

Pauls Fall verlief ebenso planmäßig. Die Entscheidung des Staatsanwalts, zu beweisen, daß Philip Galan der Ermordung seines kleinen Bruders schuldig sei, erwies sich als Fehler in der Strategie. Obwohl Philip keine Reue zeigte, schaffte es Paul, daß erfahrene Psychiater bezeugten, daß Philip zu impulsiven Verhaltensweisen neige und ein emotional gestörter junger Mann sei. So wie Paul es beabsichtigt hatte, konnte er aufzeigen, daß die *Eltern* in vielerlei Hinsicht die Schuldigen waren. Der Prozeß endete damit, daß Philip sich in psychiatrische Behandlung begeben mußte.

Am Donnerstag hatte Kevin seine Besprechung mit Beverly

Morgan, Maxine Rothbergs Krankenschwester. Sie hatte das Hotel nach Maxines Tod verlassen und wohnte bei ihrer Schwester in Middletown, New York, einer kleinen Stadt, etwa anderthalb Stunden von Manhattan entfernt. Kevin ließ sich von Charon hinfahren.

Beverly Morgans Schwester besaß ein kleines Haus im Cape Cod-Stil, das in einer Seitenstraße lag. Es war eine ärmliche Gegend. Die Straße war schmal, die Häuser alt und verwahrlost, ihre kleinen Veranden baufällig, die Bürgersteige bröcklig und aufgeplatzt und voller Löcher. Es hatte in diesem nördlicheren Teil des Staates New York viel häufiger und heftiger geschneit, so daß die schmale Straße von dem Matsch und den Rückständen des letzten Sturmes verstopft war. Kevin fand die Gegend deprimierend. Alles war heruntergekommen und verrottet.

Beverly Morgan war allein zu Hause. Die stämmige achtundfünfzigjährige schwarze Frau hatte mattschwarzes Haar, durch das sich schneeweiße Strähnen zogen. Ihr Haar war ungleichmäßig geschnitten, wahrscheinlich von ihrer Schwester, dachte Kevin.

Sie schaute ihn mit großen, schwarzen Augen an; ihr Blick war furchtsam und mißtrauisch. Sie trug einen tanggrünen Pullover über einem hellgrünen Kleid, das wie ein gefärbter Schwesternkittel aussah. Bevor sie ihn begrüßte, warf sie einen schnellen Blick auf die Limousine. Charon stand auf der Fahrerseite und erwiderte ihren Blick.

»Sie sind der Anwalt?« fragte sie, noch immer in Charons Richtung schauend.

»Ja, Ma'am. Kevin Taylor.«

Sie nickte und trat beiseite, um ihn einzulassen, und verharrte kurz, um noch einmal zu Charon zu schauen, bevor sie die Tür schloß. In dem kleinen Korridor lag ein schmaler fleckiger und ausgebleichter Teppich. Rechts stand eine Garderobe aus dunklem Kiefernholz, und an der Wand daneben hing ein großer, rechteckiger Spiegel in dazu passendem Kiefernholzrahmen.

»Sie können Ihren Mantel da aufhängen«, sagte Beverly und nickte in Richtung Garderobe.

»Danke.« Kevin schlüpfte aus seinem wollgefütterten Wildledermantel und hängte ihn hastig auf. Ein köstlicher Duft erfüllte das Haus: der Duft nach gebratenem Hähnchen. Er ließ Kevin das Wasser im Munde zusammenlaufen. »Da duftet etwas ganz herrlich.«

»Hmm«, sagte sie und führte ihn ins Wohnzimmer, einem kleinen Raum, der durch einen Kohleofen übermäßig beheizt war. Kevin lockerte seine Krawatte und sah sich um. Die Einrichtung hatte die Qualität eines Billigkaufhauses, und den Kissen auf der Couch sah man die Jahre an. Das einzige attraktive Stück war eine alte Großvateruhr aus dunklem Kiefernholz, deren Zeiger akkurat die Zeit angaben.

»Wunderschöne Uhr«, bemerkte er.

»Gehörte meinem Vater. Hab' sie behalten, egal, wie schlecht die Zeiten waren. Setzen Sie sich. Möchten Sie Tee?«

»Nein, nein danke.«

»Gut, kommen wir zur Sache. Ich habe schon einige Erfahrungen mit Anwälten gemacht«, sagte sie, während sie selbst auf einem hellbraunen Sessel gegenüber der Couch Platz nahm. Sie schlug die Beine übereinander und grinste affektiert.

»Also, dies ist ein sehr wichtiger Fall.«

»Das sind die Fälle reicher Leute immer.«

Kevin versuchte zu lächeln. Er sah eine Flasche Bourbon auf dem untersten Bücherbrett stehen, ein Glas daneben. In dem Glas war etwas Whiskey. Er öffnete seinen Aktenkoffer und nahm einen langen Notizblock heraus. Dann lehnte er sich zurück.

»Was können Sie mir darüber sagen, wie Mrs. Rothberg starb?«

»Das gleiche, was ich dem Staatsanwalt erzählt habe«, begann sie mit mechanischer Geschwindigkeit. »Ich kam in das Zimmer und sah sie ausgebreitet auf dem Bett liegen. Ich dachte zuerst, sie hätte einen Herzanfall. Ich rief sofort den Arzt an, verständigte den Notdienst und rief im Hotel an, um Mr. Rothberg ausrufen zu lassen.«

»Wann hatten Sie sie zum letzten Mal bei Bewußtsein gesehen?«

»Kurz nach dem Abendessen. Ich saß eine Weile bei ihr, und dann sagte sie, sie sei müde, aber sie wollte, daß ich den Fernseher eingeschaltet ließ. Dann bin ich auf mein Zimmer gegangen, um ebenfalls fernzusehen. Als ich zurückkam, war sie tot.«

»Und Sie haben ihr an diesem Tag die übliche Dosis Insulin verabreicht?«

»Hmm.«

»Sind Sie wirklich sicher, ihr die korrekte Menge gegeben zu haben?«

»Ja, bin ich«, sagte sie entschieden.

»Verstehe.« Kevin tat, als ob er sich Notizen mache. Er schrieb »wirkt abweisend«, wobei er aber wußte, daß jeder in ihrer Lage das Recht hatte, genau das zu sein.

»Lassen Sie mich gleich auf den Punkt kommen, Beverly. Ist Ihnen doch recht, wenn ich Sie Beverly nenne?«

»Ist mein Name.«

»Ja. Lassen Sie mich zum Kern der Sache kommen, damit ich nicht Ihre Zeit vergeude.« Sie nickte. Ihre Augen verengten sich mißtrauisch. »Wissen Sie etwas, das Mr. Rothberg belasten könnte? Haben Sie ihn zum Beispiel in das Schlafzimmer seiner Frau gehen sehen, nachdem sie es verlassen hatten?«

»Nein. Ich bin direkt auf mein Zimmer gegangen. Sagte ich doch schon.«

»Hmm. Sie wissen von dem Insulinvorrat, der in Mr. Rothbergs Zimmer gefunden wurde? Haben Sie irgendeine Erklärung dafür?«

Sie schüttelte den Kopf.

»Beverly, Sie müssen wissen, daß Mr. Rothberg eine Geliebte hatte.«

»Sicher weiß ich das.«

»Wußte Mrs. Rothberg das auch?«

»Hmm.«

»Hat sie je mit Ihnen darüber gesprochen?«

»Nein. Sie war eine Lady, bis zum Ende.«

»Woher wußten Sie dann, daß sie es wußte?« fragte er schnell und verfiel dabei mit Stimme und Körpersprache in seinen Kreuzverhör-Tonfall.

»Sie mußte es wissen. Andere Leute haben sie besucht.«

»Dann haben Sie gehört, wie jemand mit ihr darüber geredet hat?«

Sie zögerte.

»Nicht, daß Sie spioniert hätten, aber ich bin sicher, daß wenn Sie in der Nähe gearbeitet haben...«

»Ja. Manchmal hörte ich, wie geredet wurde.«

»Verstehe. Haben Sie, rein zufällig natürlich, jemals ein Gespräch zwischen Mr. und Mrs. Rothberg bezüglich dieser Sache gehört?«

»Sie meinen, ob sie sich darüber gestritten haben? Nicht daß ich das gehört hätte, nein, aber ich kam mehrmals in ihr Zimmer, kurz nachdem er gegangen war, und fand sie sehr aufgeregt vor.«

»Hmm.« Kevin saß einen Augenblick lang da und schaute sie an. »Mrs. Rothberg war also dann recht deprimiert, würden Sie sagen?«

»Nun ja, sie hatte ja nicht gerade viel, worüber sie glücklich sein konnte. Sie war eine Invalidin, und ihr Mann betrog sie. Aber obwohl sie eine schwere Zeit hatte, gelang es ihr meistens, guter Laune zu sein. Sie war eine tolle Frau. Ich fand, sie war eine richtige Lady, verstehen Sie?« wiederholte sie mit Nachdruck.

»Ja, tue ich. « Er lehnte sich zurück und nahm eine entspannte Haltung ein. »Sie selbst hatten auch eine ziemlich schwere Zeit, nicht wahr, Beverly?« fragte er in seinem mitfühlendsten Tonfall.

»Schwere Zeit?«

»Mit Ihrem eigenen Leben, Ihrer eigenen Familie.«

»Ja, hab' ich.«

Kevin veränderte merklich seine Blickrichtung und schaute zu der Flasche Bourbon hinüber. »Trinken Sie ein bißchen, Beverly?« Sie richtete sich schnell auf. »Auch im Hotel?«

»Ich trinke dann und wann einmal. Hilft mir, über den Tag zu kommen.«

»Öfter vielleicht als dann und wann? Das wissen die Leute auch, Beverly«, sagte er schnell und beugte sich vor.

»Ich habe nie soviel getrunken, daß ich meine Arbeit nicht tun konnte, Mr. Taylor.«

»Als Krankenschwester wissen Sie, daß Menschen, die oft trinken, nicht wissen, wieviel sie trinken oder wie es sich auf sie auswirkt.«

»Ich bin keine Alkoholikerin. Es nützt Ihnen gar nichts, wenn Sie jetzt behaupten, ich sei eben dies und hätte Mrs. Rothberg zufällig umgebracht.«

»Ich habe die Berichte von Mr. und Mrs. Rothbergs Arzt gelesen. Er hat einige kritische Dinge über Sie gesagt, Beverly.«

»Er hat mich nie gemocht. Er war Mr. Rothbergs Arzt«, fügte sie hinzu. »Er war nicht der Arzt, den Mrs. Rothbergs Mutter hatte.«

»Sie waren dafür verantwortlich, Mrs. Rothberg ihr Insulin zu geben, Sie tranken, der Doktor wußte das und war nicht erfreut darüber«, sagte Kevin, der ihre Einwände ignorierte.

»Ich habe Mrs. Rothberg nicht versehentlich getötet.«

»Ich verstehe. Mr. Rothberg erzählte mir, daß er und seine Frau eine Auseinandersetzung wegen seiner Affäre hatten und daß sie gedroht habe, Selbstmord zu begehen, und den Eindruck erwecken wollte, daß er sie umgebracht habe. Er glaubt, daß das Insulin deshalb in seinen Schrank gelegt worden sei. Es besteht der starke Verdacht, daß die tödliche Dosis aus diesem Vorrat stammt. Glauben Sie, daß Sie sich vielleicht irgendwie daran erinnern können, wie dieses Insulin in Mr. Rothbergs Schrank gelangt sein könnte?«

Sie starrte ihn an.

»Haben Sie es dort deponiert?«

»Nein.«

»Ihre Fingerabdrücke sind dort gefunden worden.«

»Und? Meine Fingerabdrücke sind überall in Mrs. Rothbergs Zimmer. Hören Sie, warum, zum Teufel, sollte ich es dorthin legen?« fragte sie, und ihre Stimme wurde schriller.

»Vielleicht hat Mrs. Rothberg Sie gebeten, das zu tun.«

»Sie hat mich nicht gebeten, und ich habe es nicht getan.«

»Haben Sie gesehen, daß sie mit ihrem Rollstuhl allein in Mr. Rothbergs Zimmer gefahren ist?«

»Wann?«

»Überhaupt?«

»Vielleicht ... ja, ich glaube.«

»Vielleicht mit dem Insulin-Karton auf ihrem Schoß?«

»Nein, niemals. Und wenn sie's getan hat, warum sind dann nicht ihre Fingerabdrücke auf dem Karton?«

»Sie hat vielleicht Plastikhandschuhe getragen.«

»Ach, was für ein Blödsinn! Mr. Rothberg hätte ebenso Plastikhandschuhe tragen können.«

Er lächelte in sich hinein. Sie war nicht dumm. Sie trank und mochte weniger tüchtig sein, als es dem Arzt lieb gewesen war, dachte er, aber sie war nicht dumm. Er beschloß, eine andere Gangart zu wählen.

»Sie haben Mrs. Rothberg gemocht, nicht wahr, Beverly?«

»Natürlich. Sie war eine echte Lady. Sagte ich doch schon.«

»Und es hat Ihnen nicht gefallen, was Mr. Rothberg tat; daß er sich mit einer anderen traf, während seine arme Frau so krank war, richtig?«

»Er ist ein egoistischer Mensch. Er hat sie nicht einmal oft besucht. Sie bat mich immer, ihn anzurufen oder ihn zu holen.«

»So könnten Sie vielleicht verstehen, warum sie wollte, daß er für ihren Tod verantwortlich gemacht wird.«

»Sie hätte sich nicht selbst umgebracht. Ich kann das einfach nicht glauben.«

»Sie hatten immer Mitleid mit ihr ... Sie hatten vorher einen oder zwei Drinks genommen. Sie bat Sie, das Insulin in sein Zimmer zu bringen ...«

»Nein. Hören Sie, Mr. Taylor, ich mag nicht, was Sie damit zu sagen versuchen, und ich glaube nicht, daß ich noch weiter mit Ihnen reden sollte.« Sie verschränkte die Arme vor ihrer Brust und funkelte ihn an.

»In Ordnung. Dann werde ich mir meine anderen Fragen für den Prozeß aufheben, wenn Sie unter Eid aussagen müssen«, sagte er. Er bedauerte, daß er so hart gegen sie vorgehen mußte, aber er wollte sie einschüchtern. Was aber, wenn es da nichts einzuschüchtern gab? fragte er sich. Aber er vergaß den Einwand gleich wieder. Er legte seinen Notizblock zurück in den Aktenkoffer.

»Wenn Sie es getan haben und es kommt bei Gericht heraus, werden Sie als Mittäterin bei einem Verbrechen angesehen, einem schweren Verbrechen.«

»Ich hab's nicht getan.«

»Aber andererseits natürlich«, sagte er, während er aufstand, »wenn Sie es taten, ohne zu wissen, welche Absichten sie hatte, kann Ihnen niemand für irgend etwas einen Vorwurf machen.«

»Ich habe kein Insulin in Mr. Rothbergs Zimmer gelegt«, wiederholte sie.

Kevin nickte. »Okay. Es gibt noch andere Leute, die ich besuchen muß, andere Fakten, die überprüft werden müssen.« Er verließ den Raum. Beverly stand auf, folgte ihm in den Korridor und schaute zu, wie er seinen Mantel anzog. Er sah sie noch einmal an.

Hier war sie, eine schwarze Frau, die den Herbst ihres Lebens erreicht hatte. Es gab wenig, worauf sie mit Freude zurückblicken konnte. Sie hatte einen Beruf erlernt und versucht, ihre Söhne ohne Ehemann großzuziehen. Vieles hatte mit einer Katastrophe geendet. Sie trank, war ihrer Arbeit aber treugeblieben. Und jetzt war es vorbei, auf eine schreckliche Art. Sicher mußte sie die übrige Welt mit neidischen Augen betrachten und mit jedem Tag, der verging, weniger Sonnenlicht sehen. Es war, als ob sie an einem hellen Tag geboren sei und die Welt sich allmählich um sie geschlossen habe, bis sie durch einen dunklen Tunnel schaute. Kevin bedauerte den harten Tonfall, den er benutzt hatte. Rothberg war das sicher nicht wert.

»Sie müssen mir sagen, was Sie kochen, es duftet so wundervoll.«

Beverlys Gesicht wurde nicht weicher. Sie sah ihn furchtsam an, ihre Augen von Mißtrauen erfüllt. Er konnte ihr keinen Vorwurf machen. Was er zuletzt gesagt und getan hatte, war, sorgsam überlegt, rein zweckorientiert gewesen. Warum sollte sie glauben, daß er nun ehrlich war? Sein Magen machte sich vor lauter Heißhunger bemerkbar.

»Bis dann und danke«, sagte er und öffnete die Tür. Sie stand nur da und schaute hinaus, während er die kurze Strecke zur Limousine zurücklegte. Charon öffnete ihm die Tür und drehte sich dann um und schaute sie an. Kevin beobachtete, wie ihr Gesichtsausdruck sich änderte: Aus Ärger und Mißtrauen wurden offenes Entsetzen und Furcht. Sie schloß rasch die Tür, und Augenblicke später war er auf dem Rückweg.

Kaum war Kevin in Reichweite des Mobiltelefons der Stadt, rief er im Büro an, um zu hören, ob irgendwelche Nachrichten vorlagen. Ihm war klar, daß alle Sekretärinnen heimgegangen sein würden, wenn er dort anrief.

»Sie haben morgen um zwei einen Termin mit Tracey Casewell, Mr. Rothbergs ›Freundin‹«, berichtete ihm Wendy. »Ansonsten war alles ruhig.«

»Gut, dann werde ich direkt nach Hause fahren.«

»Oh, Mr. Taylor. Mr. Milton möchte Sie sprechen. Einen Augenblick, bitte.«

Kevin hatte gehofft, das Gespräch mit John Milton auf morgen verschieben zu können. Er war deprimiert über die Unterhaltung mit Beverly Morgan und hatte das Gefühl, Mr. Milton enttäuscht zu haben. Es war keine rationale Reaktion. Er hatte keinen Grund, sich Vorwürfe zu machen, aber da war etwas an der Arbeit für Mr. Milton, das ihn dazu brachte, sich zu wünschen, daß er unbedingt Erfolg haben müßte.

»Kevin?«

»Ja, Sir.«

»Wie ist es gelaufen?«

»Es lief nicht gut«, sagte er. Obwohl er wußte, daß Charon das Gespräch nicht hören konnte, sah er, daß der Mann bei diesen Worten in seinen Rückspiegel blickte.

»Ach?«

»Sie mag Rothberg nicht, sagt, er sei egoistisch; sie konnte nicht erklären, wie das Insulin in seinen Schrank gelangt ist. Ich fragte sie, ob sie eine Auseinandersetzung zwischen ihnen gehört habe, so wie Rothberg sie geschildert hat, und sie verneinte. Es war ein definitives Nein.«

»Verstehe. Schön, lassen Sie sich nicht entmutigen. Wir sprechen morgen und sehen zu, was wir daraus machen können. Entspannen Sie sich jetzt einfach. Verdrängen Sie die Sache. Genießen Sie Ihre wundervolle Frau.«

»Danke. Entschuldigen Sie.«

»Da gibt's nichts zu entschuldigen, Kevin. Es wird gut ausgehen, da bin ich sicher.«

»In Ordnung. Auf Wiedersehen.«

Er schaltete das Telefon um auf Wechselsprechanlage und sagte Charon, er solle direkt zum Apartment fahren. Der Chauffeur nahm die Anweisung mit einem kaum merklichen Nicken entgegen. Kevin erinnerte sich, daß Miriam es merkwürdig fand, daß Charon fast gelächelt habe, als sie ihn nach dem goldenen Fahrstuhlschlüssel gefragt habe. Er konnte ihre Reaktion nachempfinden. Der Mann sprach selten, er stellte nie Fragen, und wann immer ihm gesagt wurde, wohin er ihn oder die anderen zu bringen habe, schien er das bereits zu wissen. Die Trennscheibe zwischen dem hinteren Sitz und dem Vordersitz war immer geschlossen. Wenn mit ihm kommuniziert werden mußte, erfolgte dies über die Gegensprechanlage.

Kevin konnte nicht anders, als über Charon nachzudenken. Wo kam er her? Wo lebte er? Wie lange arbeitete er schon als John Miltons Chauffeur? Kevin war sicher, daß der Mann nicht sein Leben lang Chauffeur gewesen war. Er hatte ein interessantes Gesicht. Er mußte viel gereist sein und einige interessante Dinge getan haben. Warum sprach keiner der anderen über ihn? Sie verhielten sich, als sei er eigentlich gar nicht da. Es hieß nur »Charon, bringen Sie uns hierhin« oder »Charon, bringen Sie uns dorthin«. Sie tauschten nicht einmal Höflichkeiten aus. Hatte der Mann Familie? War er verheiratet?

Als sie vor dem Apartmenthaus hielten und Charon die Tür öffnete, stieg Kevin bedächtig aus.

»So, Charon«, sagte er, »dann ist Ihr Tag auch fast vorüber, oder?«

»Ja, Sir.«

»Aber Sie müssen zurückfahren und warten, um Mr. Milton nach Hause zu bringen, nicht wahr?«

»Ist kein Problem.«

»Oh. Sie wohnen auch in der Stadt?«

»Ich wohne hier, Mr. Taylor«, sagte er.

»Tatsächlich? In einem der Apartments?«

»Ja. In einem Apartment bei der Garage.«

»Das wußte ich nicht. Sind Sie verheiratet, Charon?«

»Nein, Sir.«

»Nun ja, ich bin sicher, Sie sind kein gebürtiger New Yorker. Woher kommen Sie? Sie haben eine so wundervolle Aussprache, daß es schwer fällt, einen Dialekt herauszuhören.«

»Ich bin von hier, Mr. Taylor.«

»Sie sind New Yorker?« Kevin lächelte, aber Charon entspannte sich nicht und erwiderte auch das Lächeln nicht.

»Kann ich sonst noch etwas für Sie tun, Mr. Taylor?«

Der Mann zeigt keine Regung. Er wirkt wie ein Cyborg, dachte Kevin.

»O nein, Charon. Einen schönen Abend.«

»Ihnen ebenfalls, Mr. Taylor.«

Er schaute zu, wie er wieder in die Limousine stieg und davonfuhr. Dann betrat er das Apartmenthaus.

»Hatten Sie einen schönen Tag, Mr. Taylor?« fragte Philip, der von dem kleinen Fernseher aufblickte, den er unter seinem Schreibtisch stehen hatte. Er erhob sich und kam um den Tisch herum.

»Ein harter Tag, Philip. Bleibt abzuwarten, ob es ein guter war oder nicht.«

»Verstehe, was Sie meinen, Sir.« Er drückte für Kevin den Fahrstuhlknopf.

»Sind Sie schon lange hier, Philip?«

»Ich kam direkt, nachdem Mr. Milton das Gebäude übernommen hatte, Mr. Taylor.«

»Ich habe gerade erfahren, daß Charon in einem Apartment im Untergeschoß wohnt. Wußte ich gar nicht. Er spricht nicht viel«, flüsterte Kevin und lächelte.

»Nein, Sir, aber er ist Mr. Milton sehr ergeben. Er verdankt ihm sein Leben, könnte man sagen.«

»Ach ja?« Die Fahrstuhltür öffnete sich. »Wie das?«

»Mr. Milton verteidigte ihn, und er wurde freigesprochen.«

»Tatsächlich? Das wußte ich nicht. Wessen war er angeklagt?«

»Seine Familie ermordet zu haben, Mr. Taylor. Natürlich war er über den Tod seiner Lieben so deprimiert, daß ihm ziemlich egal war, was mit ihm geschah, aber Mr. Milton hat ihm wieder Leben eingeflößt.«

»Verstehe.«

»Könnte sagen, daß er das gleiche für mich getan hat.«

»Ach?«

»Ich war angeklagt gewesen, auf der Lohnliste von Drogendealern zu stehen. Sie hatten versucht mich reinzulegen. Mr. Milton bekam mich frei, indem er nachwies, daß es eine Falle gewesen war. Ja, Sir, Sie arbeiten für einen großartigen Mann«, sagte Philip. »Einen schönen Abend noch, Mr. Taylor.«

»Ihnen ebenfalls, Philip«, sagte Kevin und trat in den Fahrstuhl. Philip lächelte ihn an, als die Türen sich schlossen.

Er war so tief in Gedanken, als er das Apartment betrat, daß er nicht bemerkte, daß Miriam nicht da war. Er stellte seinen Aktenkoffer ab, zog seinen Mantel aus, ging ins Wohnzimmer und schenkte sich einen Scotch mit Soda ein.

»Miriam?«

Sie hätte schon längst daheim sein müssen, dachte er. Er kehrte ins Wohnzimmer zurück und wartete. Fast zwanzig Minuten verstrichen, bis sich die Wohnungstür öffnete und Miriam eintrat, bekleidet mit seinem blauen Frotteemorgenmantel und ein Badetuch um den Hals geschlungen.

»Wo, zum Teufel, warst du?« fragte er.

»Oh, Kev. Ich hatte gedacht, du würdest frühestens in einer Stunde heimkommen.«

»Ich hatte ein ziemlich fruchtloses Gespräch, andernfalls wäre ich später gekommen. Aber wo warst du in dem Aufzug?«

»Im Penthouse ... im Whirlpool«, flötete sie und ging weiter über den Korridor zum Schlafzimmer.

»Was?« Er folgte ihr, seinen Drink noch in der Hand. »Du bist in Mr. Miltons Apartment hochgegangen und hast seinen Whirlpool benutzt?«

»Es ist nicht das erste Mal, Kevin«, sagte sie, während sie den Morgenmantel öffnete und ihn zu Boden fallen ließ. Darunter war sie völlig nackt, und ihre Haut war von der Hitze des Wassers noch hellrot. Sie drehte sich um und musterte sich im Spiegel. Dann spannte sie ihre Schultern, um ihre Brüste anzuheben. »Glaubst du, daß der Aerobic-Kurs etwas nützt? Sieht die Rückseite meiner Schenkel nicht schlanker aus?«

»Was heißt das, es ist nicht das erste Mal, daß du dort oben warst, Miriam? Du hast mir nie zuvor davon erzählt.«

»Hab' ich nicht?« Sie wandte sich zu ihm um. »Doch, habe ich.« Sie lächelte. »Vorgestern morgen, aber ich denke du warst zu überwältigt, um dich zu erinnern.« Sie ging auf die Dusche zu.

»Was? Augenblick mal.« Er streckte seine Hand aus und ergriff ihren Arm. Er langte nicht fest zu, aber sie schrie auf, als habe er einen Schraubstock um ihren Ellenbogen geschlossen. »Tut mir leid.«

»Was ist bloß mit dir?« fragte sie. Tränen stiegen ihr in die Augen, während sie sich den Arm rieb. »Ich bin sicher, daß ich jetzt noch einen blauen Fleck kriege.«

»So fest habe ich nicht zugedrückt, Miriam.«

»Ich bin jedenfalls keiner der Jungs, Kevin. Wie kannst du manchmal so zärtlich und romantisch sein und dann wieder so? Was bist du, Jekyll und Hyde?« Sie ging weiter in Richtung Badezimmer. Er folgte ihr.

»Miriam, was meintest du mit vorgestern morgen?«

»Vorgestern morgen heißt vor zwei Tagen, Kevin«, sagte sie und drehte das Wasser auf.

»Das weiß ich. Sei nicht so blasiert. Das ist absolut untypisch für dich. Du sagtest, du hättest mir erzählt, daß du ins Penthouse hochgehst.«

»Wir alle haben goldene Schlüssel, und Mr. Milton sagte, wir sollten sie benutzen, wann immer wir es wollen. Genießt das Penthouse, sagte er. Wir sollen die Whirlpools benutzen und seine Stereoanlage. Wir sind oft da oben.«

»Wer ist wir?«

»Norma, Jean und ich. Kann ich jetzt schnell duschen, damit ich Abendessen für uns machen kann? Ich bin auch hungrig.«

»Ich bin nicht hungrig. Ich bin verwirrt. Du hattest gesagt, daß wir uns vorgestern morgen geliebt hätten.«

Sie starrte ihn an und schüttelte dann den Kopf. Dann trat sie in die Duschkabine. Er folgte ihr.

»Miriam?« Er öffnete die Tür.

»Was ist?«

»Haben wir's getan?«

»Was?«

»Haben wir miteinander geschlafen?«

»Ich wußte nicht, daß du so oft Verkehr hast, daß du vergißt, mit wem und wann du es tust«, meinte sie sarkastisch und zog die Tür der Duschkabine wieder zu. Er stand da und starrte sie durch das Glas an. Dann schaute er auf das Glas Scotch in seiner Hand und leerte es in einem Zug.

Wovon, zum Teufel, redete sie da?

Wirklich, worüber, zum Teufel, redete sie da?

11

Miriam bekam einen blauschwarzen Fleck an ihrem Arm, der so groß und deutlich war, daß er sich ungemein schuldig fühlte. Er war ins Wohnzimmer zurückgekehrt, um sich noch einen Drink zu machen, sich hinzusetzen und nachzudenken, als er sie in der Küche hörte. Sie trug wieder seinen Morgenmantel, doch als sie die Arme hochreckte, um einen Teller aus dem Schrank zu holen, fiel der Ärmel zurück, und er sah die Verletzung.

»Gott, ich hätte nicht gedacht, daß ich so fest zugedrückt habe, Miriam.«

»Mußt du aber«, erwiderte sie, ohne sich umzudrehen. Sie begann den Tisch zu decken.

»Vielleicht leidest du an Vitamin C-Mangel oder so was. Das macht deine Kapillaren weich.«

Sie antwortete nicht.

»Es tut mir leid, Miriam. Wirklich.«

»Schon in Ordnung.« Sie hielt inne und sah ihn an. »Ich vergaß zu fragen, wie dein Tag war.«

Er antwortete nicht sofort darauf. Seitdem er bei *JohnMilton and Associates* zu arbeiten begonnen hatte, begrüßte sie ihn mit dieser Frage, und dann, bevor er sich darüber auslassen konnte, schnitt sie ihm das Wort ab und sagte ihm, daß es nicht nötig sei, diese unwichtigen Einzelheiten noch einmal aufzurollen. Aber in Blithedale hatte sie es gemocht, von seiner Arbeit zu hören. Offensichtlich hatte sie Normas und Jeans Verhalten, was das anbelangte, rückhaltlos übernommen, und er war nicht glücklich darüber. Es war, als ob sie ihr Leben nicht mehr miteinander teilten, als ob sie auf zwei verschiedenen Wegen seien und nur zusammenkamen, um an erfreulichen Aktivitäten teilzuhaben.

»Willst du das wirklich wissen? Kann ich es dir erzählen, ohne daß du davor wegläufst?«

»Kevin, ich versuche nur ...«

»Ich weiß, mir zu helfen, mich zu entspannen. Aber du bist keine Geisha, Miriam. Du bist meine Frau. Ich will mit dir meine Enttäuschungen ebenso teilen wie meine Erfolge. Ich will, daß du Teil hast an dem, was ich tue und was ich bin, ebenso, wie ich immer teilhaben möchte an dem, was du tust und was du bist.«

»Ich möchte keine unerfreulichen Dinge hören, Kevin«, sagte sie entschlossen. »Ich will es einfach nicht. Mr. Milton hat recht. Du solltest deine Schuhe ausziehen, bevor du durch die Tür kommst, und den Schmutz draußen lassen. Das Heim eines Mannes sollte sein privates Stück Himmel sein.«

»Oh, Gott.«

»Nun, bei Norma und Jean hat das geklappt. Sieh doch, wie glücklich sie sind und welch wundervolle Ehen sie führen. Willst du das nicht auch für uns? Ist das nicht der Grund, warum du mich hergebracht hast – um ein besseres, glücklicheres Leben zu haben?«

»Na schön, na schön. Es ist nur so, daß ich mich dir einfach manchmal anvertrauen möchte, um deine Unterstützung zu bekommen und auch deine Meinung zu bestimmten Dingen.«

»Wie du es im Fall Lois Wilson getan hast?« blaffte sie.

Er starrte sie einen Augenblick an. »Ich habe mich damals geirrt. Ich gebe es zu. Ich hätte deinen Standpunkt berücksichtigen und mir mehr Zeit nehmen sollen, um meinen eigenen zu erklären, statt einfach starrsinnig weiterzumarschieren, aber ...«

»Vergiß es einfach, Kevin. Bitte. Es geht dir gut. Jeder mag dich. Du hast einen wichtigen Fall. Wir verdienen viel Geld und leben sehr angenehm. Wir haben tolle neue Freunde. Ich fühle mich nicht deprimiert, weil jemand anders kein Glück hat oder wegen der schrecklichen Verbrechen, die jeden Tag dort draußen geschehen.« Sie verzog das Gesicht.

»Also«, fuhr sie fort und lächelte so schnell und mechanisch, als ob sie sich in einen Roboter verwandelt habe. »Ich habe dieses ›Gourmethähnchen Kiew‹ gekauft, das der Koch des Russian Tea Room zubereitet. Es gibt da dieses Geschäft an der Sixth, wo man es in der Tiefkühlkostabteilung kaufen kann. Norma hat es entdeckt. Ich stelle es in die Mikrowelle, und in ein paar Minuten wird es fertig sein«, zwitscherte sie. »Also halte dich fürs Essen bereit.«

Kevin preßte seine Lippen zusammen und nickte. »Okay«, flüsterte er. »Okay.«

Er tat, was sie sagte, fühlte sich aber trotzdem frustriert, obwohl das Essen köstlich war und der Wein exzellent. Miriam plapperte fortwährend über ihren Tag, das Einkaufen, das Training, Dinge, die Norma und Jean gesagt hatten, Gerüchte darüber, daß es Helen Scholefield schlechter ging, Mr. Miltons wundervolles Penthouse. Sie redete und redete, um jeden Versuch seinerseits, Einzelheiten seines Falls zu erzählen, unmöglich zu machen.

Vielleicht lag es daran, daß er frustriert und verwirrt oder müder war, als er dachte, aber was immer der Grund sein mochte, der Scotch und der Wein übermannten ihn, und er schlief auf der Couch im Wohnzimmer beim Fernsehen ein. Er erwachte abrupt, als Miriam den Fernseher abschaltete.

»Ich bin müde, Kev.«

»Was? Oh, natürlich.« Er stand auf und folgte ihr ins Schlafzimmer. Augenblicke, nachdem er neben sie ins Bett geschlüpft war, schlief er, und wieder wurde er von einem erotischen Traum verfolgt. Darin erwachte er im Bett und drehte leicht seinen Kopf, weil er eine Bewegung neben sich spürte.

Miriam saß auf einem Mann. Die Beine des Mannes waren in den Knien angewinkelt, so daß er sich gut bewegen konnte. Miriams Brüste schaukelten heftig, während sie sich mit einer Energie auf und nieder preßte, die wegen ihrer Intensität schon fast komisch war. Sie stöhnte und warf ihren Kopf zurück. Dann beugte sie sich vor, so daß der Mann hochgreifen und seine Finger unter ihre Brüste schieben und ihre Brustwarzen fassen konnte, die er sanft zwischen zwei Fingern hielt.

Kevin konnte sich nicht bewegen. Der Anblick löste bei ihm eine Erektion aus, aber er war unfähig, seinen Körper zu drehen oder ihn aus dem Bett zu heben. Alle Bemühungen waren vergeblich. Es war, als sei er mit dem Bett verwachsen.

Sie machten weiter und weiter. Miriam erreichte einen Höhepunkt nach dem anderen, stöhnte, schrie in ekstatischer Lust und warf sich schließlich auf den nackten Mann unter ihr, wobei sie nach Atem rang. Die Hand des Mannes glitt um ihre Schultern, und Kevin konnte die Finger sehen. Auf dem Ringfinger steckte sein goldener Ring mit dem Buchstaben »K«. Er bemühte sich, seinen Kopf weiter zu drehen, und schließlich, allmählich, hatte er seinen Kopf völlig gewendet, und er blickte in die Augen von Miriams Liebhaber.

Wieder schaute er in seine eigenen Augen, nur daß diesmal das Duplikat seines Gesichts arrogant lächelte. Er schloß die Augen und wünschte sich mit aller Kraft, der Traum würde enden. Das tat er schließlich auch, und er fiel wieder in einen unruhigen Schlaf. Als er am Morgen erwachte und sich zu Miriam wandte, sah er sie bäuchlings daliegen, ohne Decke, nackt und so ausgestreckt, wie sie in dem Traum auf seinem Doppelgänger gelegen hatte.

Kevin starrte sie an, bis auch sie die Augen öffnete.

»Guten Morgen«, sagte sie. Sie lächelte ihn an. Er sagte nichts. Dann drehte sie sich auf den Rücken und rieb sich die Augen. »Ich habe anschließend so gut geschlafen«, sagte sie. Sie wandte sich wieder ihm zu und küßte ihn auf die Wange.

Er wollte fragen: »Anschließend?«, aber er unterdrückte es.

Sie richtete sich auf und stöhnte.

»Was ist?«

»Du bist ein Tier«, sagte sie.

»Was?«

»Sieh doch.«

Er richtete sich neben ihr auf und blickte auf ihre Beine.

Unmittelbar über ihren Knien waren zwei kleine blauschwarze Flecken, von Fingern verursacht, die zu fest zugedrückt hatten.

»Und erzähl mir nicht, das läge an einem Vitamin C-Mangel, Kevin Taylor. Du Teufel, du.«

Er sagte nichts. Er starrte sie nur ungläubig an. Miriam stand auf und ging ins Badezimmer, und Kevin ließ sich auf das Kissen zurückfallen, fühlte sich so erschöpft, wie er es nach einer ganzen Nacht leidenschaftlichen Liebesspiels vielleicht hätte sein müssen. Aber warum wirkte dies alles wie ein Alptraum? Warum befand er sich außerhalb seines eigenen Körpers und schaute zu? Erlebte er vielleicht irgendeine psychische Erfahrung? Wenn das so weiterging, mußte er mit jemandem darüber sprechen, vielleicht mit einem Psychiater.

Kevin stand auf, duschte, zog sich an, frühstückte und hörte zu, wie Miriam über die Aktivitäten sprach, die sie für diesen Tag geplant hatte. Er konnte sich nicht erinnern, daß sie je so ichbezogen gewesen war. Natürlich besaß sie wie jeder andere Mensch auch einen gesunden Egoismus, aber sie war stets bescheiden geblieben und sich immer bewußt gewesen, wenn das Gespräch zu sehr auf sie konzentriert war. Doch als Kevin das Apartment an diesem Morgen verließ, wurde ihm bewußt, daß sie absolut nichts erwähnt hatte, was nichts mit ihr zu tun gehabt hätte, egal, ob es darum ging, ihr Kunstwissen zu verbessern, im Gymnastikkurs ihre Figur zu trainieren oder nach neuen Kleidungsstücken Ausschau zu halten. Er hätte ebensogut ein Spiegel sein können, der im Stuhl ihr gegenüber aufgestellt war.

An diesem Nachmittag sprach er mit Tracey Casewell. Rothberg hatte sie in die Stadt geschickt, damit sie in sein Büro kam. Sie war keine besonders hübsche Frau, hatte aber eine sehr gute Figur und war erst vierundzwanzig. Sie hatte etwas mehr als drei Jahre in dem Hotel gearbeitet. Sie bestätigte Rothbergs Geschichte, schilderte, daß er direkt nach der Auseinandersetzung mit seiner Frau zu ihr gekommen sei und ihr alle Einzelheiten erzählt habe. Ihre Wiederholung der Geschichte war so genau, daß sie nur auswendig gelernt sein konnte, dachte Kevin, und so oder so würde die Anklage die Geschworenen leicht davon überzeugen können, daß sie Mitwisserin einer Verschwörung bei einem Mord war.

Kevin befragte sie so schnell und direkt, wie er konnte, nahm die Rolle des Staatsanwalts ein und versuchte zu zeigen, daß sie log, um ihren Liebhaber zu schützen. Er ertappte sie bei zwei kleinen

Widersprüchen. Der eine bezog sich auf den Zeitpunkt, zu dem Rothberg ihr angeblich von der Auseinandersetzung erzählt hatte. Sie korrigierte sich augenblicklich, nachdem er darauf hingewiesen hatte.

Sie schien ernsthaftes Bedauern wegen der Situation zu empfinden und gestand, daß sie sich unbehaglich fühlte, weil sie eine Affäre mit Rothberg hatte, während seine Frau als Invalidin daniederlag. Sie hatte Maxine Rothberg vor ihrer Affäre mit Stanley gekannt und sie wirklich gemocht. Wenn ich die Jury dazu bringen könnte, ihr diesen Teil ihrer Aussage abzukaufen, könnte sie eine Hilfe sein, dachte Kevin, aber er fühlte sich dabei nicht sehr zuversichtlich.

Tatsächlich begann Kevin noch pessimistischer zu werden, als der Prozeßtermin näher rückte. Er gab sich Journalisten gegenüber zwar zuversichtlich und versprach, daß er Mr. Rothbergs Unschuld auf jeden Fall beweisen würde, aber in Wirklichkeit glaubte er, das Beste, was er tun könne, sei, die Geschworenen zu verwirren und sie daran zu hindern, Rothberg ohne jeden Zweifel für schuldig zu halten. Rothberg würde weiterhin unter dem Verdacht stehen, seine Frau ermordet zu haben, zumindest, was die Öffentlichkeit anging, aber immerhin würde er den Prozeß gewinnen.

Obwohl er über Miriams Desinteresse an dem Fortgang des Prozesses überrascht war, räumte Kevin allmählich ein, daß er besser Mr. Miltons Rat befolgen sollte. Die Partner sprachen ohnehin während der Fahrt zur und von der Arbeit unaufhörlich über ihre Fälle. Es *war* gut, in dem Wissen durch die Tür zu kommen, daß er seine Sorgen und seine Anspannung draußen lassen konnte.

Sie gingen mindestens zweimal wöchentlich mit Dave und Norma und Ted und Jean zum Essen aus. Paul schloß sich ihnen am Wochenende an und erzählte ihnen, daß Helen fast katatonisch sei. Er hatte sich dagegen gesträubt, sie in ein Sanatorium zu bringen, aber selbst mit einer stets anwesenden Krankenschwester wußte er nicht, wieviel länger er damit noch warten konnte.

»Sie will nicht mal mehr einen Malpinsel anfassen«, erzählte er ihnen.

Miriam überlegte laut, ob sie und die Mädchen sie besuchen sollten, aber Paul fand, daß das sinnlos wäre und darüber hinaus deprimierend für Helen. Kevin bemerkte, wie die bloße Erwähnung des Wortes *deprimierend* der Idee sofort ein Ende setzte. Miriams Toleranz gegenüber allem, was irgendwie grau oder traurig war, hatte seit ihrem Umzug in die Stadt rapide nachgelassen. Sie schien nichts tun zu wollen, was auch nur die leiseste Anstrengung oder aber einen Kompromiß bedeutete. So war es zum Beispiel plötzlich eine Tortur, sich mit ihren Eltern zum Essen zu treffen.

»Wer will sich denn durch diesen Verkehr nach Long Island quälen?« sagte sie. »Sollen sie doch in die Stadt kommen, das ist viel einfacher.«

»Für uns vielleicht, nicht für sie«, machte Kevin sie aufmerksam, aber das war ihr egal.

Kevin bemerkte jetzt, daß wann immer sie daheim aßen, sie gewöhnlich mikrowellenerhitzte Tiefkühlkost aßen. Meistens nahm Miriam vorbereitete Speisen und servierte sie nur. Ihr eigenes Kochen, etwas, worauf sie einst stolz gewesen war, war nicht länger von Interesse. Sie war zu beschäftigt, um selbst zu kochen. Wenn Kevin laut darüber nachdachte, was sie denn so beschäftigte, war sie sofort eifrig dabei, eine imposante Liste herunterzuleiern: Gymnastikkurse, Einkaufen, Shows und Museen, jeden Tag Mittagessen in einem anderen Bistro und jetzt auch noch Gesangsunterricht. Alle Frauen machten das, bis auf Helen natürlich.

Wann immer er sich beklagte, erwiderte sie: »Aber dies ist doch das Leben, das du führen wolltest, oder nicht, Kevin? Jetzt, wo ich beschäftigt bin, weil wir viel unternehmen, beklagst du dich. Weißt du überhaupt, was du willst?«

Er begann, sich das selbst zu fragen. Manchmal, wenn er heimkam und sie noch nicht von einer ihrer Aktivitäten zurückgekehrt war, schenkte er sich einen Scotch mit Soda ein, blickte auf den Hudson River hinaus und dachte nach. Könnte es sein, daß er auf

Long Island wirklich glücklicher gewesen war? Wie würde es sein, wenn sie Kinder hatten? Miriam sprach bereits davon, in dem Gebäude in ein größeres Apartment zu ziehen und ein Kindermädchen für ihr erstes Baby einzustellen.

»Norma und Jean werden das auch tun«, erzählte sie ihm. »Kinder sollten heutzutage, in diesem Zeitalter, die Lebensweise nicht einengen.«

»Aber du hast diesen Gedanken immer gehaßt«, erinnerte er sie. »Weißt du noch, wie du dich über die Rosenblatts beschwert hast und darüber, wie sie ihre Kinder großzogen? Die Kinder mußten praktisch Termine machen, um ihre eigenen Eltern sehen zu können.«

»Sie sind anders. Phyllis Rosenblatt ist eine... fade Person. Die kennt ja nicht einmal den Unterschied zwischen einem Jackson Pollock und einem Tapetenmuster.«

Er verstand diese Logik nicht, aber wenn er weiter über das Thema sprach, verließ Miriam einfach den Raum. Er regte sich über ihr Verhalten mehr und mehr auf, aber an dem Abend vor Beginn des Rothberg-Prozesses machte sie eine plötzliche Kehrtwendung.

Als er an diesem Abend aus dem Büro nach Hause kam, stellte er fest, daß sie eine selbstgekochte Mahlzeit vorbereitet hatte. Sie hatte ihr Haar glatt zurückgekämmt, so wie er es mochte, statt es in diesem neuen ondulierten Stil zu tragen. Sie trug wenig Make-up und hatte eines ihrer älteren Kleider angezogen. Der Tisch war gedeckt. Sie würden bei Kerzenlicht essen.

»Ich dachte, daß du vielleicht ein bißchen nervös bist und dich daheim entspannen willst«, erzählte sie ihm.

»Toll. Was duftet denn da so gut?«

»Hähnchen in Weinsoße, auf die Art, wie du es magst.«

»So, wie du es immer zubereitest?«

»Hmm. Ich hab's selber gekocht und auch einen Apfelkuchen gebacken«, sagte sie stolz. »Ich bin heute nicht mit den Mädchen ausgegangen. Ich bin einfach daheim geblieben und habe für dich wie eine hingebungsvolle kleine Hausfrau geschuftet.«

Er lachte, obwohl er glaubte, einen Unterton von Sarkasmus zu bemerken. Da hörte man eben doch Norma und Jean heraus, dachte er.

»Ich liebe dich dafür, Süße«, sagte er und küßte sie.

»Nach dem Abendessen«, sagte sie und stieß ihn sanft zurück. »Eins nach dem anderen. Mach es dir bequem.«

Nachdem er sich geduscht und umgezogen hatte, stellte er fest, daß sie ein Feuer im Kamin gemacht und Cocktails und Hors d'oeuvres bereitgestellt hatte. Das warme Feuer, das gute Essen, der Whiskey und der Wein entspannten ihn. Er erzählte Miriam, daß er sich fühlte, als sei er in den Mutterschoß zurückgekehrt.

Nach dem Essen tranken sie einen Cognac, und sie spielte ihr Hochzeitslied auf dem Klavier. Es war ein altes Lied, das seine Eltern liebten, und sie hatte es vom ersten Augenblick an geliebt, als sie es gehört hatte.

»Ich werde dir auch das Resultat meiner Gesangsstunden demonstrieren«, sagte sie. »Ich bin völlig verliebt in dich. Du liebst mich doch auch? Ich brauche dich so… wirklich, ich brauche dich so sehr…«

Es trieb ihm Tränen in die Augen.

»Oh, Miriam. Ich habe so hart gearbeitet, daß ich fast vergessen habe, wofür das alles gut ist. Es ist für dich. Nichts von all dem bedeutet mir etwas ohne dich.«

Er küßte sie, nahm sie hoch und trug sie ins Schlafzimmer. Es war alles so wundervoll. All die Zweifel, all die Fragen erstarben. Es würde ihnen gutgehen. Die Dinge würden so wundervoll werden, wie er es erhofft hatte. Miriam war noch immer Miriam, und sie liebten sich noch immer. Er begann sich auszuziehen.

»Nein, warte«, sagte sie, richtete sich auf und beugte sich zu ihm. »Laß uns das so machen, wie wir's Mittwochabend getan haben.«

»Mittwochabend?«

»Nachdem wir vom Essen mit Ted und Jean heimgekommen waren. Erzähl mir nicht wieder, du hättest es vergessen!«

Er lächelte. Sie begann sein Hemd aufzuknöpfen.

»Ich hatte dich ausgezogen und dann hast du mich ausgezogen«, flüsterte sie und fuhr fort, ein Ereignis zu wiederholen, an das er sich beim besten Willen nicht erinnern konnte.

Alle aus der Firma wohnten dem Rothberg-Prozeß im Laufe des Verfahrens dann und wann bei. Selbst die Sekretärinnen bekamen Erlaubnis, sich ein paar Stunden freizunehmen, um zu verfolgen, wie die Schlacht vor Gericht sich entwickelte. Seltsam war allerdings, daß Mr. Milton sich nicht zeigte. Er schien sich mit den Berichten zu begnügen, die ihm überbracht wurden. Was Kevin am meisten ärgerte, war Miriams Weigerung zu kommen. Sie überraschte ihn am Morgen des ersten Tages nach dem Frühstück damit, daß sie verkündete, sie würde nicht bei Gericht sein. Er hoffte, sie würde ihre Meinung ändern, bevor der Prozeß endete.

Bob McKensie begann die Anklage auf langsame, methodische Weise, strukturierte seine Theorien, Argumente und Fakten so, daß sie ein eindeutiges Fundament der Schuld abgaben. Kevin fand es geschickt von ihm, seine Anklage klar und einfach in verschiedene Teile aufzuspalten und mit den klinischen und gerichtsmedizinischen Beweisen bis zuletzt zu warten. Er arbeitete sorgfältig und genau und machte den Eindruck eines reifen, erfahrenen Staatsanwalts. Das brachte Kevin dazu, aufgrund seiner Jugend und seiner relativen Unerfahrenheit noch mehr an sich zu zweifeln.

Warum, überlegte Kevin, hatte John Milton so großes Vertrauen in seine Fähigkeiten, und warum legte er soviel Wert darauf, daß er Rothberg verteidigte? Er fragte sich immer drängender, welche die wahren Motive Miltons waren, ihm den Fall Rothberg zu übertragen. Vielleicht wußte er, daß sie eine Niederlage erleben würden, und wollte, daß Kevin sie erlitt, um sie dann mit seiner Jugend und Unerfahrenheit zu rechtfertigen.

»Sie werden sehen, meine Damen und Herren Geschworenen«, begann McKensie, »daß die Saat für diesen hinterhältigen Mord bereits Jahre, bevor er geschah, gesät wurde. Wie der Angeklagte ein Motiv entwickelte, Gelegenheit fand und die gewissenlose Tat auf kalte und berechnende Art beging, darauf vertrauend, daß seine Schuld nicht nachweisbar sein würde.« Er wandte sich zu Rothberg und deutete auf ihn.

»Er verläßt sich auf ein einziges Wort – *Zweifel* – und hofft, daß sein Verteidiger diesen Zweifel erhalten wird, um Sie mit Ihrem guten Gewissen daran zu hindern, ihn für sein abscheuliches Verbrechen zu verurteilen.«

McKensies wohldurchdachte Rede brachte eine düstere Stimmung in einen Fall, der elektrisierend wirkte. Journalisten von Zeitungen und Fernsehen kritzelten rasch ihre Notizen. Künstler begannen die Gesichter der Geschworenen ebenso festzuhalten wie Rothbergs Spaziergängermiene. Der Mann gähnte sogar, während der Staatsanwalt seine Anklage einleitete.

An den ersten beiden Tagen traten Zeugen auf, die Rothbergs verachtenswerten Charakter aufzeigen sollten. Sie enthüllten, daß er ein Spieler war, der einen großen Teil des Shapiro-Familienvermögens verloren und sogar eine zweite Hypothek auf das Hotel aufgenommen hatte, und dies trotz seines nationalen Rufs und dem Erfolg der Rosinenbrotbäckerei. Vieles von dem war geschehen, nachdem Maxine zu krank geworden war, um noch eine aktive Rolle in der Leitung des Hotels und des Geschäfts zu spielen.

McKensie ging bis in jene Zeit zurück, in der Rothberg noch im Restaurant gearbeitet hatte, wo er nachts die Trinkgelder verspielte, die er bekommen hatte. Er arbeitete Rothbergs Vergangenheit gründlich auf, stellte ihn als abstoßende Person dar, der sich seinen Weg in Maxine Shapiros Herz geschickt erarbeitete. Es war, schloß er, eine reine Geldheirat. Als Kevin gegen diese Charakterisierung Einspruch erhob, rief McKensie zur Untermauerung der Anklage einen Zeugen auf: einen pensionierten Koch, der beeidete, Rothberg habe ihm erzählt, er würde eines Tages Shapiro's Lake House besitzen, indem er Maxine verführe.

Dann, nach einer eleganten Überleitung, mit der er demonstrierte, daß Rothberg zahlreiche außereheliche Beziehungen gehabt hatte, führte McKensie Tracey Casewell ein. Er rief sie in den

Zeugenstand und brachte sie schnell dazu, zuzugeben, daß sie eine Affäre mit Stanley Rothberg in der Zeit gehabt hatte, als seine Frau krank war.

Am folgenden Tag beschäftigte McKensie sich mit Maxine Rothbergs Krankheit. Er rief den Arzt in den Zeugenstand und ließ sich eine klare Beschreibung ihrer Probleme und der Gefahren geben. McKensie überging seine Kritik an Beverly Morgan. Offensichtlich wollte er nicht, daß die Geschworenen die Möglichkeit in Betracht zogen, Beverly Morgan könnte Maxine Rothberg versehentlich getötet haben, weil sie eine Trinkerin war. Kevins Hauptanliegen bei seinem Kreuzverhör war, den Arzt dazu zu bringen, zuzugeben, daß Maxine imstande gewesen war, sich die Insulinspritze selbst zu verabreichen.

An dieser Stelle kam McKensie auf das polizeiliche Beweismaterial und enthüllte, daß ein Vorrat von Insulin in Stanleys Schrank versteckt gewesen war. Der Pathologe legte den Autopsiebericht vor, und die sich daraus ergebenden Konsequenzen wurden verdeutlicht. Um die Behauptung zu stützen, wurde Beverly Morgan schließlich in den Zeugenstand gerufen. McKensie ließ sie Rothbergs Beziehung zu seiner Frau beschreiben, wie unregelmäßig er sie besucht und sich nach ihr erkundigt hatte. Sie beschrieb die Ereignisse des Tages, an dem Maxine Rothberg gestorben war, fast auf die gleiche Weise, wie sie es zuvor Kevin erzählt hatte. Und dann war Kevin an der Reihe.

Bevor er aufstand, um Beverly Morgan ins Kreuzverhör zu nehmen, spürte er, daß ihm jemand auf die Schulter tippte. Er drehte sich um und sah, daß Ted hinter ihm stand. »Dies ist von Mr. Milton«, flüsterte dieser und nickte dorthin, wo Dave, Paul und er gewöhnlich saßen, wann immer sie dem Prozeß beiwohnten. Dave und Paul waren anwesend, nur daß dieses Mal auch Mr. Milton bei ihnen saß. Er lächelte und nickte.

»Was?« Kevin öffnete das Stück Papier und las die Notiz. Dann schaute er noch einmal in den Gerichtssaal. Mr. Milton nickte wieder, diesmal energischer. Ted klopfte Kevin auf die Schulter und kehrte an seinen Platz zurück. Kevin stand auf und sah Beverly Morgan an. Er warf noch einmal einen Blick auf die Notiz, um sich zu vergewissern, daß er sie richtig gelesen hatte. Dann begann er, von Beverly Morgans Antworten ebenso überrascht wie die Anklage.

»Mrs. Morgan, Sie haben gerade ausgesagt, daß Mrs. Rothberg gelegentlich sehr unglücklich war, nachdem Mr. Rothberg sie besucht hatte. Erinnern Sie sich da an einen bestimmten Anlaß, vielleicht etwas in jüngerer Zeit?«

»Ja«, sagte Beverly Morgan, und dann schilderte sie die Ereignisse und den Streit, der laut Stanley Rothberg zwischen seiner Frau und ihm stattgefunden hatte. Ohne auch nur mit der Wimper zu zucken, beschrieb sie, wie sie selbst gesehen hätte, daß Maxine Rothbeg mit ihrem Rollstuhl in Stanleys Zimmer fuhr.

»Das Insulin lag auf ihrem Schoß.« Sie hielt inne und blickte ins Publikum. »Und sie trug ein Paar Plastikhandschuhe«, fügte sie hinzu.

Für einen Moment war es absolut still – die Stille vor einem Sturm. Und dann brach im Gerichtssaal die Hölle los, als Reporter losstürmten, um zu telefonieren, und Zuschauer ihr Erstaunen artikulierten. Der Richter schmetterte seinen Hammer, um die Menge zum Schweigen zu bringen, und drohte, den Saal bis auf die Beteiligten räumen zu lassen. Kevin drehte sich um und sah, daß John Milton gegangen war, obwohl die anderen Partner noch dort waren. Als die Ordnung wiederhergestellt war, sagte Kevin dem Richter, daß er keine weiteren Fragen habe.

McKensie befragte Beverly Morgan aufs neue, wollte wissen, warum sie diese Geschichte nicht vorher erzählt hatte. Sie erwiderte ruhig, daß niemand ihr diese Frage gestellt habe. Kevin überlegte, ob McKensie daraufhin die Kritik des Arztes an ihr und ihrem Alkoholproblem anführen würde, um unglaubwürdig zu machen, was sie gesagt hatte. Falls er das tat, war Kevin bereit darzulegen, daß sie nachlässig gewesen sei und den Tod von Maxine Rothberg verursacht habe. In jedem Fall würde er die Geschworenen verunsichern und hinsichtlich Stanley Rothbergs Schuld ernste Zweifel bei ihnen wecken.

McKensie beschloß statt dessen, die Darlegung der Anklage damit zu beenden. Der Richter ordnete eine Unterbrechung an, und Kevin fragte Paul, wo Mr. Milton sei. Er wollte ihn fragen, woher er gewußt hatte, daß Beverly Morgan ihre Geschichte ändern würde.

»Er mußte eilig fort, zu einer Besprechung mit einem neuen Klienten«, erzählte Paul ihm. »Er sagte, er würde später mit dir sprechen, aber er wollte, daß ich dir ausrichte, daß er glaubt, du hast hervorragende Arbeit geleistet.«

»Bis jetzt hatte ich geglaubt, ich würde verlieren.«

Paul lächelte und schaute zu Ted und Dave. Sie sahen ebenso arrogant aus wie er.

»Wir verlieren nicht«, sagte Paul.

Kevin nickte. »Ich beginne das zu glauben«, erwiderte er und blickte von einem zum anderen. Als Kevin nach der Unterbrechung in den Gerichtssaal trat, war die Luft von gespannter Erwartung erfüllt. Er schaute sich im Publikum um, sah die Journalisten und andere Medienvertreter und empfand plötzlich das gleiche Gefühl von Macht und Stolz, das er bei der Verteidigung von Lois Wilson gespürt hatte. Alles lag in seinen Händen. Wie sehr er sich wünschte, daß Miriam sich doch entschlossen hätte zu kommen, wenigstens heute.

Kevin rief Stanley Rothberg in den Zeugenstand. Nach seiner Vereidigung setzte Kevin sich auf den Tisch und verschränkte die Arme.

»Mr. Rothberg, Sie haben gehört, wie mehrere Zeugen Aussagen über Ihren Charakter gemacht haben. Zuerst sind Sie als Spieler dargestellt worden, der häufig große Summen verliert und deshalb Schulden machen muß. Ist daran etwas Wahres?«

»Ja«, sagte Rothberg. »Ich bin mein Leben lang ein Spieler gewesen. Es ist eine Krankheit, und ich leugne nicht, daß ich unter ihr leide.« Er wandte sich bei dem Wort *Krankheit* direkt ans Publikum, genauso, wie Kevin es ihm geraten hatte.

»Man hat Ihnen auch vorgeworfen, ein Ehebrecher zu sein, und dieser Vorwurf ist durch die Frau bestätigt worden, die behauptet, Ihre Geliebte zu sein, Tracey Casewell. Leugnen Sie diesen Vorwurf?«

»Nein. Ich bin seit fast drei Jahren in Tracey Casewell verliebt und treffe mich mit ihr.«

»Warum haben Sie nicht die Scheidung eingereicht?«

»Das wollte ich, aber ich konnte mich nicht dazu durchringen, solange Maxine krank war, und Tracey wollte auch nicht, daß ich es tue. Ich versuchte, so diskret wie möglich zu sein.«

»Offensichtlich waren Sie da nicht sehr erfolgreich«, blaffte Kevin. Es war eine brillante Technik. Er behandelte seinen Klienten, als sei er der Staatsanwalt und nicht der Verteidiger. Dies gab der Abfolge seiner Fragen in den Augen der Geschworenen eine gewisse Stichhaltigkeit. Er machte nicht den Eindruck, als möge er Stanley Rothberg, und das wiederum vermittelte den Eindruck, daß er ihm nicht beim Lügen helfen würde.

»Nein, ich denke nicht.«

»Und ist es wahr, daß Ihre Frau schließlich von Ihrer Affäre erfuhr?«

»Ja.«

»Sie haben die Aussage von Beverly Morgan hinsichtlich einer Auseinandersetzung zwischen Ihnen und Ihrer Frau gehört. War ihre Schilderung dieser Auseinandersetzung korrekt?«

»Ja.«

»Und Sie haben die Drohung Ihrer Frau zu dieser Zeit nicht ernst genommen?«

»Nein.«

»Warum nicht?«

»Sie war eine kranke Frau. Ich glaubte nicht, daß sie dazu fähig wäre.«

»Mr. Rothberg, haben Sie Ihrer Frau eine Überdosis Insulin injiziert?«

»Nein, Sir. Ich haßte es, wenn ich bloß zuschauen mußte, wie sie das bei sich selbst machte, oder sah, wie die Krankenschwester es tat. Gewöhnlich verließ ich den Raum.«

»Keine weiteren Fragen, Euer Ehren.«

McKensie erhob sich langsam, blieb an seinem Tisch stehen. »Mr. Rothberg, haben Sie das Insulin in Ihrem Schrank nicht gesehen?«

»Doch, an diesem Morgen. Aber ich dachte nicht mehr daran. Ich war mit einigen Problemen im Hotel beschäftigt und vergaß, die Krankenschwester danach zu fragen.«

»Obwohl Ihre Frau gedroht hatte, Ihnen ihren Tod anzuhängen?«

»Ich habe einfach nicht darüber nachgedacht. Es schien ...«

Er wandte sich an die Geschworenen. »Es schien so unglaublich.«

McKensie starrte ihn nur einen Augenblick lang an und schüttelte dann den Kopf. Die meisten Zuschauer hielten das für Ungläubigkeit, aber Kevin spürte, daß es aus Enttäuschung geschah. »Keine weiteren Fragen, Euer Ehren«, sagte McKensie und nahm wieder Platz.

Kevin setzte seine Taktik fort. Er rief Tracey in den Zeugenstand und ging mit ihr ihre Aussage durch, genau auf die Art, wie sie es in seinem Büro getan hatten. Sie schilderte, daß Stanley Rothberg nach dem Steit mit seiner Frau zu ihr gekommen sei, und sie erzählte dieselben Details, nur daß sie nun hinzufügte, wie verstört Stanley gewesen war. Sie sah sehr ehrlich aus, als sie ihr Bedauern darüber zum Ausdruck brachte, welchen Verlauf die Ereignisse genommen hatten. Kevin stellte fest, daß er selbst ihr glaubte, als sie erzählte, daß sie Maxine Rothberg gemocht habe.

McKensie verzichtete auf ein Kreuzverhör.

In seinem Plädoyer ging Kevin nach dem Schema vor, das John Milton vorgeschlagen hatte. Ja, Stanley Rothberg war des Ehebruchs schuldig, Stanley Rothberg hatte nicht den besten Charakter. Aber wegen dieser Dinge stand er nicht vor Gericht. Er stand wegen Mordes vor Gericht, und des Mordes war er eindeutig unschuldig.

Es war jedermann klar, daß Beverly Morgans Enthüllungen McKensie den Wind aus den Segeln genommen hatten, als er sein Plädoyer vortrug. Kevin war überrascht, wie schlecht er seine Sache jetzt machte, wie er stotterte, Pausen einlegte und verwirrt umherblickte. Nachdem er sich gesetzt hatte, schien niemand Zweifel daran zu haben, wie der Prozeß ausgehen würde.

Und die Geschworenen reagierten entsprechend. Keine drei Stunden später kehrten sie mit dem Urteil »nicht schuldig« zurück.

Als Kevin im Büro eintraf, war die Feier schon in vollem Gang. Sein Sieg würde sicher die Spitzenmeldung in den Nachrichten des Lokalfernsehens sein, aber er fühlte sich nicht so gut, wie er erwartet hatte. Er hatte sich besser gefühlt, als er Lois Wilsons Freispruch erreicht hatte. Als er über seine Gefühle und die Gründe für sie nachdachte, wurde ihm bewußt, daß es daran lag, daß er diesen Fall mit seinem eigenen Schweiß, seiner Hartnäckigkeit, seinem Nachforschen und Herumschnüffeln gewonnen hatte. Das hatte er so lange getan, bis er Wege gefunden hatte, die Behauptungen des Staatsanwaltes unglaubwürdig zu machen.

Dieses Mal aber war es anders. Er machte sich nichts vor. Der Prozeß war allein durch Beverly Morgans Aussage gewonnen worden, mit der Stanleys Behauptung bestätigt worden war. Trotz der Glückwünsche und Komplimente, die er bekam, war er nicht stolz auf sich. Es war wie der Sieg eines wichtigen Baseballspiels durch Regen nach dem fünften Inning. Es war keine gute Leistung gewesen.

»Es war einfach Glück«, erzählte er Ted.

»Glück hatte damit nichts zu tun. Du hast die Verteidigung brillant aufgebaut.«

»Danke.« Er ging zu Mr. Miltons Büro und klopfte an die Tür. Er wurde hereingebeten, konnte den Mann aber nicht entdecken.

»Hier drüben«, sagte er. Plötzlich stand er an einem der großen Fenster. »Meinen Glückwunsch.«

»Danke, aber ich hoffte, Sie während der Unterbrechung zu finden. Ich wollte Sie etwas wegen Beverly Morgan fragen.«

»Natürlich.«

Als Kevin zu ihm ans Fenster trat, legte Mr. Milton einen Arm um seine Schulter und drehte ihn so, daß sie beide auf die Stadt hinausblickten. Dunkelheit senkte sich jetzt über den späten Nachmittag. Man sah ein Meer von Lichtern.

»Wunderschön, nicht wahr?«

»Ja.«

»All diese Macht, all diese Energie – konzentriert auf einen so kleinen Raum. Millionen von Menschen zu unseren Füßen, unglaublicher Reichtum, unglaubliche Energie, Entscheidungen, die getroffen werden und das Leben unzähliger anderer beeinflussen.« Er streckte seine freie Hand aus. »Dieses ganze Drama der Menschheit, jeder bekannte Konflikt, jede bekannte Emotion, Geburt, Tod, Liebe und Haß. Es verschlägt mir den Atem, über alldem zu stehen.«

»Ja«, sagte Kevin. Er fühlte sich plötzlich überwältigt. Mr. Milton sprach mit einer weichen und geradezu beschwörenden Stimme. Ihn sprechen zu hören und auf die Lichter zu schauen, die wie Sterne funkelten, war hypnotisierend.

»Aber Sie stehen nicht einfach nur über allem, Kevin«, fuhr er fort, und er sprach in einem Tonfall, der, wie es Kevin schien, aus seinem eigenen Verstand kam. Es war, als ob John Milton in seine Seele eingedrungen sei, sich in irgendeiner leeren Kammer seines Herzens einquartiert hätte und ihn jetzt wahrhaftig – besaß. »Sie befinden sich über all dem, und jetzt wissen wir: Dies alles wird Ihnen gehören.«

Ein langes Schweigen folgte. Kevin blickte einfach hinaus auf die Stadt. John Milton umarmte ihn weiterhin und hielt ihn so, daß er ganz nahe bei ihm war.

»Sie sollten jetzt heimgehen, Kevin«, flüsterte er schließlich. »Gehen Sie heim zu Ihrer Frau und feiern Sie ganz privat.«

Kevin nickte. John Milton ließ ihn los und bewegte sich wie ein Schatten zu seinem Schreibtischsessel. Kevin starrte noch einen Augenblick hinaus und drehte sich dann um. Er erinnerte sich, weshalb er hergekommen war.

»Mr. Milton, diese Notiz, die Sie mir geschickt haben... Woher wußten Sie, daß Beverly Morgan ihre Geschichte geändert hatte?«

John Milton lächelte. Im gedämpften Licht der Schreibtischlampe sah es aus, als ob er eine Maske trüge. »Aber, Kevin, Sie wollen doch wohl nicht, daß ich alle meine Geheimnisse verrate, oder? Dann würden Sie und die anderen jungen Emporkömmlinge alle zu glauben beginnen, Sie könnten meinen Platz einnehmen.«

»Ja, aber...«

»Ich sprach mit ihr«, sagte er rasch. »Ich habe sie auf ein paar Dinge aufmerksam gemacht, und sie ist weich geworden.«

»Was haben Sie gesagt, um ihre Meinung zu ändern?«

»Am Ende, Kevin, entscheiden Menschen sich, das zu tun, was für sie selbst am besten ist. Ideale, Prinzipien, wie immer Sie es nennen, zählen am Ende nicht mehr. Es gibt nur eine Lektion, die man lernen muß: Alles hat seinen Preis. Idealisten glauben, das sei eine zynische Lektion. Praktisch denkende Menschen wie Sie und ich und die anderen Partner wissen, daß dies der Schlüssel zu Macht und Erfolg ist. Genießen Sie Ihren Sieg.« Er wandte sich ab und blickte auf Papiere, die auf seinem Schreibtisch lagen. »In einem oder zwei Tagen werde ich einen neuen Fall für Sie haben.«

Kevin starrte einen Augenblick auf ihn hinab und überlegte, ob er die Unterhaltung fortsetzen sollte oder nicht. Es war offensichtlich, daß John Milton sie beenden wollte. »Okay«, sagte er. »Gute Nacht.«

»Gute Nacht. Meine Glückwünsche. Jetzt sind Sie ein richtiger John Milton-Partner«, fügte er hinzu.

Kevin blieb an der Tür stehen. Warum fühle ich mich nach diesen Worten nicht großartig? überlegte er. Er ging hinaus. Während er den Korridor hinunterschritt, dachte er über die Lichter der Stadt nach und darüber, wie er mit John Milton am Fenster gestanden hatte. Seine Worte fielen ihm wieder ein. Seltsam, dachte er, aber sie klangen so vertraut. Wo habe ich...

Und dann erinnerte er sich. Dies waren genau Teds Worte gewesen, als er eine ähnliche Erfahrung an den Fenstern in John Miltons

Penthouse beschrieben hatte. Tief in seinem Herzen wußte er, daß das kein bloßer Zufall war.

Wer war John Milton? Wer waren die Partner? Was wurde aus *ihm?*

12

Ein kalter, trostloser Regen fiel auf die Stadt hernieder. Obwohl es in der Limousine eigentlich warm war, fröstelte Kevin, als sie an einer Verkehrsampel hielten, und er starrte hinaus auf die Menschen, die durch den Regen eilten, die meisten von ihnen ohne Regenschirme. Obwohl er allen Grund hatte, fröhlich zu sein, sahen die Tropfen, die er an den Schaufenstern und an den Scheiben der anderen Autos hinablaufen sah, wie Tränen aus. Er lehnte sich zurück und schloß für den Rest der Fahrt die Augen.

»Mr. Taylor«, rief Philip, der ihm die Tür zur Lobby öffnete, kaum daß er aus der Limousine gestiegen war. »Meine Glückwünsche! Ich habe gerade die Nachrichten gehört.«

»Danke Philip.« Er schüttelte die eiskalten Tropfen aus seinem Haar.

»Ich wette, es muß ein tolles Gefühl sein, einen so wichtigen Prozeß gewonnen zu haben. Jeder wird jetzt Ihren Namen kennen, Mr. Taylor. Sie müssen sehr stolz sein.«

»Ich habe das alles noch nicht ganz erfaßt«, sagte Kevin. »Ich bin noch ein wenig durcheinander.« Er ging zum Fahrstuhl.

»Trotzdem sieht's aus, als hätte Mr. Milton wieder einen Grund, eine Party zu feiern, oder?«

»Da würde mich nicht überraschen. Danke, Philip.« Er betrat den Fahrstuhl und drückte auf den Knopf. Während der Aufzug nach oben fuhr, lehnte sich Kevin zurück. Er fühlte noch immer eine eigenartige Mischung aus emotionaler Hochstimmung und unterschwelliger Angst. Irgend etwas stimmte nicht. Irgend etwas war nicht in Ordnung. Er merkte, daß er seinen goldenen Ring hin und her drehte.

Er stieg aus, blieb aber augenblicklich stehen, weil er meinte gehört zu haben, daß jemand seinen Namen flüsterte. Als er sich schnell nach links drehte, war er schockiert, denn dort stand Helen Scholefield, mit einem Nachthemd bekleidet, den Rücken an die Wand gelehnt, die Augen weit aufgerissen wie eine Wahnsinnige.

»Helen!«

»Ich sah Sie und Charon vorfahren«, flüsterte sie. Sie warf einen Blick zu ihrem Apartment. »Ich habe nicht viel Zeit. Sie wird sicher gleich merken, daß ich weg bin.«

»Was ist los?«

»Das gleiche, was Gloria Jaffee passierte, wird mit Miriam geschehen. Ich habe mich diesmal geweigert, daran teilzunehmen, und versuchte, Sie mit meinem Bild zu warnen, aber wenn er sie geschwängert hat, dann ist es zu spät. Er wird sich von dem nähren, was in ihr ist, ihr das Leben aussaugen – wie ein Vampir, der Blut saugt. Sie müssen einen Weg finden, ihn zu töten. Töten Sie ihn«, forderte sie ihn auf, die Zähne zusammengebissen, die Hände zu Fäusten geballt. »Andernfalls bleibt Ihnen nur die Wahl zwischen zwei Dingen: wie Richard Jaffee. Gott sei Dank hatte er genug Gewissen, um etwas anderes zu tun... nur Richard hatte ein Gewissen.« Ihre Lippen begannen zu zittern. »Sie sind alle sein. Paul ist mittlerweile der Schlimmste. Er ist der Beelzebub«, fügte sie hinzu und lehnte sich an Kevin. Der Wahnsinn in ihren Augen beschleunigte seinen Herzschlag.

»Helen, lassen Sie mich Sie zurückbringen...«

»Nein!« Sie wich zurück. »Es ist zu spät für Sie, nicht wahr? Sie haben einen seiner Fälle gewonnen. Jetzt sind auch Sie verloren. Seien Sie verflucht. Seid alle verflucht!«

»Mrs. Scholefield!« rief Mrs. Longchamp aus der Tür ihres Apartments. »Mein Gott!« Sie eilte auf den Korridor. »Kommen Sie bitte wieder herein, bitte.«

»Bleiben Sie mir vom Hals.« Helen hob ihre Arme über den Kopf, drohte, auf die Krankenschwester einzuschlagen.

»Nun beruhigen Sie sich doch, Mrs. Scholefield. Alles wird gut werden.«

»Soll ich Hilfe holen?« fragte Kevin. »Ihren Arzt verständigen?«

»Nein, nein. Es wird schon werden. Es wird gut werden«, sagte Mrs. Longchamp und lächelte. »Nicht wahr, Mrs. Scholefield? Sie wissen, daß es so sein wird«, fügte sie mit beruhigender Stimme hinzu.

Helens Arme begannen zu zittern. Sie senkte sie langsam und begann zu weinen.

»Aber, aber. Alles wird gut werden«, sagte Mrs. Longchamp, »ich werde Sie zurückbringen, und Sie ruhen sich aus.« Sie umschlang Helen Scholefield fest bei den Hüften und drehte sie um. Dann schaute sie zu Kevin zurück. »Ist in Ordnung«, erklärte sie und nickte, zog Helen über den Korridor zur Apartmenttür. Kevin schaute ihnen nach, bis sie im Apartment waren und die Tür sich schloß. Er wischte sich sein Gesicht mit einem Taschentuch ab, bevor er zu seinem eigenen Apartment ging.

In dem Moment, als er die Tür aufschloß, eilte Miriam auf ihn zu. Sie schlang die Arme um seinen Hals und küßte ihn.

»Oh, Kev, ich bin ja so aufgeregt. Es kam gerade in den Abendnachrichten. Und ich habe gesehen, wie sie mit dir sprachen, als du aus dem Gerichtssaal kamst! Deine Eltern haben mich gerade vor einer Minute angerufen. Wir werden ausgehen. Wir werden feiern. Ich habe für uns bereits bei Renzo's reserviert. Es wird dir gefallen. Norma und Jean sagten, daß sie mit ihren Männern immer dort hingehen, um zu feiern.«

Er stand nur da und starrte sie an.

»Was ist los? Du siehst… blaß aus.«

»Gerade, auf dem Korridor, ist etwas Schreckliches passiert. Helen Scholefield war draußen, im Nachthemd. Sie war ihrer Krankenschwester weggelaufen.«

»O nein. Was ist passiert?«

»Sie sagte lauter verrückte Dinge, aber...«

»Was für Dinge?«

»Über uns, über *John Milton and Associates.*«

»Oh, Kevin, nimm dir das doch nicht so zu Herzen. Nicht jetzt. Nicht, wo wir soviel haben, worüber wir glücklich sein können«, bat sie. »Du weißt, daß sie sehr krank ist, geistig krank.«

»Ich weiß nicht, ich... wie bist du an diesen schwarzblauen Fleck an deinem Hals gekommen?«

»Das ist kein schwarzblauer Fleck, Kevin.« Sie drehte sich um und schaute in den Korridorspiegel. »Ich glaube, ich muß noch etwas mehr Puder auflegen.«

»Was heißt das, es ist kein schwarzblauer Fleck?«

»Es ist von dir, Kev.« Sie errötete. »Du Vampir. Mach dir keine Sorgen darüber. Es ist nichts. Komm, dusch dich und zieh dich um. Ich bin sehr hungrig.«

Er rührte sich nicht.

»Kevin? Willst du die ganze Nacht im Korridor stehenbleiben?«

»Wir müssen miteinander reden, Miriam. Ich weiß nicht, was hier vorgeht, was geschieht, aber ich schwöre, daß ich mich nicht erinnere, das da getan zu haben.«

»Es geht überhaupt nichts vor. Du warst durch den Druck bei diesem Prozeß durcheinander und im Streß. Das ist alles. Norma und Jean haben mir erzählt, daß so was am Anfang bei dir passieren würde. Du würdest wie benommen sein, dies vergessen, das vergessen. Das haben sie bei Ted und Dave auch mitgemacht. Es wird vorbei sein, wenn du erst einmal genug Selbstvertrauen hast und als Anwalt bekannt bist. Und es ist doch ein toller Anfang, oder? Mein großer New Yorker Verteidiger«, fügte sie hinzu und drückte ihn. »Und jetzt komm. Laß uns die Show genießen.« Sie löste sich von ihm. »Ich richte noch mein Make-up.«

Er schaute zu, wie sie ging, und folgte ihr. Vor dem Wohnzimmer blieb er stehen und dachte erneut über den Zwischenfall mit Helen Scholefield auf dem Korridor nach. Dann ging er ins Wohnzimmer, um ihr Gemälde zu betrachten.

Aber dort hing es nicht, und auf dem Boden stand es auch nicht.

»Miriam.« Sie antwortete nicht. Er eilte ins Schlafzimmer und fand sie vor der Frisierkommode. »Miriam, was ist mit Helens Bild passiert?«

»Passiert?« Sie wandte sich vom Spiegel ab. »Ich konnte es einfach nicht mehr länger ertragen, Kevin. Es war der einzige deprimierende Akzent in diesem Apartment. Norma und Jean fanden, daß es sehr nett von uns war, daß wir's so lange behalten haben.«

»Und wo ist es? In einem Schrank?«

»Nein, es ist weg«, sagte sie und drehte sich wieder zum Spiegel.

»Weg? Was soll das heißen? Weg, wohin? Hast du's rausgeworfen?«

»Nein. Das würde ich niemals tun. Es ist immerhin ein Kunstwerk, und ob du's glaubst oder nicht, es gibt Leute, die so etwas mögen. Norma kannte eine Galerie im Village, die es nehmen würde. Wir haben es dorthin gebracht, und wenn es verkauft wird, wollen wir Helen mit dieser guten Nachricht überraschen. Wir dachten, es würde sie vielleicht aufmuntern.«

»Welche Galerie?«

»Ich weiß den Namen nicht, Kevin. Norma kennt ihn«, sagte sie. Ihre Stimme begann verärgert zu klingen. »Worüber regst du dich so auf? Meine Mutter und deine Mutter fanden es schrecklich, daß dieses Ding an unserer Wohnzimmerwand hing.«

»Wann hat sie's abgenommen?« fragte er eindringlich.

Miriam drehte sich wieder zu ihm um. »Das beweist nur, wie aufmerksam du in diesen letzten Tagen warst. Vor zwei Tagen, Kevin. Das Bild ist seit zwei Tagen weg.«

»Ach ja?«

Sie preßte die Lippen zusammen und schüttelte den Kopf. »Willst du dich nun duschen und umziehen?«

»Was? O ja… ja.« Er begann sich auszuziehen.

»Es ist so aufregend, nicht wahr? Du wirst in allen Zeitungen und auf allen Fernsehkanälen im ganzen Land zu sehen sein. Ich wette, daß Mr. Rothberg sehr dankbar ist, oder?«

»Rothberg?«

»Rothberg, Kevin. Der Mann, den du verteidigt hast.« Sie lachte. »Und da rede noch einer von zerstreuten Professoren...«

»Nein, Miriam. Du verstehst nicht«, sagte er und trat näher zu ihr. »Ich habe gewonnen, weil eine Zeugin das völlige Gegenteil ihrer ursprünglichen Aussage erzählt hat, und ich weiß nicht, warum sie das tat. Ich wußte es erst, als es im Gerichtssaal passierte. Mr. Milton schickte mir eine Notiz, damit ich die richtigen Fragen stellte. Er wußte, daß sie eine andere Aussage machen würde. Er *wußte* es!«

»Und?« Sie lächelte. »Darum ist er ja Mr. Milton.«

»Was?«

»Darum ist er der Boß, und darum seid ihr nur Partner.«

Er starrte sie an. Sie klang wie ein kleines Mädchen.

»Mach dir keine Sorgen«, sagte sie und wandte sich wieder dem Spiegel zu. »Eines Tages wirst du genau wie er sein. Das wird sicher wundervoll!« Sie hielt inne. Ihre Augen wurden schmaler, als ob sie in eine Kristallkugel starrte statt in einen Spiegel. »Deine eigene Firma... *Kevin Taylor and Associates*. Du wirst einen Partner losschicken, um neue, vielversprechende Talente zu finden, genauso, wie Mr. Milton Paul geschickt hat, um dich zu finden. Denn wenn du soweit bist, weißt du, wonach du zu suchen hast.«

»Nach wem zu suchen? Wer hat dich auf diese Idee gebracht?«

»Niemand, Dummerchen. Jean und Norma sagten so was gestern beim Mittagessen. Sie sagten, daß es das ist, was Mr. Milton will.« Sie warf ihren Kopf zurück und rasselte herunter: *»Dave Kotein and Associates*, *Ted McCarthy and Associates*, *Paul Scholefield and Associates* und *Kevin Taylor and Associates*. Ihr vier werdet die ganze Stadt abdecken. Mr. Milton wird sich natürlich neue Partner suchen, und ehe du dich versiehst, wird es keinen Angeklagten mehr geben, der zu einer anderen Firma gehen will als zu einer von euren.«

Sie lachte, stand dann auf und drehte sich zu ihm um. »Kevin, wirst du nun endlich duschen?«

Er dachte einen Augenblick nach und trat dann näher zu ihr. »Hör mir zu, Miriam. Etwas Seltsames geht hier vor. Ich weiß noch nicht, was es ist, aber vielleicht ist Helen Scholefield nicht so verrückt, wie wir glauben.«

»Was?« Sie wich vor ihm zurück. »Kevin Wingate Taylor, hör damit auf und dusch jetzt. Ich hab' dir gesagt, daß ich am Verhungern bin. Ich warte im Wohnzimmer auf dich. Ich werde Klavier spielen, aber ich hoffe, daß du fertig bist, bevor ich ein komplettes Konzert gegeben habe.« Sie ließ ihn nackt vor ihrer Frisierkommode stehen.

Er drehte sich um und betrachtete sich selbst im Spiegel. Das reflektierte Ebenbild erinnerte ihn an seine eigenartigen erotischen Träume. Waren es Träume? Für Miriam waren es keine Träume. Für sie war das alles sehr wirklich. Und diese schwarzblauen Flecken an ihren Beinen waren ebenfalls Wirklichkeit.

Was war in diesen Zeiten tatsächlich geschehen, als sie sich, wie sie behauptete, geliebt hatten und er sich an nichts erinnern konnte? Niemand konnte so abwesend sein. Entweder wurde sie verrückt oder er.

»... aber wenn er sie geschwängert hat«, hatte Helen Scholefield gesagt, »dann ist es zu spät.« Er? Wen meinte sie?

Er wandte sich vom Spiegel ab. Konnte auch nur etwas von alldem wahr sein?

»Wir verlieren nicht«, hatte Paul Scholefield gesagt. Die drei zeigten die gleiche arrogante Miene.

»Sie haben einen seiner Prozesse gewonnen. Sie sind jetzt auch verloren«, hatte Helen Scholefield gesagt. »Seien Sie verdammt. Seid alle verdammt!«

Er erinnerte sich, wie seltsam er sich gefühlt hatte, als Mr. Milton gesagt hatte: »Jetzt sind Sie ein richtiger John Milton-Partner.«

Er wandte sich wieder dem Spiegel zu und betrachtete sich.

Wovon redete Helen? War er irgendwie anders?

Sein reflektiertes Ebenbild antwortete nicht, aber es war schon unheimlich, daß er über diese Fragen überhaupt nachdachte.

Er faßte einen Entschluß. Er würde morgen Beverly Morgan

besuchen, und wenn er sie verließ, würde er wissen, wie Mr. Milton sie dazu gebracht hatte, ihre Aussage zu ändern.

Bevor er und Miriam aufbrachen, um zu feiern, rief er seine Eltern und die von Miriam an. Während beider Telefonate ließ er sich nicht anmerken, daß er besorgt war. Das einzige Negative, was gesagt wurde, kam von seiner Mutter, die meinte: »Jetzt, nachdem du mit diesem großen Prozeß fertig bist, Kevin, solltest du dir mehr Zeit für Miriam nehmen. Ich habe den Eindruck, daß sie sehr nervös ist.«

»Was meinst du damit, Mom?«

»Niemand kann ständig in Hochstimmung sein. Es ist nur ein Mutterinstinkt, Kevin. Ihre Stimme klang so überdreht. Vielleicht strengt sie sich zu sehr an, um dir Freude zu machen. Arlene denkt genauso darüber, Kevin, nur daß sie nichts sagen will, um nicht den Eindruck zu erwecken, sie sei eine Schwiegermutter, die sich in alles einmischt.«

»Aber sie hat mir gesagt, daß sie glaube, Miriam sei sehr glücklich.«

»Ich weiß. Ich sage ja auch nicht, daß sie nicht glücklich ist. Es ist nur ... schenk ihr mehr Aufmerksamkeit, ja?«

»Okay, Mom.«

»Und meine Glückwünsche, Sohn. Ich weiß, daß dieser Sieg genau das ist, was du immer gewollt hast.«

»Ja. Danke.«

Er wußte, daß seine Mutter recht hatte. Miriam war so anders und hatte sich so schnell verändert, daß er beunruhigter hätte sein sollen. Er hatte ignoriert, was geschah, weil er all dies so sehr wollte – den Reichtum, den Luxus, das Prestige. Wer würde das auch nicht wollen? Er hatte sie hierhergebracht, er hatte sie alldem ausgesetzt. In großem Maße war das, was geschah, was bereits geschehen war, seine eigene Schuld.

Er wirbelte herum, als ob ihm jemand auf die Schulter getippt hätte. »Äh.« Sein Blick wanderte auf die Terrasse. Wieder überlegte er, warum Richard Jaffee sich das Leben genommen hatte. Was meinte Helen mit »Nur Richard hatte Gewissen«?

»Ich warte, Liebling«, sagte Miriam.

»Ich komme.«

Sie verließen das Apartment und gingen nach unten, um in das wartende Taxi zu steigen, und fuhren zu Renzo's, einem norditalienischen Fünf-Sterne-Restaurant, und er versuchte, seine Sorgen zu verdrängen.

Aber er bemerkte, wie anders Miriam bei dieser Feier war – im Vergleich zu der Feier im Bramble Inn in Blithedale nach dem Lois Weston-Prozeß. Ihre Sorge darüber, ob der Klient wirklich schuldig gewesen war oder nicht, war verflogen. Natürlich wußte sie wenig oder fast gar nichts über diesen Fall, so daß sie keine Fragen stellen oder Kommentare über den Prozeßverlauf abgeben konnte.

Er mußte zugeben, daß sie in ihrer neuen, hellroten enganliegenden Hose und dem Pullover gut aussah. Der Pullover war mit einem kreuzförmigen Perlenband besetzt, das über ihren Busen verlief. Sie trug noch immer erheblich mehr Make-up als früher, und Kevin bemerkte, daß sie ohne das Rouge und den Lippenstift blaß aussah.

Er glaubte nicht, daß sie früher ein Restaurant wie Renzo's gemocht hätte oder es für einen solchen Anlaß ausgewählt hätte. Es war ein protziges, hell erleuchtetes Restaurant mit verspiegelten Wänden. Trotz des schlechten Wetters war es gut gefüllt, und die Tische waren praktisch übereinander gestellt.

Miriam war viel kontaktfreudiger als zu der Zeit, als sie in Blithedale gewohnt hatten. Wie konnte ihm eine so dramatische Veränderung entgangen sein? Er schalt sich dafür, daß er zu sehr mit seiner Arbeit beschäftigt war. Er war überrascht, wie viele Leute sie kannte und wie viele sie kannten, vom Maître d' bis zu den Kellnern. Einge Gäste nickten und lächelten ihr zu. Sie und die beiden anderen Frauen, erzählte sie ihm, waren hier zum Mittagessen und zum Abendessen gewesen, wenn er mit seiner Arbeit beschäftigt war.

Doch bei alldem fand er sie sehr abgelenkt. Sie schenkte ihm einerseits ihre Aufmerksamkeit, schaute aber immer wieder, wer hereinkam, wer mit wem zusammensaß und was andere Leute aßen. Wie sehr sich dies von dem intimen Essen bei Kerzenlicht unterschied, das sie im Bramble Inn genossen hatten, dachte er. Aber es störte sie nicht, ja sie schien es gar nicht zu bemerken.

Selbst ihr Liebesspiel anschließend war anders. Sie war ungeduldig, fordernd und anspruchsvoll. Sie drehte und wand sich unter ihm und übernahm dann die führende Rolle, legte seine Hände dahin, wo sie heftiger berührt werden wollte. Er verlor beinahe alles Interesse, kam sich fast vor wie eine männliche Prostituierte, fühlte sich wie jemand, der benutzt wird, um Lust zu erzeugen. Es fehlte das übliche Gefühl von Rücksichtnahme, von Gemeinsamkeit: der Versuch, eins zu sein.

Und anschließend wirkte sie immer noch unbefriedigt, frustriert.

»Was ist mit dir?« fragte er.

»Ich bin müde, zuviel Wein, denke ich«, sagte sie und wandte ihm den Rücken zu. Er lag da und dachte nach, hatte Angst, seine Augen zu schließen, Angst, daß, wenn er es tat, etwas... jemand... kommen würde. Schließlich schlief er ein, wachte aber um vier Uhr morgens auf und merkte, daß Miriam nicht neben ihm war.

Er lauschte einen Augenblick und hörte Geräusche vor dem Apartment. Er stand schnell auf und zog seinen Morgenmantel an. Die Lichter im Wohnzimmer und im Eingangskorridor brannten. War dies eine neue erotische Episode? War er wirklich wach oder träumte er? Er bewegte sich langsam vorwärts, und sein Herz klopfte erwartungsvoll, bis er Miriam im Türrahmen stehen sah. Sie hielt die Tür auf und blickte hinaus. Es waren andere Stimmen zu hören.

»Miriam, was ist passiert?«

»Es ist Helen«, sagte sie und drehte sich zu ihm um.

»Was ist?«

Er trat schnell neben sie und blickte hinaus. Norma und Jean, beide in Morgenmänteln, waren ebenfalls da.

»Was ist passiert?«

»Sie ist durchgedreht«, sagte Norma. »Hat Mrs. Longchamp mit einer Schere in den Arm gestochen.«

»Was?«

In diesem Augenblick wurde die Tür des Apartments der Scholefields geöffnet, und zwei Sanitäter vom Bellevue rollten Helen, die auf einer Bahre lag, heraus. Sie war festgeschnallt. Paul, Dave und Ted folgten dicht dahinter. Helen drehte ihren Kopf heftig von einer Seite zur anderen, als versuche sie, die Wirklichkeit dessen, was mit ihr geschah, zu leugnen. Kevin drängte sich an Miriam vorbei und näherte sich Paul.

»Es war sehr schlimm«, sagte er. »Sie ist einfach aus dem Bett gesprungen und hat die Krankenschwester angegriffen. Zum Glück ist es keine schwere Verletzung, aber ich hätte sie nicht im Apartment lassen sollen. Sie haben ihr ein Beruhigungsmittel gegeben, doch es hat noch nicht gewirkt.«

Die Fahrstuhltüren öffneten sich, und die Sanitäter schoben die Bahre in den Fahrstuhl. Paul wandte sich an Dave und Ted.

»Ihr braucht nicht mitzukommen. Es ist spät. Ich schaffe das schon.«

»Bist du sicher, daß alles in Ordnung ist?« fragte Ted.

»Kein Problem. Legt euch wieder schlafen. Ich werde morgen mit euch darüber reden.«

Er trat neben der Bahre in den Aufzug. Die Sanitäter schoben sie ein wenig beiseite, um ihm Platz zu machen, und Kevin sah Helen Scholefields Gesicht. Ihre Augen weiteten sich, als sie ihn sah. Dann begann sie plötzlich zu schreien. Es war ein scharfer, durchdringender Schrei, der ihn zusammenzucken ließ. Selbst nachdem sich die Fahrstuhltüren geschlossen hatten und der Fahrstuhl seine Fahrt nach unten begann, hörte er ihr Jammern, bis es schließlich erstarb.

»Ich wußte, daß es so kommen würde«, sagte Dave und wandte sich ab.

»Schlimm«, sagte Ted kopfschüttelnd. »Jean?«

»Ich komme.«

Die drei Frauen umarmten sich vor Kevins und Miriams Apartmenttür und gingen dann zu Dave und Ted, um in ihre Wohnungen zurückzukehren. Kevin schaute ihnen nach.

»Kevin?«

Er blickte Miriam an und dann zur Tür des Scholefieldapartments. Wo war die Krankenschwester? überlegte er. Wenn sie einen Stich in die Schulter abbekommen hatte, warum kümmerte sich dann niemand um sie? Er ging auf die Tür zu.

»Kevin, was tust du denn? Wohin gehst du? Kevin?«

Er klopfte an die Tür und lauschte. Es war nichts zu hören, kein Geräusch, keine Stimme. Er drückte auf die Klingel.

»Kevin?« Miriam stand draußen im Korridor. Er hörte noch immer nichts.

Er drehte sich zu ihr um. »Sie lügen«, sagte er.

»Was?«

Er ging an ihr vorbei in ihre Wohnung.

»Kevin?« Sie folgte ihm über den Korridor ins Schlafzimmer. Er setzte sich auf das Bett und starrte auf seine Hände. Er zupfte an dem goldenen Ring, aber sein Finger war so geschwollen, daß er den Ring nicht herunterziehen konnte.

»Kevin, was sagst du denn? Du hast doch gesehen, in welchem Zustand sie war.«

»Sie lügen alle. Sie wissen, daß sie mir etwas erzählt hat. Die Krankenschwester hat es ihnen gesagt.«

Miriam schüttelte nur den Kopf. »Du verhältst dich sehr unheimlich, Kevin. Das erschreckt mich.«

»Das sollte es auch.« Er stand auf und legte seinen Morgenmantel ab. »Ich erwarte nicht, daß du in diesem Augenblick verstehst, was ich sage, Miriam. Ich habe da ein paar Ideen, denen ich morgen nachgehen werde. Im Augenblick bleibt mir nichts anders, als schlafen zu gehen.«

»Das ist eine sehr gute Idee«, sagte sie und ging hinaus, um das Licht auszuschalten.

Am Morgen rief Kevin im Büro an und sagte Diane, daß er nicht kommen würde.

»Ich brauche einen Tag Pause«, sagte er.

»Natürlich. Mr. Milton kommt heute auch nicht. Ist das mit Mr. Scholefields Frau nicht schrecklich?«

»Oh, Sie wissen das bereits?«

»Ja. Mr. McCarthy hat bereits angerufen. Vielleicht ist es am besten so. Vielleicht wird man ihr doch noch helfen können.«

»Oh, ich bin sicher, daß man das können wird«, sagte er. Er glaubte nicht, daß sie seinen sarkastischen Tonfall bemerkte.

Er zog seinen Mantel an, aber Miriam fragte ihn nicht, wohin er gehe, und freiwillig gab er ihr diese Information nicht. Sie schien ohnehin nicht daran interessiert zu sein, es zu erfahren. Norma und Jean riefen genau in dem Moment an, als er gehen wollte, und die drei begannen, Pläne zu machen, wie sie sich aufmuntern könnten.

»Schließlich«, hörte er Miriam sagen, »war das letzte Nacht wirklich deprimierend.«

»Ich sehe, ihr alle seid vor Mitleid ganz erschöpft«, bemerkte Kevin, kaum daß sie den Hörer aufgelegt hatte.

»Wir können daran nichts ändern, Kev. Bellevue ist kein Ort, an dem man eben mal einen Besuch macht, und ich glaube nicht, daß es viel Sinn machen würde, ihr Blumen oder Pralinen zu schicken.«

»Überhaupt keinen Sinn.« Er sah einen neuen schwarzblauen Fleck. Dieser befand sich hinten an ihrem linken Wadenmuskel. »Du hast einen neuen Fleck.« Er deutete darauf.

»Was?« Sie blickte an sich herunter. »O ja«, sagte sie und lachte kurz auf.

»Machst du dir keine Sorgen? Ich sage dir, es könnte ein Ernährungsproblem sein oder sonst was.«

Sie starrte ihn einen Moment an und lächelte dann. »Kevin, sei doch nicht so ein Schwarzseher. Es ist nichts. Das ist schon früher passiert, vor allem vor einer Periode.«

»Ist deine Periode überfällig?« fragte er hastig.

»Längst überfällig.« Ihre Augen zwinkerten schelmisch, aber er erwiderte das Lächeln nicht.

»Ich rufe dich nachher an«, sagte er und eilte hinaus. Er nahm den Fahrstuhl nach unten, fuhr in die Tiefgarage, stieg in seinen Wagen und fuhr los, in den Norden des Staates, um mit Beverly Morgan zu sprechen.

Es war ein klarer, kalter Wintertag mit dunkelblauem Himmel. Die wenigen Wolken sahen aus, als seien sie erstarrt. Während der Fahrt nach Norden dachte Kevin über die vergangenen Monate nach, über die Dinge, die ihn gestört hatten, Dinge, die er, wie er zugeben mußte, jetzt, wo er ehrlich sich selbst gegenüber war, zu ignorieren beschlossen hatte. Woher hatten *John Milton and Associates* soviel über ihn und Miriam gewußt, bevor er zu ihnen gekommen war? Woher wußte John Milton soviel über den Prozeß gegen Lois Wilson? Und was hatte es damit auf sich, daß alles so perfekt war, wie zum Beispiel dieses wundervolle mietfreie Apartment, in dem zufällig ein Klavier stand und einige andere Dinge waren, die Miriam sich immer gewünscht hatte? War etwas Übernatürliches an all diesen Zufällen und diesem Glück, oder wurde er ganz einfach paranoid? Hatte Miriam recht? Reagierte er auf das Geschwätz einer geistig kranken und deprimierten Person? Vielleicht war er überarbeitet.

Sicher mußte es eine logische Erklärung für Beverly Morgans Meinungsänderung geben. Vielleicht hatte sie ihm nur deshalb nicht vertraut, weil er so jung war. Wenn dies der Fall war, wird sie mit mir wahrscheinlich auch jetzt nicht sprechen, dachte er.

Kevin hielt vor dem kleinen Haus in Middletown. Die Fenster waren dunkel, die Läden geschlossen. Ein dünner, zehnjähriger schwarzer Junge beäugte ihn mißtrauisch aus der Sicherheit seiner Veranda, als Kevin aus dem Wagen stieg und zur Eingangstür des Hauses von Beverly Morgans Schwester ging. Er klopfte an und wartete. Sein Pochen hallte und erstarb drinnen, ohne daß sich etwas rührte. Er klopfte wieder und schaute dann durch ein Fenster.

»Sie sind nicht zu Hause«, sagte der kleine Junge. »Sie sind im Krankenwagen weggefahren.«

»Krankenwagen?« Kevin trat schnell an die Veranda. Der kleine Junge wich ein paar Schritte zurück, erschreckt über seine plötzliche Bewegung. »Was ist mit Mrs. Morgan passiert?«

»Sie war betrunken und ist die Treppe runtergefallen«, sagte er und schob einen Spielzeugfeuerwehrwagen über das geborstene Geländer der Veranda.

»Oh, verstehe. Dann ist sie in ein Krankenhaus gebracht worden?«

»Yea. Und meine Mutter ist auch mit. Sie hat Cheryl gefahren.«

»Oh. Zu welchem Krankenhaus sind sie denn?«

Der kleine Junge zuckte mit den Schultern.

»Wahrscheinlich gibt's hier ohnehin nur ein Krankenhaus«, überlegte Kevin laut. Er eilte über den Bürgersteig zurück zu seinem Wagen und raste los. An der ersten Kreuzung entdeckte er ein Hinweisschild zum Horton Memorial Hospital und fuhr, so schnell er konnte, dorthin.

Die freundlich dreinschauende ältere Frau in Rosa am Empfangspult hatte keine Informationen darüber, daß eine Beverly Morgan eingeliefert worden war. »Vielleicht ist sie noch in der Notaufnahme«, war ihre mögliche Erklärung. Sie wies ihm die Richtung, und er eilte über den langen, breiten Korridor.

Er war überrascht über die Hektik. Ob Kleinstadt oder nicht, Notaufnahmen sind überall gleich, dachte er. Krankenschwestern bewegten sich hektisch von einem Untersuchungszimmer zum anderen. Eine überlastete Assistenzärztin starrte auf ihr Klemmbrett, während eine Krankenschwester die Symptome eines Patienten in dem Raum hinter ihr aufzählte. Niemand schien Kevin zu bemerken. Er entdeckte zwei schwarze Frauen, die auf der anderen Seite des Notaufnahmebereichs vor der Tür eines Untersuchungszimmers standen und leise miteinander sprachen. Er ging zu ihnen.

»Entschuldigen Sie bitte.«

Sie schauten ihn neugierig an.

»Ist Beverly Morgan da drinnen?«

»Aber sicher. Wer sind Sie?«

»Ich bin Kevin Taylor, Rechtsanwalt. Ich habe Stanley Rothberg verteidigt.«

»Oh, ja. Und was wollen Sie jetzt von meiner Schwester? Sie hat doch vor Gericht alles gesagt, oder?«

»Geht es ihr gut?« fragte er lächelnd.

»Sie wird überleben«, sagte ihre Schwester einfältig lächelnd. »Aber die Dinge in meinem Haus werden sich garantiert ändern, wenn sie weiterhin dort wohnen will.«

»Darauf wette ich.« Er nickte und sah die andere Frau an, die ihn anstarrte, als ob er vollkommen verrückt sei. »Meinen Sie, ich könnte ein paar Minuten mit ihr sprechen?«

»Na ja, da's so aussieht, als müßten wir 'ne Ewigkeit warten, um ein Zimmer für sie zu bekommen, denke ich schon. Sie ist aber noch nicht wieder ganz nüchtern«, sagte Beverlys Schwester. Aber Kevin zögerte nicht und betrat das Untersuchungszimmer.

Beverly Morgan lag auf einem Untersuchungstisch, die dünne weiße Decke bis zum Hals hochgezogen. Um ihren Kopf war eine Gazebinde gewickelt. An der rechten Seite ihrer Stirn war ein Blutfleck zu sehen. Sie starrte an die Decke. Ihre Schwester und ihre Nachbarin kamen hinter ihm herein und blieben im Türrahmen stehen. Er näherte sich Beverly langsam.

»Beverly?« sagte Kevin. »Wie geht es Ihnen?« Sie blinzelte, schaute aber nicht in seine Richtung. »Ich bin's, Kevin Taylor. Ich würde gerne mit Ihnen reden, wenn ich darf, obwohl der Prozeß vorbei ist. Beverly?«

Sie drehte leicht ihren Kopf.

»Sie ist zu betrunken, um Sie zu verstehen, Mister. Sie weiß ja nich' mal, wo sie ist. Ist kopfüber die Treppe runtergeflogen. Ich hab' sie nicht sofort gefunden. Ein Glück, daß sie noch lebt.«

»Beverly«, sagte er, ihre Schwester ignorierend, »Sie wissen, daß ich hier bin. Sie kennen mich. Sie haben mit mir gesprochen, Beverly. Sie wissen, daß es wichtig ist.«

Sie drehte ihren Kopf soweit, bis sie ihn ansehen konnte. »Hat er Sie geschickt?« fragte sie. Es war ein heiseres Flüstern.

»Wer? Mr. Milton?«

»Hat er Sie geschickt?« fragte sie wieder. »Warum? Was will er jetzt?«

»Er hat mich nicht geschickt, Beverly. Ich bin von allein gekommen. Warum haben Sie eine andere Geschichte erzählt, Beverly? Haben Sie bei Gericht die Wahrheit gesagt? Oder haben Sie mir die Wahrheit gesagt, als ich Sie im Haus Ihrer Schwester besuchte?«

Sie starrte ihn an, und er dachte, es sei sinnlos. »Er hat Sie nicht geschickt?« fragte sie erneut.

»Nein. Ich bin von allein gekommen«, wiederholte er. »Ich wußte nicht, daß Sie eine andere Geschichte erzählen würden. Das erfuhr ich erst, als ich Ihnen vor Gericht diese Fragen stellte. Und ich glaube Ihnen nicht, Beverly. Obwohl Sie mir geholfen haben, meinen Prozeß zu gewinnen, glaube ich Ihnen nicht. Sie haben gelogen, nicht wahr?«

Tränen begannen aus Beverlys blutunterlaufenen Augen zu fließen.

»He, Mister, was machen Sie mit meiner Schwester?«

»Nichts«, sagte er. Er drehte sich energisch zu ihnen um. »Ich brauche nur ein paar Antworten von ihr. Es ist sehr, sehr wichtig. Beverly, Sie haben gelogen, nicht wahr? Haben Sie das?« drängte er.

»Mister, gehen Sie«, verlangte ihre Schwester.

Beverly nickte.

»Ich wußte es. Aber warum? Warum haben Sie gelogen? Wie hat er Sie zum Lügen gebracht?«

»Er wußte«, flüsterte sie.

»Wußte was?«

»Mister, Sie sollten sie jetzt in Ruhe lassen.«

»Wußte was?« fragte er hartnäckig.

Ihre Lippen begannen sich zu bewegen. Kevin senkte seinen Kopf. Sie flüsterte ihm ihr Geständnis ins Ohr, als sei er ein Priester. Dann wandte sie sich ab.

»Aber woher wußte er diese Dinge?« überlegte Kevin laut. Sie versuchte nicht zu antworten, aber er brauchte die Antwort auch nicht. Sie war bereits in seinem Herzen.

Es war eine seltsame Rückfahrt in die Stadt. Fast die ganze Strekke war er so tief in Gedanken versunken, daß er sich an die Fahrt gar nicht erinnerte. Plötzlich stellte er fest, daß er sich der George Washington-Brücke näherte, fast so, als ob er genau dorthin befördert worden sei. Er schauderte. Vielleicht war es so. Wo war Wirklichkeit, wo Illusion? Was war Magie und was nicht? War Mr. Milton nur ein kluger und rücksichtsloser Mann oder... war er mehr?

Woher konnte John Milton die Sünden kennen, die Beverly Morgan in ihrem Herzen bewahrt hatte: daß sie Maxine Shapiros Mutter bestohlen hatte, während sie sich um die alte Dame nach ihrem Schlaganfall kümmerte, und daß sie das gleiche bei Maxine getan hatte – Schmuck stahl, Geld unterschlug, die Tote beraubte. Sie hatte das getan, wie sie sagte, weil sie in den Krallen des Todes waren. Nachdem er diese Dinge erst einmal gewußt hatte, war es leicht für ihn gewesen, sie zu erpressen, ihr zu sagen, daß sie jetzt eine Hauptverdächtige sein würde, daß sie Maxine nicht versehentlich durch Nachlässigkeit, ausgelöst durch ihren Alkoholismus, sondern vorsätzlich und geplant getötet habe. Maxine hatte ebenso herausgefunden, was sie tat und was sie getan hatte, wie, Gott verzeihe ihr, Maxines Mutter.

Zuviel Digitalis, nicht feststellbar, solange kein Pathologe Grund hatte, danach zu suchen. Sie hatte die alte Dame ins Jenseits befördert, ohne daß es entdeckt wurde.

Kevin hatte das alles gehört, doch anders als ein Beichtvater machte er ihr keine Hoffnung auf Vergebung, denn im Augenblick überlegte er, ob er selbst überhaupt Hoffnung auf Vergebung hatte.

Doch ihm blieb jetzt keine Zeit, über sich nachzudenken. Helen Scholefields Warnung war für Miriam bestimmt gewesen, nicht für ihn. Helen hatte gesagt, daß das gleiche, was mit Richard Jaffes Frau passiert sei, Miriam widerfahren würde. Wieviel von dem, was er fühlte und wußte, hatte Richard Jaffee gewußt?

Jetzt, da seine Neugier über die Firma und die anderen Partner ihren Höhepunkt erreicht hatte, beschloß er, zum Büro zu fahren und selbst Nachforschungen anzustellen. Er hatte eine Idee, wo er suchen konnte, und er wußte, daß er etwas Konkretes brauchte, um weiterzumachen, etwas, das er Miriam oder sonst jemandem erzählen konnte.

Diane war überrascht, ihn zu sehen. »Oh, für heute sind schon alle gegangen, Mr. Taylor«, sagte sie. »Mr. McCarthy hat das Büro übrigens gerade erst verlassen.« Kevin wußte das. Er hatte Ted aus dem Bürogebäude kommen sehen und sich versteckt, damit dieser ihn nicht entdeckte.

»Schon in Ordnung. Ich wollte nur ein paar Dinge nachprüfen und etwas nachsehen.«

Sie lächelte und schüttelte dann traurig den Kopf. »Haben Sie schon das Neueste von Mrs. Scholefield gehört?«

»Nein. Ich war fast den ganzen Tag nicht in der Stadt. Was ist passiert?«

»Sie liegt jetzt im Koma, reagiert auf gar nichts. Könnte sein, daß sie am Ende mit Elektroschocks behandelt werden muß«, flüsterte sie.

»Oh. Das ist wirklich schlimm. Ist Mr. Scholefield noch im Hospital?«

»Ja. Brauchen Sie etwas, Mr. Taylor? Wendy ist heute früh gegangen.«

»Nein, ich komme zurecht«, sagte er und ging in sein Büro, wo er eine neue Mappe auf seinem Schreibtisch fand. Obenauf lag ein Zettel, auf dem stand: »Kevin, ein neuer Fall für Sie. Wir werden heute darüber sprechen. J. M.« Natürlich hatte Mr. Milton die Absicht gehabt, erst morgen mit ihm darüber zu sprechen. Er schlug die Mappe auf und überflog die erste Seite.

Elizabeth Porter, eine achtundvierzigjährige Frau, Besitzerin und Betreiberin einer Pension speziell für ältere Menschen, und

Barry Martin, ihr fünfundzwanzigjähriges Mädchen für alles und gleichzeitig ihr Geliebter, waren verhaftet und des Mordes an vier älteren Menschen angeklagt worden. Sie hatten sie angeblich wegen ihrer Sozialversicherungsschecks getötet. Die Leichen der vier hatte man hinter der Pension vergraben gefunden. Er sollte das Faktotum vertreten und verteidigen: Offensichtlich war Barry Martin willens, als Kronzeuge gegen seine ehemalige Geliebte aufzutreten, um seinen Hals zu retten.

Das Material in der Mappe beschrieb ausführlich jeden Mord, wer die Opfer waren, die Vergangenheit der Pensionswirtin ebenso wie die Vergangenheit des Hausmeisters. Wieder lagen, wie Kevin sofort erkannte, detaillierte Berichte im voraus vor. Das fachte das Feuer seiner Verdächtigungen weiter an, und er begab sich in die computerisierte Gesetzesbibliothek. Er schaltete das Licht der Bibliothek ein. Die Neonröhren zuckten und sprangen an, illuminierten den langen, schmalen Raum mit seinen Wänden voller Bücherregale. Der Computer befand sich direkt zu seiner Rechten. Er zog den Stuhl vor die Tastatur und schaltete das Gerät ein. Der Bildschirm blinkte kurz auf und erhellte sich dann mit einem Piepton.

Die Sekretärinnen bewahrten zur schnellen, leichteren Übersicht neben der Tastatur eine Tabelle mit Befehlsgriffen auf. Nachdem Kevin sie einen Augenblick studiert hatte, konnte er die richtigen Tasten betätigen und das Verzeichnis der Festplatte des Computers aufrufen. Er wollte die vergangenen Fälle durchgehen, die Geschichte der Firma sozusagen. Er sah, daß die Fälle nach dem Namen der Partner abgelegt waren, die sie betreut hatten. Da Paul als erster in die Firma eingetreten war, rief er die seinen zuerst auf.

Er sah jeden einzelnen rasch durch, merkte sich die Klienten und Ergebnisse. Dann wechselte er zu Teds Fällen über und schließlich zu Daves. Er las immer weiter und fand bestätigt, was er in seinem Herzen bereits gewußt hatte: Jeder Klient, den *John Milton and Associates* verteidigt hatten, hatte entweder eine weit geringere Strafe als beantragt oder ein Urteil auf Bewährung bekommen oder war, offenkundig schuldig, durch legale Manöver entlastet worden. Niemand konnte sagen, daß *John Milton and Associates* irgendeinen ihrer Fälle verloren oder schlecht gehandhabt hätten.

Kein Wunder, daß die drei so arrogant wirkten, als sie sagten: »Wir verlieren nicht«, dachte er. Sie wußten es. Sie verloren niemals.

Kevin sah, daß sein eigener Name bereits aufgeführt war, und so rief er sein Verzeichnis auf und war schockiert, als er eine Beschreibung des Falles Lois Wilson vorfand. Aber warum war der in seinem Verzeichnis? Zu dieser Zeit hatte er hier doch noch gar nicht gearbeitet. Natürlich war der Fall Rothberg da, und jetzt war bereits der Pensionsfall eingetragen.

Was ihm aber fast das Blut in den Adern gefrieren ließ, war die Tatsache, daß das Ergebnis bereits eingetragen war. War das einfach Vertrauen oder was? Er könnte doch schließlich auch Fehler begehen? Oder die Anklage könnte etwas vorlegen, von dem sie nichts wußten? Es würde eine Weile dauern, bis es zu einem Prozeß kam. Wie konnte dies dann schon eingetragen sein?

Er lehnte sich zurück und dachte einen Moment nach. Dann beugte er sich vor und rief wieder das Hauptverzeichnis auf. Ein Verzeichnis sprang ihm ins Auge: »Zukunft«.

Er rief es auf und wartete gespannt. Er las langsam, merkte sich die Daten. Sein Herz klopfte, bevor er am Ende der ersten Seite angelangt war. Er konnte es nicht fassen: John Milton and Associates führten über zwei Jahre künftiger Verteidigungsarbeit auf, die auf Verbrechen basierte, die erst noch begangen werden würden!

13

»Ich gehe jetzt, Mr. Taylor«, sagte Diane. Sie stand plötzlich im Türrahmen der Bibliothek. Er hatte sie nicht über den Korridor kommen hören, weil er so gefesselt von dem war, was er auf dem Computermonitor sah. Obwohl sie leise sprach, wirbelte er so abrupt herum, daß er das Gefühl hatte, aus seiner Haut gefahren zu sein. Die schöne Sekretärin lächelte ihn unschuldig an. Offensichtlich schien sie nicht zu bemerken, was er tat – was er sich da ansah. Vielleicht wußte sie es nicht. Vielleicht weiß es niemand von ihnen wirklich, dachte er.

»O ja, Diane. Ich werde auch gleich gehen.«

»Sie brauchen sich nicht zu beeilen, Mr. Taylor. Die Tür schließt sich von allein, wenn Sie gehen.«

»Übrigens, wo war Mr. Milton denn den ganzen Tag?«

»Er hatte mehrere Termine überall in der Stadt, aber er war über alles auf dem laufenden, auch über Mr. Scholefields Frau. Er wird morgen wieder da sein. Bis morgen dann«, fügte sie hinzu.

»Ja. Schönen Abend.« Er wartete darauf, daß sie sich abwandte, bevor er wieder auf den Monitor schaute. Niemand, der das nicht selbst gesehen hat, wird das glauben, dachte er und versuchte, das Verzeichnis »Zukunft« auszudrucken, doch als er die Funktionstaste betätigte, kam die Meldung: »Verzeichnis nicht für Drucker formatiert«. Er wollte den Vorgang neu beginnen, als der Bildschirm plötzlich leer wurde. Er wählte wieder das Hauptverzeichnis und versuchte »Zukunft« auf den Bildschirm zu bekommen, aber dieses Mal reagierte der Computer mit der Aufforderung, das Paßwort einzugeben.

Wie kann das sein? überlegte er. Warum war es möglich, das Ganze einmal ohne Paßwort aufzurufen und dann nicht mehr? Es war, als ob der Computer ihn daran hinderte, als ob er selbst Teil dieses ... Bösen sei.

Er nahm seine Finger von der Tastatur – aus Angst, sie könnte irgend etwas mit ihm anstellen, doch der Computermonitor blieb hell und wirkte ›unschuldig‹. Er schüttelte den Kopf. Wahnsinn, dachte er. Seine Paranoia wurde immer stärker. Er schaltete den Computer ab, verließ die Bibliothek und ging in sein Büro, um zu Hause anzurufen.

Nach dem vierten Läuten meldete sich ihr Anrufbeantworter, und Miriam bat den Anrufer mit süßer, aber ungewohnter Stimme,

Namen, Telefonnummer und eine Nachricht zu hinterlassen. Dann, nach einem kurzen Lachen, sagte sie »Danke«, und der Piepton erklang. Er hielt den Hörer in der Hand und lauschte dem leisen Surren des sich drehenden Bands des Anrufbeantworters. Warum hatte er diese Auffälligkeit in ihrer Stimme vorher nicht gehört – diesen feinen, distanzierten Tonfall von jemandem, der sehr abgelenkt ist, von jemandem, der kaum zu Aufmerksamkeit in der Lage ist? Hatte er unter irgendeinem Zauber gestanden, einem Zauber, der in dem Augenblick gebrochen wurde, als er begann, sich wegen der Dinge, die er getan hatte, schuldig zu fühlen?

Kalter Schweiß stand plötzlich auf seiner Stirn und lief ihm den Nacken hinunter. Er legte den Hörer langsam auf, ohne eine Nachricht zu hinterlassen. Wo war sie? War sie wieder oben, im Penthouse? Vielleicht mit ihm? Was für eine Macht hatte er über Frauen, und warum sahen die anderen Partner das nicht, oder, wenn sie es sahen, warum kümmerte es sie nicht? Die drei waren so tüchtig und klug, daß sie sich der Dinge sicher ebenso bewußt waren, wie er es jetzt war. Er konnte ihnen nicht trauen. Vor allem Paul nicht, denn Paul hatte ihn hierher gebracht, und Paul hatte zugelassen, daß seine Frau im Bellevue eingesperrt worden war.

Doch was sollte er mit dem anfangen, was er erfahren hatte? Er überlegte einige Augenblicke, schaute auf die Uhr und suchte dann in seinem Telefonverzeichnis nach der Nummer des Staatsanwalts. Sobald die Zentrale sich meldete, bat er darum, mit Bob McKensie verbunden zu werden. McKensies Sekretärin meldete sich.

»Er ist gerade im Begriff zu gehen«, sagte sie. »Ich kann ihm ausrichten, daß er Sie gleich morgen früh zurückrufen soll.«

»Nein«, schrie er fast in den Hörer. »Ich muß jetzt sofort mit ihm sprechen. Es ist ein Notfall. Bitte ...«

»Einen Moment.« Nach dem, was er hörte beziehungsweise nicht hörte, vermutete er, daß sie die Sprechmuschel mit ihrer Hand abgedeckt hatte und Bob McKensie direkt neben ihrem Schreibtisch stand. »Gut«, sagte sie. »Mr. McKensie wird gleich mit Ihnen sprechen.« Einen Augenblick später war er am Telefon.

»Kevin, was gibt's?«

»Ich weiß, daß Sie für heute Schluß machen wollten, aber glauben Sie mir, Bob, ich würde nicht anrufen, wenn es nicht wichtig wäre.«

»Ja, ich wollte eben heimgehen. Worum geht es?«

»Es geht um all die Fälle, die Sie gegen Angeklagte geführt haben, die von einem John Milton-Partner verteidigt wurden. Nicht nur Sie, sondern jeder Angehörige der Staatsanwaltschaft«, erwiderte Kevin. Er flüsterte. Eine lange Pause entstand. »Ich verspreche Ihnen, daß Sie es nicht bereuen werden.«

»Wie schnell können Sie hier sein? Ich muß nach Hause.«

»Geben Sie mir zwanzig Minuten.«

Nach einer weiteren Pause sagte McKensie: »In Ordnung, Kevin. Alle anderen werden bis dahin weg sein, also kommen Sie einfach rein. Mein Büro ist die dritte Tür links.«

»In Ordnung. Danke.«

Er legte den Hörer auf, eilte hinaus und schaltete im Gehen die Lichter aus. In dem Moment, als er die Eingangstür hinter sich schloß, drehte er sich um und warf einen Blick auf den dunklen Korridor. Vielleicht war es nur seine überstrapazierte Phantasie, aber ihm war, als sähe er ein Glühen aus der Gesetzbibliothek, ein Glühen, das vielleicht von einem Computermonitor herrührte. Aber er war sicher, daß er ihn abgeschaltet hatte, und so führte er es auf seine gereizte Phantasie zurück und zögerte keinen Augenblick länger.

Als er McKensie gegenüber von zwanzig Minuten gesprochen hatte, hatte er den Feierabendverkehr nicht bedacht. Er brauchte fast vierzig Minuten, bis er endlich in der Garage der Staatsanwaltschaft ankam. Er parkte, eilte in die Lobby und zum Fahrstuhl. Er brannte so darauf, so schnell wie möglich zu McKensie zu kommen, daß er nicht genauer darüber nachgedacht hatte, wie er vortragen sollte, was er entdeckt hatte. Jetzt, als er vor der Tür des Staatsanwaltes stand, wurde ihm die volle Tragweite dessen, was er zu tun gedachte, plötzlich bewußt, und seine Hand erstarrte auf dem Türknopf.

Er wird mich für verrückt halten, dachte Kevin. *Er wird mir kein Wort glauben. Aber ich muß es jemandem erzählen, jemandem, dem die Sache wichtig ist und der weitere Nachforschungen anstellen wird.* Wer war dafür geeigneter als der Mann, den *John Milton and Associates* so oft besiegt und in Verlegenheit gebracht hatten. Er öffnete die Tür und trat ein. In der Lobby brannten noch alle Lichter, doch der Empfang war nicht mehr besetzt. Kevin ging rasch zur dritten Tür auf der linken Seite und öffnete sie.

McKensie stand am Fenster und starrte hinaus auf die dunkler werdende Stadt, seine Hände hinter dem Rücken verschränkt. Der große, schlaksige Staatsanwalt drehte sich schnell um, als die Tür geöffnet wurde, und hob die Augenbrauen. Kevin fand, daß McKensies Gesicht länger und niedergeschlagener wirkte, seine Augen tiefer lagen und trauriger schauten als gewöhnlich.

»Tut mir leid. Ich bin im Verkehr steckengeblieben.«

»Ich wußte, das das so sein würde.« Er schaute auf seine Armbanduhr. »In Ordnung, lassen Sie uns aber bitte schnell machen. Ich habe meine Frau angerufen, aber vergessen, daß wir heute abend Besuch haben.«

»Entschuldigen Sie, Bob. Ich würde das nicht tun, wenn nicht...«

»Setzen Sie sich, Kevin. Lassen Sie hören. Was hat Sie so aus der Fassung gebracht?« Er begab sich zu seinem Sessel. Kevin setzte sich und lehnte sich einen Augenblick zurück, um zu Atem zu kommen.

»Ich weiß nicht, wo ich anfangen soll. Ich hatte bis jetzt nicht darüber nachgedacht, wie ich Ihnen das darlegen soll.«

»Kommen Sie einfach gleich auf den Punkt, Kevin. Über Einzelheiten können wir später reden.«

Kevin nickte, schluckte und beugte sich vor.

»Ich bitte Sie lediglich darum, mir eine Chance zu geben«, sagte er, wobei er seine linke Hand wie ein Verkehrspolizist hochhielt, »und verwerfen Sie nicht sofort, was ich zu sagen habe, okay?«

»Sie haben meine volle Aufmerksamkeit«, sagte McKensie trocken und schaute wieder auf seine Uhr.

»Bob, ich bin der Überzeugung, daß John Milton ein böser Mann mit übernatürlichen Kräften ist. Wahrscheinlich ist er kein Mensch, *oder, was ich meine,* er ist mehr als ein Mensch. Wahrscheinlich ist er Satan höchstpersönlich.«

McKensie starrte ihn nur an. Die einzige Reaktion in seinem Gesicht war, daß er die Augenbrauen wieder hob. Daß er nicht spottete oder lachte, ermutigte Kevin.

»Ich habe heute Beverly Morgan besucht. Sie müssen wissen, daß ich über ihre Aussage ebenso überrascht war wie Sie. Als ich sie vor dem Prozeß befragte, wies sie Rothbergs Geschichte zurück, spottete sogar darüber. Sie bekundete eine starke Abneigung gegen den Mann und wollte nichts tun, was ihm irgendwie helfen könnte. Nun ja… sie hatte vielleicht Gewissensbisse. Sie wissen ebensogut wie ich, daß es oft Zeugen von Verbrechen gibt, die die Aussage verweigern. Die meisten verdrängen ihre Schuldgefühle«, sagte Kevin und zuckte mit den Schultern. »Sie konnte das nicht, als es auf sie zukam. Mr. Milton schickte mir eine Notiz, kurz bevor ich begann, sie bei Gericht zu befragen. Er wußte, daß sie ihre Meinung ändern würde.«

»Und Sie glauben, dazu braucht man übernatürliche Kräfte?«

»Nein, dafür nicht. Ich erzählte Ihnen ja, daß ich Beverly Morgan heute besucht habe. Sie hatte einen Unfall… sie war betrunken. Sie ist eine Treppe hinuntergefallen und war bereits in der Notaufnahme des Krankenhauses, als ich bei ihr zu Hause ankam. Ich fuhr zur Notaufnahme des Krankenhauses und fragte sie, warum sie ihre Aussage geändert habe. Vielleicht, weil sie glaubte, sterben zu müssen, oder vielleicht, weil ihr Gewissen sie plagte, gestand sie mir Dinge, die sie in der Vergangenheit getan hatte, Bob«, sagte Kevin und beugte sich über den Schreibtisch. »Sie erzählte mir, daß sie Maxine Shapiros behinderte Mutter ermordet habe, nachdem die alte Dame festgestellt hatte, daß sie sie beraubte. Sie hat ihr eine Überdosis Digitalis gegeben. Niemand wußte das. Niemand schöpfte Verdacht. Ebenso hat sie Maxine bestohlen, hier ein bißchen Schmuck, hier und da etwas Geld.«

»Dann hat sie sie also auch getötet?«

»Nein, Maxine wußte nicht, was sie tat, oder wenn sie es wußte, kümmerte sie es nicht. Stanley Rothberg hat seine Frau umgebracht. Davon bin ich überzeugt, und ich bin überzeugt, daß Mr. Milton wußte, daß er es getan hat. Tatsächlich weiß ich, daß er wußte, daß er es tun würde.«

»Wie? Was sagen Sie da?« McKensie lehnte sich zurück. »John Milton hatte etwas damit zu tun?«

»In gewisser Hinsicht denke ich das. Er kennt das potentielle Böse in unseren Herzen«, sagte Kevin und überlegte einen Augenblick. Dann blickte er rasch auf. »Ich dachte, es sei ein Schreibfehler, als ich die Unterlagen zum Fall Rothberg erhielt, aber John Milton hatte bereits Informationen gesammelt, bevor Maxine Rothberg überhaupt ermordet worden war. Er wußte, daß sie umgebracht und Stanley angeklagt werden würde.«

»Aber vielleicht hatten Sie recht, als Sie glaubten, daß es lediglich ein Schreibfehler war, Kevin«, sagte McKensie leise.

»Nein. Ich will ihnen erzählen, warum ich sicher bin, daß es nicht so war. Er weiß nicht nur, was böse Menschen tun werden. Er weiß, was wir an Bösem getan haben und in unseren Herzen verbergen. Er wußte, was sie getan hatte, und sie wußte, daß sie mit einer furchtbar bösen Macht konfrontiert war. So gab sie nach und tat, was er wollte.«

»Und das hat sie Ihnen heute im Krankenhaus erzählt?«

»Ja.«

»Kevin, Sie sagten selbst, sie sei betrunken gewesen und habe einen Unfall gehabt. Ich hatte fast die Absicht gehabt, ihre Aussage unglaubwürdig zu machen, indem ich nachweisen wollte, daß sie eine unzurechnungsfähige Alkoholikerin ist, aber ich wußte, daß Sie das dazu benutzen würden, zu behaupten, sie könne Maxine Shapiro versehentlich getötet haben. Deshalb tat ich es nicht. Aber was für eine Zeugin wäre sie denn gegen jemanden wie John Milton?«

»Bob, *John Milton and Associates* haben jeden Strafprozeß gewonnen, an dem sie beteiligt waren, oder das Beste für ihre Klienten rausgeholt«, erwiderte Kevin. »Wenn sie einmal sorgfältig die Gerichtsakten durchgehen, werden Sie das erkennen. Und achten Sie einmal darauf, was für Klienten das sind... viele sind fraglos schuldig, aber sie bekamen Bewährungsstrafen oder...«

»Jeder Verteidiger würde versuchen, das zu erreichen, Kevin. Das wissen Sie.«

»Oder sie finden Wege, Beweismaterial für unzulässig erklären zu lassen.«

»Das machen gute Strafverteidiger so, Kevin. Das ist ihre Aufgabe. Das verstehen wir. Warum, glauben Sie, bin ich die ganze Zeit der Polizei auf den Fersen? Die haben viel zu tun und machen Fehler, und sie hassen mich und die anderen Staatsanwälte, weil wir sie darauf aufmerksam machen, was sie tun dürfen und was nicht.«

»Das weiß ich. Das weiß ich alles«, sagte Kevin ungeduldig. »Aber dahinter steckt mehr. Sie – vor allem Milton – genießen es, schuldige Leute frei zu bekommen. Er ist wahrhaftig der Verteidiger des Bösen, des Teufels Advokat, wenn nicht der Teufel selbst.«

McKensie nickte und beugte sich vor. »Was haben Sie sonst noch, um eine so wilde Geschichte zu untermauern, Kevin?«

»Ich komme gerade aus dem Büro. Ich habe den Computer benutzt, um mir die ganzen Fälle der Firma einmal anzusehen. Wie gesagt, sie haben keinen einzigen verloren. Meine Person ist ebenfalls bereits im Computer gespeichert, aber nicht nur mit dem Fall Rothberg. Sie haben auch meinen ersten richtigen Strafprozeß, den, den ich auf Long Island gewonnen habe.«

»Verteidigung einer Grundschullehrerin, die des sexuellen Mißbrauchs von Kindern angeklagt war.« Kevin sah ihn scharf an. »Ich habe meine Leute Nachforschungen über Sie anstellen lassen, Kevin, ich mußte wissen, gegen welche Art Anwalt ich antreten würde.«

»Es war unheimlich, den Fall in John Miltons Firmenakten zu finden. Es war fast so, als ob er glaubte, ich hätte für ihn gearbeitet, als ich Lois Wilson verteidigte. Und dann dachte ich, daß ich das vielleicht wirklich getan habe.«

»Ich verstehe nicht.«

»Ich glaube, ich wußte in meinem Herzen, daß sie des Mißbrauchs an dem Mädchen schuldig war, ignorierte meine Instinkte aber bewußt, um die Beweisführung des Anklägers da zu attackieren, wo ich wußte, daß sie schwach war.«

»Dafür werden Sie bezahlt«, sagte McKensie trocken.

»Ja, aber zu der Zeit war mir nicht bewußt, daß ich sozusagen für eine Position bei *John Milton and Associates* vorsprach, eine Firma, die nach Verteidigern sucht, die alles tun, um einen Angeklagten zu entlasten, selbst einen schuldigen. Aber egal, was mich am meisten schockierte und erschreckte, war, daß sich im Computer ein Verzeichnis ›Zukunft‹ befindet. Darin sind Verbrechen aufgelistet, die in den nächsten zwei Jahren begangen werden, und die Klienten, die wir deshalb haben werden.«

»Vorhersagen?«

»Nicht einfach Vorhersagen, präzise Beschreibungen – Raubüberfälle, Vergewaltigungen, Morde, Erpressungen, Unterschlagungen – die ganze Bandbreite. Es las sich wie eine Beschreibung des abschließenden Semesters der Höllen-Universität.«

»Wirkliche Namen von Leuten und wofür sie angeklagt werden?«

»Ja.«

»Haben Sie eine Kopie davon?«

»Ich hab's versucht, aber ich konnte sie nicht ausdrucken. Dann schloß sich das Verzeichnis, und ich konnte es nicht wieder auf den Monitor bringen. Aber wenn Sie das machen würden…«

»Aber, Kevin. Ich kann nicht einfach in John Miltons Büro mit einem Durchsuchungsbefehl marschieren, um in ein Computerverzeichnis zu schauen, das Verbrechen enthält, die erst noch begangen werden. Außerdem, wenn er wirklich die Macht hat, die Sie ihm zuschreiben, hätte er das doch vor meinem Eintreffen gelöscht, oder?«

Kevin nickte. Seine Frustration wurde größer. »Paul Scholefields Frau ist im Bellevue«, sagte er schnell. »Sie hat mir gestern nacht erzählt, daß John Milton böse sei und Macht über alle besäße, selbst über unsere Frauen. Sie sagte, er sei verantwortlich für Richard Jaffees Tod.«

»Sagte sie, er habe Richard Jaffee von seiner Terrasse gestoßen?«

»Nicht wörtlich, aber Jaffee fühlte sich verantwortlich für das, was mit seiner Frau passiert war, und er fühlte sich auch schuldig für die Dinge, die er als Anwalt von John Milton getan hatte. Helen sagte, Richard sei der einzige gewesen, der ein Gewissen gehabt habe.«

»Helen Scholefield hat Ihnen das erzählt?«

»Ja.«

McKensie nickte, beugte sich vor und legte seine lange rechte Hand über die linke. »Milt Krammer erzählte mir gestern von ihr. Neuigkeiten wie diese kursieren schnell in der Rechtsgemeinde. Nervenzusammenbruch, richtig?«

»Das ist nur ein Vorwand.«

»Sie sagen, daß sie alle mit drinstecken – Dave Kotein, Ted McCarthy und Paul Scholefield?«

Kevin nickte. »Das glaube ich mittlerweile wirklich.«

»Und ihre Frauen?«

»Bei den Frauen bin ich mir nicht sicher.«

»Aber Pauls Frau definitiv nicht.«

»Sie müssen wissen, sie hatte dieses Bild gemalt, ein abstraktes Bild, aber erschreckend...«

Er hielt inne. McKensie schüttelte leicht den Kopf, und Kevin merkte, daß er verlor.

»Bleiben wir für einen Augenblick mal ganz ruhig, Kevin, und fassen noch einmal zusammen, was Sie mir bisher erzählt haben. Okay?«

»Bob, Sie müssen mir zuhören.«

»Ich höre zu, und ich habe Sie nicht ausgelacht und auch nicht die Männer mit den weißen Kitteln gerufen, oder?«

»Nein.«

»Okay. Sie sind überarbeitet. Beverly Morgan hat offensichtlich gelogen, um sich selbst zu schützen. John Milton wußte von ihren Verbrechen. Ob durch übernatürliche Kräfte oder nicht, bleibt abzuwarten. Vielleicht hat er selbst Nachforschungen angestellt. Er hat gute Privatdetektive. Ich werde das herausfinden. Sie haben sich die Firmengeschichte angesehen und festgestellt, daß es eine sehr erfolgreiche Firma ist. Doch keiner der Fälle, die gewonnen wurden, wurde durch irgendeine übernatürliche Macht gewonnen. Sie haben, wann immer sie konnten, Fehler der Polizei bei der Vorgehensweise zu ihrem Vorteil genutzt und Absprachen getroffen und Prozesse dann klar gewonnen, wenn Indizienbeweise fragwürdig waren. Unterbrechen Sie mich, wenn Sie meinen, daß ich etwas Falsches sage.«

»Nein, ich weiß, welchen Eindruck das alles macht, aber...«

»Aber Sie sahen dieses andere Computerverzeichnis, das Sie nicht ausdrucken oder wiederaufrufen konnten. Es enthält mögliche spätere Verbrechen.«

»Nicht mögliche, sondern definitive.«

»Sie sagen, sie seien definitiv, weil Sie glauben, daß John Milton im Falle Rothberg recherchiert hat, bevor Maxine Rothberg ermordet wurde, geben aber zu, daß Sie zuerst glaubten, es sei ein Schreibfehler. Sie verweisen auf die Aussage einer Frau, die sich jetzt im Bellevue befindet und bei der ein Nervenzusammenbruch diagnostiziert wurde. Oder Sie stützen sich auf die Aussage einer Frau, die nachweislich Alkoholikerin und vielleicht sogar eine Mörderin und Diebin ist.

Kevin«, sagte McKensie und beugte sich vor. »Warum verlassen Sie nicht ganz einfach die Firma und gehen zurück und praktizieren auf Long Island?«

»Wie viele Fälle haben Sie gegen Klienten geführt, die von John Milton verteidigt wurden?« fragte Kevin, so ruhig er konnte.

»Persönlich? Fünf, Ihren eingeschlossen.«

»Und Sie haben jeden verloren, richtig?«

»Ich habe keine Zweifel daran, warum ich sie verloren habe. Es gab dafür logische Gründe. Nichts Übernatürliches. Sehen Sie, ich kenne John Milton seit einiger Zeit. Sie haben mich auf einer seiner Partys gesehen. Auch andere Staatsanwälte sind auf seinen Partys gewesen. Der Boß höchstpersönlich ist dort gewesen. Niemand hatte je den Eindruck, sich in Anwesenheit des Teufels oder des Teufels Advokat zu befinden, glauben Sie mir, obwohl einige dieser Partys ein bißchen heftig waren.«

Kevin nickte, erfüllt von einem entsetzlichen Gefühl der Niederlage. Plötzlich fühlte er sich sehr müde, sehr alt. »Entschuldigen Sie, Bob. Ich wünschte, es gäbe einen Weg, Sie dazu zu bringen, das Ganze zu verstehen.«

»Wenn Sie wirklich glauben, daß Sie und Ihre Frau von etwas Bösem umgeben sind, Kevin, sollten Sie aussteigen.«

»Die Absicht habe ich, aber ich will mehr tun. Ich will es stoppen, weil ich mit dazu beigetragen habe.«

Zum ersten Mal lächelte McKensie. »Ich wünschte, alle Verteidiger hätten derartige Gewissensbisse. Das würde unsere Arbeit ein wenig leichter machen.« Sie starrten sich einen Augenblick an. »Ich sollte das nicht tun«, fügte McKensie hinzu. »Aber ich sehe, daß es Ihnen mit all dem Ernst ist, was Sie mir erzählt haben. Ich kenne jemanden, der Ihnen vielleicht helfen kann, etwas von dem zu erhellen, was Sie glauben gesehen oder erlebt zu haben.«

»Wirklich? Wen?«

»Ein Freund von mir, oder ich sollte besser sagen ein Freund meines Vaters. Er ist ein pensionierter Priester, Vater Vincent. Seit er im Ruhestand ist, hat er über das Okkulte geforscht und geschrieben, speziell über den Teufel, glaube ich. Er ist auch keiner dieser Spinner. Er macht, was die meisten Behörden als Gelehrtenarbeit anerkennen, weil er auch als Psychiater arbeitet. Er nimmt dann und wann noch Patienten, obwohl er fast achtzig ist.«

»Sie glauben, ich brauche einen Psychiater, nicht wahr?« fragte Kevin. Er nickte. »Ich glaube, ich kann Ihnen deswegen keinen Vorwurf machen.«

»Ich sage nicht, daß Sie verrückt sind, Kevin. Aber Vater Vincent könnte Ihnen vielleicht irgendwie helfen. Eventuell kann er Ihnen sagen, wie Sie Ihre Theorien bestätigen oder widerlegen können, so daß Sie Ihren Seelenfrieden finden«, sagte McKensie. »Ist das so schlimm?«

»Nein, ich denke nicht.«

»Sie sind ein vernünftiger Mann«, sagte McKensie und schaute wieder auf seine Uhr. Ich sollte jetzt besser aufbrechen.«

»Okay. Danke fürs Zuhören.« Kevin streckte seine Hand aus.

McKensie stand auf, uns sie schüttelten sich die Hände. »Kevin, verstehen Sie mich nicht falsch. Ich würde *John Milton and Associates* gerne los sein. Sie sind zu gut bei dem, was sie tun, und, dem pflichte ich bei, etliche ihrer Klienten sind trotz ihrer Verbrechen davongekommen. Aber das ist das System, und im Augenblick ist es das beste System, das wir haben. Sie persönlich haben festgestellt, daß Sie solche Dinge nicht akzeptieren können. So was passiert«, sagte McKensie schulterzuckend. »Vielleicht sollten Sie darüber nachdenken, auf unsere Seite zu kommen. Die Bezahlung ist nicht so gut, aber man kann nachts besser schlafen.«

»Vielleicht«, sagte Kevin. Er wollte McKensies Büro verlassen.

»Warten Sie. Ich gehe mit Ihnen hinaus.«

McKensie zog seinen Mantel an und nahm seinen Aktenkoffer. Er schaltete die Bürolampen aus, und wieder war Kevin der letzte, der das Büro verließ. Lichter erloschen hinter ihm, Türen schlossen sich.

»Wo ist Vater Vincent zu finden?« fragte Kevin, als sie in den Fahrstuhl stiegen.

»Er wohnt im Village«, sagte McKensie lächelnd. »Apartment 5, One Christopher Street. Sein Vorname ist Reuben. Erwähnen Sie meinen Namen, wenn Sie ihn anrufen.«

»Ich werde vielleicht hingehen«, sagte Kevin, obwohl seine Begeisterung nicht sehr groß war.

Aber in dem Augenblick, als er zu seinem Apartment zurückkehrte und die Eingangstür sich öffnete, änderte sich alles.

Miriam stand im Korridor und wartete auf ihn.

»Ich hörte, wie du den Schlüssel ins Schloß gesteckt hast«, erklärte sie, »und bin hergelaufen.«

Sie strahlte. Ihr Gesicht war gerötet. Ihre Augen glänzten.

»Warum?«

»Ich wollte es dir nicht sagen, bevor ich ganz sicher war, aber heute habe ich die Bestätigung bekommen. Ich bin schwanger«, sagte sie und schlang ihre Arme um ihn, bevor er Gelegenheit zum Antworten fand.

»Was sagst du?« Miriam stand auf, bevor er fortfahren konnte. Nachdem Kevin sich gefaßt hatte, hatte er sie ins Wohnzimmer geführt, um mit ihr zu reden, aber er hatte kaum angefangen, da ballte sie ihre Hände zu Fäusten und preßte ihre Knöchel an die Schläfen. »Eine Abtreibung!«

»Ich glaube nicht, daß das Baby von mir ist«, sagte Kevin, so ruhig er konnte. »Und wenn Helen recht hat, was ich glaube, wird es dich umbringen.«

»Helen? Helen Scholefield? Mein Gott, du bist wahnsinnig. Du bist wirklich wahnsinnig geworden. Du hast dich von Helen Scholefield verrückt machen lassen, nicht wahr?« sagte sie. »Was hat sie dir letzte Nacht gesagt? Wie kann das Baby nicht von dir sein? Was glaubst du denn, mit wem ich geschlafen habe? Hat Helen dir erzählt, ich sei mit einem anderen Mann zusammen gewesen? Und du hast ihr geglaubt, einer verrückten Frau? Jemandem, der jetzt im Bellevue in einer Zwangsjacke sitzt!« Ihr Gesicht lief vor Wut bläulich an.

»Setz dich einfach und hör zu, was ich zu sagen habe. Tust du das?«

»Nein, nicht, wenn es mit einer Abtreibung zu tun hat. Wir wollten dieses Baby. Wir wollten unsere Familie gründen. Ich habe schon alles für das Kinderzimmer geplant.« Sie schüttelte heftig den Kopf. »Ich will nicht zuhören. Nein. Ich werde das nicht«, wiederholte sie und rannte plötzlich aus dem Wohnzimmer. Er blieb einen

Moment sitzen, stand dann auf und folgte ihr ins Schlafzimmer. Sie lag bäuchlings auf dem Bett und schluchzte.

»Miriam.« Er setzte sich neben sie und streichelte sanft ihr Haar. »Es ist nicht deine Schuld. Ich meinte damit nicht, daß du vorsätzlich mit einem anderen geschlafen hast. Du warst nicht wirklich untreu. Darum geht es hierbei nicht. Er hatte dich irgendwie verzaubert und dich in meiner Gestalt geliebt. Ich habe es gesehen... zweimal, aber jedes Mal war ich außerstande, irgend etwas dagegen zu tun.«

Sie drehte sich langsam um und musterte sein Gesicht. »Wer hat mich verzaubert und geliebt, während du zugeschaut hast?«

»Mr. Milton.«

»Mr. Milton?« Er nickte. »Mr. Milton?« Ihr ungläubiges Lächeln explodierte in einem Gelächter. »Mr. Milton?« sagte sie erneut, während sie sich aufrichtete. »Weißt du, wie alt Mr. Milton ist? Ich habe heute sein wahres Alter erfahren. Er ist vierundsiebzig. Genau das, *vierundsiebzig*. Ich weiß, daß er für sein Alter toll aussieht, aber wenn du dir schon einreden willst, daß ich dich mit jemandem betrogen habe, warum dann nicht mit einem deiner Partner?«

»Wer hat dir sein wahres Alter gesagt?«

»Dr. Stern.«

»Wer ist Dr. Stern?«

»Der Arzt der Firma«, sagte sie und wischte sich die Tränen des Lachens und der Sorge von den Wangen. »Norma und Jean haben mich zu ihm gebracht; zum einen, weil ich diese schwarzblauen Flecken untersuchen lassen wollte, die dich so beunruhigt haben, und zweitens, um einen Schwangerschaftstest zu machen. Es freut dich vielleicht, zu erfahren, daß er deiner Diagnose zustimmte und mir eine Vitamintherapie verordnet hat. Daß ich einen solchen Vitaminmangel habe, könnte mit meiner Schwangerschaft zu tun haben. Ich muß jetzt für zwei essen«, fügte sie lächelnd hinzu.

»Oh, Miriam...«

»Er war ein sehr netter Mann, und wir sprachen über die Firma und dich und Mr. Milton. Dabei erfuhr ich dann sein wahres Alter.«

»Ist es derselbe Arzt, bei dem auch Gloria Jaffee war?« Kevin nickte, als ob sie die Frage bereits bestätigt hätte.

»Natürlich. Und ich weiß, was du als nächstes sagen wirst«, fügte sie rasch hinzu.

»Aber ihr Tod war nicht seine Schuld. Norma, Jean und ich sprachen darüber, und auch er hat etwas dazu gesagt. Es beschäftigt ihn noch immer. Es war ihr Herz. Eine verrückte Sache, völlig unerwartet.«

»Es war eine verrückte Sache, ja, aber nicht unerwartet. Ich bin mir nicht ganz sicher, warum es passiert ist, aber das Baby hat sie getötet, und ihr Mann wußte das, und er wußte auch, warum.«

»Wieso denkt sonst niemand so schreckliche Dinge, weder Norma oder Jean noch ihre Männer? Sie arbeiten mit John Milton zusammen, und sie tun das schon viel länger als du. Warum kommen sie nicht nach Hause und erzählen ihren Frauen, wie böse er ist? Oder liegt es einfach nur daran, daß sie nicht so viel wissen wie du, Kevin?« fragte sie verächtlich.

»Sie wissen es«, sagte er und nickte. Ein Gedanke kam ihm. »Sprechen Norma und Jean je über ihre Männer?«

»Natürlich.«

»Ich meine, über ihre Vergangenheit, ihr Familienleben?«

»Wenig. Und?«

»Etwas Ungewöhnliches bei Ted oder Dave, was ich nicht weiß?«

Sie zuckte die Achseln. »Du wußtest, daß Ted adoptiert worden ist, nicht wahr?«

»Nein, wußte ich nicht. Er hat nie etwas zu mir gesagt, was darauf hätte schließen lassen. So wie er über die Firma seines Vaters gesprochen hat, hatte ich angenommen, daß er sein leiblicher Vater wäre und seine Mutter seine leibliche Mutter.« Er sah sie an. »Dave spricht auch nicht viel über seine Eltern, fällt mir gerade ein. Wenn er's tut, spricht er immer von seinem Vater.« Er nickte. »Daves Mutter starb, als er geboren wurde, nicht wahr?«

»Du wußtest das also.«

»Und ich wette, Pauls...« Seine Augen wurden groß im plötzlichen Begreifen. »Verstehst du nicht?« Er stand auf. Die ganze Wucht der Erkenntnis durchfuhr ihn wie ein elektrischer Schlag.

»Was verstehen, Kevin? Du machst mir wirklich angst.«

»Sie meinen es ernst, wenn sie sagen, diese Firma sei eine Familie. Er ist ihr Vater. Er ist wirklich ihr Vater!«

»Was?« Sie schnitt eine Grimasse.

»Ich hätte es wissen sollen... so wie sie über ihn sprachen. ›Er ist wie ein Vater für mich‹, sagte Paul einmal. Ich glaube, irgendwann haben sie's alle gesagt.«

»Also wirklich, Kevin. Das haben sie doch nur bildlich gemeint.«

»Nein, nein, das alles ergibt jetzt einen Sinn. Eines Tages wird auch Gloria Jaffees Sohn in dieser Firma sein. Und auch...« Er blickte auf sie hinab. »Dein Kind ebenfalls, wenn du es bekommen würdest.«

»Das Jaffee-Kind... von heute an in fünfundzwanzig oder sechsundzwanzig Jahren? Wird also in Mr. Miltons Firma eintreten? Laß mich überlegen«, sagte sie, schloß die Augen und rechnete. »Mr. Milton wird bis dahin glatt einhundertzehn oder einhundertelf Jahre alt sein.«

»Er wird viel älter als das sein, Miriam. Er ist mindestens so alt wie die Schöpfung.«

»Oh, Kevin, also wirklich«, sagte sie und schüttelte den Kopf. »Woher hast du bloß all diese verrückten Ideen? Von Helen Scholefield?«

»Nein.«

»Woher dann?«

»Zuerst einmal durch meine eigenen Instinkte, was immer davon übriggeblieben sein mag.« Er hielt einen Moment inne und sagte dann, nach einem tiefen Atemzug: »Miriam, du hattest übrigens recht mit Lois Wilson.«

»Was soll das heißen?«

»In meinem Herzen wußte ich, daß sie schuldig war, Barbara Stanley belästigt zu haben. Barbara Stanley war verlegen und erschreckt, weil sie Lois zu Beginn erlaubt hatte, das zu tun, und dann zog sie die anderen Mädchen mit hinein, brachte sie dazu, zu lügen, damit sie Verbündete hatte. Ich erkannte die Lüge und benutzte dies gegen die Anklage. Es war verachtenswert, aber ich wollte gewinnen. Das war alles, woran mir lag – gewinnen.«

»Du hast nur getan, wozu du ausgebildet worden bist und wofür du bezahlt wurdest«, rezitierte Miriam.

»Was? Seit wann glaubst *du* das? Was ist aus deiner früheren Ablehnung geworden, daß ich sie verteidigt habe?«

»Norma, Jean und ich haben darüber gesprochen. Es war gut für mich, die Frauen anderer Anwälte kennenzulernen, mit denen ich meine Gefühle und Gedanken teilen konnte. Sie haben mir sehr geholfen, Kevin. Ich bin froh, daß wir hierhergekommen sind und unter intelligenten und weltgewandten Menschen leben.«

»Nein! Sie sind nicht besonders intelligent und weltgewandt. Sie sind nur besonders böse. Das ist alles.«

»Also wirklich, Kevin. Ich verstehe nicht, warum du solche Sachen sagst und warum du etwas so Entsetzliches vorschlägst – unser erstes Kind abzutreiben.«

»Ich werde dir alles erklären, und wenn ich das getan habe, wirst du einer Abtreibung zustimmen. Zuerst aber möchte ich jemanden sprechen, mehr erfahren, lernen, was zu tun ist, lernen, wie ich all dies bestätigen kann, damit andere Menschen, besonders du, mir glauben.«

Er stand auf, ging zum Telefon und wählte die Nummer der Auskunft. Als sich jemand meldete, fragte er nach Reuben Vincents Nummer. Miriam beobachtete ihn interessiert, als er sie rasch aufschrieb und anschließend wählte.

»Wer ist das?« fragte sie. Er bedeutete ihr zu warten.

»Vater Vincent? Guten Abend. Meine Name ist Taylor, Kevin Taylor. Bob McKensie nannte mir Ihren Namen. Störe ich Sie gerade? Nein? Gut. Ich bin sehr an Ihrer Arbeit interessiert, und ich glaube, ich brauche Ihre Hilfe. Wäre es möglich, daß ich Sie jetzt gleich besuche? Ja, heute abend noch. Ich könnte in etwa einer halben Stunde bei Ihnen sein. Ja. Haben Sie vielen Dank. Bis nachher.« Er legte den Hörer auf und wandte sich an Miriam.

»Wer war das?«

»Ein Mann, der uns vielleicht helfen kann.«

»Wobei helfen?«

»Den Teufel zu besiegen«, sagte er und ging. Sie blieb auf dem Bett sitzen, einen Ausdruck des Erstaunens auf ihrem Gesicht.

14

Es hatte schon zuvor Zeiten in Kevins Leben gegeben, in denen er sich fühlte, als bewege er sich in einem Traum. Einem intensiven Augenblick verhaftet oder etwas tuend, was zu tun er schon oft geträumt hatte, sah er sich außerhalb der tatsächlichen Ereignisse, ein Beobachter seiner selbst, fast wie in den Nächten, als sein Doppelgänger Miriam besucht hatte. Jetzt fühlte er sich ebenso.

Als er an der Seventh Avenue an einer Verkehrsampel hielt, sah er jemanden an der Ecke stehen, der in seine Richtung schaute. Der Mann, den Mantelkragen hochgeschlagen, die Hände in die Taschen gesteckt, das Gesicht halb im Schatten, halb im trüben Licht, erinnerte ihn an ihn selbst – angespannt über das Lenkrad schauend, sein Haar zerzaust, der Blick hektisch, einen wilden Ausdruck im Gesicht.

Die Ampel schaltete um, und der Fahrer in dem Wagen hinter ihm hupte wütend. Kevin trat heftig aufs Gaspedal, doch während sein Wagen durch die Nacht schoß, schaute er noch einmal in seinen Rückspiegel, um die schattenhafte Gestalt rasch die Straße überqueren zu sehen. Sie sah aus, als wäre sie auf der Flucht. Er fuhr mit diesem Bild seiner selbst davon, das auf der Oberfläche seiner Augen verweilte wie Licht nach dem Ausschalten einer Lampe.

Kevin kannte diesen Teil des Village gut. Er war oft zum Mittagessen in ein nahe gelegenes Delikatessengeschäft gegangen. Er fuhr direkt zu dem Parkplatz neben dem Gebäude, in dem Vater Vincent wohnte, läutete und trat ein, als die Tür geöffnet wurde.

Vater Vincent öffnete die Tür seines Apartments, kaum daß Kevin aus dem Fahrstuhl getreten war. »Hier entlang«, rief er mit tiefer, volltönender Stimme. Kevin eilte auf ihn zu.

Ein kleiner, stämmiger Mann mit gestärktem weißem Hemd und schwarzer Hose trat beiseite, um ihn eintreten zu lassen.

Vater Vincent hatte zwei schmale Büschel schlohweißes Haar über seinen Ohren. Sie vereinten sich an seinem Hinterkopf und betonten die ovale Form seines glänzenden Schädels, auf dem sich braune Altersflecken befanden. Seine Augenbrauen waren grau und buschig, doch seine Augen waren von einem weichen, jugendlichen Blau, die den Geist und die intellektuelle Energie des Mannes verrieten. Sein ganzes Gesicht wirkte aufgedunsen, sämtliche Teile erschienen irgendwie besonders groß. Sein glattes Grübchenkinn rundete sein elliptisches Antlitz ab.

Er war kaum über einsfünfzig groß, und Kevin fand, daß seine Hände etwas Zwergenhaftes hatten. Er streckte rasch seine linke Hand aus, ergriff Kevins rechte und schüttelte sie mit unerwartet kräftigen, kurzen Fingern.

Als er lächelte, falteten sich seine weichen Wangen zu zwei Grübchen unmittelbar über seinen Mundwinkeln. Kevin fand, daß er ein knuddliger, niedlicher Mann war, liebenswert, eine bartlose und ein wenig kleine Version von Kris Kringle.

»Verdammt kalt draußen, wette ich«, sagte Vater Vincent, wobei er sich mitfühlend die Hände rieb.

»Ja. Der Wind ist heute nacht besonders schneidend«, sagte Kevin, und für einen Augenblick hatte er wieder das Bild des schattenhaften Mannes mit dem gegen die frostige Luft hochgeschlagenen Mantelkragen vor Augen.

»Gehen Sie doch gleich ins Wohnzimmer. Machen Sie's sich bequem«, sagte Vater Vincent und schloß die Tür. »Wie wär's mit einem heißen Drink – oder einem harten?«

»Ich denke … ein harter.«

»Brandy?«

»Gern. Danke.«

Kevin folgte ihm in das behagliche kleine Wohnzimmer, dessen Einrichtung aus einer weißen großen Sitzgruppe bestand, zwei Beistelltischen aus Glas und Holz und einem passenden Tisch in der Mitte der Sitzgruppe. In der hinteren linken Ecke stand ein Schaukelstuhl aus dunklem Kiefernholz, daneben eine Stehlampe. Auf der rechten und der linken Seite waren Regale über Regale voller Bücher. Die andere Wand bestand aus einer Kaminimitation mit einem künstlichen Baumstamm, dessen Inneres rot leuchtete. Der hellblaue Nylonteppich sah alt, aber noch nicht verschlissen aus.

Vater Vincent trat an einen kleinen Barschrank, der unmittelbar links stand und füllte zwei Gläser mit Cognac.

»Danke«, sagte Kevin, als er sein Glas entgegennahm.

»Setzen Sie sich, bitte.« Vater Vincent deutete auf die Sitzgruppe, und Kevin nahm Platz und knöpfte seine beiden oberen Mantelknöpfe auf.

»Sie sollten sich erst aufwärmen, bevor Sie Ihren Mantel ablegen.«

»Ja, danke«, sagte Kevin. »Das wird helfen«, fügte er hinzu, wobei er auf den Brandy deutete. Der Drink fühlte sich wunderbar an, als er sich sanft seinen Weg die Kehle hinunter und dann in den Magen brannte. Er schloß die Augen und begann sich zu entspannen.

»Sie sehen sehr besorgt aus, junger Mann«, sagte Vater Vincent. Er setzte sich Kevin gegenüber hin und musterte ihn, während er an seinem Brandy nippte.

»Vater, das ist noch eine Untertreibung.«

»Das ist es unglücklicherweise häufig.« Er lächelte.

»Menschen kommen zu Priestern oder Psychiatern gewöhnlich erst dann, wenn sie keinen anderen Ausweg mehr wissen. Also«, sagte er, wobei er sich zurücklehnte. »Sie sind ein Freund von Bob McKensie, ja?«

»Nicht direkt ein Freund. Ich bin Strafverteidiger. Ich war kürzlich bei einem Prozeß sein Gegenspieler.«

»Ach ja?«

»Vater Vincent«, sagte Kevin, der meinte, es sei besser, gleich zur Sache zu kommen, »Bob erklärte mir, daß Sie beträchtliche Forschungsarbeit auf dem Gebiet des Okkultismus geleistet hätten.«

»Das ist eine meiner Leidenschaften, ja.«

»Und er erzählte mir, daß Sie ebenso praktizierender Psychiater wie Priester sind.«

»Um ehrlich zu sein – so aktiv war ich als Psychiater eigentlich nie. Ich befasse mich dann und wann ein wenig damit. Und ich bin sicher, er hat Ihnen erzählt, daß ich mich von meinen klerikalen Pflichten zurückgezogen habe.«

»Ja. Also, um ehrlich zu sein, ich denke, daß Bob wollte, daß ich mich an Sie sowohl in Ihrer Eigenschaft als Priester wie auch als Psychiater wende.«

»Verstehe. Nun, warum fangen Sie nicht einfach an? Was, glauben Sie, ist Ihr Problem?«

»Vater Vincent«, sagte Kevin und richtete seinen Blick auf den kleinen Mann, »ich habe guten Grund zu glauben, daß ich für den Teufel oder des Teufels Advokat arbeite. Wie immer wir ihn nennen, er ist jemand oder etwas mit übernatürlichen Kräften, und er benutzt seine Kräfte, um den Kräften des Bösen, die in unserer Welt wirken, zu helfen.« Er hielt inne und atmete tief ein. »Bob McKensie hat mir von Ihrer Arbeit mit dem Okkulten erzählt, und er versicherte mir, daß Sie nicht lachen würden, wenn ich Ihnen all das erzähle. Hatte er recht?« Kevin machte wieder eine Pause und wartete auf die Reaktion seines Zuhörers.

Reuben Vincent dachte kurz nach und nickte dann. »Sie meinen dies alles wörtlich, nehme ich an?«

»O ja.«

»Nein, ich werde weder lachen, noch werde ich Ihre Worte annehmen wie es, wie soll ich sie nennen, religiöse Fanatiker tun, ohne meine eigenen Maßstäbe anzulegen. Ich glaube an die buchstäbliche Existenz des Teufels, obwohl ich nicht sicher bin, ob er sich seit dem Verlust des Paradieses fortwährend in menschlicher Gestalt manifestiert. Ich denke, er hat seine Zeitpunkte gewählt, so wie Gott die seinen gewählt hat.«

Vater Vincent legte seine Hände in frommer Haltung zusammen und wiegte sich leicht auf seinem Platz, seinen Blick unverwandt auf Kevin gerichtet. Er war ein so kleiner Mann, daß es Kevin schwerfiel, sich vorzustellen, daß er irgend etwas aufbieten könnte, um die Macht John Miltons zu bekämpfen.

»Jedoch«, fuhr er fort und beugte sich mit schmalen, prüfenden Augen nach vorne, »es steht außer Frage, daß der Teufel immer bei uns ist. Etwas von seiner Essenz existiert in uns allen, ebenso wie sich etwas von Gottes Essenz in uns allen befindet. Manche glauben, daß dies das Ergebnis des Fehlers von Adam und Eva ist. Ich weiß nicht, ob ich dieser Theorie ebenso folgen kann, wie ich der Überzeugung bin, daß wir das Potential haben, entweder gut oder böse zu sein. Um also Ihre Frage zu beantworten: Ich glaube an den Teufel, und ich glaube, daß er in uns lebt und auf seine Gelegenheit wartet. Manchmal nimmt er, um uns in Versuchung zu führen, menschliche Gestalt an und gewinnt auf irgendeine Weise unser Vertrauen und unseren Glauben.«

Vater Vincent setzte sich lächelnd zurück. »Was bringt Sie auf den Gedanken, daß Sie für den Teufel persönlich arbeiten?«

Kevin begann mit dem Fall Lois Wilson, seiner Entscheidung, ihn anzunehmen, und mit Paul Scholefields Anwesenheit bei dem Prozeß. Er erzählte die ganze Geschichte: Miriams charakterliche Veränderung, Helen Scholefields rätselhafte Warnungen, der Rothberg-Prozeß. Er schloß mit seinen Entdeckungen am Computer im Büro.

Vater Vincent hörte die ganze Zeit über aufmerksam zu, nickte gelegentlich, schloß ab und zu die Augen, als habe er gerade etwas gehört, das ihm sehr vertraut vorkam. Als Kevin geendet hatte, sagte er für einige Augenblicke nichts. Statt dessen stand er auf und trat ans Fenster, um hinaus auf die Straße zu schauen. Er stand dort und dachte nach. Kevin wartete geduldig. Schließlich drehte sich Vater Vincent zu ihm um und nickte.

»Was Sie sagen, ergibt durchaus einen Sinn. Geschichten, Anekdoten, Entwicklungsgeschichten und philosophische Theorien, die ich gelesen habe, überzeugten mich schon vor einer ganzen Weile davon, daß der Teufel ein Gefühl von Loyalität gegenüber seinen Gefolgsleuten besitzt. Vielleicht erinnern Sie sich eines großen literarischen Werks über Gut und Böse, *Das Verlorene Paradies*, von dem englischen Poeten John Milton?«

»John Milton! John Milton!« Ein sarkastisches Lächeln erschien auf Kevins Gesicht. Dann lehnte er sich zurück und lachte.

»Was ist daran so komsich?«

»Es ist ein Scherz, sein ganz persönlicher Scherz, sein eigener kranker Sinn für Humor. Vater Vincent, John Milton ist der Name des Mannes, für den ich arbeite.«

»Tatsächlich?« Vater Vincents Augen leuchteten. »Das wird ja immer interessanter. Offensichtlich kennen Sie diese poetischen Erzählungen nicht.«

»Es muß eines dieser Dinge gewesen sein, die ich auf dem College verschlafen habe; hab' wohl nur die Zusammenfassung gekauft, statt das Werk an sich zu lesen.«

»Es ist nicht einfach zu lesen ... aus dem Lateinischen stammende Syntax, Unmengen von Bezügen auf die Klassik, Metaphern geboren aus Metaphern«, sagte er. »Jedenfalls ist dem Poeten John Milton zufolge Luzifer aus dem Himmel verstoßen worden, weil er eine Rebellion gegen Gott anführte. Er findet sich selbst und seine Gefolgsleute in der Hölle wieder, und er bedauert die Seinen. Milton beschrieb ihn als einen klassischen Führer, wissen Sie. Er hatte Weitsicht, Charisma, sah sich dazu bestimmt, seine Anhänger zu führen und für sie zu sorgen.«

»John Milton kümmert sich um seine Partner und sorgt gut für sie: Häuser, Geld, medizinische Versorgung ...«

»Ja, ja. Was Sie mir erzählen, ist sehr, sehr interessant. Er kennt das Böse, das in den Herzen der Menschen lauert, prophezeit es, ermutigt vielleicht sogar dazu, und dann steht er wie jeder echte Führer seinen Truppen bei, unterstützt und verteidigt sie.«

»Egal, wie abscheulich das Verbrechen ist und wie schuldig sie sein könnten«, ergänzte Kevin, als ob er und Vater Vincent gemeinsam ein großes Geheimnis lösten.

Der kleine großväterliche Mann spitzte seine Lippen und verschränkte seine Hände hinter dem Rücken. »Faszinierend. Sich als Anwalt zu manifestieren. Natürlich. All die Möglichkeiten...« Er schüttelte den Kopf. Sein Gesicht leuchtete vor Erregung. »Es gibt da einige Beobachtungen, die ich Sie bitten möchte zu machen. Zu gegebener Zeit...«

»O nein, Vater. Sie verstehen nicht. Ich bin heute abend hergekommen, weil ich verzweifelt bin. Es gibt etwas, was ich Ihnen noch nicht erzählt habe. Es betrifft meine Frau. Ich glaube, sie ist in großer Gefahr. Sie muß eine Abtreibung machen. Ich weiß nur nicht, wie ich sie dazu bringen kann, zu glauben, was wir sagen.«

»Eine Abtreibung!«

Kevin erzählte, was er über Gloria Jaffees Tod und Richard Jaffees Selbstmord wußte, und dann begann er das zu schildern, was er zuerst für erotische Träume gehalten hatte. Er gab Helen Scholefields Warnung bezüglich Miriam wieder und schloß mit Miriams Feststellung, daß sie schwanger sei.

»Sobald sie mir das erzählte, wußte ich, daß ich sofort mit Ihnen sprechen mußte.«

»Kinder des Teufels«, sagte Vater Vincent, der sich schnell wieder setzte, als ob das Gewicht dieser Information zu schwer sei. »Völlig von seiner Art, von seiner Essenz. Kinder ohne Gewissen, die sich bösere Dinge als gewöhnliche Menschen vorstellen können... kleine Hitlers, Stalins, Jack the Rippers, was auch immer!«

»Intelligente Kinder«, sagte Kevin, der sich genötigt glaubte, etwas zu dem Szenario beizutragen, das Vater Vincent vor Augen hatte. »Kluge, Stillschweigen bewahrende Menschen, die innerhalb des Systems arbeiten, um die Befehle des Teufels auszuführen.«

»Ja.« Vater Vincents Augen verdüsterten sich bei diesen Erkenntnissen. »Nicht nur Anwälte, sondern Politiker, Ärzte, Lehrer, so wie Sie sagen: jeder, der im System arbeitet, um die Seele der Menschheit zu verderben und Gott zu besiegen.«

Kevin atmete tief ein und lehnte sich zurück. War es wirklich möglich, daß er die größte Verschwörung aller Zeiten entdeckt hatte? Wer war er, daß er ausgewählt worden war, den Teufel zur Strecke zu bringen und Verteidiger Gottes zu sein? Er mußte an Miriam denken. Ich werde Teufel und Dämonen bekämpfen, um sie zu beschützen, dachte er, vor allem, da ich sie in die Sache verwickelt habe… in diese Hölle auf Erden, in die auch Richard Jaffe seine Frau brachte. Nur daß *er* nicht die Absicht hatte, Selbstmord zu begehen. Helen Scholefield hatte ihm erzählt, daß Jaffee zwei Möglichkeiten gehabt habe. Nun, es gab drei: sich Milton anzuschließen, Selbstmord zu begehen oder ihn zu vernichten. Die unmittelbare Gefahr, in der Miriam sich befand, war ausschlaggebend für seine Entscheidung.

»Die Analogie zwischen den Schwächen im Körper und den Schwächen in der Seele, die Sie aufzeigten, trifft vielleicht stärker zu, als Sie denken«, sagte Kevin. Er schilderte Miriams Tendenz, schwarzblaue Flecken zu bekommen. »Ich habe ihr gesagt, daß es ein Ernährungsmangel sein könnte.«

»Das Böse nährt sich am Guten. Es wird der Grund sein, warum das Kind des Bösen am Ende das Leben seiner Mutter vernichtet.«

»Das ist das, was ich glaube«, sagte Kevin aufgeregt, weil Vater Vincent so schnell zu dem gleichen Schluß gekommen war. »Was kann ich tun?« fragte er mit einer Stimme, die kaum mehr als ein Flüstern war.

»Ich zweifle nicht an den Dingen, die Sie mir erzählt haben, Dinge, die Sie gesehen und gehört haben, Dinge, die Sie gefühlt haben, und wenn das, was Sie mir erzählt haben, wahr ist, dann gibt es nur einen Weg«, sagte Vater Vincent, der nach seinen Worten nickte, als müsse er sich zuerst selbst überzeugen. »Nur einen Weg – wir müssen den Teufel in dem Körper zerstören, den er gewählt hat. Zuerst müssen Sie zwei weitere Dinge durchführen, um sich zu vergewissern, daß Sie sich wirklich in der Nähe von Luzifer befinden.« Er erhob sich von seinem Sitz und trat an seine Bücherregale, um eine alte Bibel herauszuziehen, deren brauner Ledereinband schon ziemlich verblaßt war. Die Worte »Heilige Schrift« hingegen leuchteten noch, als ob sie retuschiert worden seien. Er brachte die Bibel zu Kevin, der sie langsam nahm und auf eine Erklärung wartete.

»Der Teufel kann die Heilige Schrift nicht berühren. Sie verbrennt seine Finger. Gottes Worte versengen seine vergiftete Seele. Er wird aufheulen.«

»Aber da er das weiß, wird er sie niemals berühren.«

»Ja. Ich möchte, daß Sie dies John Milton geben, aber ...« Er sah sich kurz in dem Raum um, ging dann zu einem Schrank und nahm eine einfache braune Papiertüte heraus. »Hier. Stecken Sie die Bibel in diese Tüte. Bieten Sie sie ihm als Geschenk an. Wenn er wirklich der Teufel ist und sie berührt, wird er sie fallenlassen, als hätte er mitten in ein Feuer gefaßt, und vor Schmerzen aufschreien.«

»Ich verstehe.« Kevin schob die Bibel sorgfältig in die Papiertüte. Er ging mit ihr so vorsichtig um, als halte er Sprengstoff in Händen. »Und wenn er das tut, was Sie gerade geschildert haben?«

Vater Vincent starrte einen Moment auf ihn hinab, drehte sich dann und trat wieder an die Bücherregale. Er griff in die Ecke eines Regals und holte ein goldenes Kreuz mit einer silbernen Replik des gekreuzigten Christus heraus. Das Kreuz war fast zwanzig Zentimeter lang. Vater Vincent hielt es am Ende mit geschlossener Faust.

»Nehmen Sie dies heraus und halten Sie es ihm so dicht wie möglich vors Gesicht. Für ihn ist das, wenn er wirklich der Teufel ist, als würde er direkt in die Sonne schauen. Es wird ihn vorübergehend blenden, und in diesem Augenblick wird er ein hilfloser alter Mann sein.«

»Und dann?« fragte Kevin.

»Und dann ...« Vater Vincent öffnete seine Faust. Das Ende des Kreuzes war ein scharfer Dolch. »Stechen Sie dies in sein verdorbenes Herz. Zögern Sie nicht, denn andernfalls sind Sie und Ihre

Frau auf ewig verloren.« Er beugte sich näher zu ihm. »Auf immer und ewig«, fügte er hinzu.

Kevin konnte kaum atmen. Sein Herz klopfte heftig, aber er streckte langsam die Hände aus und nahm das Kreuz entgegen. Das kleine Gesicht der Christusstatue sah anders aus als alle, die er bisher gesehen hatten: Es sprach eher von Zorn als von Vergebung, ein Gesicht, das einen Soldaten Gottes zeigte. Das Kreuz war schwer, das Ende sehr scharf.

»Wenn Sie ihm dies ins Herz treiben, wird er in die Dunkelheit stürzen.«

»Aber was wird aus meiner Frau und diesem … Kind?«

»Wenn der Teufel in einer seiner menschlichen Gestalten getötet worden ist, wird seine Nachkommenschaft mit ihm sterben. Ihre Frau wird einen natürlichen Abgang haben. Und so«, schloß Vater Vincent, während er sich aufrichtete, »werden Sie auch Ihre Frau retten. Aber tun Sie nichts«, warnte Vater Vincent, »wenn er die beiden Proben, die ich beschrieben habe, besteht. Kommen Sie zurück, und dann reden wir weiter. Haben wir uns verstanden?«

»Ja«, sagte Kevin. »Danke.« Er stand auf, klemmte die Bibel in der braunen Tüte unter seinen Arm und nahm den Kreuzdolch an sich. Er steckte ihn zwischen Gürtel und Hose.

Vater Vincent nickte. »Gut. Gehen Sie jetzt, und möge Gott mit Ihnen sein, mein Sohn.« Er legte eine Hand auf Kevins Schulter und murmelte verhalten ein Gebet.

»Danke, Vater«, sagte Kevin.

Das Apartmenthaus war stiller als gewöhnlich. Selbst der Wachmann, ein Mann namens Lawson, der Philip während der Nachtschicht ablöste, war nirgendwo zu sehen, als Kevin vorfuhr und durch die Glastüren schaute. Er bog in die Einfahrt ein und betätigte seinen Klicker. Das Tor öffnete sich, und er fuhr in die Garage. Es war totenstill. Das Geräusch, das durch das Schließen seiner Autotür erzeugt wurde, hallte durch die schwach erleuchtete Garage und erstarb dann. Er hörte das leise Summen von Motoren.

Kevin sah, daß die Wagen aller Partner hier waren. Weiter unten in der Ecke rechts stand die Limousine der Firma. Zum ersten Mal bemerkte er jetzt eine Tür, die wohl zu Charons Apartment führte. Charon… er kam darauf, weil er jetzt über Definitionen nachdachte. War Charon nicht der mythologische Fährmann, der die toten Seelen mit seiner Fähre zum Hades brachte? Sein Name war sicherlich ebenfalls ein Scherz von John Milton, aber ihr Charon beförderte sie ja auch tiefer und tiefer in die Hölle, oder? *Ein Scherz auf unsere Kosten,* dachte er.

Kevin schritt zum Aufzug. Zuerst würde er zu Miriam gehen und ihr alles erzählen, was er erfahren hatte, ihr die Gefahr begreiflich machen, sie zwingen, sie zu sehen. Falls nötig, würde er Vater Vincent anrufen und ihn mit ihr sprechen lassen, dachte er. Aber als er ihr Apartment erreichte, war sie bereits fort. Sie hatte ihm eine Nachricht auf dem Küchentisch hinterlassen.

»Hab' vergessen, daß Norma, Jean und ich heute abend Karten fürs Ballett haben. Warte nicht. Wahrscheinlich gehen wir anschließend noch aus. Im Kühlschrank steht eine Gourmet-Lasagne. Befolge nur genau die Anweisung und stell sie in die Mikrowelle. In Liebe, Miriam.«

Ist sie wahnsinnig? dachte er. *Nach alldem, was ich ihr gesagt habe, so, wie ich hier rausgerannt bin, geht sie einfach wie geplant aus und wartet nicht auf mich!*

Sie ist verloren, dachte er. Es hätte nichts genützt, mit ihr zu reden. Jetzt lag alles in seiner Hand. Kevins Blick fiel auf den kleinen Tisch neben dem Telefon in der Küche. Dort lag ein Gottesgeschenk: der Goldschlüssel. Er konnte hinauffahren und John Milton gegenübertreten und alldem ein Ende setzen. Er ergriff ihn und eilte dann, die Bibel in der Papiertüte unter seinem Arm und den Kreuzdolch in seinem Gürtel, hinaus zum Fahrstuhl.

Er steckte den Schlüssel hinein und drückte auf »P« für Penthouse. Die Türen schlossen sich, und er begann hochzufahren. Kevin stellte sich vor, daß er wirklich aus den Abgründen der Hölle aufstieg. Er mußte seine Seele und das Leben seiner Frau retten.

Die Türen öffneten sich langsam, viel langsamer, als sie sich auf den anderen Etagen öffneten, dachte er. Der große Raum war nur schwach erleuchtet, die Deckenlichter gedämpft, die meisten anderen Lampen ausgeschaltet. Kerzen brannten in dem Kandelaber auf dem Flügel. Ihre winzigen Flammen warfen riesige verzerrte Schatten auf die gegenüberliegende Wand. Eine sachte Brise im Raum ließ die kleinen Flammen flackern, so daß es aussah, als ob die Silhouetten zitterten.

Die Stereoanlage war sehr leise gestellt. Eine Kassette mit einem Klavierstück lief, das ihm zuerst nur vage vertraut vorkam. Aber nachdem Kevin ein paar Sekunden gelauscht hatte, merkte er, daß es das Konzert war, das Miriam in der Nacht der Party gespielt hatte. In Gedanken konnte er sie fast dort sitzen sehen, wie sie spielte.

Kevin trat aus dem Fahrstuhl und blieb stehen, um nach anderen Geräuschen zu lauschen.. Zuerst waren keine zu hören. Dann, gerade so, als würde er sich direkt vor Kevins Augen zusammensetzen, saß John Milton plötzlich auf der rechten Ecke der Couch und nippte an seinem Wein. Er trug seinen burgunderroten Samtsmoking.

»Hallo, Kevin. Welch angenehme Überraschung. Kommen Sie herein, kommen Sie. Ich saß gerade hier, um mich zu entspannen. Und, um ehrlich zu sein, ich hatte über Sie nachgedacht.«

»Haben Sie?«

»Ja. Ich weiß, daß Sie heute freigenommen haben. Fühlen Sie sich besser, ausgeruht?«

»Irgendwie ja.«

»Gut. Noch einmal meine Glückwünsche zu Ihrer exzellenten Verteidigung.»

»Soviel habe ich gar nicht getan«, sagte er und trat ein Stück weiter vor. »Sie wurde mir praktisch geschenkt, als ich Ihre Notiz erhielt.«

»Ah ja, die Notiz. Darüber wundern Sie sich noch immer, nicht wahr?«

»Nein.«

»Nein? Gut. Wie mein Großvater zu sagen pflegte: ›Einem geschenkten Gaul schaut man nicht ins Maul‹.«

»Mein Gott.«

»Was?«

»Es war mein Großvater, der das immer sagte.«

»Wirklich?« John Miltons Lächeln wurde breiter. »Wahrscheinlich sagen die Großväter aller Leute solche Dinge. Wenn Sie mal Großvater sind, werden Sie auch solche Dinge sagen.« John Milton stellte sein Weinglas auf den Tisch. »Kommen Sie her. Sie stehen ja da wie ein Botenjunge. Möchten Sie auch ein Glas Wein?« Er hielt das Glas ins Licht, so daß die rote Flüssigkeit noch prächtiger aussah.

»Nein, danke.«

»Nein?« Er lehnte sich zurück und musterte Kevin für einen Augenblick. »Was tragen Sie da unter dem Arm?«

»Ein Geschenk für Sie.«

»Ach? Das ist nett von Ihnen. Was ist der Anlaß?«

»Lassen Sie's mich Dankbarkeit nennen, Würdigung all dessen,was Sie für mich und Miriam getan haben.«

»Ich habe bereits mein Geschenk erhalten, dadurch nämlich, daß ich erlebt habe, wie gut Sie vor Gericht waren.«

»Dennoch wollte ich Ihnen ein kleines Zeichen unserer... Zuneigung geben.«

Kevin bewegte sich vorwärts, bis er vor ihm stand. Langsam zog er die braune Tüte unter seinem Arm hervor und überreichte sie John Milton.

»Fühlt sich an wie ein Buch.«

Kevin griff unter seine Jacke und faßte nach dem Dolch.

»Oh, es ist eins. Eins der besten.«

»Wirklich? Nun, dann danke.« Er steckte seine Finger in die Tüte und zog die Bibel heraus. Die Worte »Heilige Schrift« waren erst lesbar, als das Buch ganz aus der Tüte heraus war. In diesem Moment traten John Miltons Augen hervor. Er schrie genauso, wie

Vater Vincent es vorhergesagt hatte, heulte auf, als ob er versucht habe, mitten in ein Feuer zu greifen, und dabei eine heiße, brennende Kohle berührte. Die Bibel fiel zu Boden.

Kevin zog das Kreuz hervor, streckte den Arm aus und hielt das Gesicht und den Körper eines zornig blickenden Christus vor John Miltons Gesicht. Dieser schrie erneut auf, hob seine Hände vor die Augen und fiel auf die Couch zurück. Kevin umklammerte den Kreuzdolch und trieb das spitze Ende ohne zu zögern in John Miltons Herz. Er durchschnitt den Stoff und das Fleisch mit der Geschwindigkeit und der Präzision eines erhitztenMessers, das durch weiche Eiscreme schneidet, wobei der Kreuzdolch sich abkühlte, als er eindrang. Blut spritzte heraus und über Kevins Finger, aber er wich erst zurück, als er das Kreuz, so tief er konnte, hineingetrieben hatte.

John Milton hatte die Hände erhoben; er kippte um und starb auf der Couch, seine Handflächen noch immer fest vor die Augen gepreßt, um sich vor dem Licht zu schützen. Kevin trat zurück. Die Replik des Christus am Kreuz saß tief in John Miltons Brust, aber Kevin fand, daß das kleine Gesicht jetzt zufrieden und gelassen aussah.

Kevin stand da und starrte auf den Toten hinab, bis sein Körper zu zittern aufhörte. Es ist vorbei, dachte er. Er hatte seine Seele und die seiner Frau gerettet. Er ging direkt zum Telefon, um Vater Vincent anzurufen. Es klingelte und klingelte und klingelte. Schließlich hörte er die Stimme des alten Mannes.

»Ich bin hier«, sagte Kevin. »In seinem Apartment, und es lief alles genauso, wie Sie es geschildert hatten.«

»Wie bitte?«

»Ich habe es getan, Vater. Er konnte die Bibel nicht berühren, und er heulte auf, als sie in seinen Händen lag, und dann zeigte ich ihm den gekreuzigten Christus, und er war geblendet, und so trieb ich ihm den Dolch in sein Herz, genauso, wie Sie es mir gesagt haben.«

Am anderen Ende herrschte Schweigen.

»Es war doch so gedacht, daß ich es tun sollte, nicht wahr?«

»O ja, mein Junge.« Vater Vincent brach in dumpfes Gelächter aus. »Das war's, was Sie tun sollten. Tun Sie nichts weiter. Bleiben Sie einfach dort. Ich werde die Polizei verständigen.«

»Die Polizei?«

»Bleiben Sie einfach dort«, wiederholte er und legte auf. Kevin hielt den Hörer einen Augenblick in der Hand und lauschte dem Summton. Dann legte er den Hörer auf.

Er blickte zur Couch und zu John Miltons Leiche. Etwas war anders. Langsam ging er zu der Couch zurück und starrte auf die Leiche hinab. Sein Herz begann zu klopfen, und eine kalte, eisige Welle stieg an seinen Beinen hinauf, so daß er das Gefühl hatte, als sei er gerade in einen eisigen Teich getreten.

John Milton war noch immer tot. Der Dolch steckte noch immer fest in seinem Herz.

Aber er hatte die Hände nicht mehr vor seinem Gesicht.

Und er lächelte!

15

»Es gibt keine Besseren für deine Verteidigung«, bettelte Miriam. »Warum bist du denn nicht vernünftig? Du solltest dankbar dafür sein, daß sie bereit sind, es zu tun, wenn man bedenkt, was du getan hast. Ich bin erstaunt, daß sie uns nicht hassen.«

Kevin sagte nichts. Er saß im Besucherraum des Gefängnisses und starrte geradeaus. Er war noch immer völlig durcheinander. War er verrückt geworden? War es so, wenn man völlig wahnsinnig wurde?

Die Polizei war gekommen, gefolgt von den Partnern, und dann waren Miriam und die anderen Frauen eingetroffen. Er hatte zu niemandem etwas gesagt, nicht einmal zu Miriam, die hysterisch geworden war und von Norma und Jean getröstet werden mußte.

Die Partner glaubten, er sei einfach nur ein geschickter Verteidiger, der sich weigerte zu reden, bis er von einem Anwalt vertreten wurde, aber er würde jetzt mit keinem von ihnen sprechen, trotz Miriams Bitten.

Und was die Partner anbelangte, die ihn angeblich nicht haßten: Natürlich haßten sie ihn. Sie bewahrten einfach Stillschweigen – wie immer. Aber er verstand, warum Miriam dafür blind sein würde. Sie war so verletzbar, dachte er und sah sie an.

Sie war noch immer schwanger. Es hatte keinen sofortigen Abgang gegeben, aber das würde sicher noch passieren. Alles andere, was Vater Vincent vorausgesagt hatte, war eingetreten. Dieser Gedanke brachte ihn in die Wirklichkeit zurück. Er musterte ihr Gesicht aufmerksamer.

Miriam sah nicht krank aus oder so, als litte sie Schmerzen. Sie hatte geweint und ihr Make-up war von den Tränen verschmiert, aber sie schaute körperlich nicht beunruhigend aus. Tatsächlich war die Blässe, die er in letzter Zeit in ihrem Gesicht gesehen hatte, verschwunden. Sie sah wirklich wie eine gesunde, schwangere Frau aus, die durch ihr Schwangerschaft erblühte. Vielleicht bedeutete das, daß der teuflische Fötus in ihr starb, seine Kraft verlor, ihr ihre Nährstoffe zu entziehen. Er war hoffnungsvoll.

»Wie fühlst du dich?« fragte er sie.

»Ich fühle mich schrecklich. Was meinst du überhaupt? Wie kannst du mich das jetzt fragen?«

»Ich meine nicht das andere. Ich meine körperlich... deine Schwangerschaft... neue schwarzblaue Flecken?«

»Nein. Es geht mir gut«, sagte sie. »Ich war beim Arzt, und er sagt, alles sei bestens.« Sie schüttelte den Kopf. Er starrte sie weiter an, musterte sie, blickte forschend in ihre Augen, studierte ihren Gesichtsausdruck. Sie wirkte so anders auf ihn. Er spürte, daß das Vertrauen, das zwischen ihnen gewesen war, verschwunden war. Sie waren nicht länger Teil voneinander. Sie war eine Fremde geworden. Ihre Augen hatten nicht mehr die Wärme, die er einst so geschätzt hatte. Es ist, als ob jemand anders von ihrem Körper Besitz ergriffen hat, dachte er; und dann dachte er natürlich, daß da dieses... Kind war, sie aussaugte, ihr die Herzlichkeit entzog, ihre Liebe zu ihm.

Der Arzt war einer von ihnen. Vielleicht hielt er das Baby am Leben.

»Ich möchte, daß du nicht mehr zu diesem Arzt gehst, Miriam. Geh nicht mehr zu ihm«, verlangte er.

»Mein Gott, Kevin, mir war gar nicht bewußt, wie verrückt du geworden bist. Mein Gott.«

»Ich bin nicht verürckt, Miriam. Du wirst schon sehen. Ich bin nicht verrückt.«

Sie lehnte sich zurück und starrte ihn an, jedes Mitleid oder Bedauern war verschwunden. Er spürte ihre Abscheu und ihr Entsetzen.

»Kevin, warum hast du das getan? Es gibt so viele Menschen auf der Welt, die getötet werden müßten. Wie konntest du da ausgerechnet Mr. Milton töten?«

Der Gefängniswärter, der bei der Tür stand, hob seine Augenbrauen, schaute in ihre Richtung und tat dann so, als interessiere ihn etwas auf der anderen Seite des Raumes.

»Du hast mir nicht geglaubt, als ich es dir zum ersten Mal sagte. Du wirst mir auch jetzt nicht glauben. Aber beim Prozeß wird alles herauskommen.«

»Beim Prozeß?« Sie lächelte affektiert. All diese Reaktionen, dieses Mienenspiel, es war so untypisch für sie. Dieses Ding gewinnt die Oberhand, dachte er, es besitzt sie, so mußte es auch bei Gloria Jaffee gewesen sein. »Was für einen Prozeß erwartest du denn? Du gibst zu, es getan zu haben, und du willst nicht zulassen, daß Paul oder Ted oder Dave dich verteidigen, obwohl sie die besten Anwälte in der Stadt sind, wahrscheinlich sogar im ganzen Land.«

»Ich habe Nachforschungen angestellt und um einen Anwalt gebeten.«

»Wen?«

»Jemand, den man als Strafverteidiger kaum kennt. Er ist kein

Spitzenanwalt. Er ist nicht reich und, was am wichtigsten ist, er ist keiner von ihnen.« *Aber*, sagte er sich, *wenn ich verliere, könnte er vielleicht einer von ihnen werden.*

»Aber Kevin, ist das klug?«

»Sehr klug. Auf diese Weise habe ich eine Chance – eine Chance, die Wahrheit ans Licht zu bringen.«

»Paul sagt, das erste, was getan werden müsse, ist, dich psychiatrisch untersuchen zu lassen. Die Anklage wird auf vorsätzlichen Mord plädieren. Er sagte, der Psychiater, den die Staatsanwaltschaft beauftragt hat, wird höchstwahrscheinlich ihre Behauptung unterstützen, daß du wußtest, was du getan hast. Paul meint, sie werden diese Verteidigungsmöglichkeit abblocken, die, wie er meint, deine einzige Chance ist.«

»Natürlich sagt er das. Er hat zweifellos bereits einen Psychiater empfohlen.«

»O ja. Er hat uns einige hervorragende Ärzte angeboten«, sagte sie. »Ärzte, die bereits für die Firma gearbeitet haben.«

Er glaubte, sie zwinkerte mit den Augen. Sie wurde eine von ihnen. Es war fast sinnlos, mit ihr zu reden, bevor nicht alles vorbei war.

»Ärzte, die definitiv behaupten werden, daß ich verrückt bin. Sie hoffen, daß dies geschehen wird. Ich werde für verrückt erklärt, und die Wahrheit wird begraben sein, begreifst du das nicht?« Er beugte sich vor, rückte so nahe zu ihr, wie er konnte, ohne daß die Wärter es bemerkten. »Aber das wird nicht geschehen, Miriam. Wir werden nicht um irgendwelche psychiatrischen Untersuchungen bitten. Um keine.« Er schlug so heftig auf den Tisch, der zwischen ihnen stand, daß sie auf ihrem Platz zusammenzuckte.

Miriam gab ein kleines, mausähnliches Geräusch von sich und preßte ihre rechte Hand vor den Mund. Ihre Augen waren glasig und feucht. Sie schüttelte den Kopf.

»Alle sind erschüttert – deine Eltern, meine, die Partner, Norma und Jean.«

»Was ist mit Helen?« Er lächelte irre. »Du wirst doch jetzt nicht

Helen Scholefield vergessen, weil es so angenehm ist, oder? So , wie die anderen es getan haben.«

»Ich werde sie nicht vergessen, und sie haben das auch nicht. Ich würde ihr am liebsten die Schuld an alldem geben, nur daß sie zu der Zeit selbst sehr durcheinander war und nicht für die Dinge, die sie sagte und tat, verantwortlich gemacht werden kann.« Sie öffnete ihre Handtasche und nahm ein Taschentuch heraus, um ihre Wangen zu betupfen. Dann nahm sie einen kleinen Spiegel heraus und begann, die Tränenspuren fortzuwischen. »Gott sei Dank geht es ihr besser.«

»Besser?« Er lehnte sich zurück. »Was soll das heißen? Ist sie tot?«

»Also, Kevin, wirklich. Wie kannst du so etwas sagen. Es geht ihr besser, heißt, es geht ihr besser. Die Behandlungen haben geholfen. Sie liegt nicht mehr im Koma. Sie ißt mit Appetit und redet wieder verständlicher. Paul hofft, sie in etwa einer Woche nach Hause bringen zu können, wenn sie weiter solche Fortschritte macht.«

»Sie nach Hause bringen? Sie wird nie in dieses Apartmenthaus zurückkehren.«

»Sie bittet jeden Tag darum, heimgebracht zu werden, Kevin. Norma und Jean haben sie besucht. Sie sagen, die Veränderung in ihr sei dramatisch, geradezu ein Wunder. Verstehst du denn nicht?« sagte sie schnell und nachdrücklich. »Darum brauchst Du eine psychiatrische Untersuchung und Behandlung und ...«

»Nein!« Er erhob sich von seinem Platz und schüttelte heftig den Kopf.

»Kevin.«

»Du solltest besser gehen, Miriam. Ich bin müde, und ich muß mich auf den ersten Besuch meines Anwalts vorbereiten. Gib mir sofort Bescheid, wenn mit dir etwas geschieht. Es wird bald geschehen.«

»Etwas geschieht? Was soll denn geschehen?«

»Du wirst schon sehen«, sagte er. »Du wirst schon sehen«, murmelte er hoffnungsvoll und machte kehrt, um in seine Zelle zurückzugehen.

Wie eigenartig! dachte Kevin. Warum sollte Helen Scholefields Zustand sich verbessert haben, und warum wollte sie bei alldem, was sie wußte, zurückkehren? Hatten sie etwas mit ihr im Bellevue gemacht, etwas, um all ihre Erinnerungen und ihr Wissen auszulöschen? Vielleicht hatte man bei ihr eine Lobotomie vorgenommen. Ja, das war es, eine Lobotomie.

Und warum war Miriam noch immer schwanger? Vater Vincent hatte doch gesagt, sobald der Teufel in seiner menschlichen Gestalt getötet war, würden all seine menschlichen Nachfahren sterben. Warum dauerte es nun so lange? Vater Vincent hatte nicht gesagt, daß der Arzt der Firma das verhindern könnte. Konnte es sein, daß er es nicht gewußt hatte? Er mußte mit ihm sprechen. Warum war der Priester nicht gekommen, um ihn zu besuchen? Und warum hatte ausgerechnet er die Polizei angerufen? War das alles Teil eines bestimmten Prozesses?

Es gab so vieles, was er begreifen mußte... so vieles. Er mußte nachdenken, planen und neu organisieren. Er mußte selbst an seiner Verteidigung arbeiten. Er mußte zeigen, daß er in Notwehr getötet hatte. Es würde sein größter Fall vor Gericht werden. Er und dieser Niemand von Anwalt würden dem Staat und den Menschen beweisen, daß er die Menschheit durch die Tötung des Teufels gerettet hatte.

»Wir brauchen einen Durchsuchungsbefehl, um Einblick in die Computerdateien im Büro zu bekommen«, murmelte er, »und eine Vorladung für Beverly Morgan.« Und dann wird McKensie sein Treffen mit mir schildern, dachte Kevin, und Vater Vincent würde in den Zeugenstand gerufen werden... ein Geistlicher, ein Mann mit Autorität, ein anerkannter Psychiater, der an die Existenz des Teufels glaubte.

»Es geht mir gut. Es geht mir gut«, schloß er. »Es wird alles gut werden.«

»Sicher«, erwiderte der Wärter, der hinter ihm herging. »Alles wird gut werden, wo wir dich jetzt in unseren Händen haben.«

Kevin ignorierte ihn, und Augenblicke, nachdem die Zellentür hinter ihm geschlossen worden war, saß er auf seiner Pritsche und kritzelte wie verrückt auf seinem großen gelben Notizblock.

Der Name des Verteidigers war William Samson. Er war erst siebenundzwanzig und sah aus wie ein junger Van Johnson. Samson konnte sein Glück gar nicht fassen. Es war ein dramatischer Fall, mit dem er sich profilieren konnte, weil er sehr publicityträchtig sein würde. Tatsächlich hatte er erst einen Strafprozeß geführt. Da hatte er einen neunzehnjährigen Collegestudenten verteidigt, der angeklagt war, mit vorgehaltener Pistole einen Schnapsladen nahe dem Campus überfallen zu haben. Der Räuber trug eine Skimaske, und die Polizei hatte, einem Hinweis folgend, in seinem Apartment eine identische Skimaske gefunden. Andere Skiausrüstung gab es nicht; er war kein Skiläufer. Die physische Beschreibung paßte ebenfalls auf ihn, und es gab Beweise dafür, daß er hohe Spielschulden hatte. Und doch war es kein glasklarer Fall, weil die Polizei keine Waffen finden konnte und die Freundin des Beschuldigten erklärte, er sei zur Tatzeit bei ihr gewesen.

Samson wußte jedoch, daß sie log, und er hatte nur wenig Vertrauen in ihre Glaubwürdigkeit, als sie im Zeugenstand war. Als er ihr erklärte, welche Strafe sie bei einem Meineid erwartete, und sagte, daß die Staatsanwaltschaft bereits daran arbeite, ihre Aussage zu widerlegen und/oder unglaubwürdig zu machen, wurde sie ziemlich nervös. Einen Tag vor Prozeßbeginn riet er seinem Klienten, um eine Vereinbarung zu bitten, und ging ins Büro des Staatsanwalts, um eine solche auszuhandeln. Er brachte den Staatsanwalt dazu, die Anklage wegen bewaffneten Raubüberfalls fallenzulassen und statt dessen Anklage wegen einfachen Raubes zu erheben. Da sein Klient keine Vorstrafen hatte, brachte er die Anklage dazu, sechs Monate zu beantragen und fünf Jahre Bewährung.

Kevin wußte absolut nichts von den Einzelheiten dieses Falles. Es war ihm auch egal. Ihm ging es einzig und allein darum, jemanden zu finden, der als Strafverteidiger fähig und zugleich höchstwahrscheinlich nicht vom Teufel korrumpiert war. Bei ihrer ersten Zusammenkunft erklärte Kevin, warum er auf Notwehr plädieren wollte. Samson hörte zu und machte sich Notizen, aber als Kevin immer weiter redete, sank Samsons Mut. Das schien wohl doch kein großer Fall zu werden. Sein Klient war, wie er fand, verrückt und litt unter hysterischer Paranoia. Sehr behutsam empfahl er eine psychiatrische Untersuchung.

Kevin weigerte sich. »Genau das ist es ja, was sie wollen – auf Unzurechnungsfähigkeit plädieren, so daß niemand meinen Beweisen und meinen Zeugen glaubt.«

»Dann kann ich Sie nicht guten Gewissens verteidigen«, erklärte William Samson. »Niemand wird Ihren Motiven oder Ihre Geschichte glauben. Unter diesen Umständen kann ich Ihnen keine Verteidigung anbieten, Mr. Taylor.«

Kevin war über Samsons Reaktion enttäuscht, aber auch beeindruckt. William Samson war ein kluger junger Anwalt, der das möglichste für seine Klienten tun würde, aber er handelte auch moralisch. Er gehörte zu der Art von Anwalt, zu der auch er hätte gehören können, dachte er. Das gab ihm Hoffnung und erneuerte seinen Glauben an sich und sein Tun.

»Dann werde ich mich selbst verteidigen«, sagte er. »Aber kommen Sie trotzdem zum Prozeß. Sie werden vielleicht eine Überraschung erleben.«

William Samson war erstaunt zu erfahren, daß der Psychiater der Staatsanwaltschaft zu dem Ergebnis gekommen war, daß Kevin Taylor nicht verrückt sei, daß er den Unterschied zwischen Recht und Unrecht zu dem Zeitpunkt, als er den Mord an John Milton beging, kannte und daß er wahrscheinlich versuchen würde, seine tatsächlichen Motive mit seiner lächerlichen Geschichte über Satan und seine Gefolgsleute zu verschleiern.

Als Kevin jedoch den Bericht des Psychiaters las, glaubte er, daß er zum ersten Mal wirklich Glück habe. Jetzt konnte er seine Behauptung beweisen. Die Leute würden ihm zuhören müssen. Wenn er so einen religiösen und gelehrten Mann wie Vater Vincent überzeugt hatte, würde er gewiß auch zwölf gewöhnliche Bürger überzeugen können. Er war in Hochstimmung durch den Glauben daran, daß, wenn sie das Beweismaterial sahen und die Aussagen seiner Zeugen hörten, die Geschworenen seiner Behauptung folgen würden, daß er John Milton in Notwehr getötet habe. Er wäre nicht in der Lage gewesen, Zeugen aufzurufen und ins Kreuzverhör zu nehmen, hätte er gestanden, verrückt zu sein.

Aber dann fing alles an zu zerfallen.

Er stellte Antrag auf Durchsuchung der Computerdateien bei *John Milton and Associates*, aber das Verzeichnis »Zukunft«, das er haben wollte, war nicht zu finden. Er erklärte, nicht alle Dateien erhalten zu haben, und ging nach einem Antrag persönlich, begleitet von einer Polizeieskorte, in das Büro und versuchte, die Verzeichnisse auf dem Computer aufzurufen. Er hatte keinen Erfolg. Das Verzeichnis war verschwunden. Es war nicht einmal mehr im Hauptverzeichnis aufgelistet.

»Sie haben es gelöscht«, erklärte er. »Ich hätte wissen sollen, daß sie das tun würden.«

Natürlich glaubte ihm niemand, aber er dachte, er würde es auch ohne das schaffen.

Am ersten Prozeßtag legte Todd Lungen, ein stellvertretender Staatsanwalt und nicht viel älter als Bob McKensie, aber beträchtlich besser aussehend, den Standpunkt der Anklage dar. Lungen erinnerte Kevin an sich selbst, weil er eine ähnlich zuversichtliche, fast arrogante Ausstrahlung hatte. Er versprach, darzulegen, daß dies ein ganz einfach Fall sei, der einen Ehemann, eine Ehefrau und ein Opfer einschließe, von dem der Ehemann glaubte, daß dieser eine Affäre mit seiner Frau gehabt und sie geschwängert habe. Lungen behauptete, daß Kevin, nachdem er den kaltblütigen Mord begangen hatte, eine lächerliche Geschichte in der Hoffnung erfunden habe, für wahnsinnig erklärt zu werden. Deshalb seine absurde Behauptung, daß er John Milton in Notwehr getötet habe. Seine Weigerung, sich von einem Psychiater seiner Wahl untersuchen zu lassen, sei motiviert durch die Erkenntnis, daß jeder kompetente Facharzt für Geisteskrankheiten wissen würde, daß er simuliere.

Norma und Jean wurden in den Zeugenstand gerufen, und beide sagten aus, daß Miriam ihnen von Kevins Eifersucht auf John Milton erzählt habe. Sie erzählten, daß er sogar eine Abtreibung verlangt habe, nachdem sie erklärt hatte, daß sie schwanger sei. Er habe sie beschuldigt, mit John Milton geschlafen zu haben, und erklärt, das Kind sei von Milton. Sie sagten aus, Miriam sei zu diesem Zeitpunkt schrecklich aufgeregt gewesen und habe Angst vor Kevin gehabt.

Beim Kreuzverhör versuchte Kevin beide dazu zu bringen, über Gloria und Richard Jaffee zu sprechen, aber sie stützten seine Behauptungen nicht, und als er Helen Scholefield ins Spiel brachte und die Dinge, die sie ihm erzählt hatte, sagten beide, daß Helen etwas wie dies ihnen nie erzählt hätte. Daraufhin befragte Lungen Jean nochmals, die daraufhin erklärte, daß Helen noch immer im Bellevue in psychiatrischer Behandlung sei.

»So können wir, selbst wenn sie irgend etwas von diesen phantastischen Dingen gesagt haben sollte, sie schwerlich als vernünftig betrachten«, schloß Lungen. Dann wandte er sich an die Geschworenen und meinte: »Und sicher wäre Mr. Taylor, einem klugen jungen Anwalt, der gerade vor diesem Gericht einen großen Fall gewonnen hatte, dies bewußt gewesen.«

Paul, Dave und Ted wurden aufgerufen. Jeder bezeugte John Miltons guten Charakter und seine karitativen Taten. Sie sprachen über seine Liebe zum Gesetz und all das, was er für jeden von ihnen und ihre Frauen getan habe. Sie betonten die familiäre Art der Firma und bestritten heftig, daß John Milton ein Frauenheld gewesen sei oder jemals ihren Frauen nahegetreten sei. Jeder erwähnte Kevins offenkundige Unfähigkeit, das Wesen der Firma zu begreifen, und sein Mißtrauen gegenüber John Miltons Ansichten.

Kevin verkündete, daß er sich nicht damit aufhalten werde, einen der Partner ins Kreuzverhör zu nehmen, da sie, Eid hin oder her, in jedem Fall lügen würden. Sie seien John Miltons Söhne, Söhne des Teufels, fügte er hinzu. Der Richter mußte seinen Hammer benutzen, um das Gekicher zu beenden, das aus dem Publikum zu hören war.

Dann legte die Anklage die Mordwaffe vor – den Kreuzdolch. Obwohl Kevin nicht bestritt, John Milton damit erstochen zu haben, wurde ein Gerichtsmediziner hinzugezogen, um zu bezeugen, daß es seine Fingerabdrücke waren. Kevin wurde an den Tatort gebracht, und die Polizeibeamten, die ebenfalls dort waren, sagten aus, daß Kevins Hände blutig gewesen seien und er nicht geleugnet habe, Mr. Milton ermordet zu haben, obwohl er sich weigerte, irgendwelche Fragen zu beantworten.

Damit schloß Lungen selbstzufrieden die Anklage.

Kevin wollt erst persönlich in den Zeugenstand treten, um seine Geschichte zu erzählen, beschloß dann aber, daß es besser sei, zuvor unterstützende Aussagen zu hören. Er beabsichtigte, mit Beverly Morgan zu beginnen. Als jedoch der Zeitpunkt kam, zu dem er mit seiner Verteidigung anfangen sollte, war Beverly Morgan nicht imstande, vor Gericht zu erscheinen. Sie lag im Koma im Krankenhaus, litt unter akuter Alkoholvergiftung. Der sie betreuende Arzt hatte nicht viel Hoffnung für sie.

Da ein anderer stellvertretender Staatsanwalt, Todd Lungen, den Staat vertrat, konnte Kevin Bob McKensie in den Zeugenstand rufen. Doch McKensies Erinnerungen an ihr heimliches Treffen unterschieden sich völlig von denen Kevins. McKensie bestätigte Kevins Sorgen wegen John Miltons Anwaltskanzlei und auch, daß Kevin behauptet habe, die Firma würde alles tun, um den Freispruch eines Klienten zu erreichen, egal wie schuldig er sein mochte. Ja, bestätigte er, Kevin sei zu ihm gekommen, um die Firma in Mißkredit zu bringen.

»Aber für mich war offensichtlich«, fügte McKensie hinzu, »daß sein Motiv Rache war. Er glaubte, daß seine Frau eine Affäre mit Mr. Milton hatte.«

Kevin wollte seinen Ohren nicht trauen. »Sie lügen. Ich habe so etwas nie gesagt!« erklärte er. Lungen erhob Einspruch gegen Kevins Vorwurf, und der Richter gab dem statt.

»Entweder Sie setzen Ihr Verhör des Zeugen fort, oder er verläßt den Zeugenstand.«

»Aber Euer Ehren, er lügt.«

»Das haben die Geschworenen zu entscheiden. Irgendwelche weiteren Fragen an Mr. McKensie?«

»Ja. Haben Sie mir empfohlen, mich mit Vater Reuben Vincent zu treffen?«

»Ja, das habe ich«, sagte McKensie.

»Gut. Dann erzählen Sie dem Gericht bitte, warum Sie diese Empfehlung ausgesprochen haben.«

»Weil ich dachte, er könne Ihnen helfen. Er ist zugelassener Psychiater. Er hätte Sie beraten und Ihnen helfen können, andere Wege zu finden, mit Ihrer Eifersucht umzugehen.«

»Was?«

McKensie erwiderte stoisch seinen Blick.

Kevin wirbelte herum und schaute ins Publikum, dorthin, wo Paul Scholefield, Ted McCarthy und Dave Kotein saßen. Er glaubte zu sehen, daß sie zufrieden lächelten. Norma, Jean und Miriam saßen neben ihnen. Norma und Jean trösteten Miriam. Diese machte auf ihn jetzt einen so traurigen Eindruck wie damals beim Prozeß gegen Lois Wilson. Sie fuhr sich mit dem Handrücken über die Wangen, um ihre Tränen wegzuwischen.

Für einen Augenblick glaubte er, wieder bei dem Lois Wilson-Prozeß zu sein. Es war der Augenblick, bevor er das kleine Mädchen verhören wollte. Er könnte es tun oder auch nicht. War er dort? War dies alles ein Traum gewesen? Konnte er die Zeit zurückdrehen?

Der Richter brachte ihn in die Wirklichkeit zurück. »Mr. Taylor?«

Er schaute wieder zu McKensie, der das gleiche Lächeln auf dem Gesicht hatte, wie seine früheren Partner. Natürlich, dachte Kevin. Natürlich.

»Ich hätte es wissen müssen«, lachte er. »Es hätte mir klar sein müssen. Was für eine Idiotie! Ich war der perfekte Idiot, das perfekte Opfer, nicht wahr? Nicht wahr?« fragte er McKensie. Der schlaksige Mann schlug seine Beine übereinander und blickte den Richter hilfesuchend an.

»Mr. Taylor?« sagte der Richter.

»Euer Ehren«, sagte Kevin, trat an den Zeugenstand und richtete seinen Finger auf McKensie. »Mr. McKensie gehörte mit dazu... die Prozesse, die er verlor, die Vereinbarungen, die er getroffen hatte...«

Lungen sprang auf. »Einspruch, Euer Ehren!«

»Stattgegeben. Mr. Taylor. Ich habe Sie vor solchen Feststellungen gewarnt. Sparen Sie sich die für Ihr Schlußplädoyer auf, oder ich werde Sie wegen Mißachtung des Gerichts verwarnen.«

Kevin hielt inne und schaute in die Gesichter der Jurymitglieder. Die meisten blickten erstaunt, verwirrt. Einige sahen angewidert aus. Er nickte. Das Gefühl einer überwältigenden Niederlage überkam ihn mit der Wucht einer Meereswoge. Aber sicher würde doch Vater Vincent, ein Priester... Er war seine letzte Hoffnung.

Er rief ihn in den Zeugenstand.

Der kleine ältliche Mann sah in seinem doppelreihigen Anzug und mit Krawatte sehr distinguiert aus. Er sah mehr wie ein Psychiater aus und weniger wie ein Priester.

»Vater Vincent, würden Sie dem Gericht den Inhalt unseres Gespräches schildern, das Sie und ich über John Milton geführt hatten.«

»Ich fürchte, daß ich diese Bitte im Hinblick auf die ärztliche Schweigepflicht ablehnen muß«, sagte er.

»O nein, Vater. Sie können alles sagen. Ich entbinde Sie von Ihrer Schweigepflicht.«

Vater Vincent schaute zum Richter.

»Er hat das Recht dazu«, sagte der Richter. »Fahren Sie mit Ihrer Aussage fort.«

Vater Vincent schüttelte mitleidig den Kopf. »Also gut.« Er wandte sich an die Geschworenen. »Mr. Taylor kam über die Empfehlung von Bob McKensie zu mir. Ich hatte eine Sitzung mit ihm, in deren Verlauf ich bei ihm große Wut und Feindseligkeit feststellte. Er offenbarte den Wunsch, Mr. Milton etwas anzutun, weil er glaubte, Mr. Milton habe seine Frau geschwängert. Er begründete seinen Wunsch damit, daß er erklärte, Mr. Milton sei ein böser Mann, ein Teufel in Menschengestalt. Ich versuchte, ihn dazu zu bringen, die Sache rational zu sehen, so daß er begreifen konnte, was er fühlte. Dies tat ich in der Hoffnung, daß es ihm möglich würde, mit seinem Ärger und seinen Verdächtigungen besser umzugehen. Wir hatten weitere gemeinsame Sitzungen vereinbart. Aber an diesem Abend rief Mr. Taylor mich an und erzählte mir, er habe John Milton getötet. Er war hysterisch, aber nach meiner Auffassung sich dessen, was er getan hatte, völlig bewußt.«

»Ich bin nicht an dem psychiatrischen Teil all dessen interessiert«, herrschte Kevin ihn an. »Ich kam zu Ihnen in Ihrer Eigenschaft als Priester, als Experte für das Okkulte und den Teufel. Würden Sie sich nicht als Experte für diese Dinge betrachten? Haben Sie nicht wissenschaftliche Forschungen darüber betrieben?«

»Wissenschaftliche Forschung über den Teufel? Schwerlich.«

»Aber… haben Sie mir nicht eine Bibel gegeben, die ich Mr. Milton überreichen sollte, um zu testen, ob er der Teufel sei oder nicht?« Statt zu antworten, begann Vater Vincent zu lächeln. Kevin stürzte sich förmlich auf ihn. »Und haben Sie mir nicht ein Kreuz gegeben, das zugleich ein Dolch war?«

Vater Vincent schaute erst ihn an und wandte sich dann wieder an die Geschworenen. »Absolut nicht. Diese Aussagen kommen mir ebenso phantastisch vor, wie sie Ihnen allen erscheinen müssen.«

Kevin errötete. Er drehte sich zu seinen ehemaligen Partnern um. Ihr Lächeln war noch breiter geworden. Norma und Jean wandten sich zu Miriam, die ihre Hände vors Gesicht geschlagen hatte. Er schaute Bob McKensie an, der jetzt zu lachen schien.

»Sogar Priester! Selbst die Priester!« schrie Kevin und hob seine Hände zur Decke. »Sie sind auch einer seiner Söhne, nicht wahr?«

fragte er und wandte sich wieder an Vater Vincent. »Sind Sie das nicht?« Er wirbelte herum. »Wie viele von euch sind noch hier?«

»Mr. Taylor.« Der Richter schlug mit seinem Hammer. Kevin drehte sich zu ihm und und richtete anklagend seinen Zeigefinger auf ihn.

»Auch Sie sind sein. Sie alle sind sein. Begreifen Sie denn nicht?« schrie er die Geschworenen an. »Sie alle sind seine Söhne.« Am Ende mußten die Gerichtsdiener Kevin bändigen, damit die Anklage Vater Vincent ins Kreuzverhör nehmen konnte. Lungen zeigte ihm die Bibel.

»Dies ist die Bibel, die zu John Miltons Füßen gefunden wurde. Sie haben bereits ausgesagt, daß Sie sie Mr. Taylor nicht gegeben hätten, um sie zu irgendeinem Teufelstest zu benutzen. Ist das die Wahrheit?«

»Ja.«

Lungen öffnete die Bibel. »Würden Sie dann bitte der Jury vorlesen, was hier geschrieben steht?« Er reichte Vater Vincent die Bibel.

»Für John. Möge dies Ihnen Trost bringen, wann immer Sie ihn brauchen. Ihr Freund, Kardinal Thomas.«

»Soviel zu diesem Teil der lächerlichen Geschichte«, sagte Lungen. Er nahm die Bibel wieder an sich und legte sie auf den Tisch mit den Beweisstücken zurück.

Kevin hatte keine anderen Zeugen, er hatte nichts anderes zu seiner Verteidigung aufzubieten, aber die Anklage rief erneut Paul Scholefield, Dave Kotein und Ted McCarthy auf, und jeder von ihnen sagte aus, daß er den Kreuzdolch in John Miltons Apartment gleich beim ersten Betreten gesehen habe. Es war ein Stück, das er während eines Urlaubs in Europa erstanden habe, erklärten sie übereinstimmend, etwas, das er sehr verehrt habe.

»Ganz sicher hat das Vater Vincent nicht Kevin gegeben, um den Teufel zu töten«, sagte Paul Scholefield.

In seinem Schlußplädoyer behauptete Lungen, daß Kevin Taylor, ein nachweislich erfolgreicher Strafprozeßanwalt, einen kaltblütigen und vorsätzlichen Mord begangen habe und sich dann die lächerliche Geschichte über den Teufel ausgedacht habe, um die Geschworenen glauben zu machen, er sei verrückt und würde damit durchkommen.

»Er hat versucht, die geschickten, aber unmoralischen Techniken zu benutzen, die er auch als Veteidiger für andere Klienten eingesetzt hat. Nein«, schloß Lungen, »diese Jury wird sich nicht manipulieren lassen.« Er zeigte auf Kevin. »Kevin Taylor verübte, getrieben von einer krankhaften Eifersucht auf einen talentierten, höflichen älteren Mann, einen Anschlag und ist des Mordes schuldig. Diesmal wird kein raffinierter Verteidiger die Wahrheit verdrehen.«

Die Jury pflichtete dem bei. Kevin wurde des vorsätzlichen Mordes für schuldig befunden und zu einer Haftstrafe von fünfundzwanzig Jahren verurteilt.

Epilog

Kevin bewegte sich wie in einem Nebel. Zuerst kümmerte sich niemand um ihn. Praktisch niemand sprach mit ihm. Er dachte, daß er vielleicht unsichtbar geworden sei, oder vielleicht war er ja gar nicht wirklich hier in einem Hochsicherheitsgefängnis im nördlichen Teil des Staates New York.

Miriam kam am dritten Tag zu Besuch, aber sie starrten sich eigentlich nur an. Sie schien ohnehin tausend Meilen entfernt zu sein, und als sie sprach, gingen einige Worte verloren, wie bei einem Fernseher, der eine Störung hat. Später erinnerte er sich nur noch an einige Satzfetzen: »Deine Eltern und meine… ich versuchte, Klavier zu spielen… Helen ist wieder da.«

»Ist es nicht wundervoll«, bemerkte sie zum Schluß, »daß John Milton für unser Kind einen Treuhandfonds angelegt hat? Das gleiche hat er auch für das Kind der Jaffees getan, und für Ted und Jean und Norma und Dave gibt es ebenfalls Fonds. Paul und Helen sprechen über eine Adoption.«

Natürlich war sie noch schwanger. Es gab keinen Grund für sie, es nicht zu sein. Das verstand er jetzt. Er verstand, daß es zu spät für sie war.

»Ich will nicht, daß das Baby zu meinen Eltern kommt«, sagte er schließlich.

»Das Baby?« Sie lächelte verwirrt. »Welches Baby, Kevin?«

»Seins«, sagte er.

»O nein, nicht das schon wieder.« Sie schüttelte den Kopf. »Ich hatte gehofft, du würdest damit aufhören, jetzt, wo das vorbei ist.«

»Es ist vorbei. Ich wiederhole, ich möchte nicht, daß meine Eltern dieses Baby großziehen.«

»In Ordnung, das werden sie nicht«, sagte sie, ohne ihren Ärger zu verbergen. »Warum sollten sie?«

»Sie sollen es nicht. Und deine auch nicht.«

»Ich werde unser Kind großziehen.«

Er schüttelte den Kopf. »Ich hab's versucht, Miriam. Am Ende habe ich's für dich versucht, um dich zu retten. Es wird einen Augenblick geben, einen letzten Augenblick vor dem Ende, wo du dies alles begreifen wirst, und du wirst an mich denken, wie ich jetzt bin, und wenn du noch in der Lage dazu bist, wirst du meinen Namen schreien. Ich werde dich hören, aber ich werde nichts tun können.«

»Ich kann das alles nicht ertragen, Kevin. Es ist schwer genug für mich, hierherzukommen, aber ich kann dieses Gerede nicht mehr ertragen. Ich werde erst wiederkommen, wenn das aufhört, verstehst du?«

»Es ist nicht mehr wichtig. Es ist zu spät«, wiederholte er.

Sie sprang auf. »Ich gehe. Wenn du willst, daß ich wiederkomme, dann schreib mir und versprich, daß du nicht wieder so reden wirst, wenn ich dich besuche«, sagte sie und wandte sich zum Gehen.

»Miriam!«

Sie drehte sich um.

»Frag sie, wo Helens Bild ist, und sieh es dir an, wenn sie es nicht zerstört haben. Sieh es dir sehr aufmerksam an.«

»Es wurde nicht zerstört. Es wurde verkauft. Bob McKensie hat es gekauft. Er mag solche Sachen.«

Kevin lachte. Es war das wahnsinnige Geräusch dieses Gelächters, das sie hinaustrieb.

Er verbrachte seine Zeit damit, um zu verstehen. Wie paßte sein Verschwinden zu ihren Absichten? Er hatte also entdeckt, wer John Milton wirklich war und was die Firma tatsächlich tat. Was konnte er mit dieser Information tun? Sie McKensie zukommen lassen, und dann, da er keinen Erfolg hatte, sie einem anderen stellvertretenden Staatsanwalt oder dem Staatsanwalt direkt zukommen lassen? Wie konnte er wissen, wer mit beteiligt war und wer nicht? Er konnte Miriam nicht zu einer Abtreibung zwingen, und sie glaubte nicht, was er erzählte. Selbst wenn er sie weggebracht hätte, würde das Baby sie dennoch umbringen. John Milton würde sein Kind bekommen.

Niemand würde glauben, was er herausgefunden hatte, und es gab nichts, was er tun konnte, um sie aufzuhalten. Warum also hatten sie ihn dazu gebracht, John Milton zu töten?

Die Antwort erhielt er ein paar Tage später. Er saß in der Cafeteria, kaute mechanisch sein Essen und verdrängte die Geräusche und das Geschehen ringsum.

Plötzlich war er sich der unmittelbaren Anwesenheit anderer Männer bewußt, reibende Schultern, ein Mann links, einer rechts von ihm, und zwei oder mehr, die direkt hinter ihm standen. Er hatte die beiden, die jetzt direkt neben ihm waren, vorher nur vage wahrgenommen. Wann immer er sie sah, stellte er fest, daß sie ihn anstarrten, lüstern lächelten, und so hatte er sich schnell wieder abgewandt. Davon abgesehen schienen sie von den anderen Gefangenen nicht unterscheidbar zu sein. Sie alle waren nicht mehr als Schatten.

»Hey du«, sagte der zu seiner Rechten. Sein Lächeln entblößte einen Mund mit grünlichgelben Zähnen. Er verzog seine Lippen zu einem anzüglichen Lächeln.

»Wette, du bist ziemlich einsam«, sagte der Mann zu seiner Linken und legte die rechte Hand auf Kevins Schenkel.

Er begann zurückzuweichen, doch der Gefangene, der direkt hinter ihm stand, preßte ihm seine Beine in den Rücken. Er spürte, daß der Mann eine Erektion hatte. Sein Magen verkrampfte sich vor Ekel. Der Mann zu seiner Linken verstärkte seinen Griff auf Kevins Schenkel. Er wollte schreien, doch die kleine Gruppe von Gefangenen, die sich hinter ihm, zu seinen Seiten und direkt vor ihm versammelt hatte, nahm ihm jede Möglichkeit zu sofortiger Rettung.

Dann teilte sich das halbe Dutzend, das vor ihm stand, und der Gefangene, der ihm direkt gegenübersaß, stand schnell auf und wich beiseite, so daß ein großer, muskulöser schwarzer Mann an den Tisch treten und sich setzen konnte. Seine Muskeln wölbten sich unter seinen Hemdsärmeln, und seine Nackenmuskulatur spannte sich deutlich unter seiner glatten, dünnen Haut. Er sah unbesiegbar aus, abgehärtet, ein Mann, vom System geformt, zäh und in bester Verfassung. Er hatte schwarze Augen, und das Weiß darum war so rein wie frische Milch.

Er lächelte, und die Männer um ihn herum lächelten auch. Alle Blicke waren auf ihn gerichtet. Es war, als ob ihre Energie, ihre ganze Lebenskraft von ihm ausging.

»Hallo, Mr. Taylor«, sagte er. Kevin nickte. »Wir haben auf Sie gewartet.«

»Auf mich?« Seine Stimme versagte fast. Das Lächeln auf den Gesichtern der Gefangenen wurde breiter.

»Oder auf jemanden wie Sie.«

»Oh«, sagte er, schaute von dem Mann zu seiner Rechten zu dem zu seiner Linken. Er würde also wie eine Hure herumgereicht werden.

»O nein, nein, Mr. Taylor«, sagte der schwarze Mann. »Sie mißverstehen das. Dafür sind Sie nicht hier. Das können die jederzeit von irgendeinem der anderen bekommen«, fügte er hinzu, und der Mann zu seiner Linken nahm augenblicklich seine Hand von Kevins Schenkel. Sowohl er als auch der Mann auf der Rechten veränderten ihre Position so, daß ihre Körper nicht mehr gegen seinen gepreßt waren. Er stieß einen Seufzer der Erleichterung aus. »Nein, Sie sind viel wichtiger als das, Mr. Taylor.«

»Bin ich das?«

»Ja, Sir. Sehen Sie, Mr. Taylor, jeder hier hat genau wie Sie was angehängt bekommen.« Die Menge lachte, alle lächelten auf ihn herab. »Alle hier hatten lausige Anwälte.« Einige nickten ärgerlich. »Jeder hier will in Berufung gehen.«

»Was?«

»Ja, Sir, Sie haben verstanden. Die Ironie ist, daß wir hier eine der besten Gesetzesbibliotheken haben, aber wir besitzen nicht die Fähigkeiten und das Wissen, das Sie haben.«

»Aber…« Er lehnte sich zurück und legte seine großen Handflächen auf den Tisch. »Endlich sind Sie da, und Sie werden uns helfen… jedem von uns, und so lange Sie das tun, werden Sie hier immer Mr. Taylor sein und mit Respekt behandelt werden. Das stimmt doch, Jungs, oder?«

Alle in der Gruppe nickten.

»So. Gleich, wenn Sie mit Ihrem Mittagessen fertig sind, latschen Sie in die Gesetzesbibliothek und lernen Scratch kennen. Er ist der Gefangene, der als Bibliothekar arbeitet, und er wartet darauf, Ihnen helfen zu können, Mr. Taylor. Sie und Scratch… Teufel auch, ihr beide werdet hier wie siamesische Zwillinge sein.«

Das Gelächter wurde lauter.

»Gehen Sie einfach rauf, und Scratch wird Ihnen sagen, wo Sie anfangen und wem Sie zuerst helfen sollen. Verstehen Sie, Mr. Taylor?«

Alle beugten sich in seine Richtung. Alle Blicke waren auf ihn gerichtet. Alle warteten.

»Ja«, sagte er. »Tue ich. Wirklich.«

»Das ist gut, Mr. Taylor. Das ist sehr gut.« Er stand auf. »Und grüßen Sie Scratch von mir.« Er zwinkerte, und die Menge teilte sich, einige folgten ihm, andere gingen nach rechts oder nach links, bis Kevin praktisch wieder allein war.

Das hier hätte eigentlich Richard Jaffees Rolle werden sollen, dachte er. Das hatte Paul Scholefield gemeint, als er zum ersten Mal an ihn herangetreten war und ihm erzählt hatte, daß eine Lücke bei *John Milton and Associates* entstanden sei. Helen Scholefield hatte recht gehabt: Richard Jaffee hatte ein Gewissen gehabt und lieber den Tod gewählt als dies hier.

Und Vater Vincent hatte ihn auch nicht belogen. Der Teufel ist seinen Gefolgsleuten gegenüber loyal und steht ihnen bei.

Er stand auf. Ihm schien, als ob alle in der riesigen Cafeteria aufgehört hätten zu essen, um zu beobachten, wie er hinausging. Selbst die Wärter. Er ging wie ein Mann, der auf dem Weg zur Guillotine ist. Die Geschwindigkeit, mit der diese Klinge fiel, würde ganz von seinem eigenen Mut und seinem eigenen Gewissen abhängen. Im Augenblick aber hatte er nicht den Mut, sie heruntersausen zu lassen.

Und das war das Bedauerliche daran. Er war, wie Sisyphus in der griechischen Mythologie, auf Ewigkeit dazu verdammt, Felsbrocken einen steilen Berg hinaufzuschieben, nur um dann festzustellen, daß dieser jedes Mal wieder hinunterrollte. Und doch würde er weitermachen und daran glauben, daß jede Existenz besser sei als gar keine.

Oder war es ganz anders?

Er wußte, was ihn erwartete, als er über den Korridor zur Bibliothek ging. Vielleicht hatte er es immer gewußt. Das Böse, das in seinem Herzen lauerte, hatte dieses Wissen verhüllt, aber es war immer dort gewesen.

Zeit, den Mantel zu lüften und der Wahrheit ins Auge zu sehen, dachte er.

Er wandte sich dem Eingang zu. Für eine Gefängnisbibliothek war sie wirklich beeindruckend.

Und sie war so ruhig, wie eine Bibliothek zu sein hatte. Eine Tür öffnete sich auf der anderen Seite des hell erleuchteten Raums, und der Hüter der Bücher kam auf ihn zu. Langsam.

Scratch.

Er lächelte. Er wußte, daß Kevin kam. Natürlich wußte er es.

Und während er näher und näher kam, wurde sein Gesicht immer vertrauter, bis er unmittelbar vor ihm stand.

Und von neuem blickte Kevin in die charismatischen, väterlichen Augen von John Milton.